論創ミステリ叢書
121

# 延原謙探偵小説選 II

論創社

# 延原謙探偵小説選Ⅱ

# 目次

《延原謙作品集》

《勝伸枝作品集》

■創作篇



■評論・随筆篇

# 凡例

一、「仮名づかい」は、「現代仮名遣い」（昭和六一年七月一日内閣告示第一号）にあらためた。
一、漢字の表記については、原則として「常用漢字表」に従って底本の表記をあらため、表外漢字は、底本の表記を尊重した。ただし人名漢字については適宜慣例に従った。
一、難読漢字については、現代仮名遣いでルビを付した。
一、極端な当て字と思われるもの及び指示語、副詞、接続詞等は適宜仮名に改めた。
一、あきらかな誤植は訂正した。
一、今日の人権意識に照らして不当・不適切と思われる語句や表現がみられる箇所もあるが、時代的背景と作品の価値に鑑み、修正・削除はおこなわなかった。
一、作品標題は、底本の仮名づかいを尊重した。漢字については、常用漢字表にある漢字は同表に従って字体をあらためたが、それ以外の漢字は底本の字体のままとした。

《延原謙作品集》

# 狼

「あなた、相川さんじゃありませんか?」

日独キネマの事務所を出た彼女は、松屋の前で飾窓の女優風の美しい人形にぼんやり見とれているところを、後から呼びかけられてはっとした。振返ってみると派手な洋服を着た二十七八の若い男がにこにこしながら立っている。どこか松竹の塚田に似ているところがあると、彼女はすぐそう思った。

「相川さんですね? 私は日独キネマの者ですがね、あなたはいま事務所をお訪ねになったでしょう?」

「ええ、明日《みょうにち》もう一度来てくれって……」

「それがね、私がつい忙しかったものですから事務員がそういってお帰ししたのですけれど、あ、私は日独キネマの監督の立花という者です。実は恰度あなたのような女優を一人探しているところなものですから、急いで後を追って来たわけですが、いい具合でした。どこかその辺でお茶でものみながらゆっくり御相談しましょうか。こちらへいらっしゃい」

「ええ」彼女はうれしさを包みきれないでぽっと顔を赧《あか》くしながら、去年の流行のオペラバグをかけた左の腕をあげてそっと髪に触ってみた。

十分間の後、二人は千疋屋《せんびきや》の二階でスポンヂと紅茶とを前にして対座していた。立花監督――というのは彼女の知らぬ名であったが――はよく喋った。単によく喋るばかりでなく、彼は所謂話上手《はなしじょうず》であった。日独キネマ専属の男女優の消息によく通じているのに不思議はないが、彼はそのほか日活や松竹の有名な――彼女のあこがれの的でありライヴァルである男女優の噂にも同じほどに通じていると見え、それからそれと尽きぬ話に彼女を十分満足させ、そしてさすがその道の人だけあると妙なところで感心させた。そうして噂話の間にも時々彼はいかにも話上手に簡単な質問を挟んでは彼女の返答を求め、三十分ばかりの後にはすっかり彼女の身の上を聞き出してしまっていた。即ち、彼女が甲武信岳《こぶしがたけ》の麓《ふもと》の川浦というところの相当の地主の次女であること、彼女は活動が非常に好きで、理想は映画女優であるのに父親が頑固で決してそれを許さないので、姉にだけ打ち明けて自分の貯金を引出して昨夜無断で出京したこと、日活や松竹のような大きいところで軽く扱われるよりも、日独キネマのような比較的小さな撮影所へはいって、早くいえば一躍スターになって頑固の父親を驚かし自然心も解けるようにしたいこと、姉ともそう相談して来た事などが主要な話であった。

立花監督はにこにこしながら、今度製作にかかる「花散る丘」に是非主演してもらうことにするといって彼女を有頂天にした。

「しかしねえ、その前に一度会っておかなければならない人があるのですがいま旅行中で、今晩帰って来るはずですから、それまで中野にある撮影所でも見て来ましょう。なあに、安心していらっしゃい、私がすぐにスターに仕立ててあげますよ」

そう言って監督は勘定を払って千疋屋を出、彼女を連れて新橋から電車に乗った。

その夕方疲れきった彼女は中野撮影所の案外貧弱だったのに淡い失望を感じながら、立花監督に連れられて神田駅から電車通りを今川橋の方へ行き、二つ目の角をちょっと曲ったところにある古びた木造洋館へはいっていった。入口に大川事務所とあった。

監督は彼女をそこの二階の埃っぽい一室に残しておいて降りて行ったが、やがて一人の老人を連れて上って来た。その老人の顔を一目見て、彼女ははっと尻込みした。

「みどりや、お前の向う見ずにも困るよ。お父さんはどんなに心配したことか。幸いこの大川探偵を知っとったものだから、すぐに電報を打っておいて出て来たが……」

彼女は眼頭《めがしら》が熱くなるのを感じた。

# カフェ・タイガーの捕物

　相変らずカフェ荒しかは少し可哀そうですね。私なんかストーヴの前に頑張って後から来た客を煙たがらせるわけじゃなし、こうして隅の方にそっと腰をおろして三十分なり一時間なり珈琲《コーヒー》を楽しんで行くというだけですから、極めておとなしい客ですよ。もっともそれだけに、ためになる客というわけにはゆきますまいがねえ。とにかく年齢からいっても荒しの部類に入るわけはありませんよ。

　しかし、そこへゆくと今の若い人は凄いというか潑剌《はつらつ》というか、なかなかやりますね。つい先日も――ほら、一週間ばかり前に午後からひどい雪になったことがありましたっけね、あの日の三時頃、恰度《ちょうど》降りだしてから間もなくでしたよ、三田の学校の制服に黒ずんだ柿色の玉羅紗《たまらしゃ》の外套の青年と、すばらしい眼を持った混血児《あいのこ》らしい娘さんとが雪を被って飛び込んで来ましてね、その真中のテーブルに着きましたっけが、ちらほらといたお客が一せいに振向いた視線を明らかに感じておりながら平気で、臆面もなく振舞っているところは変な言葉ですが全く威風堂々《いふうどうどう》あたりを払うとでもいいたいくらいでしたよ。いえ、決してそんな、羨ましがりなんかじゃありません。純粋に驚異を経験したというに過ぎません。それにね、娘さんの方にはちょっと見覚えがあるようなんです。ま、待って下さい、実はね、店の横浜支店の裏通りに当るんですが、オデッサという外人専門のカフェ――お判りでしょう？　そこの店先を通って一二度見かけたことのある女なんです。それが三田の学生と連れだって白昼堂々とはいって来たものですから驚いたんですが、するとそこへ若い洋服の男がひょっくりはいって来ました。ひょいと見るとほらあの本石町《ほんこくちょう》の、御存じでしょう近頃評判の私立探偵の大石君です。私も一度ちょっとしたことを頼んで識《し》っているわけですが、大石君ははいって来るといきなりその二人のところへ行って、学生の肩に手をかけて二言三言《ふたことみこと》何かいったと思うと、そのまま二人を連れて雪の中へ出て行ってしまいました。

ところがね、驚いちゃいけませんよ、さっきその大石君にここで会ったものですから訊ねてみるとね、学生風の男は大石君の部下で、女がある重大犯人の潜在場所を知ってるので、それと云わずに連れ出して来たんだそうです。こんなのはあなた方の新らしい探偵小説の材料にはなりませんかね？……

# 断片

## 持込原稿

日本では持込原稿というとひどく軽蔑され、そしてきたいに持込原稿によいもののあったためしがないというが、西洋では各出版書肆《しょし》に相当な読み役《リーダー》というものが控えて、持込原稿に対して網を張っているらしい。もっとも西洋でも編輯者や出版者が「自信のある」作に悩まされることも多いと見え毎度笑話の材料になっているが、それでもこのパブリッシャス・リーダーというものがよい作家を発見して世に紹介することもなかなか多いらしい。日本でもそういう名前こそなけれ編輯者や出版者がよき新作家もがなと鵜《う》の目鷹《たか》の目で同人雑誌あたりを注意しているのは事実だろう。話がわき路へそれかけたがこれはなかなか組織的に原稿の篩《ふる》い分けをやっているらしいアメリカのある読み役の話である。

「……もう七八年前の話ですがその頃は私の上にもう一人ブラウンという老人がいましてね、私が一度読んでみてこれならと思ったものはこの老人に廻し、ブラウン老人の鑑識に合格したものを初めて主人の手許へ差出して採否を決定することになっていました。ところがある時相当知名の女流作家から探偵小説を一篇送ってきましてねえ、例によってまず私が眼を通してみると写実的な非常に面白いものなんですがタイトルのわきに書きこんである稿料の希望額が途方もなく大きいのです。莫大という字を使ってよいほどの金額を要求しているのです。それで私も少し躊躇《ちゅうちょ》しましたがいかにも惜しい作なものですから、とにかく念のためブラウン老人の手許へ出しておきました。ところが老人も私と全く同意見で主人の手許までともかくも差出したわけなんです。主人は老人から一応説明を聞いて原稿を持って自分の部屋へ帰ってゆきましたが、よほど面白かったものと見えてその少しあとで私がちょっとした用事で行ってみた時には扉にぴんと錠がおろしてありました。

それから二三日後のことです。主人はひどく不興そうな顔でブラウン老人に先日のあの原稿は先方の希望額で買い取るから小切手を送るようにと命じましたが出版のことは一言も話がありませんでした。あとで聞くところによるとなんでもそれは主人自身の若い時の性的私生活を幾分誇張して書いたものだったのだそうで、まあ早くいえば脅迫状をつきつけたのと同じわけなんですね。それを何も知らないわれわれが仲継ぎして主人へ廻したのですから、考えると気の毒でした。しかし作品としてはいかにも面白いものでしたがねえ。原稿は多分焼きすてられたのでしょう。これなんかなかなか巧妙な脅迫方法で、それ自身一篇の探偵小説になっているじゃありませんか？」

## 逆輸入

次もやはり同じ読み役の話である。

「私共の寄稿家にPという人がありました。この人は数個国語《すうかこく》に通じた頗《すこぶ》る語学の達者な人で、ヨーロッパの主な国の主な雑誌をとっていてよいものがあったら常に翻訳してくれるのでした。ところがある時この人の翻訳してくれた小説を私共の雑誌に出しましたところ、発売後間もなく、「非常に面白い小説だが原作よりも一向よくなっていない。筆を入れた人はすべて原作を改善せんがためでなく改悪せんがため努力せられたようだ。詳しくは某々誌（米国の雑誌）某巻某号某頁《ページ》を参照せよ」云々《うんぬん》の甚だ気味の悪い投書が来ました。ブラウン老人はこれを見ると非常に立腹して早速その雑誌をとり寄せて調べてみますと、そこに問題の小説がそっくりそのまま出ているじゃありませんか。しかも私共の雑誌に出たのはその表題と作者名と人物の名とそして幾分語法を変えてあるだけで、しかもそれは投書が云っている通りいかにも拙い加筆なんです。で、P氏がその次に私共の事務所へ来た時に、ブラウン氏は右の某誌の小説のところを開けて、

『Pさん、面白いものを見せましょうか』

とP氏に突きつけたものです。P氏は黙ってそれを読み始めましたが、ものの一頁と読み進まぬうち真赤な顔をして言いました。

『ここに独逸語《ドイツ》の読める人がいますか？』

『独逸語くらい誰だって読めますよ』

『じゃちょっと待っていて下さい。私は読んでもらいたいものがあるんです』

そう言ってP氏は大急ぎで帰ってゆきましたが、三十分ばかりすると一冊の独逸雑誌を摑んで息せき切ってやって来ました。あとは申しあげなくてもお判りでしょう

が、某誌に出たものを独逸人が剽窃してその独逸雑誌に売りつけ、そいつを知らずにP氏が訳して私共の雑誌に出したというわけなんです。ただ面白かったのは独逸雑誌へ売り込んだという男の署名ですが、それはP氏の話によるとなんでも向うで相当名の知れた人だったそうです。相談の上私共はその独逸雑誌と私共の雑誌とそして原作の出ている某誌とを三冊一まとめにしてドイツの編輯者へ送ってやりましたが、それが着いた時はさぞ大変だったでしょうと、今でも時々思い出しては笑っています」

## プレージャリズム

剽窃の話をしたついでにもう一つ。

一般に剽窃や焼直しや翻案（を創作顔して発表したもの）は必ず読者によって発見され編輯者へ報告されるものらしいが、近頃私は西洋のある雑誌で面白い例を見た。おかげでプレージャリズムなんていう字を知って早速小見出しに用いたわけだが、盗まれた作家は日本の探偵小説愛好家も知っているはずの人だからちょっと紹介しようと思う。

「本誌十二月号に掲載したるチャールズ・エーンスウォース作『女の奇智で』なる作は本誌が筆名チャールズ・エーンスウォース事H・A・クニヴェトホフなる者より創作として英国における登載権を買取ったものであるが、右はナッシュ誌九月号に発表されたアルバート・ペイスン・ターヒュン氏作『トリックの袋』の剽窃でありその登載権はナッシュ誌の独占するものであることを発見した。吾人はナッシュ誌ターヒュン氏並《ならび》に読者諸君に向ってその不明を陳謝し、クニヴェトホフ君の弁明書を添えて諸君の御了解を求むるものである」云々。

クニヴェトホフ君の弁明書なるものは相当長文の編輯者宛手簡であるが要するに自分の剽窃行為を認め（認めぬわけにはゆくまいが）米国のハースト・インタナショナル誌（ナッシュ誌と同系誌だ）に出ていたのが面白かったので、著作権法などというものがあることは知らずにやったのだというのだ。低能な青年か何かがほんとうに何も知らずにやったのかも知れぬが、それにしても苦しい言いわけで編輯者が何故こんな弁明書を採用してれいれいしく誌上に印刷したかを疑いたくなるくらいだ。そんなことで編輯者は責任を逃れるわけにはゆかないのだから。がまあ、それは純然と手落《ておち》であることを証明したかったのだくらいに軽く解してもよいが、ナッシュ誌といえば堂々たる雑誌なのだから、五年十年の昔の号ならいざ知らず、僅々数ヶ月前のそれに出ている小説に気付かなかったのは少々驚かれても仕方があるまい。一九二三年の出来事だ。被害者ターヒュン氏の作では「宝石培養家」という面白い話が新青年に訳載されたことがある。

# 幸福

その方が近いのでせい子は学校の行き帰りにはいつも氷川《ひかわ》様の境内を通りぬけた。そこは小さな池だの森だのがあって小公園のようになっており、社殿の前の広場は近所の子供達のよい遊び場所になっていた。多くは彼女の学校の児童であった。中には彼女の受持の子も幾人かいた。彼等は濃紺の袴を裾短かにはいて小さな風呂敷包を左手で抱えた彼女の姿がゆるい石段を登って来るのを見ると、先生々々といって一様におじぎを集注した。中にはわざわざ彼女のそばまで駈けて来て頭を下げる子もあった。彼女はいつも慈愛に満ちた眼元に愛らしい微笑を浮べてそれに答え、敷石に靴音も軽やかにそこを通りぬけるのだった。

石段の下の日あたりのよいところを選んで幼児《おさなご》のための砂場が設けてあった。そしてその周囲には保護者のためにと幾つかのベンチさえ備えられてあった。小さなバケツやスコップを持った幼児達が子守や老寄《としより》につれられて来てそこで楽しい半日を送った。その砂場へ、天気さえよければ一日おきくらいには遊びに来る兄妹《きょうだい》があった。兄の精一さんが六つ、妹のみち子さんが四つ、お伴にはきまって、女子大を出たという家政婦兼家庭教師の青木さんがついていた。青木さんは子供達を遊ばせておいていつでも静かにベンチで編物をしたりビーズやリリアンの手芸品を拵えていた。

いつとはなしに彼等は仲よしになった。それは子供達の家というのが彼女の借りて住んでいる家の家主であるということよりも、そしてその家が彼女の家の在る横町の一角であるということよりも、何よりも彼女が子煩悩であるのが原因をなしていた。子供達はおばちゃまおばちゃまといってよく彼女になついた。実際この二人の子供達は親もなく兄弟もなく、淋しい彼女にとってたった一つの光明であった。彼女は子供達にせがまれて、青木さんと並んでベンチに腰をおろしてしばらく話してゆくこともあった。そういう時彼女は自分でもひどく好きなので将来はその方でやってゆこうかとさえ時々は考えるくらいの手芸のことをいろいろ青木さんから教わった。青木さんは彼女が学校の同僚から借りた英文の編物《あみもの》雑誌の解らぬところを、彼女に包みの中から出させてすらすらと読んで説明してくれた。彼女はそれに刺戟されて毎晩少しずつ英語の独習を始めた。そうしてそれも時々青木さんから教わった。青木さんは何んでも親切によく教えてくれた。日曜など時々は青木さんの家――平野氏の家へも出かけて行った。もっともそれは子供と遊ぶことの方が彼女には楽しかったのだけれど。

　青木さんの主人であり精一さんみち子さんの父である平野清太郎氏は日本橋あたりに相当な家を持つ機械商であった。まだ三十四五歳の血色のよい快活な人で、夕方彼女がお使いの帰りなどに会うといつも気軽にやあと挨拶して、時には子供を可愛がってもらうお礼をきびきびした簡単な言葉で言ったりした。そんな時彼女はなんとなく顔を赧《あか》らめながら、お魚の切身だの野菜だのを包んだ汚れた風呂敷を隠すようにした。

　けれども、平素は明るくて頼もしそうな平野氏もどうかするとひどく蒼白《あおじろ》い顔をして沈んでいることがあった。そんな時にはよく玄関先にお医者のであるらしい俥が待っていた。それを見ると彼女は夫人の病気が面白くないのだなと思い、平野氏に同情したけれども、どういうものか見舞の言葉は口に出なかった。何か言えば余計に平野氏を悲しませるだけのように思えたからである。

　平野夫人が二年ばかり前から病気で寝ていることを彼女は青木さんから聞いて知っていた。病気はどうやら胸の病気らしい。さすがにそこまで訊いてたしかめるのも憚られたが青木さんが病名を口にしないところといい、病気に一進一退があるらしいことといい、どうもそれに違いないと思われた。しかも、病勢はよくなったり悪くなったりするうちに、次第に悪い方へと傾きつつあるらしかった。春の頃はよく二階の病室から蓄音器やラジオが漏れていたのに、近頃ではそれも殆んど聞かれなくなった。

　秋が去って冬が来た。朝夕通る氷川様の境内は霜柱が立って、子供達の遊び場にはならなかった。せい子は青木さんにも二人の幼ない友達にも会う機会が殆んどなかった。殊に、平野夫人の容態がいよいよ面白くないらしいので、日曜に青木さんを訪ねることも遠慮された。彼女は乏しい火を埋めて火桶の前に坐って独り淋しい夜を送った。彼女にとっては手芸だけが唯一の友であった。そんな時彼女は今更にしみじみと自分の孤独を味った。

　ある日、彼女が学校から帰って来ると、平野氏の門前に一台の自動車が停っているのが遠くから見えた。そんなことはついぞなかったので、彼女は自動車を見ただけで不吉なことを直覚した。

彼女の直覚は誤っていなかった。その夕方銭湯で彼女は平野夫人がとうといけなかったことをたしかめた。そうして彼女は不幸な夫人を悼むと共に、あとに残された幼ない二人の上を思ってひそかに同情の涙をそそいだ。彼女自身幼なくして父母に別れ、鶴見で工場に勤めている伯父の世話でようやく師範に入れてもらったので、ひとしお母のない二人が同情されるのであった。その夜彼女は勝手口からお手伝いにあがったが、手が十分で別に働くこともなかったので、一時間ばかり洗いものの始末などしてから茶の間で子供を預っていた。けれどもそれも三十分ばかりすると親戚の老婦人が来たのでそちらへ渡しておいて引きとった。

翌日は、出棺が午後の三時と聞いたので、授業がすむと共に校長に断って早引《はやびけ》をして帰り、門口《かどぐち》から遺骸の出るのを見送った。

黒い服の腕に喪布《もふ》を巻いた精一さん、純白の着物を重ねて親戚の婦人らしい人に抱かれたみち子さんの二人は、涙なしには見られなかった。殊にいい着物を着て喜んでいるみち子さんは彼女自身の幼ない時の姿であるようにせい子には思われた。


月日のたつのは速かった。せい子がやりかけていたフランス刺繍の一つを仕上げぬうちに、平野夫人がなくなってから三週間がすぎた。ある日青木さんがせい子の家を訪ねて、今度幼ない人達の健康のため当分鎌倉の方へ住むことになった旨を告げた。

「まあ！　淋しくなりますわ。せっかく精一さんやみち子さんともお馴染になれて喜んでいましたのに。でもじきにお帰りになりますのでしょう？」

「ええ、旦那様はついでにあちらで夏を過してもいいってそう仰しゃってますの。あなたも夏学校が休みになりましたらちょいちょいこちらへいらしって下さるようにって、旦那様からお伝言《ことづけ》がございました」

「ありがとうございます。是非お邪魔させていただきますわ」

せい子は何故かぽっと赧くなりながら眼を伏せた。

翌日彼女が学校から帰った時は、平野氏父子《おやこ》に青木さん、それに婆やが一人ついてもう出発したあとだった。彼女はせめて門口まででも送りたいと思ったけれども、朝十時の汽車というのでどうすることも出来なかった。せめて学校へ出がけに勝手口で幼ない二人に会っただけで彼女は満足しなければならなかった。留守には日本橋の店に勤めている人とかいう老夫婦が来て住んだ。彼女は何となくこの老夫婦を好まなかった。

　やがて夏が来た。遠い先の事のように思っていた夏が来た。留守番の老婦人から二度ばかり、日本橋の店で言われたといって彼女は泊りがけで鎌倉へ遊びに来るようにと平野氏の言葉が伝えられた。彼女もなんだか行ってみたいような気はしていたが、入梅の頃から鶴見の伯父が胃腸をいためてぶらぶらしていたのがこの頃ではまるきり寝たきりのところへ、同じ工場に勤めている従兄が脚気《かっけ》で動けぬので手伝いに行かなければならなかったため諦らめねばならなかった。それに、世話になった伯父のことであるから、彼女としては幾分の物質的補助もしなければならず、第一そうした中で鎌倉へ行くなんかはどうしても言い出せなかった。彼女は事情を訴えて青木さん宛に鄭重《ていねい》な断り状を出した。青木さんからはすぐに見舞状に添えて幼ない二人の名でビスケットの缶を送って来た。

　彼女は休み中をずっと鶴見で送った。伯父の方はいくらかよいようでもはかばかしくはなかったが、従兄の方は間もなく工場へも出られそうだった。せめて従兄だけでも本復するまでのつもりで、新学期が始まっても彼女は当分鶴見から学校へ通うことにした。

　学校が始まって二週間ばかり後のある雨の降る日だった。彼女は最後の授業をすませて教員室でお茶をすすっていると校長から呼ばれた。

　校長から呼ばれるのはいつでも面白くないことばかりであるから、彼女は同僚から眼で揶揄《からか》われながら校長室へ行ってみた。校長の言葉は意外だった。

「あ、神戸《かんべ》さん、あんたは平野清太郎という人を知っていますか？」

「は？」彼女は一瞬間それが誰の事であるやら判らなくて校長の禿げ頭をぼんやり見おろしていたが、

「あの、それは私の家主さんでございます。校長先生はあのお方を……？」

「いや、私もまだお目にかかったことはないが、何か最近夫人を失われたとかいう話だったが……小さいのが二人あるそうだな？」

「はい、六つに四つの御兄妹です。それは可愛いお子さんでございます」

「知っとるのですか？　可愛い？　それはよい都合だ。実はね、神戸さん、その方の代理の山田という方が昨日私の家へ見えてね、あなたを妻に欲しいという話だった。それで……」校長は火のように赧くなったせい子を無遠慮にじっと見たまま言葉を続ける。

「それで私も至極良縁と思うから、子供が二人あるというがあなたにはよくなついているそうだし、一応意向を訊ねてみた上で嫌でなければ先方をよく調べて……」

「あの、校長先生、わたし……」せい子は自分でも何を言っているのか判らなかった。こちらの意向を確かめてから先方を調べるといった校長の言葉が不合理のように思ったのでそれを言うつもりだったのだけれど……

「嫌でもないでしょう?」校長はいやしい微笑を浮べて、犬の仔でもやりとりするくらいな調子で先廻りして言った。「それはあなたもまだ二十四では決しておくれたというほどでもないし、これからよい縁はいくらでもあるだろう。私一個としては一日もながくこの校に勤めてもらった方が都合がよいのだけれど、何しろ先方ではどんな条件にも応ずるからといって懇望していることだから、運が向うから転がりこんで来たようなものだ。私なら二つ返事で飛びつくところだが、頭が禿げたおやじでは仕方がない、ははは。何んの子供の二人くらいもとからあなたになついているというし、それにきっと平野氏は近所のことであなたを見初めていたに相違ないな。金はあるし、主人には可愛がられるし、こんな果報なことはない。ね、嫌ではないのでしょう?」

校長はいやしい微笑を浮べて髯を引張った。

「でも、釣り合わぬは不縁のもとですから……」

「なんのなんの、それは昔のことだ。当節では本人同志がしっかりと理解し合っていればそれで夫婦仲は円満にゆくものです。あなたの前だが神戸さんなら気立も申分なし子供好きだし、こんな適任はないといって私は昨夜《ゆうべ》も山田さんの前で自慢してやりました。山田さんも大変喜んで、今までは青木さんとかいう女の人が子供の世話を見ていたのだけれど、これが身がきまったので急に何んとかしなければならぬからよろしく頼むということだった。あなたはまだ若いから世間というものが解るまいが、まあ家へ帰ってよく考えてごらん。大体嫌ではないのだと思うが、先方へは私からよく話して返事を少し待ってもらうことにするから、学校の方は学年の半ばでちょっと困るのだけれど、他ならぬ神戸さんのことだから私が何んとか都合をつけます」

せい子は蒼白い顔をして教員室へ帰った。同僚は心配してそっと訊ねてくれる者もあったが、彼女は返事に困ってただ少し叱られたのだと答えておいた。平野氏の申込みは彼女にとってただ意外であった。平野氏自身を彼女は決して嫌っても好いてもいなかった。あのいつも快活で血色のよい人がまるで他人《ひと》ごとのようにしか考えられなかった。ただ、あの幼ない二人から母と呼ばれることだけは、なんとなくそうなってみたいような気がしないではなかった。

彼女は学校ではもとより、伯父の家へ帰ってからもあの話は一言も口には出さなかった。

ただ彼女はそれ以来学校でも家でも著るしく寡言《むくち》になって人々に気を揉ませた。

「少し気分がすぐれなくて」

訊かれるとそう彼女は答えていた。

けれども、そうした問題がいつまでも世間に漏れないではいなかった。彼女が結婚するという噂がいつとなく教員室に伝わった。続いてこの相手が平野氏であることもぱっとした。彼女と仲のよかった音楽の女教師は非常に喜んでくれた。剽軽《ひょうきん》な博物の老訓導は彼女のことを平野さんと呼んで赧い顔をさせた。

その間に二度ばかり校長から返事を促された。その度に彼女は煮えきらぬ返事をしていたが、三度目にはとうとう承諾らしい答えをしてしまった。

その前に噂が鶴見の伯父の家へも伝わって来た。伯父は進まなかったが、伯母は大喜びでいろんなことを訊ね、彼女のために尾頭《おかしら》つきを祝ってくれた。

けれども、ああなんという残酷なことであるか。ある日校長室に呼ばれた彼女は校長から、都合により先方から縁談取消を申込んで来たからと申し渡された。

それだけならばまだよかった。それから三日目にこの話は校長の早合点から起った間違いで、平野氏は青木さんと結婚したためせい子を青木さんの後任にと望んだのであることがある人によって鶴見の家に注進された。その夜せい子の従兄が校長を訪問して全くそれに違いないことを告白させ、ひどく興奮して帰って来た。

そうしてその翌朝彼女の死体が鶴見川に浮きあがった。校長は相変らず禿頭で校長室に納っている。

この校長のようなのこそ入水して罪を謝すべきではなかったか？

# 尾行

二月の午前の空がまぶしく晴れ渡っていた。消えゆく煙草の煙にも似た銀色の雲がうすくたった一刷毛《はけ》本願寺の屋根の上に浮んでいるのが却《かえっ》て空の色を一段と美しく見せた。——震災前の話である。

その本願寺の角のうす汚ない土塀について備前《びぜん》橋の方へ曲りながらそっと後を振返ったY夫人は、そこに双子《ふたこ》縞《じま》の男が相変らず鋭い視線を夫人の背なかに釘づけて、二間《けん》ばかり後を同じ調子で歩いて来るのを見て、旧式に縮緬《ちりめん》の袱紗《ふくさ》に包んで左の手に持っていた聖書を、こればかりは最新流行の、銀鼠《ぎんねず》の中に白と淡い草色との細い線を配したショールの下でしっかり胸に押しつけた。

不思議な男だった。気がついたのは亀屋へ寄って目黒の宅へ届けてもらうものの註文と、これから行こうとしているトリニティ教会のP牧師の妹が病気なので見舞の肉汁を正午までに教会へ持って来てもらうように頼んで出て来た時が初めてだったが、考えてみると新橋で電車を降りて改札口を出る時、後から妙に押したてた男がやはりこの職人風の男なのらしかった。してみると亀屋にはいっていた間、少く見てもたっぷり五分間、この男は店の前に立って待っていたに相違ないのだ。

だが、新橋の改札口で押した男は、気にとめて見たのではないから、似たような服装の別人であったのかも知れぬ——あったとしてもよい。けれども亀屋を出てからここまで来る間わざと歩調を速めたりゆるめたりしてみたのに、本願寺前では電車を待つ人の中にまじって二十秒ばかり立停ってさえみたのに、彼は間違いなく二間ばかり後に新らしい利休下駄《りきゅうげた》の音をたてて尾行して来たではないか！

備前橋の橋の上まで来た時に、夫人はとうとうたまらなくなって、遠くから二人連れの洋服姿の男の来るのを意識に入れながら突然気味の悪い男に向直《むきなお》った。

「お前さん何か御用がおありなのですか？」

一瞬間男は呆気《あっけ》にとられて夫人の顔をしげしげ眺めていたが、急にひどく恐縮して言った。

「いえ、あっしゃその、そのショールを染めた職人なんですがね、今日出雲《いずも》町のお店《たな》へ伺ったついでに小田原町の妹を見舞ってやるところなんで。実はこう申しちゃなんですが、そのショールの銀鼠の染《そめ》がいかにもまずいんで、つい考えながら歩いて来ちまったんで……」

橋の袂《たもと》の船の上で日向《ひなた》ぼっこしながら遊んでいた七つばかりの女の児が、不思議そうにこの奇妙な問答を見上げた。

# 銀座冒険

　銀ブリスツの流れは互いの肘《ひじ》と肘足と足のもつれ合わないだけの間隔を保って、そっけない灰色のペーヴメントの上を無限に一方へ動いていた。タイガーの扉《ドアー》を排して出て来たわがラ・メデタ派の勇士本田準は小脇に抱えた職業用の黒皮鞄をゆりあげながら、中世の騎士のように勇敢に泥靴をペーヴメントの上に踏みおろした。その瞬間だった。

「あら、しばらくでございましたのね」

　耳許ではりのある女の肉声《にくせい》がささやいた。蠱惑《こわく》的な香料が鼻を打つ。思わず見返った彼の顔を迎えて二十ばかりの夫人ともつかず令嬢とも見えず、かといって下品ではない女の眼が美しくほほえんだ。思い出せない顔だったが取敢《とりあえ》ず帽子に手をかけて軽く頭をさげた。彼に較べて、女は能弁でそして大胆であった。並んで歩きながら彼女は肩の下からちょいちょい彼の顔を見あげるようにして喋りだした。

「ほんとうにしばらくでございましたのね。わたしあの、あれが今度アメリカから帰りましてねえ、只今この近くへ参っておりますの。ほら、××新聞の横のカフェ・シセリア、御存じでございましょう？　あそこですの、あれも是非一度お目にかかっていろいろお願い致したいと申しておりますから……これからどちらへ？　お散歩？　ならちょいとお寄り下さいません？　ね？　およろしいんでしょう？」

　一杯のウイスキカクテルに眼のふちをほんのりと染めていた和製キイトンの本田準は歩きながら、彼女の横顔をちょいちょい見ながら考えてみたけれども、どう考えてもこんな女に面識はなかった。殊にアメリカへ行っていたというあれを夫だか兄弟だかに持つ女は全然彼の記憶の中にはなかった。けれども人違いを断るにはもうおそい。女は信じきっていそいそと歩いている。この人中で赧《あか》い顔をさせることは彼の騎士道が許さない。シセリアでカクテルを一杯やって詫《あやま》って来ればいいではないか。カフェ・シセリアへ！　カフェ・シセリアへ！　彼は冒険にはふさわしい春の宵を足どりも軽やかに歩いて行った。

彼が悪びれもせずにシセリアの扉を押してぬっとはいると、ラ・メデタ派の青年作家岡田大吉が一隅の椅子から声をかけた。

「来たね。英子《えいこ》さんどうも御苦労さま。君この方は今度××映画にはいった今井英子さんだよ。どうぞよろしく。さっき君がタイガーを出るのを見たから英子さんに頼んでちょっとね。英子さんこれは○○雑誌の本田準君です」

# 人命救助未遂

その日は甲子園で連日行われていた全国中等学校野球大会の準決勝戦が闘われる日だった。私が大阪駅で急行列車の堅い座席から解放されたのはその朝の七時だった。十二時間もの久しい間狭い座席の間で虐待し続けた膝小僧《ひざっこぞう》を愛撫するような気持で私はできるだけ大跨《おおまた》にコンクリイトの歩廊を歩き、集札口を通過して旧《もと》のままの貧弱な庇の下から、六年ぶりに見るなつかしい大阪の町を眺めた。一番に気のついたことは夥だしい数のタクシが、しかも東京と違って多くは白塗りのそれが電車と走路を争って飛び交っていることだった。それから電車にも、私のいた時代にはなかった構造のがあった。私はそれを見てちょっと寂しかった。大阪時代の私は上本町《うえほんまち》車庫のチャーヂであったのだ。だがあの車庫も今は廃止になったと聞く……

私は熱心に乗車を勧める運転手達の間を潜りぬけるようにしてまず下り待合室へ行ってみた。少しの用事を持って姫路まで行く私は、その前から山陰の郷里へ仏事で帰っていたH氏とその朝そこで落ち合て、甲子園の野球を見物したりして一両日を大阪で遊ぶ約束をしていたのだ。

待合室には午前七時だというのに、沢山の人がいた。腰掛は昨夜からそこにいるのでありそうな疲れた顔の人で殆んど隙間もなかった。私は人々の間を縫うようにして探し廻ったけれどもH氏の姿は見えなかった。小さな告知板にも何も書きつけてはなかった。私は小さい割に重いスートケースを持ち直して念のため今度は上り待合室も探してみたがやはりH氏の姿は見えなかった。この待合室には告知板はなかった。遥かに阪神電車の乗場の方を眺めると午前の試合は十時からであるのに、もう水筒を肩にかけた町人風の人や浴衣《ゆかた》に学生帽の人達がぞろぞろと繰りこんでいた。見ていた私は尻から追いたてられるような気がしてきた。H氏とはここで会えなければ試合終了後に運動場《グラウンド》の正面入口で待合せることになっていた。私はともかくも邪魔になるスートケースを一時預り所に預けておいて、どこかで簡単に食事したいものだと思いながら阪神電車の方へ歩いて行った。

　初めて見る甲子園グラウンドの立派さは私には驚異であった。そして八万人入るというその見物席が文字通り満員になったのを見て私は一層感嘆した。そして最後に、私の近くでよくもまあ恥かしげもなく高声《こわだか》にとり交されている下馬評のあほらしさに、私はもう一度驚嘆これを久しゅうした。

　試合はともかくも熱狂裏に終りを告げた。スタンドに充ちていた見物は一時《どき》に立ちあがって、三方の出口をめざしてどって押し寄せた。スタンドの大きさに比して出口が小さく、一時に三人並んで歩けるのがせいぜいなので、容易に埒《らち》はあかなかった。私はその間にもしやと思って広いスタンド内を端から端まで丹念に探して廻ったが徒労だった。そのうちに出口が少し楽になったようなので、私は大きい体格と身軽な服装とを利用して遮二無二《しゃにむに》外へ躍り出した。

　出てみると外がまた大変だった。八万人の人がたった一線の電車によって大阪なり神戸なりへ帰ろうとするのだから、その混雑は推して知るべしだ。私はスタンドの正面入口らしいところを見たがＨ氏の姿は見えなかった。半ば諦らめたような気持で、万一を恃《たの》みながら私はその辺の砂原を一廻りして、再び正面入口へ帰って来ると、早くも私の姿を認めたＨ氏が畳んだ夏羽織と横文字の雑誌とを重ねて手に持って、にやにやしながら物蔭から出て来た。私は相好を崩して喜んだ。

　その晩私達が道頓堀《どうとんぼり》の小さな宿屋で夕飯をすませたのは九時に近かった。来たついでにあれもこれもと慾張って沢山の用事を持っていた私だった。予定ではその晩私は築港《ちくこう》に旧知Ｏ氏を訪ねることになっていた。食後のお茶を事務的に呑み終った私は疲れたような顔をして煙草をのんでいるＨ氏にそのことを言って立上った。

　Ｏ氏との対面は六年ぶりだった。私の用事というのは主としてその春上京して上の学校へ入学したＯ氏の令息に関することであった。話は比較的簡単にすんだが、久しぶりだというのでＯ夫人から切《しきり》に引留められたため、泊ってゆけと言われるのを振りきるようにして私がＯ家を出たのは十二時に近かった。Ｏ夫人に強《し》いられた葡萄酒の微酔に海岸の夜気が快かった。私は海岸の石垣近く点々と植えられている石、何んという名だかよく小さい船などが綱を舫《もや》いつけているあの石に片足をかけて、月はなかったがひたひたと波うつ毎に白く光る海面を見やりながら、颯爽《さっそう》たる気持で——尿《いばり》をした。

その時である。ふと私は妙なものに気がついた。それは二十歩ばかり先の石垣の端《はな》に立ってじっと沖の方に向っている動かぬ白衣《びゃくい》の姿である。私は初め近所の神さんが涼みにでも来ているのかと思った。けれどもこんに晩《おそ》くなってたった独り、大阪人がよくするように団扇《うちわ》も持たずに石垣近く海へ向って立っているのもおかしいし、それによく見れば、それは帯のしめ方といい肩のあたりの曲線といいどうやら中年の神さんらしいのであるが、彼女は胸のところで手を組んでそれに顎をつけて何か祈っているらしいのである。場所柄といい私は当然入水かなと考えた。そして次の瞬間には入水に違いないと断定を与えた。入水ならば声をかけておいて後から抱き止めればよいことは芝居で教えられている。けれども、入水と断定は下したけれども、万一そうでなかった場合のきまり悪さを考えると、私は慌てて飛び出す気になれなかった。息を殺して私は成行を見ていた。

成行を見ていたというとながくなる。躊躇していたと言った方がよい。がそれは結局余計なことだったのだ。私がその女を発見してから五秒も経ったであろうか、白衣の女はひらりと身を躍らして海の中へ飛びこんだのである。私は失敗《しま》ったと思ってすぐに女のいた場所へ馳けつけた。石垣の下を覗いてみると白いものが激しい水の動揺につれてゆらゆらと動いているのが女の着衣に私には見えた。馳けながら帯だけ解いていた私はいきなり帽子と着物とをかなぐり捨てて、ちょっと水面までの高さを目測してから飛込んだ。

水は温かかった。女の飛びこんだ時の水音で石垣の根もとが相当に深いことを知っていたが、手と足とを大きくひろげて水面を叩くようにしたので頭まで沈みはしなかった私は、すぐにさっきの白くゆれているものに手をのばした。けれどもそれは女が飛びこんだ時出来た水泡にすぎなかった。私の小さな親切もやはり水泡に帰するのかなと少し心細く思いながらやたらにあたりを泳ぎ廻ってみたが、手にも足にも海水以外の何ものも触らなかった。三十間《けん》ばかり沖合に一艘の大伝馬《おおでんま》らしいものが舫っていたので、私は声をあげて呼んでみたけれども通じなかった。陸上からも誰も来てくれなかった。私は泳ぎには相当の自信があったけれども、アルコール分を摂取していたのでそこまで泳いでゆく気にはなれなかった。止むを得ず私はいったん陸上にあがって、交番に急を告げることにした。

石垣は高さ一間ばかりしかなかったけれども、登るになかなか骨が折れた。私は二十分ばかりもあちこち探し廻った揚句にやっと石の毀《こわ》れている場所をめっけて這いあがった。その時は泳いだのと焦慮とでだいぶ疲れていたが、着物を脱いだはずのところへ戻ってみて私は呆然とした。そこには私の着古した夏帽子とステッキと、丸にモの字の烙印《やきいん》を押した宿屋の貸下駄が落ちているばかりで、一張羅《いっちょうら》の夏羽織と着物とは脱ぐ時に袂《たもと》の中へ落しておいた銀貨入れぐるみ紛失しているのである。私は唖然としてしばらくは為《な》すところを知らなかった。

　でもしかたがないので私は裸体のまま桟橋の根もとの交番まで行ってそのことを届けた。Ｏ氏に言えば浴衣ぐらいは貸してもらえるのだがもう晩いから気の毒だと思って、タクシが通りかかったのを幸いと猿又一枚で夏帽子を被り、宿屋の貸下駄を穿《は》いてステッキを持った妙な姿を道頓堀の宿屋まで運ばれて帰った。その時は一時を過ぎていたが、私はひるま甲子園で大阪の野球ファンを心中嗤《わら》ったことを悔いた。

　翌日の決勝戦には暑いのを覚悟で私は洋服を着てゆかなければならなかった。そしてその晩私はＨ氏と別れて、いまいましい大阪をあとに姫路へ去った。それから二三日私は新聞に気をつけていたが、あの晩に築港で投身者のあったことはどこにも出なかった。そうした市井《しせい》の小さな出来事は、大阪の新聞は地方版にも入れないのだろうか。それとも――？

# 幽霊怪盗

## 第一回

「太田君、また一つ骨を折ってもらいたい事件があるんだがね」

五月も末の、じめじめと歯ぎれの悪い雨の降る晩だった。朝刊の原稿を書きあげたところへ、社会部長の長谷川さんがやって来て、そっと耳打ちするように言った。

「実はね、船成金の古池が殺されたんだ。やっぱり幽霊強盗の仕業だ。例の髑髏《どくろ》の符号のある脅迫状が残っているばかりで、手掛りはさっぱりない。それについて、いま警視庁から記事の差止命令が来たところなんだが、油小路子爵といい、北海鉄道の北村社長といい、こう頻々と富豪殺しがあっちゃ、われわれは枕を高うして警視庁に信頼していることは出来なくなるからね」

「全くですよ」私は煙草に火をつけながら言った。「一つわれわれの方で積極的に捜査を始めてみちゃどうでしょう？」

「そこなんだ。僕も昨日からそれを思っていたんだが、実はね、いろいろ調べてみたところ、今度の古池氏はむろんのこと、油小路子爵も北村社長も、そのほかこの幽霊強盗の手にかかった連中は、みんな富士生命保険に保険をつけているんだよ。不思議じゃないか。中でも北村社長なんかは七万円もつけてあったというから、富士生命としては大分打撃だろうと思うんだが、それはそれとして、こうも同じ会社に保険をつけている男ばかりが殺されるというのは、そこに何か曰くがあるんじゃないかと思われる。君、これからすぐに富士生命の寺井社長を訪ねて、意見を叩いてみてくれないかね。次第によっては、費用と労力とを惜しまず、徹底的に調べろという、社《うち》の社長の命令でもあるんだ」

「やりましょう！」私は元気よく答えて、いきなり表へ飛び出すと、タクシを平河町へと飛ばした。

○

訪ねてみると、寺井社長は丁度いま帰宅したところだとて、すぐに客間へ通された。

客間へ通ってみると、そこには寺井氏はいなくて、令嬢の百合子が、父の秘書の照井弁三と二人、面白そうに何か話していた。百合子嬢は去年あたり四谷の女学校を出た、この家の一粒種、学校時代から乗馬とテニスがお得意で、近頃は自動車のドライヴもはじめたとかいう活潑な令嬢だが、それでいて社交界の老婦人たちからも可愛がられているという、聡明な、いい意味でのモダンガールなのである。

「やあ、お待たせしました」

やがて主人の寺井氏が和服にくつろいで出て来た。私はすぐに来意を告げて、それについて何か意見はないかと訊ねた。

「いや、意見も意見だが、それよりも幽霊怪盗は私の手で押えたよ。いや、明日は必ず捕えてみせるよ」

寺井社長は元気よく笑った。

最近頻々として、富士生命の多額被保険者が、幽霊怪盗の兇手に仆《たお》れるので、社内でもそれについていろいろの議論が行われたが、何はともあれ、一刻も早く怪盗を取り押えて被害を少くすることが急務であるというのが、社長の意見であった。そこで、彼は平常から雇ってある探偵を激励して、しきりに捜索に努めていたが、今日午後、その探偵の一人が、禿虎《はげとら》と綽名されたうす汚い男をつれて来た。

「禿虎はかねて幽霊怪盗の一員として、魔の手先となって働いていた奴なんだ」社長は葉巻をぷっと吹いて言った。「それがね、ある事情のため首領に恨みを抱くようになって、俺のところへ、探偵の紹介で、首領の秘密を売りに来たんだよ」

「じゃ幽霊怪盗って、一人じゃないんですね？」私は早く先が聞きたかった。

「そしてその首領というのは？」黙って聞いていた秘書の照井が訊ねた。

「まあ待ちたまえ。禿虎の持って来たのは、一枚の封筒だけだがね、その中に、首領の秘密いっさいが隠されているんだ。だから明日は必ず首領を押えてみせる。首領さえなくなれば、幽霊怪盗も何もありゃしないさ」

こういってまた、寺井社長はぷっと葉巻の煙を吐いた。私はもっと聞き出そう、せめてその封筒の内容が何んであるかだけでも聞き出そうと思って追及してみたけれども、社長はもう取合ってくれなかった。

「明日、明日、すべては明日だよ」と笑っているのみであった。

○

寺井社長邸を飛出した私は、いったん社へ帰って、大体の報告をすませ、得られただけの材料で朝刊の原稿を拵えておいてから、本郷へタクシを飛ばした。呉《くれ》健作を訪ねるためである。

呉健作は中学時代からの私の友人であるが、大学教授でありながら、一方非凡なる探偵的手腕を持つ男なのである。出身は医科であり、医科の教室を持ってはいるが、何が専門だか私には判らない。電気のこと、化学のこと、人類学のこと、天文学のこと、火薬学のことなどに明るくて、その方が却って専門なのではないかと、素人《しろうと》の私などには見えるのである。

小使に訊くと、呉健作はまだいるというので、私はいきなり研究室へ飛びこんで行った。

「おい、事件をめっけて来たよ！」

呉健作は試験管やらビーカーやら、丁寧に附箋をつけた瓶やら取りちらかした試験台の向うから、静かに顔をあげた。

「なんだね、騒々しい」

「事件だ。事件だよ。いま新聞でやかましい幽霊怪盗――知ってるだろう？　犯跡をちっとも残さない奴なんだ」

「犯跡を残さない犯人というものは有り得ないよ。もしそれが見つからないというなら、捜しかたが悪いからだ。正しく捜し得る人がないからだ。――だが、幽霊怪盗のことなら僕も少し調べてみたがね、現に被害者の家族から依頼まで受けているんだ」

「だって、最近の事実はまだ知るまい？」

「なんだね？」

「寺井社長がね、富士生命の寺井社長がね、手掛を握ったんだ。明日は首領を押えるんだと言ってるよ」

「えッ！」呉健作は飛びあがらんばかりに驚いて、「ほんとうかい？　そして、寺井がそれを知ったのいつだい？」

「今日の午後だそうだ」

「ふむ、じゃ寺井は今頃はもう死んでるね」

「莫迦《ばか》な！　たったいま僕が会って来たばかりだよ」

呉健作は私の言葉には耳もかさず、大急ぎで研究室用の上衣を脱ぎすてながら、

「さ、太田、大急ぎだ。遅れると犯跡が薄れるッ！」

私は何がなにやらさっぱり判らなかったが、ともかくも呉健作の後について、夢中で飛び出した。

○

二人が寺井社長邸にタクシを乗りつけた時は、夜《よ》もだ

いぶ更《ふ》けていた。ベルを押すと書生がねむそうに出て来た。

「御主人はどこに居《お》られる？　お変りはないかね？」

「はい、もう御寝《やす》みで……」

書生は迷惑そうな顔をしたが、その時奥の方から、けたたましい女の叫声が聞えた。

「あれ！　お父様！　お父様が大変です！」

それっというので、呉健作と私とは書生を押しのけておいて、奥へ飛びこんで行った。声のしたのは主人の書斎である。呉健作はいきなり書斎の扉をさっと押し開けた。同時に、奥の方からもばたばたと人の出て来る気配が聞えた。

書斎は十二畳ばかりの洋室で、一方に大きな書棚があり、窓際に大型のテーブルが据えてあった。そのテーブルの前に主人寺井氏が倒れており、令嬢百合子がそばに膝をついておろおろしているのであった。

呉健作はすでに寺井氏を抱き起して、眼瞼《まぶた》をむいてみたり、胸に手を入れてみたりした。私は百合子嬢を扶《たす》けて、ソーファによらしめておいてから、呉健作のそばへ寄って行った。

「どうだ？　急病か？」

「怖ろしいことだ」呉健作は寺井氏をその場に臥《ね》かしたまま立ち上った。「実に怖るべきことだ。寺井氏は今晩机に向って、いつもの通り調べものをしていたんだ。そこへ電話がかかって来たもんだから、立上って受話器をとったんだ。そして耳にあてようとすると、その瞬間耳から受話器へ火花が飛んでそれで万事が終ったんだ。高圧の電気にかかったんだよ」

「するとやっぱり殺されたんだね？　どこから電気を送ったものだろう？」

「それは調べてみなければ判らないがね。ポケットを探った模様だが、時計も金入《かねいれ》もちゃんとある。机のまわりも急いで探した形跡がある」

呉健作は卓上電話機を調べた。

「巧妙な奴だ。指紋を綺麗に拭きとってある」

これは後で判ったことであるが、電話機に高圧の電気を送ったのは、電話線を屋外で切って、それに電力線から高圧電気を引いて来たもので、仕事はよほどその道の技術に明るい者のしたことであった。

◯

書斎の中には金庫があった。呉健作は次に金庫を調べ始めた。金庫は型こそ大きくはないが、最新式のものである。

まず扉を調べてみたが、扉には完全に錠がおりていた。抉《こ》じあけようとした様子もない。そしてそこにも指紋は見られなかった。

金庫の上には乃木大将の大理石像が飾ってあった。呉健作はポケットに手を突込んでみたが、手袋がなかったので、あり合せの新聞紙で乃木大将をそっと取りおろした。と、私は驚きのあまり、ごくりと唾を呑んだ。金庫の上には、胸像のあった位置に、裕《ゆう》に人が腕をさしこめるほどの孔があいているではないか！

「あ、これはなんだ！」

「テルミットだ」呉健作が叫んだ。

「テルミット？　テルミットって何んだ？」

「酸化鉄とアルミニウムの粉末の混合物だよ。独乙《ドイツ》のエッセンで発明されたのだが、これに点火すると五千度以上の高熱を発して燃焼する。あの、ほれ、この頃東京の市中で、市内電車の軌道をついでいるだろう？　あれがテルミットなんだよ。レールを熔《とろか》すくらいだから、金庫に孔をあけるのなぞ、わけはない」

話の間も呉健作は乃木大将を重そうに持っているので、私は受取ってやろうと手を出した。

「どれ、こっちへ貸したまえ」

「いけない！」

意外にも呉健作は大変な権幕でそれを拒んだ。

「いけない！　触っちゃいけない！　僕がわざわざ新聞で持っているのが判らないのかねえ。この大理石の上には、必ず指紋があると思うんだ」

呉健作はポケットから黒い粉末を出して、胸像に振りかけた。

「あっ、出た！　出た！」私は雀躍《こおどり》して叫んだ。

「うむ、これでまず手掛りだけは得たというものだ」

呉健作は満足そうに呟いた。

「へえ、こんなものが役に立つのですかねえ！」いつの間にやって来たのか、秘書の照井弁三が呉健作のうしろから覗きこみながら言った。

「これが大切なんですよ」と呉健作は、机の上にあった銀製の文鎮をとって、無雑作に、

「こうして私の指をこの上に押しつけます。そしてこの黒い粉を振りかけると、この通り判然と指紋が浮き上ります。指紋はどんな人でも一定のものでして、普通これを四種に分類して考えていますが、私のこれは蹄状紋《ていじょうもん》といって、この大理石に犯人の残していったものは――」

と呉健作は文鎮を乃木大将のそばへ持って行って、二つの指紋を軟べていたが、

「あっ！」

と叫んだきり、苦い顔をして口を噤《つぐ》んだ。

「どうした？　どうしたんだ？」

私はつめよって訊ねた。

「どうもこうもあるもんか。これを見たまえ。この大理石に出ている指紋は僕のだよ」

私は噴き出しそうになったが、呉健作の甘ずっぱい顔をみては、一生懸命に押えなければならなかった。

それにしても、なんという驚くべき奸智に長《た》けた悪漢だろう！　犯人は人もあろうに、呉健作の指紋をどこからか手に入れて来て、犯行の現場に残していったのだ！なんという大胆不敵な奴であろう！

## 第二回

呉健作はいよいよ専念寺井男爵事件の解決に努力することになった。だが相手は名だたる幽霊怪盗、彼の苦心も容易ではない。現に幽霊怪盗から自分の指紋を見せつけて弄《もてあそ》ばれたあの晩も、すぐに家へは帰らないで、研究室へ閉じこもって何事かしきりに研究に没頭していた。

だが、呉健作が手をつけた以上、早晩事件は解決を見るにきまっているのだ。うまく警察側の鼻をあかした時は、どんなにか愉快だろう？　私は当分出社しないで、呉健作と行動を共にすることに関して、社の了解を得た。

寺井家の事件があってから三日目であった。あれからずっと呉健作に附ききりの私が、研究室で彼の研究の手伝をしていると、寺井百合子嬢が突然、一人のお友達をつれて自動車を乗りつけた。

「あ、どうかなすったんですか？」

百合子の顔は蒼白《まっさお》であった。

「ええ、呉さんはいらっしゃいません？　わたしあの……」と彼女の後について来た同じ位の年ごろの令嬢を顧みてもじもじした。

「呉はいます。まアこちらへお這《はい》り下さい」

私はともかくも二人を中へ招じ入れて、実験台のわきの狭いところへ椅子を並べた。

「おい、呉君、寺井さんが見えたよ」

「やあ、どうなすったんです？　大変お顔の色が悪いじゃありませんか？」

「ええ、あの、大変なことが出来ましたの。それで御相談に上ったんですけれど」と百合子は帯の間から何かの紙片《かみきれ》を取出しかけたが急に気がついて、

「あ、こちらはわたしのお友達の幹元《みきもと》さん……幹元安

子さんでございます。あの、幹元商会の」

とつれの令嬢を紹介した。

百合子が友達安子の代りに説明するところによると、安子の父の経営する幹元商会は一ケ月ばかり前に幽霊怪盗から三万円の脅迫状を受取ったが、豪胆な幹元氏はなんのとばかり警察へも届けないで放っておいた。するとその後も二三回催促状が来たが、幹元氏はその都度、紙籠《かみくずかご》に抛りこんで笑っていた。ところが、今朝になって最後の通牒ともいうべきものが舞いこんだというのである。

「安子さんは今朝まで何も御存じなかったんです、今朝この手紙を見てから、初めてそれを知って、お父様に詳しく説明して頂きなすったんです。そして私のところへ御相談にいらっしたので、こうして御一緒にあなたのところへ参りましたの」

といって、百合子は帯の間から出した紙片を実験台の上にひろげてみせた。

それは新聞紙から一字ずつ切り抜いて、白紙に貼りつけて綴ったもので、差出人のところにはただ骸骨が一つ大きく書いてあった。

貴下《あなた》は我等の要求する三万円を支払われざるにより我等は本日正午を期して、貴下の商店内に在る宝石中より、目ぼしきもの約三万円を頂戴せんとす。右予《あらか》じめ告げおくものなり。

人もなげなる文句である。

「この手紙は今朝来たんですね?」と呉健作は懐中時計を出して見て、「いま十一時半です、すぐに出かければ十分間に合う、太田君、すぐ支度したまえ、これはただ脅かしただけじゃないよ」

私たちは百合子たちの乗って来た自動車をそのまま銀座の幹元商会へと飛ばした。

商会へ乗りつけたのは、正午にもう七分という時であった。私たちは呉健作を先頭に急いで店内へ這入っていった。と、一歩店内へ踏みこむと同時に、思わずたじたじとなった。正面及び左右から一時に五六挺のピストルが私達にむけて差しつけられたからである。

「待って下さい! わたしです! 安子です」

安子が夢中で叫んだ、警戒の刑事たちは、店の一番奥に二三の巡査に取捲かれて立っている店主の顔を見てから、やっと、きまり悪そうにピストルを納めた。

店主幹元氏はでっぷり肥った、赭顔《あからがお》の、眼の鋭い人であった。さすがの彼も最後の通牒だけは無視するわけにゆかぬと見て警察《みえ》へ助力を願出たものと見える。

店内には正面に、

本日は午前十一時半限り休業 仕 候《つかまつりそうろう》、幹元商会と大きく貼出してあった。実際、店内には一人のお客もいなかった。

安子と百合子とはいきなり幹元氏のところへ駈けよって、何事か早口に喋った、私たちのことを説明しているのだろう。呉健作の名は幹元氏も知っていると見え、彼の方を目で追いながら、しきりにうなずいて娘たちの話を聞取っている。

呉健作は警戒員たちには目もくれず、落着き払って、まず宝石類の陳列箱を見て廻り、次に天井や四方の壁をひとわたり見廻し、最後に刑事や店員たちの顔を一人々々鋭い眼で点検した。が彼とても今のところ、ただ待つというのほか採るべき手段はなかった。私は胸をわくわくさせながら、緊張しきった空気に一種の圧迫を感じて立竦《たちすく》んでいた。

仰ぎみれば、柱にかかっている大きな時計は正午に一分前を示している。

一同は店の中央にある、多くの宝石を納めた陳列箱を中心に、適当の間隔を保って円陣を作った。警察側では、宝石類全部を一時安全な場所へ移してくれと要求したのだけれど、幹元氏がそれだけは頑《がん》として応ぜず、ただ僅かに時価二十万円と称せられる東洋一の大真珠だけを私宅の金庫に移すに止《とど》めたのだという。だからいま私たちの眼前にある陳列箱の中には三万円のダイヤをはじめとして、十数万または二十万円くらいの宝石が納められているのである。

けれども、こうして十数人で警戒しているのであるから、幽霊怪盗いかに高言を弄《ろう》するといえどもよもやどうすることも出来はしなかろう。殊に白昼銀座の中央で何が出来よう！

五十秒、四十秒、三十秒、時計の針は刻々に進み、やがて静かな深い響をたてて、柱時計は十二時を報じはじめた。誰かが引摺られるようにその数を読んだ。

「ひとうつ――ふたあつ――みいっつ――」

遂に十二まで数え終ったけれども、何事もない、陳列箱は厳然として私たちの目前にあった。一同はほっと深い安堵の息を吐いた。と、その瞬間であった。ががらっとすさまじい音がして、問題の陳列箱は、それを警戒している私たちの面前で高価な宝石を納めたまま、土煙をたててぽっこり地下室へ陥没してしまった。陳列箱の下だけ、地下室から床を切り取ったのに違いない。

一同は唖然としてなすところを知らなかった。がすぐに気がついて、目前に出現した暗い孔の縁に押しよせた。見ると下では三人の覆面の男が、土煙の中で、散々に破壊された陳列箱からしきりに宝石を選《え》り出しているところであった。と、突然下からピストルの弾丸《たま》が飛んで来た。

「あぶないッ！」

身を避ける暇《いとま》もなく、続いて、火のついた爆弾が飛んで来た。爆弾は一同の頭上を飛び越して、遠く後方に落ちた。落ちたなりで、勢いよく口火が燃えのびてゆく。私たちは急いでそれを避けた。すると呉健作は、人々を押しのけて進みいで、今にも爆発せんとするその爆弾を素手で拾いあげた。

「あッ！　あぶない！」

私は思わず声を出したが、どうすることも出来ない、ただはらはらしながら見ているばかりである。

呉健作は拾った爆弾を持って、出来るだけ孔の口へ近づいたが、すぐに投げ返そうとはしないでじっと口火の燃えてゆくのを眺めた。ああ彼は待っているのだ、適当な時機を待っているのだ。

やがて口火はもう一寸しかなかった、五分《ぶ》になった、三分《ぶ》――突如彼は腕をのばしてそれを孔の中へ投げ落した。

「逃げたまえ！　みんな逃げたまえ！　大急ぎだ！」

呉健作は自ら先頭に立って表へ飛び出した。一同もそう云われてはじめて気がついて、慌てて先を争うように逃げだした。

それから数秒の後、すさまじい音響をたてて爆発が起った。店内は一面の濛煙《もうえん》と化し、陳列してあった多数の高価なるガラス器具類はこなごなに飛散した。煉瓦やモルタルや木材の破片が散乱して、足を踏みこむ余地もない。

煙が少し薄くなるのを待ちかねて、呉健作はまっ先に店の中へ飛びこんで行った。

店内では地下室に三人の曲者《くせもの》が赤《あけ》に染《そ》んで倒れていることと思っていたら、意外や、それらしいものは、どこにも見られなかった。彼らは早くもそれと察して、秘密の抜道から逃げ去ったものに違いない。

幹元氏はさすがに、宝石類のことが気になると見えて、しきりに陳列箱のあたりを掻き廻していた。と、刑事の一人が黒焦になった折鞄を持って来た。

「ありましたよ。宝石はすっかりこの中に入っているらしいです。慌てたために取落していったのでしょう。」

「どれどれ」幹元氏は受取って、中を検《あら》ためてみた。

「ふむ、八分通りはこの中に入ってるようだ。はっはははは、莫迦な奴！」

「はっは」彼はうれしそうだった。

呉健作は、しかし、宝石のことには見向きもしないで、さっきからしきりに地下室の構造を調べていたがこの時私を招いて言った。

「見たまえ、これが秘密の通路だ」

そういって彼は、大きな戸棚のようなものを、丸太棒を梃《てこ》にして前へずらし、そこの壁に現われた四尺四方くらいの暗い穴を指した。

「来たまえ」

そういって彼は懐中電燈をたよりに、その穴の中へ這いこんだ。私もすぐその後に従った。

狭い穴を十間《けん》ばかり行くと、一つの地下室に出た。地下室の一方に階段があるので、それを昇ってゆくと、樽だの荷箱だのをごたごた積重ねた倉庫のようなところへ出た。調べてみると、曲者が覆面に使ったらしい黒の風呂敷が一枚落ちていた。いよいよ曲者はここで覆面をかなぐり捨て、埃をはらって悠々と逃げ去ったものに違いない。倉庫は裏通りの、大正屋西洋食料品店のであった。

呉健作は表へ出て、左右を見廻したが、丁度五六間先のところに羅宇屋《らうや》が車を停めて仕事をしていたので、いきなりそこへ行って訊ねた。

「いまそこから洋服を着た男が三人出て来たろう、どっちへ行ったか知らないかね」

「さあ、そこの角から自動車へ乗ったようでしたよ、どうかしましたかい?」

「どんな自動車だった? タクシかい?」

「黒い大きな車でしたよ、円タクじゃないね、ずっと待ってたんだから」

「ちぇッ!」

呉健作は口惜しそうに舌打した。がもう仕方がない。地団駄ふんでも追っつきはしない。

私たちはがっかりして表の方から幹元商会へ帰って行った。と、ほんのちょっとの間《ま》に、私たちのいなかった間に店では大変な騒ぎが起っていた。百合子嬢の失踪である。

幹元氏の言葉によると、彼女は安子と共にずっと彼のそばにいたが、爆発騒ぎの時、みんな慌てて、われ勝にと表へ飛び出したので、ついどこでどうなったか知らない、気がついてみた時は、もう姿が見当らなかったのだという。

安子の言うところもほぼ同様であったが、ただ、彼女は百合子がたしかに彼女と前後して表へ出たことだけは、おぼろげながら気がついていたと言った。彼女が表へ出たのを見たという者は、ほかにも一二あった。

彼女は恐ろしさのあまり、黙って家へ帰ってしまったのだろうか。いやいやそんなことをする女性とはどうしても考えられない、親友の安子をほうっといて、ただ一人帰ってゆくなんていうことは、あり得べからざることだ、帰るにしても誰にも断らないで帰るはずはない。

それでも念のためというので、平河町の寺井邸へ電話で訊ねてみたがむろん帰ってはいなかった。

どうしたのだろう?

みんなで評議しているところへ、気の利いた刑事が、奇怪なる報告をもたらして帰った。彼は近所を一軒々々訊ね歩いた結果、往来をへだてた向側の、煙草屋の女売子が、その令嬢ならばたしかに二人の紳士風の男のため自動車に押しこむようにされてどこかへ行ったのを見たということを聞出したのである。

さては、百合子は誘拐されたのだ。

爆発騒ぎのどさくさにまぎれて、百合子は幽霊怪盗のため、誘拐されてしまったのだ!

曲者は二十万円もする宝石は取落したが、それにも増す宝をまんまと手に入れて逃げ去ったのだ!

さすがの幹元氏も真赤になって口惜しがった。

## 第三回

幹元真珠店爆発のどさくさに紛れて、故寺井男爵の一粒種百合子嬢は、何者かの手に誘拐されてしまった。犯人は何者であるか? むろん、煙草屋の女売子が見たという百合子を無理無体に自動車へ押し乗せて去った二人の洋服男がそれには違いないのであるが。

百合子失踪のことが知れると、居合せた警察側は急に色めき渡った。すぐに幹部の間で密議が凝らされた。

一方、百合子の失踪を一番心配したのは、幹元氏の愛嬢安子である。彼女が百合子のところへ相談に行きさえしなければ、こんなことにはならなかったのだから、安子が小さい胸を痛めるのも決して無理ではなかった。

「ねえ、お父さま、あたしどうしましょう。百合子さんにもしものことでもあったら、ねえお父さま」

彼女は蒼白《まっさお》な顔して、涙のいっぱい溜った眼で幹元氏を見あげながら、その腕に手をかけて揺《ゆす》ぶった。

「うむ、困ったことになった」

幹元氏は当惑しきって、破壊された店の隅でひそひそ相談している警部たちの後姿をじっと見ていたが、

「よし、それでは俺から懸賞を出すことにしよう。百合子さんを無事に連れ戻した人には五千円のお礼を差上げる」

幹元氏のこの提案は、むろん非常な歓迎を受けた。間もなく、何より先に目撃者を調べて材料を得、そこから捜査を開始することに相談が決って、刑事が手分して附近に散った。

刑事の出動するのを見て、私はふと我にかえった。そうだ、こんな事件を警察にばかり委せて、安閑としているわけにはゆかない。呉健作はどうしたろう？　いつの間に紛れたのか、あたりに彼の姿が見えないので、きょろきょろしていると、いたいた、自動車の窓からしきりに手招きしている。私は慌てて駈けつけた。

「さ、早く乗りたまえ」

「どうしたんだ？　どこへ行くんだ？」私は夢中で乗りこんだ。

「寺井令嬢を救けに行くのさ」

走りだした自動車の中で、呉健作の説明してくれたところはこうだ。——たったいま一人の自動車運転手が、妙なものを持って、彼を訊ねて来た。それはルビー入りの美しい指環と、呉健作自身の名刺とであった。運転手のいうのに、彼は大学の法科の教授K博士の抱え運転手であるが、たったいま主人を築地の精養軒へ送り届けての帰るさ、主人の命令で明石町のある英国人に手紙を届けて出ようとする鼻先へ、ついその向側の二階建の洋館の窓から、ぽんと何か落ちて来た。拾ってみるとかねて名前を知っている呉健作の名刺。指環は重みをつけるためつけたものに相違ない。何か様子ありげだと見て心利いた運転手は、すぐに大学の研究室へと車を飛ばし、そこで聞いて幹元商会まで後追って来たのだという。指環は私も見たが、百合子嬢のものに相違なかった。たしかに見覚えがある。

さては百合子嬢はそんな近くにいたのか！　そして、危急を報らせるため、臨機の手段を講じた彼女の気丈さも驚嘆すべきだが、運よくもそれがK教授の運転手に拾われて、意外に早く呉健作の手に入ったというのは、やはり正義には天佑《てんゆう》が加担してくれるのに違いない。

やがて目的の家に着いた。見ると玄関が開け放しになっている。さては早くもそれと覚って、曲者は逃走してしまったのか、百合子嬢はどうなったろう？　私は高鳴る胸を押し静めながら、呉健作の後について、中へ這入っていった。

玄関から真直《まっすぐ》に奥へ突抜けるホール、ホールの一方に階段があった。が、入口を一歩這入った瞬間、この家の空家であることが誰にも判った。どの部屋もどの部屋も椅子一脚あるではなく、あたりは埃だらけであった。むろん人のいる気配もない。

二階も同じであった。そして、三階の一室に、百合子嬢は手足を縛されて倒れ伏しているのであった。私はいきなり抱き起した。

「百合子さん、百合子さん、しっかりなさい。私です。太田です。呉君もいますよ」

「……」彼女はうす眼をあけて肯いた。

が、その顔を見て私はあっと叫んだ。倒れていたのは百合子嬢ではなかったのだ。彼女と同じような服装《みなり》はしているけれども、彼女とは似てもつかぬ別人であった。驚いて起き上ると、いつの間に従《つ》いて来たか、K教授の運転手と称する男が、薄気味悪い微笑を浮べて入口に立っている。しかもその手にはピストルが！

「動くと危い」彼はゆっくり二足ばかり前へ出て来た。

呉健作はと見ると、這入って来るなり百合子嬢――いや、百合子嬢の偽物にはちらと眼をくれたきり、部屋の中の様子を見廻していた彼は、両手をうしろで組合せたまま、むっつりして棒のように立っていた。

「どうしようというんだ?」やがて呉健作が詰《なじ》るように言った。

「どうもこうもない、団長の命令でお前たちを檻禁するんだ。これというのも、お前たちが余計なことに手出しをするからだ。まあ不自由だろうが、当分ここで辛棒するがいいさ。さ、手を出せ」

怪漢はポケットから手錠を出して、迫って来た。二人に一人ではあるが、相手はピストルというものを持っている。今ははや絶対絶命というのほかない。

「待って頂だい」

この時百合子嬢がむっくり起きあがった。丈夫な紐で手足を縛されていると見たのも狂言だったのか?

「あなた、呉先生じゃございませんか?」女は埃を払おうともせず呉健作の方へ歩みよった。「私をお忘れですか?　三年前に横浜で命を助けて頂きましたお雪でございます」彼女は悪人にも似ず羞かしそうに差《さし》うつむいた。

「ああ、誰かと思ったら、エトワール・ホテルのハルピンお雪さんか、しばらくだったな」

「いやですわ、先生、ハルピンお雪だの、エトワールだのって」彼女はダリヤの花のように笑って、「あのね、あなた、この方はいつぞや横浜で支那人に殺されかけた時、助けて下すった呉先生よ。あら、ピストルなんかお納《しま》いなさいよ。先生、これがあの、連合《つれあい》でございます」

お雪は一人ではしゃいだ。

「ほう、結構な共稼ぎだね」呉健作は苦い顔をして言った。

「横井と申します」男は頭を掻きながらピストルをポケットに納めて、「これが大変御恩になりましたそうで」

飛んだところで名乗りあげたものだ。私は茫然として成行を眺めているのみだった。

「一体これはどうしたことだ？　いくらハルピンお雪にしても、真昼間東京の真中でやるにはちと大胆すぎる仕事じゃないか？」

「いいえ、ねえ、先生、お恥しい次第ですけれど……」

と前置してお雪の語るところはこうだった――彼ら夫婦はさんざ悪事を重ねた身ではあったが、まだ人殺しだけはしたことがなかった。それだけは決してしまいと夫婦で約束していたのである。ところがふとした事から、近頃、よその子供を過って傷をつけた。殺しこそしなかったが、殆んど殺したも同様な不具《かたわ》にしてしまった。それで、これを機会にふっつり悪事を止めて、正道に戻ろうと決したのであるが、どこでその事を嗅ぎつけたか、しきりに無名の脅迫が舞いこんだ。手下になって働くならよし、さもなくば警察へ密告するとの脅迫である。事が露見すれば行くところへ行かなければならないのだからそれが嫌さに二人は泣く泣く手下になって、相変らず悪事を重ねているが、団長というのが誰だか、ほかにどういう団員があるのかさっぱり判らない。見たこともない。命令はいつでも電話か手紙で来るというのである。

「そういうわけで、今日も電話でこれこれの人をここへ連れだして檻禁するようにという命令が来たんですが、ただ呉という人とばかりで、それが先生だとは存じませんからつい……でも、ここで先生にお目にかかったのが何かの知らせかも知れません。私はもうふっつり足を洗って行くところへ行こうと思います。先生どうぞお助け下さい。団長に背いたと判れば、きっと私たちは殺されてしまうに決っていますから、それが仲間の規則ですもの」

「ふむ、よく改心した。横井君、きみも異存はないんだろうな？　そうか、いい覚悟だ。ところで、その団長から来る命令書というのは、一体どんなものかね」

「はい、それは普通の罫紙に鉛筆で走り書きしたので、署名の代りに髑髏が一つ書いてあるんです」横井が答えた。

「それを見せてもらえないかね？」

「ところがそれは見るとすぐ焼きすてることになってるんです。時々留守中に家宅捜索までやられるんですから、うっかり残してなぞおけませんし」

聞けば聞くほど用意周到な幽霊怪盗、彼は一体何者であろう？　そういえば、今がいまこの部屋の様子を、どこぞから窺っているかも知れない。私は背中のぞくぞくする思いで、そっとあたりを見廻した。が、むろん、われわれ以外に人のいる気配も感じられなかった。けれども、呉健作も同じことを気遣ったと見え、しばらくしてからこう言った。

「君たちのことは僕が引受けたから、とにかくひとまずここを引揚げて、家へ帰っていたらよかろう。僕たちはしばらくここに残っていよう。でないと、君たちの裏切ったことがすぐ知れるからよくない。そ知らぬ顔で家へ帰って、もし団長から電話でもかかって来たら、身動きも出来ず声も立てられないようにして、空家に匿《かく》してあるといって安心させるんだ」

「でも、いっそ警察へ行っていましょうか？」お雪がおどおどして言った。

「いけない！」呉健作は苦い顔をして呶鳴るように言った。「お雪さんも悪党に似ず案外人が良いな。いま君たちが警察へ行くのは、裏切りましたとわざわざ団長に知らせるようなもんじゃないか。そんなことしちゃ駄目だ」

「そうね、じゃおとなしく帰りますわ。私どうかしちゃったようね」彼女は苦笑にまぎらせた。

「あ、それから、肝心なことを聞くのを忘れていた。君たちの家はどこなんだね？」

「家は小石川です。小石川の浜口総理大臣のすぐ裏通りで、新しい文化住宅ですから、すぐ判ります。電話は小石川の七千八百番です」

電話まで持って、堂々たる邸宅を構えているとは、驚き入った次第である。

二人が別れを告げて出て行くと、呉健作は埃だらけの床の上に腰をおろした。

「少なくとも一時間はじっとしていなきゃなるまいね。君も腰をおろしたまえ」

「うん。だが、大丈夫だろうか、あの二人が途中で気が変って、二重の裏切をすることはないだろうか」

私は気になるので、窓から表の方を見下そうとした。すると呉健作が、

「叱《し》ッ！　いま覗いちゃ駄目だ。どこから仲間が監視していまいものでもない」

仕方がないので、私はそこに腰をおろして、ポケットから煙草を出した。と、その時、表の方で、パンパンと二発だけ、はっきりと銃声が聞えた。

「失敗《しま》ったッ!」

呉健作はがばと跳ね起きて、窓を押しあけた。見ると、玄関先のところへ、横井とお雪とが倒れている。印判天《しるしばんてん》の小柄な男がばたばたと向う横町へ駈けこむのが、ちらりと見えた。犯人に違いない。

やがて反対の方から、銃声を聞きつけたらしい巡査が、一人靴音高く駈けて来るのが見えた。それを見て、私たちも、思い出したようにがたがたと階段を駈け降りた。だが、降りて見た時はもう二人とも冷たくなりかけていた。横井は後から左心臓をみごとに射ちぬかれ、振返ったところをお雪は左こめがみへ一発喰《くら》ったものらしい。よほど馴れた腕に違いない。

むろん直ちに非常線が張られた。けれども犯人は遂に捕まらなかった。警察側では、犯人の姿まで判っていながら、捕まらないのだから、刑事部長はじめ非常に口惜しがり、はては呉健作の処置を非難する口吻さえ漏らした。刑事たちは聞えよがしの当てこすりを云った。それに和して、新聞記者たちも幾分反感を持つらしい気配を示した。

けれども呉健作は一通りの報告をすますと、あとは黙々として、控えていた。悪口《あっこう》にも当てこすりにも耳を藉《か》さなかった。そして夕刻をすぎてから、警察側の許しが出たので、黙々として研究室へ引揚げて行った。

（未完）

# 自殺

沖田要助が名前を変えたのは——ひそかに別の名前を持つようになったのは、去年の夏のある日からだった。十五年来つとめている東都銀行の行金を、ちょいちょい誤魔化すようになってから、必要にせまられて考えに考えたあげく、遂にそういうことにしたのだ。

はじめは十円札を一枚やっただけだったが、それがうまく成功したのに自信を得て、次第に荒い仕事をするようになった。そうして誤魔化した金は、川瀬淳の名で太洋銀行へ預けておいた。一年あまりのうちに、その金が積り積って五万円近い額になった。だが同時に、その悪事の発覚しそうな模様が見えてきた。いよいよかねての計画を実行しなければならない。

ある日彼は太洋銀行へ行って、四万何千円かの金を五口に別《わ》けて、川瀬淳宛の為替を振りだしてもらった。これが計画の第一段だった。今度は沖田要助というものを、この世から抹殺しなければならない。

五枚の為替をポケットにした彼は、永年住みなれた赤坂新町のアパートへ帰って、次のような遺書を認《したた》めた。

悪いとは重々《じゅうじゅう》知りつつも、とうとうここまで来てしまいました。穴を埋めようと思って、相場に手を出したのが破滅のもとでした。踠《もが》けば踠くだけ深みへずり落ちてゆく一方です。妻もなく児もなく、もはやこの世に何の望みも持たぬ私が、行きつく先に見える法律の制裁を避けるには、死があるのみです。死の苦痛は考えるとちょっと嫌な気もしましたが、人の話では、その瞬間には恍惚境に入るといいます。死そのものは少しも苦痛ではありません。私は今から四十八時間のうちに、前人未発の方法で、何人《なんぴと》にも知られぬように、死を経過するでしょう。醜い死体を見られるのは嫌ですから、この一週間、その点に関して考えつづけました。この期に及んで不幸中の幸いともいうべきは、私に一人の係累もないことです。さらば、永い御恩顧に酬いるにこの背任を敢てした私の不埒《ふらち》を、私の処決によってお許し下さい。

この手紙を銀行の課長の宛名にして、目につきやすいように机の真中にのせ、住みなれた部屋に彼はおさらばを告げた。予定の、九時の下関行《ゆき》急行までには、たっぷり二時間ある。

赤坂新町のアパートを出た彼は、その足で丸の内のある小さいホテルへといった。そこの四階に、川瀬淳の名で二三日前から、部屋が借りてあるのだ。

真直《まっすぐ》に四階のその部屋へ昇っていった彼は、扉《ドア》に鍵をかけておいて、寝台の下から小形の旅行鞄をとり出した。中には一着の新しい洋服をはじめ、シャツやカラやカフスボタンや、そのほか靴、靴下、ネクタイなど、一通りの装身具が入っているのだ。

彼はちょっと鞄の中を検《あらた》めてから、急いで着替えをはじめた。下着からハンカチに至るまで、苟《いや》しくも沖田要助の持物であったものは、全部取替えるのだ。紙入れも新しいのと替えた。時計も新調の腕時計をはめた。帽子も新しいのが用意してある。その上に、今までは用いなかった眼鏡まで、鼈甲縁《べっこうぶち》のが一週間も前から買ってあった。

すっかり用意が出来あがると、脱ぎすてたものをまとめて新聞紙に包み、鞄と一緒に両手に持って下へ降りてゆき、そのままぶらりと外へ出た。そして新聞包みの方は、通りがかりの暗い裏通りで、人知れず塵箱《ごみばこ》の中へ投げこんでしまった。

やがて東京駅へ戻ってきた彼は、地下室の荘司《しょうじ》理髪店へ降りていった。

一時間の後、荘司から出てきた彼は、鼻下《びか》の髯をきれいに落して、ロイド眼鏡をかけていた。髯がなくなってみると、顔が今までよりは幾分丸味をもち、色も白くなって少し若返って見えた。

切符は前の日に買ってあったから、荘司を出た彼は真直に改札口を通って、寝台車へ潜りこんでしまった。

間もなく列車は、多くの人に見送られて、静かに辷り出ていった。

見送り人の歓声の中で、彼はじっと自分の行動を批判してみた。ここまで来ればもう大丈夫だろう。このまま岡山の郊外に落着いて、盗みためた金で静かに余生を楽しめばよいのだ。これほど綿密に計画したことが、どうして露見しよう。そんなことを考えてびくびくするのは愚の骨頂だ。寝ろ、寝ろ――彼は安心しきって、ぐっすり寝こんでしまった。

翌朝、洗面所で顔を洗う時、彼は髪の毛を左右反対の方から分け直した。やってみるとこれも、顔を変えるにはなかなか有効だった。

食堂車で悠々と朝食を食べてから、自分の席へ戻った彼は、旅行鞄をあけて、自分が沖田要助ではなく、小説家川瀬淳であることを証明するため用意したいろんな材料を調べてみた。

その材料の第一は、三冊の通俗雑誌だった。それには何れも川瀬淳の小説が出ているのだ。その中の一つである「小説倶楽部《クラブ》」に出ている川瀬淳の小説「運命の窓」は、草稿も用意していた。それは雑誌から逆に、消したり書き直したりして出来るだけ汚く、苦心して書き写したものだった。つまりその草稿を浄書して、雑誌社へ渡した形にしたのだ。

一体彼が沖田要助の本名を捨てる時、なぜ川瀬淳という実在の人物を選んだかというのに、それは川瀬淳という、大変便利な男を彼が知っていたからだ。

十年ばかり前、まだ牛込の下宿にいた頃、隣の部屋に川瀬淳という不思議な男がいた。山陽線岡山在の生れだが、この男は少年の頃両親につれられて東京へ出たきり、一度も郷里へ帰ったことがないと威張っていた。ただ威張るだけでなく、川瀬淳はひどく郷里を憎んでいた。なんでも、一家をあげて東京へ出て来るようになったのは、よほどひどい迫害を受けたのが原因しているらしい。その後、彼の識った時分にはもう川瀬淳は両親とも失くしていたが、そういう事情だから、むろんあれから一度だって帰省したことはないだろうし、岡山には戸籍があるだけで、親戚も何もないと云っていたから、いまは川瀬淳という男を覚えている者――いや、顔を見知っている者は一人もないのに違いない。戸籍だって、むろんああいう無精《ぶしょう》な男のことだから、今でも東京へ移しているはずは万一にもないし、つまり川瀬淳という存在は、一種の無籍者、いやどこの誰であってもよいわけなのだ。だから彼がそこへ乗りこんで、川瀬淳になりすますなら、仮面を剝がれる心配はまずないといってよい。

それに、川瀬淳は三流作家でも小説家には違いないのだから、ときどき雑誌に作品が出るので、多少世間に名前を知られている。このことが、万一の場合少しは役に立つかも知れないのだ。

次に、証明材料として名入りの紙入れと名刺、旅行鞄がある。殊に旅行鞄に書きこんだ頭字《かしらじ》の方は、紙やすりで叮嚀にこすって、時代をつけることを忘れなかった。

旅行鞄の中には中村万里《まんり》の小説が一冊あった。それには扉にこう書いてある。

――最も敬愛する友川瀬淳君へ、著者より。

むろん偽筆だ。それから、帽子の内革にはＪ・Ｋと頭字が打ちこんであった。

けれども、こんなものを幾つ集めたよりも有効だと思われるのは、十本からある川瀬淳宛の古手紙だろう。この古手紙を彼は驚くべき巧妙な方法で拵えあげた。その手段はこうだ。

彼はまず雑誌社へ行って、川瀬淳の現住所が市外阿佐ケ谷であるのを知った。それからこの阿佐ケ谷の川瀬淳に宛てて、普通に封筒の上書を認めて、普通に切手を貼った。内容は多く地方の読者からのと、文学志望の青年からの「原稿を見てくれ」だが、用紙や筆蹟は苦心していろいろに変えたことというまでもない。それからこの封筒を、少し大きい第二の封筒に納めて、第一の封筒の切手のところだけが出るように、第二の封筒の左上のところを巧みに切りとった。そうして第二の封筒の表には、自分の宛名を書き、それを投函したのである。こうすれば阿佐ケ谷の川瀬淳宛の手紙が、ちゃんとその地の消印が捺されて自分の手許へ配達されて戻って来る。日曜を利用しては、彼はこの手紙を投函しに、わざわざ遠い田舎まで出かけていった。

この方法を彼は、半年ばかり前から根気よくやって、着々と準備していたことを、消印が物語っている。

だが、いくらこんなことをしても、容貌を全然変えてしまうことの出来ぬのだけは、彼にとって何とも悲しかった。ただ、髪の分け方をかえたの、印象の強いロイド眼鏡をかけたの、髯のなくなったのなどが、安心は出来ないものの、幾分のたのみであった。警察があの書置を信じてくれさえすれば、何を怖れることもなくこの五万円を楽しむことが出来るというものだが……

ひる少し過に、列車は岡山の駅に着いた。彼はすっかり安心しきって、小さな旅行鞄を持ってプラットホームへ降りていった。眼の前にはいろんな贅沢な生活をしている自分の姿が、次から次へと現われた。

改札口を出て、乗物を雇おうとしている時、ふと後から静かに声をかけた者があった。

「沖田さん」

彼はぎくりとしたが、辛くも知らぬ顔を装っていた。

「沖田要助さん、今日は《こんにち》」相手の男にそっと肩に手をかけられたので、彼は仕方なく振り向いた。

「何ですか？　人違いじゃありませんか？　私は川瀬という者ですが……」

彼はじっと相手を見た。相手は二人づれだった。

「間違いじゃありません。あなたは東都銀行の沖田要助さんです。ちょっとそこまで御同道願いたいんですがね」

「違いますよ。私は小説家の川瀬淳という者です。銀行なんかに関係はありませんよ」

「髯を落したり眼鏡をかけたりしても判りますよ、沖田さん。今朝東京から電報で手配があったんですからね」

「あなた方は警察の方ですか。困りますねえ。さ、これが私の名刺ですよ」彼は用意の名刺を出して渡した。

「名刺なんざ勝手にどんなのでも出来るさ。耳の下のその黒子《ほくろ》が承知しないよ」

「はははははは黒子は誰にだってあるんだし、偶然耳の下の同じところにあることだって――」

「いうことがあるなら本署へ行ってから云うがいい。さ、一緒に来たまえ！」

彼はとうとう二人の刑事に、手をとらんばかりにして警察へ連れて行かれた。だが彼は決して騒がなかった。こうなったら騒ぐと却って悪い。それよりも、おとなしく連れて行かれて、かねて用意の材料によって納得のゆくまで、自分が川瀬淳であることを証明してやるよりほかない。そう決心してからは、心も落着いて、さあ来いという気になった。

警察の門を潜った刑事は、すぐに裏へ廻って、彼を刑事部屋へ連れこんだ。

「手数をかけずに白状したらどうだ？　沖田要助に相違あるまい？」

いったん警察の門を潜ると、刑事たちの態度はがらり一変した。怖い目で睨みつけたのは、色の浅黒い年とった刑事で、モダンボーイのような背の高い方は、はじめから黙って聞いているだけだった。

「困りますよ、そう独断しちゃ。この帽子にだって、鞄にだって、ちゃんと川瀬淳の頭字が入ってるじゃありませんか」

「そんなものが当になるものか」

「沖田とかいう男が何をしたのか知りませんが私は川瀬淳といって、これでも小説を書く男ですよ。川瀬淳――雑誌で私の作品を御覧になったことはありませんか」

こういって彼は鞄から雑誌をとり出して、川瀬淳の小説のところをひろげて見せた。が、刑事はそれを手に取ろうともしなかった。「運命の窓」の草稿を出して、説明をつけて雑誌と一緒に刑事の前へ押しつけたが、ちらと見ただけで読んではくれなかった。

で、今度は中村万里の小説を出して、献呈の辞のところを示し、極力自分が川瀬淳であることを説いた。

「なるほど、これだけ揃ってちゃ疑うわけにゆかんかな」刑事はうす笑いを浮べて、若い方の男の顔を振返った。

「そうですとも、自分が自分であることを証明しなきゃならないなんて、私はこんな馬鹿な目にあったのは初めてですよ」彼は一生懸命だった。

「このままじゃ気持が悪くて帰れやしませんや。ついでだからいろいろ見て頂きましょう。これを見て下さい。みんな私に宛てた手紙ですがね、何といったって、手紙だけは偽物は拵えられませんよ。ちゃんとこの通り消印があります」

「なあるほどね。これじゃ疑うことは出来ない。飛んだ失敬をしましたね。まア悪しからず……」

「なアに、判って下さればそれでいいんです。せっかく何十何年ぶりかで帰省したのに、そんな疑いを受けちゃ、落着てもいられませんからね。私はこの市外の、五百羅漢《らかん》の者ですよ」

「ああ高等学校のある……いや、よく云ってくれましたね。実際私としても、君が沖田要助でないことは、よく判っていたんだ」

「それなのに何だってこんな処まで引張って来るんです」

彼は不服そうに、鞄を片附けて立上った。すると刑事がそれを押しとめて、

「ま、待ちたまえ。君は川瀬淳に違いないんだね？」

「そうですとも。小説家の川瀬淳に違いないことは、いまあなたが認めたばかりじゃありませんか」

「その川瀬淳に用事があるんだ」

「な、なぜです？」

「なぜ？　理由は貴様自身の方がよく知ってるはずだ。がわれわれの方じゃ一週間も不眠不休で探しとるんだ。何しろ殺人犯という奴は一日も放っとけないからね」

「えッ！」川瀬淳が殺人犯だと聞いて、彼は蒼白《まっさお》になった。口を利こうにも、咽喉《のど》が乾ききって声が出なかった。石のように棒立になって、相手の顔をまじまじと見ているだけだった。

彼の頭は混乱の極に達した。これは何ということだろう？　考えぬいた揚句に苦心して拵えあげた材料のために、殺人罪というより重い罪に問われるとは、何という皮肉だろう？　殺人罪なら恐らく死刑は免れないだろう。名刺を見せ、草稿を見せ、手紙を見せして、自分が人殺しであることを信じてもらおうとして骨折っていたとは何ということだ！

だが、だが、何で死刑になってなるものか！　そうだ、

自分がそんな恐ろしい人物でないことを、改めて刑事に信じてもらおう。信じさせなければならない。それには、自分が拐帯《かいたい》犯人であることを白状しさえすればよいのだが、出来ればそれも秘しておきたい。死刑はむろん嫌だが何年かの懲役も困る。

彼は思案に迷いながらも、まず出まかせをいった。

「これは何かの間違いに違いありません」

「間違いなんかどこにもないさ。小説家の川瀬淳は情婦を殺して逃走中なんだ。ちゃんと警視庁から手配が来ている。君がその川瀬淳なのは自分で証明して見せてくれたじゃないか」

「しかし、ほんとうに身に覚えのある者なら、まさか、進んで本名を名乗るわけはありますまい。自分で本名を名乗ったところが、後暗いところのない証拠じゃありませんか」

「いや、ここで議論したって仕方がない。君は川瀬淳に違いないんだから、早速警視庁に通牒して、受取に来てもらおう」

「いや、私は川瀬淳じゃないんです。私が悪かったです。実は、川瀬じゃないんです」

「川瀬淳でない？ それやどうしたんだ？ 君はたったいま、川瀬淳に相違ないって、ちゃんと証拠まで並べて見せたじゃないか。巫山《ふざ》けたことをいうと承知しないぞッ」

「いや、重々私が悪かったです。全くのところ私は川瀬淳じゃありません」

「ははは駄目だよ君。自分であれほど主張しておきながら、都合が悪くなると急にそれを取消すなんて、誰が真に受けるものかね。君は川瀬淳に相違ないんだろう？」

「違うといったら違うんです。私は人殺しなぞするような男じゃありません」

「そんなことをいったって、君が川瀬淳でない証明は出来なかろう？ してみればやっぱり、われわれの方では……」

「いや、待って下さい。私がいまお目にかけた証拠材料は、実はあれはみんな偽物なんです」

「偽物？ 名刺も草稿も鞄のその字もかい？」

「みんなそうです。拵えものです。一番問題の手紙にしてもそうなんです。すっかりお話しますから、まあ聞いて下さい」

彼は偽手紙を拵えた方法を、詳しく話してしまった。

「……そういうわけで、私は決して川瀬淳じゃないんです。私は決してそんな大それた罪を犯すような男じゃありません」

刑事は感心して聞いていたが、

「そうまで聞いてみると、やっぱり君を信じないわけにはゆかなくなるね。それにしても恐ろしく巧妙な方法を案出したものだなア。で、何だってまた、そんな手数のかかることまでして、川瀬淳になりたかったんだね？」

「小説家になって田舎へ来て、みんなからやいやい持てはやされてみたかったんです。全く申訳ございません」

彼はほっとして、額の脂汗を拭いた。

「よくある奴だな。だが、川瀬淳でないとすると、君は一体本名を何というのかね？」

「山田、山田義一っていうんです」

彼は咄嗟に出まかせをいった。

「山田義一？」刑事は彼の顔をじっと見つめながら、「ところで君に少々訊ねるが、紙入れの中の五万円に近い為替はどうしたのかね？　ただ田舎へ遊びに来たものが、五万円もの金を、しかも他人名義で持っているのはどうしたのかね？　そして、君の耳の下のその黒子に対しては、君はどういう説明をつけてくれるのかね？」

刑事から矢継早《やつぎばや》にまくしたてられて、忽ち彼は返答に窮した。あの為替を紙入に入れておいたのが、一期《いちご》の不覚だった。刑事はいつの間に見ていたのだろう？

「どうだ、恐れ入ったろう。貴様は沖田要助に相違ないんだ」

「……」

彼は無言で首垂《うなだ》れてしまった。

東都銀行の拐帯犯人沖田要助をひとまず留置所へ入れておいて、刑事部屋へ戻って来た老刑事は、ほっとした面持でバットに火をつけた。すると、終りまで無言で聞いていた若い刑事が訊ねた。

「梅田さん、川瀬淳という殺人犯の手配がほんとうに来ているんですか？」

「さア、そんなものが来ていたっけな」

老刑事はこういってにやにやしながら、うまそうに紫の煙を輪に吹いてみせた。

# 誌上探偵入学試験

前回の誌上探偵入学試験が大好評だったので、もう一度この試験問題を提供します。前回の分は案外やさしかったので、諸君も大分気をよくしたようだが、果して、今回の分がうまく出来ますかな。今度は全部を以って懸賞とし、点数の多い解答を以って二十名入学許可、賞品を提供します。巻頭の綴込《つづりこみ》ハガキ参照の上振って受験下さい。

## 第一問　倫敦《ロンドン》の医者殺害事件

――犯人は男性か女性か？――

倫敦のメイフェヤに、ウィンスロップ・ブレット博士という有名な開業医があった。若い頃ウイーンに出かけて、精神分析学で有名なかのフロイド博士に師事し、その方面の研究を積んだので、倫敦で開業してからも、主としてそういう患者を扱っていた。そして、めきめきと財産を拵《こしら》えてしまったので、一部では博士の財産は精神分析で知り得た他人の秘密を利用して、脅迫によってこれらの人々から捲きあげたのだという者もあった。

この陰口も全然火のない処にたった煙ではなかったらしく、新聞記者仲間では「ブレット博士の青い手帖」といえば有名なものだった。従って、博士が殺されたのも一部では必ずしも意外ではなかったらしく、ある人は少くとも博士を殺しかねまじき動機を持つ者が、男女とりまぜ六七人はあるとさえいった。

さて、博士の殺されたのは一九二六年、十一月二十二日の寒い日のことであった。最初の発見者は博士の書生ウィルキンスで、驚いて警察へ電話をかけたのが午後六時五分であった。その日ウィルキンスは、午後半日の暇を貰ったので遊びに出かけ、帰ってみたら博士が殺されていたというのである。電話を受けた署長は、現場に手をつけてはならぬと命じておいて、すぐに係官を急行せしめた。

　係官一行が、メイフェヤのあるビルディングにある、ブレット博士のフラットに駈けつけたのは、それから十五分後だった。博士は左を下に、金庫の前の壁際に倒れていた。二五口径のピストル弾を二発、一発は腹部に、二発は右肺に受けていた。肺部の傷口からは非常に多量の出血があり、鼠色のダブル釦《ボタン》の上衣《うわぎ》の前面を真赤に染めて、余ったのは淡青色《たんせいしょく》の絨氈《じゅうたん》の上に血の池をつくっていた。

　検死の結果、死後一時間以上を経過している、即ち死んだのは四時から五時の間ということだった。そして、チョッキの金時計も上衣のポケットの紙幣とりまぜ、十五磅《ポンド》もそのままだったが、鍵束だけは見当らず、後に至っても遂に出ては来なかった。なお博士は独身で、書生と二人で簡素に暮していた。

　壁の金庫というのは、床から三呎《フィート》ばかり高くなっていて、その扉《ドア》は開け放たれていた。むろん、博士のポケットから奪取した鍵で開けたもので、内部は、小さな手提金庫に納めてあったはずの、青表紙の手帖が紛失しているほか、別段盗られたものはない模様だった。

　この手帖のことは、前にもちょっと述べたが、博士が取扱っていた患者の備忘録《びぼうろく》で、それらの人々の秘密が記入されている謂《い》わば一種の閻魔帖《えんまちょう》であった。

　書生のウィルキンスは、二時半に暇を貰って外出し、六時五分に警察へ電話するまでの足取が判然していたから、一点疑うべきところはなかった。以下ウィルキンスの申立てを採録しよう。――

「先生の診察所はウィンポール街にございますが、火曜日はいつもお休みになっております。それで、今朝ほどはずっとお部屋にいらっしゃいましたが、十二時にお午食《ひる》を召しあがりにお出ましになり、一時ちょっと前にお帰りでございました。私はその時、お書斎の散らかった書物を片附けておりましたが、お帰りになると間もなく、電話がかかって参りましたので、私が出ようと致しますと、お机の前にいらした先生が、すぐ受話器をお取りになりました。電話はあのお机の上にございました。

　お話の模様では、いつもと別段お変りはございませんでした。はい、御立腹なすったとか、お驚きになったとか、そういう様子は見えませんでした。それどころか、お話の途中で、私の方をお向になり、『ウィルキンス、お前は今日六時まで暇をやるから遊びにいって来てもいいよ』と仰有《おっしゃ》いました。
　こういうことは時々ございましたので、その度に私は喜んで外出させて頂いておりました。大急ぎで台所へ入って、仕度して参ってみますと、先生はまだ電話でお話中でございましたが、『それではウィルキンス、二時半になったら出かけていいよ。三時にお客が来るはずだが、夕飯は八時に食べるから、六時までに帰ればいいよ』と仰有いました。

　それで私はお言葉通り二時半に出かけまして、恰度《ちょうど》六時に帰ったのでございます。先生は御職業柄ときどき秘密の御相談がございますので、私はいつでもお言葉通りにして、決して時間を間違えないように致しておりました」

　一方係官は、書斎の中を綿密に調べてみたが、指紋は一つも見当らなかった。金庫の扉、手提金庫、そうした指紋の残りそうな部分は、ぬれ雑巾《ぞうきん》か何かできれいに拭きとってあった。

　浴室の扉の把手《ハンドル》に濡れたタオルがかけてあった。そして浴室には、手洗い盤に水道の水が出し放しになっていた。

　次に、注意を要するのは、博士の死体の位置である。図で見るように、博士は恰度金庫の前に妙な具合に倒れ

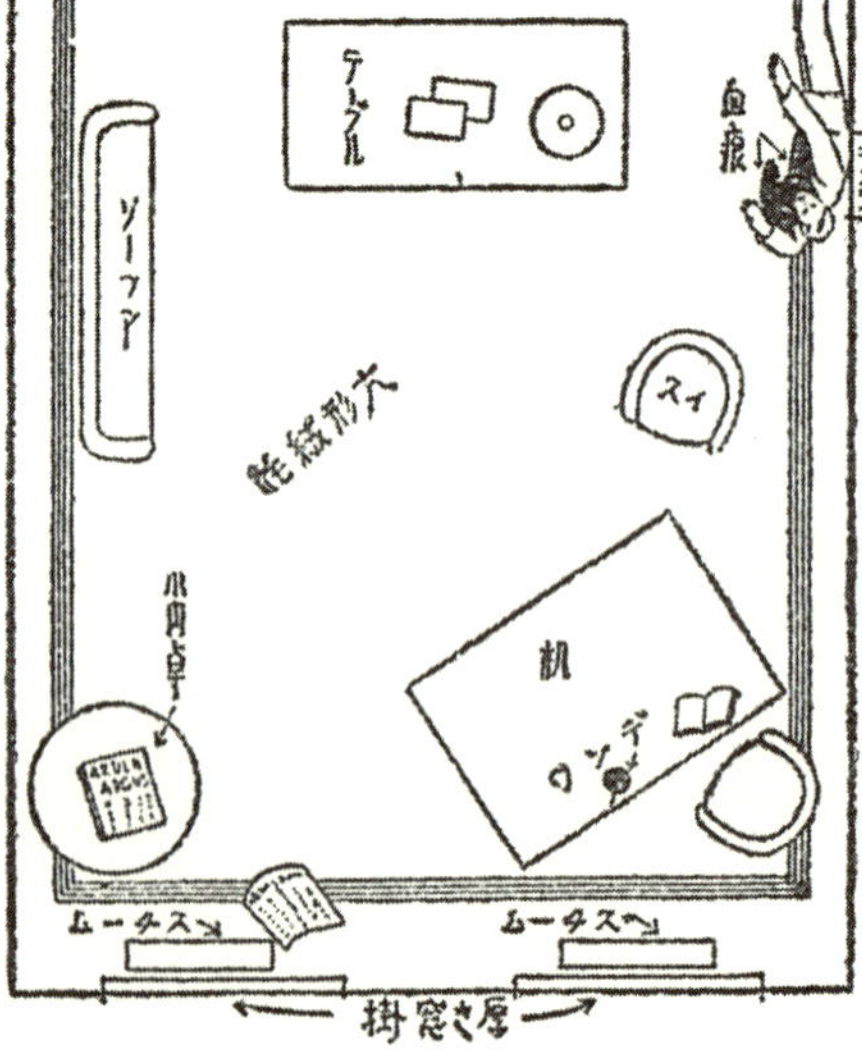


ているのだから、犯人が金庫を開けるには、どうしても博士の死体に触《さわ》らなければならなかったと推定さるる点である。
　机の上には読みかけの小説本が伏せてあった。それから、左側のスチーム暖房器の前には、新聞紙が一枚――その日の朝刊デーリーメールの第一面が落ちており、その残りの各頁《ページ》は、そばの小円卓の上にあった、下に落ちている方の新聞紙は、一部分が縮れて皺がよっていた。その状況は、いったん濡れてから乾いたものではないかと思わせた。皺のある部分の大きさは、巾がほぼ二欄分

くらい、長さは殆んど新聞全体くらいというから、約四寸の二尺と見ればよかろう。ウィルキンスは、彼が二時半に出かける時には、ちゃんと揃えてたたみ、小円卓の上にのせておいたと申立てている。

そのほか、書斎の中にはこれという材料は見当らなかった。近所のフラットについても調べたが同様、エレベーターボーイも電話交換手も何等参考になる材料は持っていなかった。ブレット博士のフラットは一階だったし、電話は交換台を通さずに局と直通になっていたのだから、それは無理もないことだった。博士のところへかかって来た電話は、交換局でなければ判らぬ（それは調べてものことを意味する）し、博士の部屋への出入は、エレベーターボーイに見られずにすることが出来るのだ。それどころか、実際ピストルの音を聞いた者もなかったのである。

で、結局、犯行の状況は次の如く推定されたが、これはマッカード探偵もその通りだと認めた。

一　犯人は約束により三時に訪ねて来て、一時間以上もいた後博士を射殺したこと。

二　殺害後犯人は金庫から青手帖を盗み出し、ウィルキンスが六時でなければ帰らぬのを知って、悠々と指紋を消して立去ったものである。

そこで、犯人は果して男か女かということになったが、当局ははたと行詰った。そこへ有名なマッカード探偵が出て来て、犯人の性別を即座に断定したのである。同探偵によれば、犯人が犯行後になしたある行動により、犯人の性別は一目瞭然《いちもくりょうぜん》であるという。

**一、犯人は男か女か？**　（八十点）

**二、男（女）とすれば、その理由如何《いかん》？**　（二十点）

## 第二問　不思議な酒壺《さかつぼ》事件

——いかにして一人だけ殺し得たか？——

伊太利《イタリー》ミラノ大学の教授パオロ・カペリ氏によって最近発見された、十二世紀の古文書に見ゆる犯罪捜査事件——十二世紀末葉のヴェニスの執政官アルバシニが腹心の役人ジェロニモという男が毒殺されたのに対し、執政官がベリニという役人に命じてなさしめた調べの次第である。

基督《キリスト》紀元一一八九年十二月第三日、ヴェニスの名誉ある民選執政官たる騎士アベルノ・アルバシニ閣下の御内命に基きマルコ・ベリニ謹んで調査したる復命書。

閣下が忠実なる僕《しもべ》ジャコモ・ジェロニモ殿の不時の凶変に関し、世上一般には自殺と断ぜらるるも、真相は何人かの謀計により斃《たお》れたるものならんとの御賢察に基き、命《めい》を拝して詳細を遂ぐるところ次の如し、なおこれが内偵にあたりては、御内意を体し、従来なされたるすべての調査報告はこれを排し、全然別個の立場より第一歩を踏み出したるものなり。

然《しか》るところ、果してジャコモ・ジェロニモ殿の死は自殺にあらで、騎士トルツェロの奸計《かんけい》によれるものなること明らかとなれり、この真相にして一度《ひとたび》公表せられんか、全市民は囂然《ごうぜん》としてカレルギ・トルツェロが非を鳴らすに至らん。

以下順を追って、査問の次第より記述せんとす。

### 小詩人フェルナンドが証言

自分が平素畏敬《いけい》するマルコ・ベリニ殿のお訊ねに接し、誠心誠意誓って偽りは申上げませぬ。自分はかの勇士ジャコモ・ジェロニモ殿の非業《ひごう》の最期を遂げられましたカレルギ・トルツェロ殿の宴会に招かれた一人でありますが、死の直接の原因はジェロニモ殿の飲まれました葡萄《ぶどう》酒《しゅ》にあって、決して世上信ぜらるるが如くにジェロニモ殿平素御愛用のラヴェンダ入り砂糖のためではありませぬ。その理《わけ》は、大広間で偶然落ちあいました時、ジェロニモ殿が例の砂糖の容器《いれもの》をとりだしてすすめられましたので、自分も遠慮なくその少量を貰い受けて口中《こうちゅう》なし、共々に食堂へ出ていったのでありますが、自分の身には何の異変もなかったことを見ても判ると思います。

かかる次第故、たとえ世上一般に信じられてはいても、ジェロニモ殿が平素愛用のラヴェンダ入り砂糖のため変死されたのでないことは、お判り下さることと存じます。また、それと同時に、当夜は主人トルツェロ殿が自ら一個の酒壺から、客人たちに葡萄酒を注《つ》ぎすすめられたことを理由に、ジェロニモ殿死の原因が葡萄酒にはないと断ずる俗説は、これまた甚だしく誤っているのでありまして、その理由は、自分とパプティスタとはかの酒壺につき、ある不思議を見たからかく申すのであります。ただし、当時自分は甚だしく酩酊《めいてい》しておりました故、その不思議の次第をここに申述べるには不適当かと存じます。ただ、その不思議と申すは、かの酒壺がいと気味悪い泡を吹きだしたことだとだけ、申上げてお許しを願いたいと存じます。何卒《なにとぞ》この点は当夜、宴席に侍《はべ》り居りましたトルツェロ家の踊り子、パプティスタについてお訊ね下さいませ、パプティスタはつい先週トルツェロ殿からお暇が出ました由故《よしゆえ》、今は何事も包まず、申上げることと存じます。

## 踊り子パプティスタ・ヴィトーレが証言

マルコ・ベリニ様御口《おんくち》ずからのお訊ね故、私めは神かけて嘘偽りは申しあげません。ジャコモ・ジェロニモ様お薨《かく》れになりました宴会の時は、主人トルツェロ様お言葉により、私も早くからお席に出ておりました。

ジェロニモ様御災難は、やはり毒殺に相違ないと存じますが、それも、主人トルツェロ様おすすめの酒壺から毒が入ったものにござります。その有様は次の通りにござりました。

主人トルツェロ様は、十二人ばかりのお客様方に、お手ずから酒壺をお取上げになり、上等の葡萄酒をおすすめになりました。お客様方はいち時にその葡萄酒を召上り、たいそう楽しそうに、お寛《くつろ》ぎでいろいろとお話し遊ばしましたが、主人様はつぎつぎと空《から》になった杯に葡萄酒を満たしていらっしゃいました。そして酒壺が軽くなりますと、皮嚢《かわぶくろ》から新たにお入れ足しになりました。皆様ほんとにお楽しそうで、心からうちとけてお話がはずんでおりました。私はジェロニモ様のお杯に葡萄酒をお注ぎになります時も、じっとお手許を拝見しておりましたが、別段何の変ったところもございませんでした。

皆様お杯を十二杯以上もお受けになりました時分でしょうか、一段と興深くお見受けしました時、ジェロニモ様は突然立上って、鳩尾《みぞおち》のあたりを押えて苦しそうに遊ばしましたので、四五人のお客様が、すぐ駈けよって、別室へお連れ去りになりました。その時は私も、葡萄酒が過ぎたためと簡単に考えも致しましたし、主人様もそんなことを仰有りまして、お気の毒そうに、ラヴェンダ入りの砂糖を一緒に食べたのがよくなかったのだと、お呟きになりました。

主人様はじめ四五人の方々が、ジェロニモ様を別室へお連れになりました時、小詩人のフェルナンドが隙を見て私に戯《ざ》れかかりました故、私はすぐにその手を払いのけてやりました。

「何をするんです！　私はね、私はほんとうの恋人でなければ接吻はしませんよ。私の恋人はこれさ」

そして戯れに、卓子《テーブル》の上に取残されておりましたかの酒壺へ首をさしのべて、その口のところへ唇を持ってゆこうと致しますと、フェルナンドが慌てて私の腕を押えましたので、唇は届きませんでした。それで、接吻する代りに笑いながら酒壺の口をふっと吹きますと、不思議や、酒壺の頸《くび》のあたりから気味悪い大きな泡が現われました。壺の頸を飾る花の一つから出たもので、すぐに消えてしまいましたが、そのあとにドス黒い水のようなものが残りました。酒壺には上等の、冴えた赤い葡萄酒が入っていたはずでございますから、これはフェルナンドも私も吃驚《びっくり》いたしましたが、やがて皆様こちらへお引返しの様子でございましたので、私は急いでその場を立去りました。

そのことがあって以来、私はトルツェロ様のあのいやらしい微笑が気になって仕方がないのでございます。私にはもうあのお方を信用する気が致しません。あとでジェロニモ様とうとうお亡くなりのことを伺いまして、ますますお屋敷づとめが嫌らしくなってしまいました。

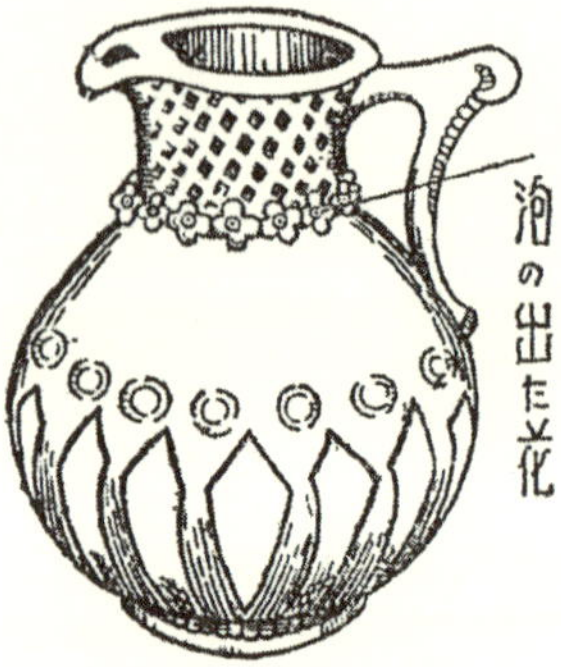


以上両名の陳述により、カレルギ・トルツェロの行動に頗《すこぶ》る疑うべきものあるを見て、調査を一歩進むべく小官はトルツェロ家の下僕《しもべ》に命じて秘かにかの酒壺の構造を研究せるに……

――

これ以上ベリニの報告書を引用すると、読者に種を割ってしまうことになるから、この辺で打ちきって、ベリニの報告書に添えてあった油絵のうつしを掲げるに止めておこう。さて、

一、トルツェロは同じ酒壺から多くの客に葡萄酒を注ぎながら、どうしてジェロニモだけを毒殺し得たのだろうか？（六十点）

二、パプティスタがもしあの時葡萄酒を飲むか飲まないまでも酒壺の口にキスしていたらどうなったろうか？（四十点）

## 第三問　製薬会社長殺害事件

――犯人は二人のうちのどちらか？――

六月上旬のある朝、倫敦市民は一大凶報に驚かされた。有名なブリース製薬工場の創立者であり社長であるエリントン・ブリース氏が、前夜、その寝室で毒殺されていたのである。

工場はテムズ河口に近い、じめじめした荒地《こうち》の真中に

在った。もっとも近年は大倫敦市の膨脹の余勢で、工場近くまで所謂《いわゆる》田園住宅が建ち並ぶようになったが、ブリース氏はかなり変り者で、是非工場に近いところに住《すま》わなければといって、河沿いの、ヴィクトリヤ王朝のある紳士が別邸に使っていた古い屋敷に住んでいた。

警察当局で調べあげた事件の要点は、次の通りである。

ブリース氏の死は、永年の習慣通り、その朝八時に起しに行った召使によって発見された。寝床の中で死んでいたのである。死因は（これに関しては後に詳述）一種の毒瓦斯《ガス》中毒らしく、暖炉棚の上に約六合入りの大フラスコが一個おいてあった。中には約半分ばかりの液体が入っており、栓は見当らなかった。フラスコは普通の家庭用のものではなく、化学実験室などでしばしば使用される種類のものだった。余談ながら、このフラスコの中である種の薬品と薬品とを混合する時は、猛烈な毒瓦斯を発生せしめることが出来、その毒瓦斯は忽ち室内に瀰《び》漫《まん》して、寝床の中に眠っているブリース氏を殺すことが出来るはずだと、ある専門家が漏らした。なお、フラスコには指紋はなかった。

窓は二つあって、どちらも下の方が八吋《インチ》ばかり押しあけてあったが、毒瓦斯は瞬時にして室内にいるものの生命を断ったらしく、ブリースが可愛がっていた小鳥が籠《かご》の中で死んでいたし、窓枠の上には五六匹の蠅《はえ》の死骸が落ちていた。初夏のことで、うるさい蠅が盛んに出はじめていたのが、いっぺんにやられたものと見える。なお、窓には濃い緑色の日除《ひよけ》カーテンが、殆んど窓いっぱいにおろしてあったから、外にはカンカン日があたっているのに、寝室の中はうす暗かった。

召使たちを参考人として調べたり、いろいろ捜査した結果、濃厚な嫌疑が二人の青年の上に向けられた。いずれも製薬工場の関係者で、毒瓦斯発生上の知識は十分備えているはずの者である。

一人はブリースの甥《おい》のジョン・ウォルタースで、同時にこれはブリースの唯一の血縁者でもあった。もう一人はブリースの気に入りの秘書のアダム・ボードマン、二人はいい合せたように、身に覚えのない嫌疑だと申立てもしたし、また同じく相当のアリバイを持ってもいた。平素の行状《ぎょうじょう》に関しても、当局の調べた限りでは、指弾《しだん》すべき点はなかった。二人とも金に苦しんでいる模様もなかったし、その他面倒な情事関係などもなかった。そして、ブリースの死を二人ともいたく悲しむ様子だった。

ジョンにとっては叔父、アダムにとっては主人、それを彼等が殺そうとは、彼等の平素の行状から見ても、ちょっと想像もつかないことだった。しかも、当局が犯人を二人のうちいずれかにありとなしたのは、ブリース氏の遺言状の内容を知ったからである。遺言状には、大約《たいやく》百万円ばかりの財産のうち半分をジョンとアダムに分ち与え、あとの半分を慈善事業に寄附するとあった。この遺言状は、五年ばかり前に作成されたものであるが、内容は二人とも聞かされて知っていたのである。

ジョンとアダムは、別段仲の悪いわけではないが、特に親しいというほどではなく、互いに遠慮しあっているという形だった。工場での二人の仕事は、全然違う方面だった。二人は身に覚えのないことを主張すると共に、相手をも庇護《ひご》しあっていた。

九時半に検屍が行われた。検屍官は、死後四時間以上十時間以内だといった。ブリースは丁度微恙《びよう》で床についていたところだが、死体の位置から見ても、殺しておいて寝床に入れたものではなく、寝たまま死んでいったことはたしかだった。死後四時間以上十時間以内というぼんやりした検屍官の推定は、当局を少なからず悩ました。死の時刻、従って、毒瓦斯発生の時刻が判然すれば、犯人は容易に知れる状態にあったからである。というのは――

秘書のアダム・ボードマンは、前夜十一時三十分すぎまでブリースの寝室にいた。それは本人も認めているし、同四十五分ころに帰ってゆくのを、ブリースの乳母であり今は家政婦の役をしているグリュウ婆さんがはっきり見ている。グリュウ婆さんの部屋は二階の、ブリースの部屋のすぐそばだ。

ブリースは、微恙の風邪が殆んどよくなったので、秘書を呼びよせ、寝床の上に起き直っていろいろ仕事の上の相談をしていたのである。なお、アダムはいったん帰っていってから、すぐに引返して来たが、それは忘れものの手提鞄を取りに戻ったのだと彼はいっている。その時、ブリースの命令によって、寝室の電燈を消して、扉《ドア》はぴったり閉めて帰っていったことも申立てた。

ブリース家を出たアダムは、乗りすてておいた自分の小型自動車で、ドーミー・ハウスというゴルフクラブの自分の部屋へ帰っていった。それから翌朝死体の発見されるまで、彼がそのクラブを一歩も出なかったことは確実である。

一方ジョン・ウォルタースの方は、前日マンチェスタ市へ行っていて、倫敦へ帰ったのはやっと倶楽部《クラブ》へ立寄って夕食に間に合う時刻だった。それから倫敦郊外のブリース家（彼は叔父の家に住んでいた）へ帰ったのは夜中の一時頃だった。

家政婦のグリュウ婆さんは、ジョンの帰った物音に、起きて階段のところまで出て来て、何の用事があるか、夜食でもするかと訊ねた。それに対して、ジョンは腹は大きいからすぐ寝るつもりだと答え、叔父の病気はどうだと訊ねた。そこでグリュウ婆さんが、十二時近くまでボードマンさんが来て、仕事の話をしていたというと、そんな調子なら病気も殆んどいいのだろうといって、三階の自分の部屋へ上っていった。

リュウマチ持ちのグリュウ婆さんは、自分の部屋へ戻って、しばらく小説本を読んでから眠ったが、眠《ねむ》ついたのは少くとも二時半以後だという。それから翌朝死体の発見されるまで、ジョンは何も知らずにぐっすり眠ったと申立てているが、それを証明する材料は別段なかった。これは、十一時半にアダムが帰って行く時、ブリース氏が果して死んでいなかったかどうかという点と共に、本人の申立て以外には何の確証もないことだった。ジョンが帰った時に、ジョンかグリュウ婆さんがブリース氏の寝室へ入っていたら、この点はもっと判然《はっきり》していたろうが、十一時半以後朝まで、ブリース氏の寝室へ入った者がなかったのだから仕方がない。

これを要するに、諸種の点を綜合した結果、犯人はジョンかアダムのうちの一人に違いないが、そのいずれであるかは、ブリース氏の死んだのが夜中の十二時より前か後かによって決定するのである。即ち、十二時以前に死んだものとすれば、犯人はアダムに相違ないし、以後ならばむろんジョンだということになる。だのに、検屍官が前にいったようにボンヤリした決定しか与えなかったのであるから、当局の判断に迷ったのも無理はない。

だが、ある鋭い探偵によって、この謎は終《つい》に解かれた。被害者の死後経過時間以外の点から、この謎はみごとに解かれたのである。

そこで読者への問題は――

一、いずれが真犯人であったか？　（三十点）

二、いかにして犯人の決定を見たか？　（七十点）

## 第四問　英国の二重殺人事件

――誰が最初に殺されたか？――

昨年英国の片田舎で実際にあった興味ある事件。土地の警察では解決し得ず、倫敦警視庁の応援を得てはじめて謎を解き得たといわれる。

英国の田舎ギルドフォードというところに、「豚の背越し」というところがあった。図で見るように、そこは道が急カーヴをなしているところだが、ある朝の六時、太陽がやっと出たばかりという時土地の牛乳配達が通りがかりに大変なものを発見した。

一台の自動車が路傍に乗りすてられ、その車上に二人の男が折重って死んでいたのである。

死体の一つ、舵輪《ハンドル》を握ったまま前額部を射たれて死んでいるのは「猫撫声《ねこなでごえ》」のマロイという前科者だが、近年は倫敦警視庁の諜者《ちょうじゃ》をしている男だった。

もう一人は、「手長《てなが》」のシュッツという亜米利加《アメリカ》者の悪漢で、一度マロイの密告で倫敦警視庁へ捕えられ、暗いところへ行って来て以来ひどくマロイを憎んで、口癖のように仇《かたき》を打ってやると揚言《ようげん》していた男だった。

自動車はマロイのものだったが、彼は前にもいったように前額部の、左の眼の上をエンフィルド銃で射たれて死んでいた。検死官の推定では、彼は射たれるとすぐに殆んど意識を失い、数秒にして死んだものと認められた。自動車のすぐそばに、路の上にエンフィルド銃が一挺《ちょう》落ちていたが、マロイの頭部から取り出された銃丸を、その道の者に鑑定せしめると、落ちていた銃から発射されたものに違いないと証言した。

これに反して、痘瘡《あばた》のある背の高い青年シュッツは、右方から射たれ、頸に弾丸が二発入っていた。兇器はウインチェスタ銃、これは二人の死体の間にはさまっていた。それも銃床《じゅうしょう》はマロイの尻のそばで、腰掛のクッシヨンにちゃんとつき、銃身が前部の風除硝子《かぜよけガラス》の上に乗っていた。

解剖の結果、シュッツがそのウィンチェスタ銃で射殺されたことは一点疑いを容れなかった。

一体これはどうしたのだろう？ 決闘したのだろうか？ それならばシュッツは何のためにマロイの自動車に乗りこんだのだろう？ 二挺の銃には明瞭な指紋が発見されなかった。マロイは手袋をはめていたがシュッツの方ははめていなかった。

いい忘れたが、附近には二種の足跡がはっきり残っていた。一方はシユッツのものであることが判ったが、

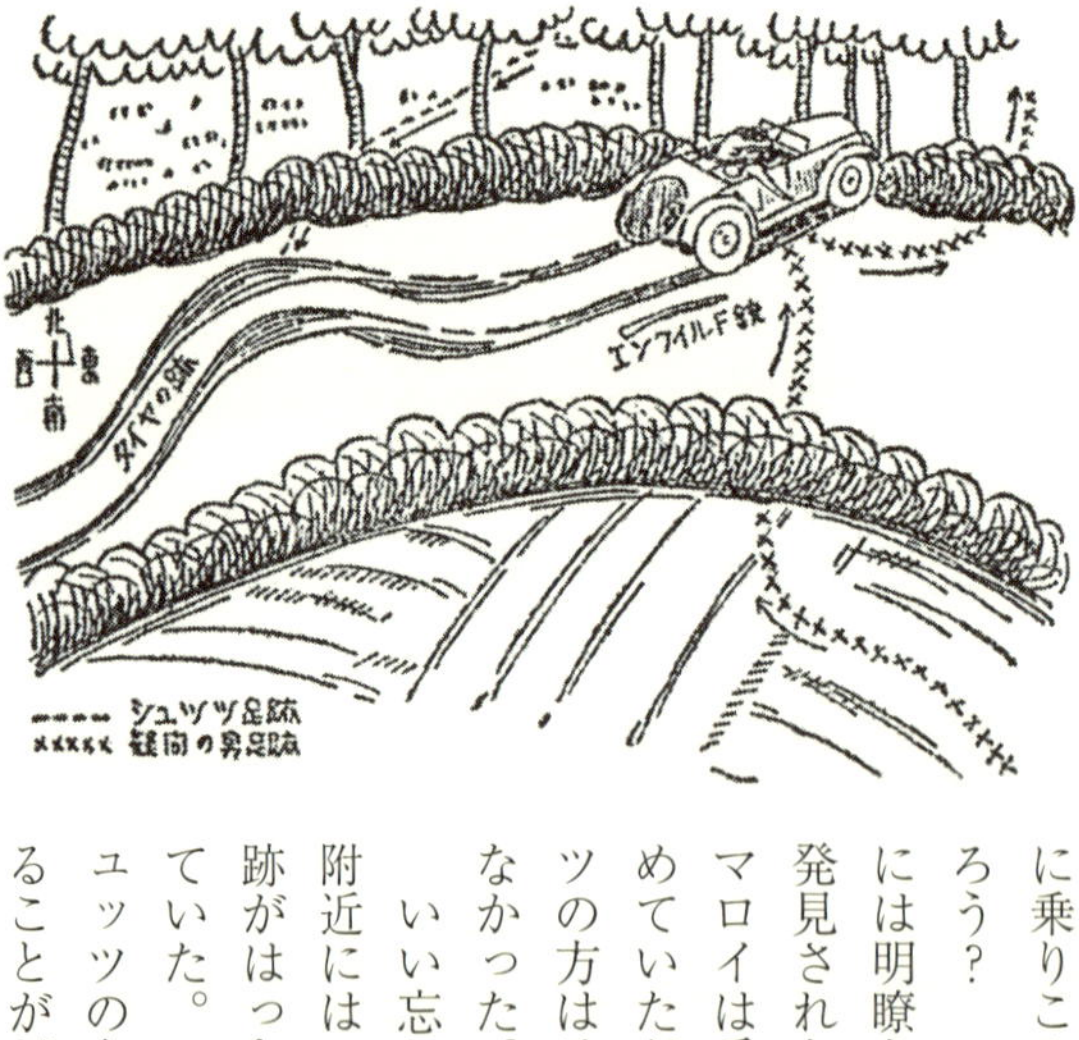

一方は何者とも知れなかった。当局は、なお自動車のタイヤの跡をも詳しく研究した。で問題は、

**一、「お喋り」マロイは誰が殺したか？　（二十点）**

**二、「手長」のシュッツは誰が殺したか？　（二十点）**

**三、二人のうちどちらが先に射たれたか？　（二十点）**

**四、シュッツはどうしてマロイの自動車上にいたか？　（二十点）**

**五、疑問の人物は何しに自動車のそばへ立寄ったのか？　（二十点）**

## 第五問　砂丘の足跡事件

——足跡は何を物語っているか？——

英国の南部のある海岸地方での話。何しろ気候は申し分なし景色はよし、山気のある投資家が附近いったいに文化住宅風の家を建てつらねている中に、ここだけはどうしたものか、道路工事などすっかり出来ているのに、誰も手をつけていない場所があった。

　そこは海の中に長く突き出た半島形の砂丘で、中央には立派に砂利でかためた道路が通じ、道路の両側には雑草や茨《いばら》が丈高く生い繁っていた。この道路を東へ行けば、図で見る通り海へ行きつまるが、西へ行くと幾曲りして後、一哩《マイル》ばかり先の文化住宅村へ達する。

　さて、ある年六月二日の午後五時に、ヘンリー・デーヴィスという旅行者が、行止りとも知らないで、自動車を飛ばしてこの道を西から東へとやって来た。ところが、行止りの少し手前で、ふと、路傍の草むらに妙なものが見えたので、自動車を停めて降りてみると、何と驚いたことに、それは乗馬服を着た男の死体だった。死体のあたりには足跡が散乱している。

　心づいたデーヴィスは、足跡を乱さないよう注意して、すぐに自動車をとって還《かえ》し、文化村から警察へ電話で急報した。それによって捜査官の一行が駆けつけたのは、二十分後だった。

　巡査の一人によって、死んでいるのはレヴィントン・ストラングという金持老紳士であることが認知された。ストラングは倫敦の実業家だが、今は事業から手を引いて、数ケ月前から、文化村に隣接する荘園に住っていた。どちらかというと偏屈《へんくつ》者で、殊に最近妻と別れてからはそれが激しく、殆んど人とも話をせず、馬ばかり乗り廻していた。馬は非常に好きだと見え、附近いったいに、毎日彼の乗馬姿を見ぬことはなかった。

　なお、ストラングの我儘《わがまま》で横暴な性格は、倫敦の同業

者仲間でも定評があり、もと映画女優だったドロシー・ウィルフレッドという美人と結婚したが、忽ちにドロシーが逃げだしてしまった時も、ストラングを知っている者たちは、それみたことかと云っただけで、別段問題にもしなかったほどだった。もっとも本人にとっては、ドロシーに逃げられたのが非常に打撃だったらしいが、知人には、ドロシーは今に帰って来ると揚言していた。

　次に、捜査官の現場検証の模様を記そう。

　ストラングは、顎《あご》に強き一撃を受けて殪《たお》れたものと見え、その部分が紫色にはれあがっていた。何で殴ったのか、または何にぶつけたのか、そのあたりには石も棒きれのようなものも落ちていなかった。

　更に、死体の附近には足跡が乱れていたが、前夜雨が降ったばかりで、砂が濡れていたから、それらは非常に明瞭に観取することが出来た。

　足跡は死体の附近ばかりでなく、砂丘全体にわたって点々と残されていたが、当局によって正確にうつし取られたものは、大体図の通りであった。

　取調べの結果、現場から二哩はなれた前記文化村のゴルフクラブに、ストラングの逃げた妻ドロシーが数週間前から滞在していたことが判った。ただし、彼女はその日正午頃外出したきり、まだ帰らないという。

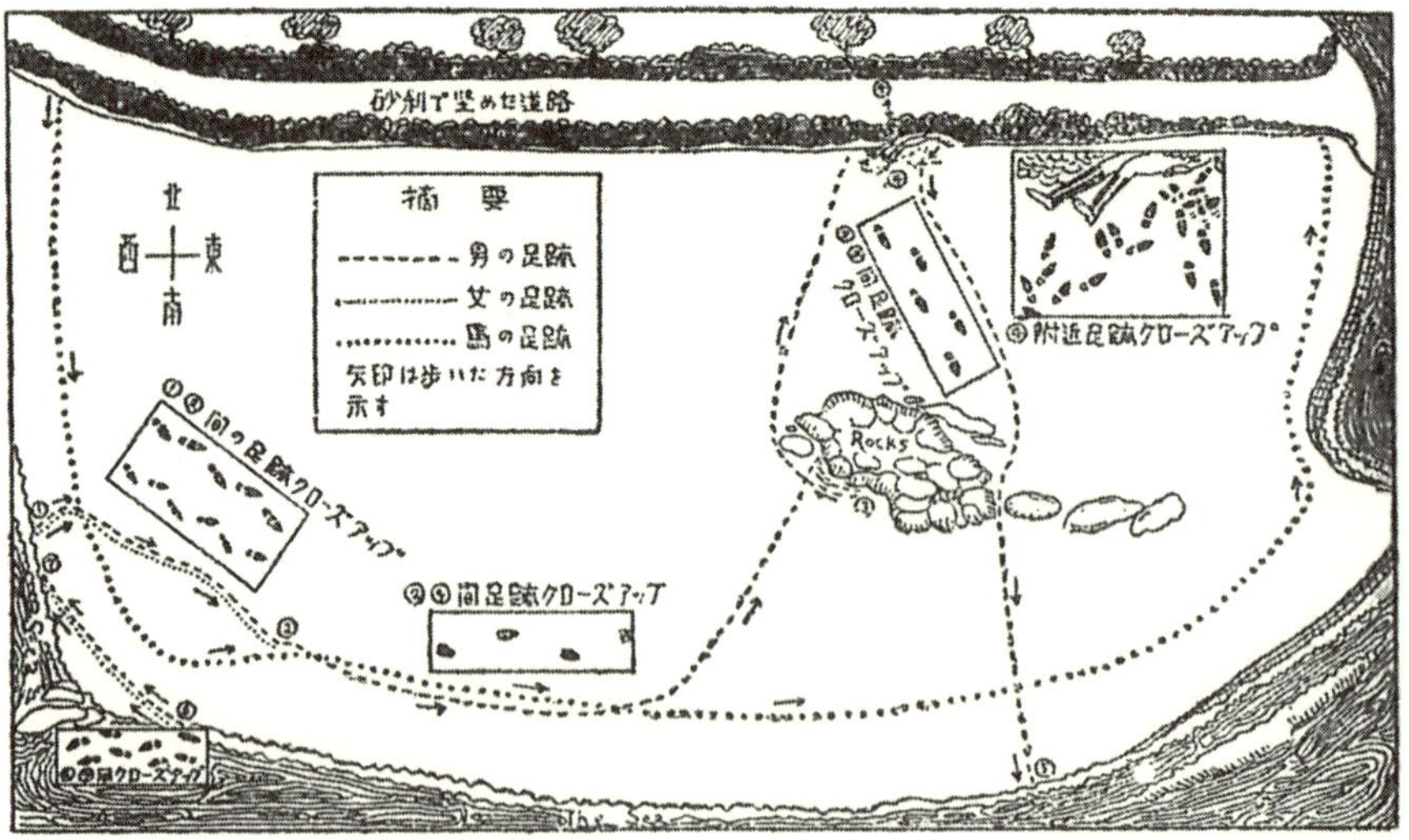

また、現場から五哩はなれたところにある燈台守《とうだいもり》の言によって、同日午後三時頃、一組の男女が現場の西南海岸（即ち図の附近）へ丸木舟を乗りつけて上陸したことが判明した。四方を展望していた燈台守の双眼鏡に偶然うつったのだが、深く気にとめていなかったので、ただそれだけの事実を見たというに過ぎなかった。

同日の干潮は午後二時四十分。ストラングが馬に乗って自宅を出たのは午後一時三十分。

なおまた、ドロシーはゴルフクラブに滞在中は殆んどいつでもジョンソンという金持のアメリカ紳士と一緒にいたことも判った。

そのアメリカ紳士に関しては、若い好男子で、エール大学時代には拳闘のウェルターウェイト選手だったこと位しか判らなかった。

一週間ばかり後に、事件の真相が判明すると共に、詳細に新聞紙上に報道されたが、以上の材料によって、諸兄は次の点をどう解釈されるか、試みに考えてみて頂きたい。

一、図の2の場所で何が行われたか？ （十点）

二、図の2から3までの間に、足跡の男は何を行《おこな》ったか？ （十点）

三、3の場所で彼は何をなしたか？ （十点）

四、4の場所でどんな事が起ったか？ （十点）

五、4以後、女はどうなったか？ （十点）

六、5の附近で何が行われたか！ （十点）

七、5から6までの間では？ （十点）

八、6から7の間では？ （十点）

九、7以後どうなったか？ （十点）

十、4以後、馬はどうなったか？ （十点）

# 懸賞当選発表

## 解答

### 第一問　倫敦《ロンドン》の医者殺害事件

一、ウィンスロップ・ブレット博士殺しの犯人は女である。

二、それはスチームのそばに一枚だけ落ちていた新聞紙によって判ったのである。マッカード探偵は、この新聞紙に残っていた細長い皺は、濡れた靴下をその上にのせて乾かした跡であると断定した。犯人は、殺害後博士の秘密備忘録たる青表紙の手帖を盗るべく金庫を襲ったが、その際彼女の片足が博士の胸のあたりに触ったので、靴下にべっとり血がついた。それで、犯人はその靴下を脱いで洗面盤で洗い、新聞紙に乗せてスチームで乾かしたのである。

### 第二問　不思議な酒壺《さかつぼ》事件

一、トルツェロは葡萄酒を注《つ》ぐ時の拇指《ぼし》の働かせ方一つで、ジェロニモにだけ毒を飲ませることを得たのである。酒壺はこの目的のため特に作られたもので、頸部《けいぶ》の泡の出た花から注ぎ口へかけて、内部に細い孔があけてある。そして、この孔の中に毒薬が入れてあったのだ。だから、トルツェロが葡萄酒を注ぐ時、拇指をもって花の穴を押えていれば、物理学の法則に従って毒液は出て来ないし、拇指をはなせば葡萄酒と一緒に、毒液が杯の中に入ったわけである。葡萄酒を注ぐ時の拇指の位置なぞは、誰もあまり注意しないから、トルツェロの奸計は大成功をおさめたのであるが、偶然パプティスタが壺の中を吹いたので、花のところから泡を吹きだし、ひいて仕掛のあることを観破されるに至ったのだ。

二、もしパプティスタがあの時、壺の口にキスしていたなら、むろん彼女も毒死していたであろう。

## 第三問　製薬会社長殺害事件

一、ジョン・ウォルタースが犯人である。

二、蠅の死骸が室内に散乱せず、窓枠にのみ落ちていたことから、毒瓦斯の発散は夜あけ以後になされたものであると判明したからである。その理由は、ブリース氏を殺したほどの猛毒瓦斯は、むろん蠅などの小動物を一瞬にして斃《たお》したものと考えられるが、これは蠅が当時窓にとまっていたこと示すもので、蠅が窓にとまっていたということは、外が明るかったことを語るものでなければならない。すべて蠅だの蟻《あり》だのは、光りを求めて集るものだからである。この事実は、明らかに真犯人がジョン・ウォルタースであることを示している。即ち彼は帰宅後、あけ方ひそかに二階まで降りて来て、叔父の部屋へ忍びこんで毒瓦斯装置をしておいて、何食わぬ顔で眠っていたのだ。

後に、彼は無謀な投機に手を出して大穴をあけていたことを自白した。

## 第四問　英国の二重殺人事件

一、シュッツがマロイを殺したのである。彼は道路の北方の草叢《くさむら》からエンフィルド銃で狙撃したのである。

二、疑問の人物がシュッツを殺したのである。シュッツが、マロイを殺して後自動車に乗りこんだところを、彼は南方の草叢にいてウィンチェスタ銃で狙撃したのである。

三、従ってマロイの方がシュッツよりも先に射たれた。

四、シュッツはマロイを射って後、主《あるじ》を失った自動車が方向を失したのを見て、急いで草叢から飛びだし、自動車にとび乗るなりハンドルをぐっと右へ切った。丁度その時、第三の男のため射殺された。

五、疑問の男は、自分の使ったウィンチェスタ銃をマロイの傍《そば》において、二人が決闘でもしたかの如く見せかけるため、草叢から出て来て、力もなくなって静止していた自動車のそばまで来たのである。

## 第五問　砂丘の足跡事件

一、1のところから砂浜にあがった男女、即ちジョンソンとドロシーとは、2のところまで来た時、後《うしろ》から来た乗馬のストラングに追いこされた。その時、ストラングは馬上から猿臂《えんぴ》をのばして、あっという間にドロシーをさらって逃げた。

二、ジョンソンはすぐに馬の後を追って駈けだし、近道を通って3の岩かげに隠れ、ひそかに様子を窺っていた。

三、しかるに、ストラングは左方、即ち道路の方へ曲っていった。

四、そして、4の場所で草むらに待伏せしていて、ストラングを馬から引摺り落した。それからストラングを殴り倒したが、相手が死んでしまったのでしばらくは茫然とその死体を見おろしていたものと思われる。その時ドロシーもそばにいたことは、足跡が物語っている。

五、4から5までは男の足跡だけで、しかもその足跡は1から2までのと違って爪先が開いていない。これは何か重いものを持運んだ証拠だが、5から6までは潮が満ちて来たため足跡が洗い去られているけれど、6から7までには男女の足跡のあることを見て、4から5まで彼が運んだのは、ドロシーであったものと考えられる。

六、彼はドロシーを真直に波打際まで運んでゆき、5の附近で冷い海水を顔にかけて、彼女を蘇生せしめたのだ。

七、ドロシーが蘇生したので、5から6までジョンソンはこれを援《たす》けながら、波打際を歩いたのだが、潮がさして来たため足跡が洗い去られたことは前にも述べた。

八、6から7まで、再び足跡が現われているが1から2までのものに比して、よく見ると男女の足跡が密接している。これはドロシーがまだ十分恢復しないので、彼が抱くようにして歩いたものと見られる。

九、7の点で、二人がここから丸木舟に乗って逃げ去ったことを語っている。

十、馬は、4の地点から勝手に帰っていったのである。実際馬はストラングの廏《うまや》に帰っていたのが発見された。

# コンクリの汚点

地下鉄にも夜はあります。というと、何だか殊更《ことさら》私が妙なことをいいだすようですが、決してそうじゃありません。あの最新式の間接照明とかいう奴で、プラットホームはあかあかと照されていますから、あなた方がときどきお乗りになったのでは、それは感じられないでしょうが、毎日乗務している私たちにはどこがどうということはちょっと口ではいい憎いのですけれど、やっぱり夜と昼とははっきり分ります。

夜はお客さんの顔にどことなく疲れが見えますし、第一赤い顔をしてる人がちらほら――そんなことはあなた方にもお分りでしょうが、あのうす暗いトンネルの中が、どこから明りがさして来るか、争われないもので、昼間はなんとなくほの明るいのです。

この、夜と昼とのほんの僅かな明るさの相違が感じられるようになると、地下鉄の乗務員も一人前ですが、その前に昼と夜との温度の差があります。

いったい地下鉄の中は、夏は涼しく冬は暖かなので、私の知っている老人など、避暑にゆくよりいいとかいって、夏になると娘の代りに売店へ出る人がありましたっけが、実際ここばかりは暑さ知らずですからね。

そういえば、この老人については面白い話があるんです。老人が娘さん――といっても子供が二人もあって、御亭主は地下鉄工事の方へ出て、組長か何かちょっとした顔の男でしたが、とにかくその娘さんに地下鉄の売店をやらせていたのは、地下鉄がまだ浅草上野間だけのころですから、ずっと古いことです。

地下鉄に限らず、今どき売店と名のつくものをやるには、相当の資本と手づるを辿っての運動とが要りますが、老人は何をしていた人か知りませんけれど小金を持っていたし、そこへ娘の婿が地下鉄工事の方でちょっとした顔でしたから、いろいろ便宜もあったのでしょう。

地下鉄も今では万世橋《まんせいばし》神田三越と延長されましたが、当時は浅草上野間だけで、発《で》たかと思うと着く、ほんの子供だましみたいなものでした。

で、前にいった娘婿、仮りにKと呼びましょう、この男は私も一度見たことがありますが年は三十八、九でしょうか、沖仲仕《おきなかし》に見るような立派な体格で、鼻の下にちょっぴり髭を生した顔もキリリと引締って、なかなかの男振りでした。そこまでは見ませんから真偽は保証出来ませんが、背中に大きく「売物」と刺青《いれずみ》があったそうで、何でも十年前まではこれを看板に方々押し廻ったとかいうことです。

それがどう悟ったのかふっつり人が変って、いまいった老人のところへ婿に入ってからはすっかり堅気になり、小才の利くところから地下鉄の人夫廻しみたいなことをしていたわけですが、かみさんとの間に二人も子供がありながら、どういうものか女にかけてはゴタゴタが絶えなかったそうです。つまり、どんな女でもやたらに手を出すんですね。その代りよくしたもので、どんな女とも三月と続いたことがない。早いのは半月でどっちからともなく別れてしまう。

かみさんにしてみればそれが苦労の種で、どうせ亭主は自分ひとりを守っていないと思うから、外に女を拵えることは諦めてもいるが、せめて相手をきめておいてほしい。そうすれば自分はその女を認めもしよう——とまアこれは世間にもよくあることで、ほめたことじゃないにしても、その気持は分らないこともありません。

いや、話がつい横みちへそれましたが、このKが、かみさんと二人の子供と一緒に地下鉄の工事場で殺されたんです。

いったい地下鉄工事には×××を沢山使っていますが、Kの配下も十一人が十一人とも全部そうでした。これらの連中は富川町《とみかわ》の宿泊所から通って来る独身組と、千住《せんじゅ》から来る家族持とありますが、どういう間違いか、Kがこの千住組の一人の細君に手を出したんです。

Kが自分の配下の女房と知って手を出したか、それとも偶然だったか、いろいろ説をなす者もありますが、それはどちらでもいいんです。イカモノ喰いだから知ってやったともいえますし、×××にはぽっちゃりした可愛い女が多いから、ついムラムラとともいえましょう。実際その女は背こそ高くないが、色白の丸顔で、ちょっと男好きのする女だったそうです。

Kははじめそれを、自分の配下の女房と知らなかったとしても、後にはむろん知っていたのでしょう。というのは、最初は仕事の帰りに浅草へ用達《ようた》しに行って、夏のことで氷屋とかで知りあったのがもとで、半ば暴力を用いて意に従わせたらしいのですが、その後たびたび呼び出しをかけては、同じことを続けていたといいますからね。

　でも、そういうことがいつまでも知れずにいるはずがありません。お定まりの通り亭主のMの耳に入ってしまいました。

　ところが、私にもその辺の他国の女のことはよく判りませんけれど、このMというのは故郷では相当の家柄だったが零落して東京へ出稼ぎといいますか、漂泊して来ていたので、そういえば女房の美しかったことも肯ずけますし、仲間はMを大切に庇うようにして仕事をしていたことなど思い当るそうです。Mの家柄というのは、一種の神主みたいな門地《もんち》なんですね。

　あの地方では、この神主の家柄が非常に神聖視されていて、もしこれに侮辱など加えようものなら大変なことになるのだそうですが、この事件もやはりそういう一種の迷信からには違いありますまいけれどM個人としては自分の一家が零落したのは×××のためだという考えがあったんですね。それで、仲間の者も完全に一致して、ある晩の夜業のとき、Kを地下鉄の仕事場で惨殺してしまったんです。

　いや、Kだけならまだよかったんです、よくもありませんが、猪食《ししく》った報いとして仕方がないといえないこともありますまい。ところが彼らはKを鉄棒で頭を殴ったうえに工事場から突き落して殺しただけでは満足しないで、Kが怪我をしたから来てくれと、たしかそのころ、三ノ輪にいたおかみさんを呼び出して、やはり地下鉄工事場で惨殺しちまったんです。

　前にもいった通り、このおかみさんは××駅の地下鉄売店にいたのですが、夏の間だけ父親の老人が出ることになっていたので、三つになる子供を遊ばせながら、赤ン坊を寝かしつけているところへ、慌ただしく駆けこんだ男がこれこれだというんです。子供が起きていたのですから、むろんまだ宵のうちでしょう。

　おかみさんは蒼くなって、いきなり赤ン坊を背中へ結びつけると、三つになる男の子の手を引摺るようにして、現場へ駆けつけたものです。そして、頭がクワッと石榴《ざくろ》のように割れて、背骨の折れた亭主の死骸に抱きついて、おいおい泣きだしたものです。

　話が前後しますが、この一味はむろん後で捕って、それぞれ処刑されましたけれど、何でもこのおかみさんを呼びに行ったのは、Kの死をKの過失にするつもりだったらしいですね。何故工事監督に知らさないで、おかみさんを呼んで来たか、そこんところが少し曖昧ですけれど、無智な奴らですから、それですむと思ったのかも知れません。

ところが、そうした一種の好意ともいえる動機から呼んで来たおかみさんを、彼らは乱暴といいますか狂暴といいますか、二人の子供を八ツ裂《ざき》にして殺した上で、さんざ弄《なぶ》ってからこれも殺してしまったんです。その殺しかたの惨酷だったことは、場馴れたその道の医者でさえ思わず顔をそむけたといいます。

それはとにかく、彼らはおかみさんと子供との死体を工事場――地下鉄トンネルの天井裏にあたるところへ埋めてしまったんです。そして、Kだけは過って墜死したような顔をして、騒ぎたてたんです。いいえ、むろんそれは三日とたたぬうちに発見されてしまいました。そして、一味の連中はそれぞれ処刑されました。たしか、死刑になったのは二人だと思いますが、何しろ震災後思想問題とかいう奴が面倒になっていますから、特に地方の裁判所へ移して目立たぬように裁判されたそうです。

それはいいとして、おかみさんと子供の殺された場所の天井が、あれはコンクリートですが、そこのところだけ四尺四方ばかりどす黒くなっているんですよ。正確な場所は、ちょっと私の口からは申しあげられませんけれど、とにかくよく気をつけてみれば判るんです。今度乗ったら、それとなしに注意してごらんなさい。血が染みたんだといいますがね。

いいえ、嘘じゃありません。それに老人――つまりKの岳父《がくふ》ですね、それがその次の年の新盆《にいぼん》に、地下鉄で轢死を遂げましたが、これは覚悟の自殺でしたけれど、知ってか知らないでか、場所が丁度その血汚《ちじみ》の真下なんです。

それ以来、夏になると、その場所では子供の泣き声が聞えたり、女の悲鳴が聞えたりするんです。ある運転手は、その場所へ来ると、ググッと車の速力が落ちるといいますが、私はその経験はありません。ただ子供の泣き声は何度も聞きました。赤ン坊です。病気で死にかけた赤ン坊の声みたいに、ごく弱い、悲しそうな声ですがね。しかもそれが、今晩のように雨の晩に限るようですから、私たちには、地下鉄にいても、地上で雨の降っているのがよく判るわけです。お客さんの持物でも判りますけれどね。

血のあとは、工夫に頼んで洗ってもらいましたが、芯から染みているのだから、洗ったくらいでは落ちませんでした。

ほら御覧なさい。あの男は木島という運転手ですが、蒼い顔をして交代して来ました。きっと何かあったんですよ。

# 富さんの蟇口《がまぐち》

　本名は井野富松というのだが、誰も富さんと呼ぶ者はない。呑松《のんまつ》で通っている。面と向った時は呑《のん》さんという。三本も呑めばべろべろになるのだから、強くはないが富さんは酒が好きだ。酔うと必ずおかみさんに喰ってかかる。その時の文句がいつでも一定している。

「手前《てめえ》なめてやがる！」

というのだ。若いころ駅前の宿屋に奉公していたというおかみさんは、馴れたもので、富さんの舐めてやがるが始ると、さっさと表の茶店《ちゃみせ》へ遊びに行ってしまう。

　富さんは鎌倉の、鎌倉宮の茶店の裏に、おかみさんのおかよさんと二人で暮している。一人娘は長谷《はせ》の大谷子爵家へ女中奉公に出し、自分は由比《ゆい》ケ浜の銀行へ勤めて月給三十五円を貰っている。狭くとも自分の家だから、家賃が出ないだけに暮し向きは楽なはずだが、酒でときどきしくじる。

　三年ばかり前の冬、由比ケ浜の通りから長谷へかけて、一軒一軒酒屋を呑み歩いた揚句すっかりへべれけになって、琵琶橋から落ちて脚を挫いたことがある。その前には、同じようにぐでぐでになって、江ノ島電車の線路に寝こんで、危く轢き殺されかけた。

　それ以来おかみさんが、鎌倉中の酒屋へ、富さんに酒を呑ましてくれるなと頼んで廻った。ただ一軒だけ、駅前の縄のれん柿峰だけは、大威張りで呑めることになっている。ただし一本だけだ。一本で承知しない時は、茶店へ電話をかけると、おかみさんが飛んでいって連れて帰る。富さんは、「手前舐めてやがる」といいながら、それでもおとなしく帰って行く。何しろ鎌倉の町は狭いから便利だ。

　富さんは鎌倉銀行の小使いだ。銀行の内外の掃除、行員の湯茶の世話、こまごました使い走りなどする。それで月給は三十五円だ。なお、夏は若い行員の水着の始末もするし、驟《にわ》か雨の時はあまり遠くない限り、それぞれの家庭へ雨具も取りに行ってやる。ふだんひまな時は小使部屋で紙撚《かんじょり》のシガレットケースを拵えて、漆を塗って仕上げておいて、夏の避暑客相手の土産物屋に頼んで売ってもらうこともする。富さんは、えへへ駄目だよといっているが、結構煙草銭ぐらいにはなるのらしい。

銀行の月給日は毎月二十一日と決っているが、今年の八月は二十一日が日曜にあたるので、前日の二十日に渡された。その月給が突然紛《な》くなったのである。富さんたらずとも慌てざるを得ない。

「おやッ！　ないぞッ！」

富さんは箒《ほうき》をなげだしておいて、詰襟洋服のポケットからポケットへ手をやって探ってみた。ない！　腹巻の中にもない。

「盗られたのかな？　いやいやそんなはずはない。どこかへ置き忘れたのかな？　それとも腹巻の中で背中の方へ廻ってるんじゃないかな？」

富さんは小使部屋へ駈けこむなり、二枚だけ敷いてあるそこの畳の上へあがって、上衣《うわぎ》を脱いで逆さに振ってみた。ない。半ズボンもとって振ってみた。ない。最後の望みの腹巻の背中にも廻ってはいなかった。

「やれやれ、やっぱり盗られたんだな」

富さんは青くなってしまった。何しろ貰ったばかりの三十五円に、珍らしくもこの五月から虎の子のように大切にしていた五円札が一枚、それにバラ銭で一円五十銭ばかり、合計四十一円五十銭が入っていたのだ。富さんはすぐにおかみさんの怖い顔を思い浮べた。

だが、盗られたとすれば、外から小使部屋へのこのこ入って来る者はないのだし、よほど自分たちの様子を知っている者に違いない。誰だろう？　あいつかしら？　それとも……いや、慌てまい、慌てまい。もう一度よく落着いて考えてみなくちゃ。

月給袋を渡されたのは、二時頃だった。今日は土曜日で、普通なら土曜日はひるまでなのだが、田舎銀行のことだから勉強して三時まで営業することになっている。だから、閉店の一時間ばかり前だ。

楢《なら》の両袖の大卓子《テーブル》に向っている、みごとに禿げた頭取《とうどり》から、ハトロン封筒を貰う時、どんなに胸がおどったろう。もう二十年も勤めて、月給袋の数は何百となく貰ったけれど、何度貰ってもこんな有りがたいものはない。事務室の時計の下にかかっている柱暦は誰にも手をつけさせず、毎朝一枚ずつ剝ぎとっては段々月末の近づくのが、子供のように待たれた富さんだ。

封筒を受取った時は思わずゴクリと生唾をのんで、ペコペコと二つ三つ頭をさげた。それから、いつもの通り誰の目も届かない小使部屋へ戻って、開けてみた。十円札が三枚、五円が一枚、ちゃんと耳をそろえて入っている。富さんはいつ嗅いでも気持のいいあの微かな臭いのプンとする札を、いつ買ったか忘れたほど古い、汗でべたつく蟇口へ大切にしまいこんだ。

それから間もなく、店を閉めて、皆が今日の決算をしている間に表まわりを掃除した。そして、帳尻ＯＫということになって、若い行員三人は小使部屋から水着一枚になって浜へ飛びだしてゆくし、家庭のある人たちはそれぞれ帰っていった後で、一服してから内部の掃除にかかったのだが、さっきから何となく気になっていた上衣のポケットへ手を入れてみたら、大切な蟇口がなくなっていたのだ。

「警察へ」ふとそう思った富さんは、その考えを振りすてるように、地肌の赤くなった頭をカクカクと振った。

「七度《たび》探して人を疑え。ようし、もう一度探してみよう」

それから三十分ばかり、富さんは小使部屋から事務室と、あらゆる場所を探したが、蟇口はどこにも見当らなかった。

「やれやれ、どうしてもお上の御厄介になるのかなア。何しろ夏場で、人が沢山入りこんでるからな」

富さんはがっかりして、四時すぎといえばまだ日の高い由比ケ浜の通りを、手拭で汗を拭き拭き交番へ出かけた。交番の巡査は富さんとは顔馴染だった。

「やア、どうしたね、呑松さん。ひどく悄気《しょげ》てるじゃないか」

「へえ、その、蟇口を盗られちまったんで……」

「ナニ、蟇口を?」

お巡《まわり》さんはどういうものか、ちらりと嬉しそうな表情を見せて、富さんの説明を詳しく聴きとった。

「四十一円五十銭、外から入った者じゃないというんだね? だって、小使部屋の入口は、銀行と隣の水菓子屋の間の細い露路から入れるんだろう?」

「入れるにゃ入れますが、何しろ水菓子屋の店頭《みせさき》を通るようなもんですから、様子を知らねえ者にはちょっと気がつかねえんで。それに、奥の方には大きな芥箱《ごみばこ》もおいてありますしね」

「ふむ、じゃ誰が盗ったとか、彼奴《あいつ》が怪しいとかいう見当でもあるのかね?」

「そんなわけじゃねえんで」

「とにかく、いまに交代が来たら行ってみるから、お前さんは先に帰って、みんなを呼び集めといてもらおうか。頭取の山田さんだけは除《の》けてな」

そこで富さん、ピョコリと一つ頭をさげて、小使部屋へ立戻ったが、呼び集めるといっても、海へ行っている者もあるし、それに自分のことで石井さんや木村さんにわざわざ来てもらうのも恐縮だ。といって、捨てておくわけにもゆかないので、とにかく富さんは老人組——といっても家庭を持っている行員の家へそれぞれ呼出し電話をかけて、即刻来てもらうことにした。

遠いところでもせいぜい極楽寺あたりなので、皆は何事が起ったかとばかり、飛んで来た。それと前後して髭の巡査部長が、さっきの若い巡査をつれてやって来た。海へ行った若い連中も泳ぎ疲れて水着のまま帰って来た。

出納の石井さん、計算の木村さん、貸付の岡田さん、預金の山本さん、為替の村井さん、元帳の川口さん、それに外交の吉田さん、総勢七人だ。皆は何のため呼ばれたのか判らなかったが、やがて部長殿の口から勿体らしく一通りの説明があると、さアみんな納まらない。

「チェッ！　馬鹿にしてやがら」

最初に鼻を鳴らしたのは、為替の村井さんだった。村井さんには同棲して間もない美しい妻君がある。今日も久しぶりで入るべきものが入ったので、楽しい晩餐をかねて、まだ揃っていない台所道具の買出しに、横浜のデパートへ行こうとしていた出鼻を呼び出された用件がこれだから、遺恨骨髄というところ、その事情を知っている預金の山本さんが岡焼半分に真面目な顔で、

「どうも御愁傷さま」

といったので、富さん自分のことかと思ってペコリと一つ頭をさげたものだ。

だが、皆は冗談どころではない。そういう山本をはじめとして、自分たちに疑いがかかっているのだと知ると、平素金を扱うので信用を第一重んじる銀行員のことだ、盛んに不平を鳴らしはじめた。

早くもこの場の形勢を見てとったわが賢明なる部長殿は、これは一人ずつ別々に調べるに限ると思った。そこで、事務室には巡査を残して、嫌疑者たちをそれとなく見張らせ、捜査本部を小使部屋に移して、まず計算の木村さんから呼び入れた。

「あんたが木村春枝さんかね？　明治何年生れ？　え？　四十三年？　それでは二十三だね。フン、家は大町？　では大町小町というわけかね、ワッハッハッ」

部長殿は自分の洒落に一人で大声あげて笑った。木村さんは銀行唯一の女行員だが、ふだんから鼻の低いのに引目《ひけめ》を感じている位だから、小町といわれてますます御機嫌斜《ななめ》だ。だが、この春横浜から転任して来たばかりの部長殿、そんなことには一向御存じない。

「小町はどこかね？　宝戒寺の横？　家族は？　お母

さんと二人暮しか。月給は？」

「四十五円です」蒼白い顔をして唇を噛んでいた木村さんが、うつむいたまま答える。

「フン、あの小使よりはいいわけだね。ところであんたも年ごろだ。軽はずみなことをしてお母さんに心配をかけてはいけませんぞ。そりゃ女だもの、綺麗な着物も着たかろう。ましてここは避暑地で、いい人も沢山来ているから、立派な着物も目につくだろう。人情として無理もない。だからこの際、この問題はわしとあんただけの秘密ということにして、一切他言しないと誓うから、実はこれこれだと打明けてはもらえんかね？　あんたの名も決して出しはせんし、一切わしが引受けて、悪いようにはしないから……」

「まア！　それじゃ私が盗ったとでも仰有るんですか！」

さっきから堪えがたき憤《いか》りのためワナワナと震えていた木村さんが突然叫んだ。そして早くも口惜しさの涙が白い両頬をつたって落ちた。続いておいおい泣きだしてしまった。

（若い女の泣くのは悪くないな）部長殿はのん気なことを考えながら、覚えがなければ何も泣くことはないの一点ばりで、彼女を事務室へ退らせた。

次に呼ばれたのは出納の石井さん、それから貸付の岡田さんという順序だったが、石井さんはもう五十幾つ、それに材木座の大地主、ほんとうなら銀行なんかへ勤めなくてもいい身分だから、ほんの形式だけの調べですんだ。だが貸付の岡田さんはそうはゆかない。塔の辻の産婆の二階に間借りしている青年だから、部長の眼が光った。

「君が岡田君か、係りは貸付だね。年は？　二十七か。君、若いうちは有りがちのことで、カフェもいいが、つい度をすごすとこういうことになる。二十七ならもう身を堅めてもいい時分だが、どうだね、いいのがあるから世話しようかね？　ハッハッハッ、だが、いまのと切れてくれんじゃ困るね。その、何はどこだね？　え？　どこのカフェだね？　西洋軒かね？　ベラドンナかね？　まアいいさ、そんなに白っぽくれなくても。調べればすぐに判るんだ。ベラドンナの二階なんか、なかなかいいようじゃないか。え？　酒は一滴もやらないって？　それそれ、それが一番危いんだよ。酒を呑まないでカフェ通いをする連中が、一番性質《たち》がよくない。まア今日のところはわしの胸一つに畳んで、爺さんにはどこかへ置き忘れていたことにでもして、よくいい聞かせるから、早くそれを出しなさい。決して悪いようには扱わない」

「僕が盗ったというんですか、失敬なッ！」

「アハハ、駄目駄目、ちゃんと判ってるんだから。問題が大きくなってからじゃ、取返しがつかないよ、君」

「冗談いっちゃいけない。黙って聞いてればカフェがどうの、酒を呑まないからこうのって、僕アそんなんじゃありませんよ。呑松の月給なんかに目をつけるような、そんな男じゃないんです」

「黙れッ！　君のようなずうずうしい奴はブタ箱へでも入らなきゃ性根は直るまい。今晩は帰すわけにゆかんから、そのつもりでいるがいい」

だが岡田さんは平気だった。少しも悪びれた様子はない。こいつ脈がないかなと部長殿は頭をひねったが、乗りかかった船だから仕方がない、帰りに引張ってゆくことにして、四番に村井さんを呼び入れた。


一方事務室では富さん居ても立ってもいられなかった。片隅に小さくなって、皆の視線を避けるようにしていたが、考えてみると盗った奴こそ憎いけれど、何の関係もない人には気の毒でならない。

その時ふと、富さんの頭をかすめたものがあった。

「もしかしたら？」

いやいや、何度もよく探した上のことだから、そんなはずはない。と打消す下からすぐに、その考えが頭の奥に浮んで来るのだった。で富さんは、みんなの眼を盗むようにして裏口からそっと露路へ出ていった。そして、しばらくそこに立ってぼんやり考えていたが、ふと芥箱とコンクリートの塀との間に手を突込んだ。

「やッ、しまったッ！」

富さんの手にはなつかしい黒光りのする蟇口があった。急いで中を見ると、四十一円五十銭、ちゃんとそっくり入っている。富さんは身体中がかーッと熱くなった。

表まわりを掃除して水を打つ時、向うから来た自転車に掛けまいとして、つい自分の背中を濡らしてしまった。それで、上衣を脱いで芥箱の上においたが、その時ポケットの蟇口が心配になったので、ちょっと腹巻にでも入れておけばよかったものを、どういうつもりか芥箱のうしろへ隠したのだった。それを今頃思い出すなんて、俺は何という馬鹿だろう！

蟇口はあったが、富さんは嬉しいとも思わなかった。自分の耄碌《もうろく》から、みなに迷惑をかけ、こんな騒ぎを起したと思うと、身体が熱くなるばかりで、どうしていいか判らなかった。

漸くの思いで七人の者を調べあげた時は、もう十時だった。

「判らない。どうも判らない」

部長殿の頭は混沌として麻の如く乱れ、身体はじとじと汗ばんで気持が悪かった。それでも勤務規定で、上衣を脱《と》ることの出来ないのは苦しい。

額の汗を拭き拭き事務室へ来てみると、富さんだけ別にして、七人は中央に椅子を持ち寄って漫談会を開いていた。それを遠くから見張る形で、入口に頑張っていた若い巡査が、部長の姿を見て不動の姿勢で訊ねた。

「いかがでした?」

「ウン、どうもね」部長は低い声で、「もしかすると外部の者かも知れん」

「すると、みんな犯行を否認するですか?」

「そうすらすらと自白する奴もあるまいが……オイ、呑松、お前は表を掃除する間、蟇口を入れた上衣を小使部屋へおいといたといったな」

「へ、その、露路の芥箱の上へおいときましたんで。全くその、つい忘れて……」富さんは慌てて口を噤《つぐ》んだ。

しどろもどろだ。

「ナニ、芥箱の上へ? そんな不注意なことをするから盗られるんだ。それで、その間どっか使いにでも行きはしなかったか?」

「あッ、行きました。そうです。頭取さんの煙草を買いに、伊藤屋さんまで行きましたんで」

「ナニ、それじゃ話が違うじゃないかッ! さっきは小使部屋においといたといったじゃないかッ!」

「へ、その、つい忘れて……」

「ぼんやりしてるから盗《や》られるんだ」

部長殿はやっと面目が立った。

「それじゃ諸君、御迷惑でした。もう引取って下さい」と若い巡査に目くばせすると、剣をガチャリと鳴らして帰っていった。

「いや、俺は帰らない。ねえ、そうじゃないか。部長の奴怪《け》しからん、まるで僕が盗ったようなことをいって……これから警察へ談判に行ってやるんだ」

村井さんは地団駄踏んで口惜しがった。

「ハッハッハッ、だから君は妻君に惚れられるのさ。あれは向うの手なんだよ。つまり鎌をかけたんだ」

「まア、あれは警察のトリックなんですか?」

婦人行員の木村さんは探偵小説好きだが、いざ自分の場合となると、涙の出るほど口惜しがる。

「トリック……ハッハッハッ、それですよ」

岡田さんはむやみと嬉しがった。

その時柱時計が十時半を打った。

「ウワーッ、もうこんな時間かい」

「やりきれねえな」

「どうだろう。呑さんはあんなにいってるが、帰る前に一度われわれで探してみようじゃないか。やっぱりどこかへ置き忘れてるのかも知れないぜ」

自棄《やけ》半分に、皆はそれに賛成したが、当の富さんだけが反対だった。

「そ、そいつア困ります。いえ、その、却って何ですから、もう晩《おそ》いんだし、皆さんどうぞお帰りなすって。全くすみませんでした。あっしの不注意でその……いえ、あんな金なんかもうどうでもいいんで」

富さん苦しがっていい加減なことをいってるが、実は胸のポケットで蟇口がじっとり汗をかいているのだ。

富さんはほっと虹のようなため息をはいた。

どうしよう？　このまま黙って知らぬ顔でいようか？　どこまでも盗まれたことにしておけば、自分の失敗は知れずにすむに違いない。

だが、みんなが弥次半分ではあるが、熱心に探してくれてるのを見ると、富さんはそれもすまないような気がした。

「ええい、仕方がない」

富さんは決心した。みんなと一緒に一心に探すふりをして、露路の方へ出ていった。そして、誰も見ていないのを確かめて蟇口をひょいと芥箱のうしろへ抛りこんでから、頓狂な声をあげて叫んだ。

「あった、あった、あんなところに！」

「どれどれ、どこだどこだ」みんないっせいに露路へ集った。

「どこにあった」

「あそこに。それ、あの奥に」

だが、芥箱のうしろは生憎《あいにく》と暗くて、よく見えなかった。

「この奥か」岡田さんがいきなり手を突込んだ。

「どこにあるというんだ？　何もありゃしないじゃないか」

岡田さんはワイシャツの腕を真黒にして、立ちあがった。富さん慌ててあんまり奥へ投げすぎたらしい。何しろ大きな芥箱だから、真中の方は手も届かないのだ。

だが、それでも富さんはそこに在るといってきかなかった。

「どれどれ、村井さんちょっと手を貸した」

岡田さんは村井さんと二人で、うんうんいいながら大きな芥箱を前へ出した。すると、その時、山本さんがすじ向うのラヂオ屋から懐中電燈を借りて来たので、押しつぶされたような蟇口は忽ち見つかってしまった。

「ウヘッ！　こんなところにありやがった」

山本さんはちょっと蟇口を開けてみて、

「月給のほかに六円五十銭あったのかい？　呑さん月給は三十五円かい？」

この騒ぎで月給の額が皆に知れてしまった。

富さんは例の、ピョコンと一つ頭をさげて山本さんから蟇口を貰ったが、大して嬉しくもなさそうだった。

その晩は、蟇口があったので、それで納ったが、ただ有ったではすまなかった。

問題は当然翌日に持ちこされ、蟇口があそこにあったことがいろいろに議論されたが、結局皆の意見は、富さんが上衣を芥箱の上においた時、ポケットから辷り落ちたものだろうということに一致をみたのは、皆も人が好い。


岡田さんだけは、それでも、富さんが見えもしない蟇口がここにあるといったことを覚えていて、ギュウギュウ突込んだが、どうしても富さん泥を吐かなかった。

それ以来富さんは呑松の綽名《あだな》を取上げられ、改めて千里眼の抜松《ぬけまつ》という尊称を奉られた。

# カフェ為我井《ためがい》の客

為我井武介《ためがいぶすけ》の几帳面《きちょうめん》さは学生時代からクラスの名物だった。何しろ電気科なんてところは一種の努力科だから、実験報告、学課演習、製図と毎週二つや三つの宿題のないことは決してないのだが、学生の方は学課は麻雀《マージャン》——はその頃まだなかったが、弄花《ろうか》や野球や駄弁《だべ》りながらの散歩の余暇にやるものと心得ているのだから、期日《デウ・デート》までに出せっこはまずない。委員を選んで期日繰延べ方を掛合いにゆくと、「怠けましたね。為我井君のはもう出ていますよ」と教授に撃退されてしまう。そこでクラス全体が一為我井に頭をさげて、宿題の呈出を手加減してもらうように歎願したものだったが、それ以来彼はいちいち委員に訊いてから出すようになったのは有りがたかったけれど、委員がもういいというまでは一週間でも十日でも毎日黒繻子《くろじゅす》の風呂敷に包んで持って来たり持って帰ったりするものだから、製図ものなどは出す時はくしゃくしゃになっていたりして甚だ気の毒だった。

余暇式蛍雪《けいせつ》の功空《こうむな》しからず、年満ちて卒業すると、今と違って電気科卒業生など羽が生えたほどでもないが、とにかく卒業式の日までにはあらかた売れていったが、為我井武介が大阪のある官庁に決ったと聞いた時は、適材適所だとヨソながら祝福したものだ。その後、学校時代に特に親しかったというほどでもないし、就職の方面も違ったので、とんと会う機会もなかったが、そいつがハーゲンベックのサーカスでひょっくり出会ったのだ。十年目だ。もっともそれまでに、一二度級友会などで噂が出ぬではなかった。それは学生時代彼と最も親しかった玉川虎千代《とらちよ》の話だから、間違いはないと思うのだが、為我井は大阪で結婚した、がその几帳面ゆえに間もなく妻君に逃げられたというのだ。何でも話に聞けば彼の几帳面さは卒業後ますます堂に入ったらしく、日常生活は何から何までちゃんとスケヂュールがあって、たまの日曜に妻君同伴で遊びに出れば、予算がまだ六十銭余っているのに、帰りの時刻がきたといっては妻君を叱りとばし、電車で妻君が右側に坐ったといっては小言《こごと》をい

うという有様で、これは谷山の話だからアテにはならぬが、妻君とカタラうにも為我井は（以下六十字削除）

その後人の話で東京へ舞い戻って、銀座辺でカフェを開いたとか聞いてはいたが、何しろやかましいインフレとやらも一向こちとらの懐《ふところ》には潤おって来ぬので、こしばらくは御無沙汰がち、というよりは鼬《いたち》の途《みち》、どこにどんなものを拵えたのやら知らずにいたが、サーカスで会った時はひどく元気で、いきなり私を捕えて久しぶりだから是非遊びに来てくれといった。

「なに、円タクで行けばすぐなんだ。十分とかかりゃしないよ。何しろ変った商売だからね。一度君のような人にも見てもらいたいと思っていたんだ」

そんなことで、私が案内されたのは、西銀座のあるビルディングの一階を貸りきった、ちょっとしたカフェだった。為我井はコック場の方から入って、そのわきの小さな部屋に私を連れこんだが、独身の彼はそこに寝泊りしているらしく、あまり綺麗でないベッドだの洋服箪笥《だんす》だのごてごてとした狭苦しい部屋だった。為我井はそこへ珈琲《コーヒー》なぞ取りよせて、この店を出すようになった動機だの、カフェ商売の内幕だの喋っていたが、何を思ったか急に腰を浮かして、

「どうだね、延原君はたしか酒がだいぶ飲《い》けたはずだが、これから一つ良い酒のあるところへ案内しようか」

「いいね。是非願いたいよ」

私は行きだすと一軒の家へしか行かない男だから、もとからこの辺の案内には明るくない。こんな機会に玄人《くろうと》から良い家を教えてもらっておくのもよかろうとそんな風に考えていた。ところが、為我井が私をつれてコック場の入口から出て、ビルディングをぐるっと廻って入ったのが何と為我井武介自身のカフェではないか。

「さア入ろう。ここだよ」

といわれた時私は、しまった一杯くわされたと思ったが、もうおそい。

「いらっしゃい！　あら、為我井さん、しばらくね」

とさっき珈琲をはこんで来た女給が恋人をでも迎えるように艶《あで》やかな声で出てきたではないか。するとその声を聞きつけた女給たちが、「あら、タアさん！」「タアさん、しばらくね。こちらがいいわ」とばかり四五人も出てきて、いやはや大変なもてかただ。その様子がまるで店の主人ではなく普通の客と違うところがないのだ。女給たちの方もむろんだし、為我井自身も彼女らの手をとってみたり、膝を叩いたり、主人らしい堅苦しさなんか少しもないのだ。

「どうだい、僕のモテ方は？　何しろ常連《じょうれん》のひとりな

んだからね。ところでこの酒はどうだい？　これはオーソーテルンだが、ここの主人がフランスから直接とり寄せたとかいって威張っていたが、威張るだけのものはあるよ」

「フフ、宣伝だね」私は所謂《いわゆる》良い酒をしきりに重ねた。

「宣伝なものかね。こうして一度店へ入れれば、僕はもう主人じゃなくて、純然たるこの店の客なんだ。女給にもちゃんといいふくめてある。でなくて何が面白いものかね」

「達者なもんだね」

「しかし、一度店を出て、帳場へ戻ればこれはもう断然ここの主人だから、女給たちもさっきみたいに堅くなってるわけだが、それでなくちゃ、取締りがつかないからね。おい、ミサオさん、もう一つ」

「いい御機嫌ね。ほほほほ」

「ミサオさんも一つどうだい？」

「ええ、ありがと。でも私いけませんの」

「そんなことないだろう、こんな店にいて」

「いいえ、ほんとよ」

「そうかい。じゃまアレモンスカッシュでも何でも、好きなものを取りたまえ」

といったような具合で、最初は馬鹿馬鹿しくてならなかったが、そのうち次第に馴れてもくるし、アルコールも廻ってくるし、私もいい気になって女給をからかったりしていた。そしてダンスの真似《まね》ごとのようなことまでやって、さんざ遊んだあげく、いざもう引揚げようとなると、為我井はミサオを呼んで、

「ミサオさん、勘定《かんじょう》」といった。

「あら、もうお帰り？」とここでもよろしくあって、やがてミサオが勘定書をお盆にのせて持って来ると、彼はポケットから蟇口《がまぐち》を出してちゃんと勘定をすまし、チップまでおいて、

「さア帰ろう」と立ちあがった。

「あら、タアさんもうお帰り？　またどうぞね」

「タアさん、またいらっしゃいね。ありがとうございました」

多くの女給に愛想よく送られて店を出ると、その日はそれで別れたが、以来私はカフェ為我井の常連のひとりになった。そして主人為我井の部屋には顔を出すこともあり、出さないこともあったが、お客為我井の噂はそのたびにいろいろと聞かされた。中でも傑作なのは彼が蟇口を忘れてカフェ為我井へとびこんだ時のことだが、例の通りお気に入りのミサオの番で――帳場からそれを狙って出てきたのでないとはいえなかろう――

「あら、あんなこと」

「でもちゃんとあるんだろう?」

「何が?」

「白っぱくれなさんな。待ってる人がよ」

「ええ、ちゃんとあるわ、――お母さん」

「フフ、それはそうとね、こんど一緒にどこかへ遊びに行かないかい? 休みはとれないの?」

「取れないことないわ。お母さんが病気だって旦那を胡麻化《ごまか》して、休んじゃいましょうか」

「いいね。ここのオヤジなんかふだんヤカマしいことばっかりいってるから、少しは胡麻化してやった方がいいんだ。だが、ミサオさんほんとかい? 僕と遊びに行って叱られやしない?」

「そんなひとないわ。ねえ、連れてって頂だいよ」

「でも、新宿駅の待合室で三時間も待たされて、しまいにお巡《まわ》りに怪しまれたりするとつまんないからね」

「あら、ひどいわ、私こそきっとそうよ」

「じゃこの次にね、ちゃんと日を決めることにしよう。今日はこれでお会計」

「あら、まだいいじゃございませんか」

「いや、今日は五時から同窓会があるんだ。久しぶりだから是非出てみようと思ってね」

「どんな同窓会だか判りゃしないわ。美しい人の待ってる同窓会でしょ」

ミサオの立っていった後で、為我井武介はポケットに手を突込んでみて、ハッとした。何事ぞ、蟇口を帳場へ忘れて来たのだ。どうしたものかと思っているところへ、ミサオがもう盆を持ってきた。

「あらどうなさいましたの?」

「ウン、ちょっと、大変なことになっちまったんだ」

「?」

「実はね、家を出る時蟇口を忘れてきちまったんだ」

「あら、困ったわね。どこか別のポケットにあるんじゃないの?」

「いいや、どこにもない。いまオヤジいるかい?」

「いいえ、先ほどお出かけになって、まだお帰りじゃございません」

「そうか、何とかならないものかなあ。帰ればすぐ届けてもいいんだが……ミサオさん」

「え、なアに?」

「そこに持合せがあったら、頼むから助けると思って出しといてくれないか。明日はきっと持ってくるから」

「ええいいわ。あなたのことですもの、そんなことちっとも心配はないわ」

「そうかい、ありがと。それでほっとしたよ。交番へでも突き出されるんじゃないかと思って……ここのオヤジがいたらそのくらいのことやりかねないからね」

翌日、早番で店に出てきたミサオは、ニコニコしながら主人の前へ出た。だが、今の為我井は昨夜《ゆうべ》の客為我井ではない。

彼は素知らぬ顔で、ミサオを見やった。そこで初めて為我井が世の常の為我井でないことに気のついた彼女は、それとなく話しかけた。

「あたし、ゆうべえらいお客にぶつかりましたのよ」

「殴られでもしたというのかい?」

「いいえ、そうじゃございませんわ。お帰りのときになって、蟇口を忘れて来たと仰有《おっしゃ》るものですから、四円六十銭でお勘定を立て替えてあげましたの」

「四円六十銭? 馴染《なじみ》の客かい? いくら馴染でも、金のこととなると信用は出来ないものだって、ふだんちゃんといい聞かせてあるだろう。とにかくそれをいま僕にいったって始まらないね。その客が払わなければ、店の規則としてお前に払ってもらう」

為我井武介は、ミサオの軽挙をたしなめただけで眉ひとつ動かさなかった。彼女はすごすごと主人の前を引退った。そして、番が来てもどうしたものか一向元気がなかった。彼女は今日限りでこんな店はやめてしまおうとまで思いつめ、心当りのカフェを三十も思いだしたりしていた。

と、灯《ひ》ともし頃になって、ひょっくり為我井武介が入って来た。

「ミサオさん!」

入ってくるなり彼はそう声をかけたが、彼女はもう返事もしなかった。

為我井が間違えたのであろうか。丁度自分の番でないのをよいことにして、別の客のところにいて動こうともしなかった。

すると、為我井から二度も三度も番の女給が迎いに来た。

そこは女で、そうされてみるといくらか気の毒にもなって、彼女がそばへ行くと、為我井は一杯のウイスキに頬を染めながら、いつもの元気でやさしい声をかけた。

「ミサオさん、今晩は妙に沈んでるじゃないか。さては彼と喧嘩でもしたね。ミサオさんをそんなに考えこます男ってのは、どこの果報者だろう。あ、そうそう、昨夜《ゆうべ》はほんとにすまなかったね。おかげでずい分助かったよ。全くあの時はどうしようかと思ったから。ねあのことオヤジにいやしまいね? え? 何てった? ははははは、ほんとに金仏《かなぶつ》オヤジめしょうのない奴だな。あんまり几帳面すぎらあね。さ、これを取っておくれ。そしてオヤジの面《つら》へ叩きつけておやりよ。……」

# 親愛悲曲

## 春の嵐

この話は、当時、世界に類例のない奇怪な事件として、詳細な記録まで作られたものですが、本人の荻島未亡人の切なる希《ねが》いを容れ、当局も発表を差控えていたものですが、最近ある事情によって——というのは未亡人が急性肺炎で淋しく亡くなられたので、事件の終末として、ここに初めて発表することになったものであります。

今でこそ、N村もN町とよばれて東京市内となり、S区に編入されてすっかり見違えてしまいましたが、一昔前までは、見渡す限りの武蔵野の原四季おりおりの風情を見せて、日曜ごとに都会人を慰さめてくれたものでした。

そのN町がまだN村といったころ、村一番の素封家でまことに温厚な荻島菊太郎という人が住んでいました。荻島御殿と呼ばれていたその豪壮な邸宅は、欅《けやき》の大木のあいだに見える総二階のすばらしい洋館で、郊外散歩に行った人たちが、麦畑の丘を登りつめたとき、前方にこの家がひょっくり浮んでいるのを見て、思わず驚異の目を見はったものだそうです。

なぜこんな場所に、こんな立派な邸宅があるか、それには少々理由《わけ》のあることで、荻島家の先代、つまり当主菊太郎氏の父というのが、立志伝中の人物とでも申しますか、越後から裸一貫で飛びだしてきて、奮闘努力、日本橋に堂々たる薬種問屋の店を構えて、遠く海外にも手をひろげ、一代で数百万の産を残したという人ですが、世間にはよくあることで、気の毒なことに奥さんが弱い。弱いといっても普通の病身とは違って、まア一口にいえば精神病なのです。

で、別にそれを深く恥じたというわけではないが、病院に入れるのも困る、というのでこんな場所へ、病院のつもりで思いきった邸宅を建てたというわけだったのです。

先代は、一代で産をなすほどの人物だけに、そういう思いきった事をもやってのける人でしたが、当主菊太郎氏は、どちらかというとあまり才走った方ではなく、店の方も先代が死ぬまえに株式組織に改めたので、自分は名義だけの社長、仕事は全部番頭さんの専務にまかせきりで、荻島御殿で園芸に没頭しているという風でした。

家庭は、夫人と十七になる一人娘、それに七つになる跡とりの男の子の三人、平和な、幸福な、何一つ不足のない一家であったのです。

夫人は京都の某男爵家の出ですが、華族女学校でも有名な美人であっただけに、その娘の美那子というのが、これまた非常に美しく、結婚して十年目に初めて出来たというので、菊太郎氏の可愛がり方は、それこそ目に入れても痛くないという奴で、Ｆ女学校への送り迎えもクライスラーを当てがって、娘のすることなすことが、嬉しくて嬉しくてたまらないという調子でした。

先年この美那子さんが一週間ほど流行性感冒で臥たときなんか、菊太郎氏の心配ときたら大変なもので、昼夜つききりの介抱、そのためには夫人とも喧嘩するし、何でも二貫匁《かんめ》とか痩せたという話でした。だから召使たちも、美那子さんのこととなると、夫人に訊くより先に菊太郎氏に伺ってからという調子でした。

ところが、古い文句ですが世の中は一寸先は闇と申しますか、この平和な、人も羨やむ家庭へ、だしぬけに無情な嵐がまいこんだのです。ある年の初秋の、雨のしとしと降る宵のことでした。美那子さんがかりそめの病いから、春をも待たでポックリ逝ってしまったのです。

「旦那様、奥様、大変でございます。お嬢さまのお様子が……」

「えッ！　どうなんだッ」

「只今までお気持よさそうに、お寝《よ》っていらっしゃいましたのに、急にお呼吸《いき》が……」

「えッ！」

折から訪ねてきた店の人と対談中であった菊太郎氏夫妻が、美那子さん附の女中花やの注進で、取るものも取りあえず二階の美那子さんの部屋へ行ってみると、二三時間前までの安らかな眠りにひきかえ、おお何という変り方であろう。荒い呼吸、その呼吸のたびに木枯しの吹きすさぶような音が、胸の奥から聞えてくるのです。美那子さんは苦しいのでしょう、左手で咽喉《のど》を押えるように、もう一つの手でしきりに何かを探し求める様子です。菊太郎氏は急いでその手を握ってやりました。

「美那子、苦しいか。しっかりしておくれよ。よし、よし、わし等が悪かった。安心していたのがいけなかった。美那子、しっかりするんだよ」

「お父様、アッ悪魔が来たわよ、お門のところへ来て待っているわ。早く追い払って頂だい。美那子行くのはイヤよ。いつまでもいつまでもここにいたいわ」

三日まえの日曜のことです。もうドライヴにもあきた美那子さんは、友だちにさそわれたのを幸い、やっと父を説き伏せて、多摩川べりへハイキング、その頃の遠足に出かけました。バスケットにお弁当をつめて、意気揚々と出かけたまではよかったが、途中で急に天気が変って、向うに着いたころひどいドシャ降りにあい、肌まで濡れてすっかり冷えきって帰って来ました。

その晩は四十度の高熱、早速博士の診察を乞い、まず風邪ということで、その手当を加えました。その甲斐あってか翌日は熱も三十七度台に落ちついたので、もう安心だと博士も帰ってゆくし、両親も寝ずの介抱から解放され、ほっと一安心したところだったのです。

程なく博士も自動車で駆けつけました。診察の結果は急性肺炎、危篤の宣告が下され、湿布氷嚢はもちろんのこと、酸素吸入、葡萄糖の注射、食塩注射、カンフルと、あらゆる手をつくしてみたが、病気ばかりは人力でも金力でも如何《いかん》とも出来ません。何分心臓が弱ってきたので、その翌晩、美那子さんはあんなにイヤがっていた遠いところへ、あっけなく逝ってしまったのです。清くやすらかに、眠るような死顔でした。


母親にもまして、父親菊太郎氏の歎きは、はたの見る眼も気の毒なほどでした。悔みに来た娘の学校友だちに会っては泣き、ピアノの前に佇んでは考えこみ、美那子さんの好きであったカーネーションの花を飾っては涙ぐむという調子、その悲しみの中に、ともかくも立派な葬式が出されました。

棺の中には、美那子さんの生前大切にしていたものは、どんな高価なものでも入れてやったばかりか、菊太郎氏は可愛い娘を火葬など、そんな可哀そうな真似は決してさせられないといって、手続上少し問題はあったのですが、R寺の住職を口説いて無理に土葬ということになりました。後で思い合すと、この時から既に菊太郎氏の頭の中には、あることが潜んでいたのではないかとも疑えば疑えないことはありません。

## 墓場の死人

R寺というのは徳川三代将軍の開基と伝えられるちょっと名の知れた寺で、現住職の鉄丸《てつがん》師がある大学の講師をつとめたりしていますから、知っている人もあるでしょう。これが荻島御殿とは地続きといってもよいくらい、荻島氏の温室を出て、大根畑の斜面をだらだらと降りると深い杉の森があって、これがもうR寺の寺領になっているくらいです。

するとé荻島美那子さんの盛大な葬式のあった翌朝のことです。このR寺の寺男が、顔色をかえて駐在所へ飛びこんで来ました。

「旦那、大変です。墓場に死人が倒れています」

「なに、墓場に死人だ? そりゃ当りまえじゃないか。ふん、行倒れか。そいつは恐ろしく手廻しのよい奴だな」

巡査が冗談をいいながら、R寺の墓地へ行ってみますと、場所は荻島家の墓所のすぐ近くで、大きな桜の木の三本ばかり植《うわ》っている根かたに、ルンペン風の男が仰けに倒れて、触ってみるともう冷たくなっています。

年は五十くらいですが、ルンペンとはいいながら病気のある風もなく、逞ましい髯面の男で、口から泡を吹いて死んでいる様子が、どうも腑に落ちないところがあります。ルンペンはよく墓地へ古莚《ふるむしろ》を持ちこんだりして、オカンといって野宿をするものですが、それらしい跡もないし、第一ここは人家のまばらな地区で人に頼って生活しているルンペンには、およそ縁のない場所なのです。

「お前ちょっと荻島さんへ行ってな、電話を借りて警察へ報らせてくれんか」

前後の様子に不審を抱いた巡査――たしか高橋という人でした――が寺男を使いにやっておいて、附近を丹念に調べてみましたが、これといって変ったことはありません。ただ、一尺角《かく》もある真新しい白木の柱に墨痕鮮やかな墓標の前に、供えてあった饅頭のなくなっているのが、怪しいといえばいえるくらいのものです。

まさかルンペンが饅頭に中毒して死んだとも思えません。荻島家のことですから、いずれ市内の然《しか》るべき大きな菓子屋に注文したものでしょうし、その中に毒が入っていようとは考えられません。では他殺でしょうか? 哀れなルンペンを殺す人があろうとも思えず、第一外傷らしいものが一つも見当らないのです。それに夜は絶対に人が来ないといってよいこんな淋しい場所ですから、どうも他殺とは考えられません。

そのうちに警察から、司法主任をはじめとして警察医などの一行が到着しましたので、改ためて現場検証が行われましたが、結果は高橋巡査の調べと同じで、何の得るところもありませんでした。

死因は、警察医の検案では、心臓麻痺ということでしたが、後に、解剖の結果、驚愕死――つまり大きな精神感動のため、心臓が破裂したものだと決定されました。

いったい心臓破裂ということは、めったにない死にかたですが、今まで健康だった人が、青天の霹靂《へきれき》の如くに死んでゆくもので、路上、入浴中等、場所を選ばず起ります。多くの場合大きな精神感動、身体の衝撃、高所よりの墜落などが直接の原因になるのです。有名な例としては、今から百八十年ばかり前に薨去《こうきょ》された英王ヂョーヂ二世は、排便中にこれが起ったと伝えられています。

なお、ルンペンの死んだのは午前二時頃で、胃の中からは餡《あん》が出てきましたから、墓前の饅頭を食べたことが判りました。ついでに、饅頭には毒のなかったことも証明されました。

で、ルンペンの死には犯罪がなさそうなので、問題は一段落となりましたが、ただ判らないのは、何故彼が深夜、用もない墓場へ入りこんだかということです。

もっともこれについては、警察でも大体の見当だけはついていました。というのは、ルンペンは多分荻島家の立派な葬式のことを知り、棺の中に高価な品が沢山納められたと聞いて、そいつを掘りだしに来たものだろうという推定です。実際美那子さんの棺の中には、菊太郎氏の盲目的な愛から、頸飾りや指環の類をはじめ、遺品が全部納められたのです。中でも菊太郎氏が先年欧米視察のとき、巴里《パリー》で美那子さんの土産に買ってきた、数千円とかのダイヤの指環まで納められたという噂でしたから、棺の中の美しさは、ほぼ推察されましょう。悪い奴が目をつけるのは、無理からぬ次第ともいえるのです。

警察のこの推定を裏書きするのは、ルンペンの懐中から現われた新聞の切りぬきでした。それは荻島家の不幸のことを報じ、棺の中に遺愛の品が悉く納められると、羨ましがらせるようなことを報じた記事で、墓地がR寺であることもちゃんと明記してありました。見ようによっては、この新聞記事が、ルンペンをここへ引寄せたともいえるでしょう。

というわけで、ルンペンがここに来た理由は、これでほぼ解決したと思われますが、判らないのは彼の死の直接原因です。彼は何に驚いて頓死したのでしょうか？墓場のことだからお化けでも見て……ということになると、話が時代めいてきます。が、それはそれとして、犯罪関係がないと決れば、警察でも手を引き、ルンペンは身元不明のため、区役所へ引渡して無縁仏として葬られてしまいました。

## 二度目の葬式

ルンペン事件から丁度一年目のことです。

美那子さんにポックリ死なれた荻島菊太郎氏は、手の内の珠を取られたといいますか、忘れ物でもしたような、淋しく味気ない日を送っていましたが、何という奇《く》しき因縁でしょう、娘の祥月命日《しょうつきめいにち》に、これまたポクリと逝ってしまったのです。

娘の一周忌というので、その日はR寺で懇《ねんご》ろな法要をいとなみ、帰ってきてから、ごく親しい人たちだけ食事に招《よ》んであったのですが、まだ時刻も少し早いので、娘の好きだったカーネーションの花を、自分でわざわざ温室まで取りに行ったのです。が、温室に入ると花の香にむせたように、二つ三つ軽い咳をしたと思うと、そのまま前のめりに、くたくたと崩れて、それきり息が絶えてしまいました。

「奥様！　奥様！　旦那様が大変でがす」

爺やの頓狂な大声に、静かであった邸内は、急に鼎《かなえ》の湧く騒ぎ、医者よ薬よ、それ寝室へ運べ、いや今動かしてはいけないと、いやもう大変な周章《うろたえ》かたでしたが、もうおそかったのです。医者の来たときは既に瞳孔が開いて、手の下しようもなく、手足の先は体温を失いかけていました。病名は狭心症による心臓麻痺とのことでしたが、それにはこの一年間の悲しみで、心臓が著しく弱っていたこともむろん見逃してはなりません。

美那子さんの一周忌の招待客は、忽ち悔み客となり、通夜の客となりました。近親の人たちは、葬儀委員です。

この大きな重なる不幸に、夫人の悲しみ、歎きはどんなでしたろう。察するだに同情にたえぬ次第です。悔みに来た人たちも、慰さめの言葉に窮したほどです。この悲しみの雰囲気から、少しでも早く離れさせなければ、夫人の身体に障るようなことがあってはと、近親の人たちの計いで、早急に葬儀が取行われることになりました。

翌々日は、村はじまって以来の盛大な告別式が、壮厳な読経裡に、邸内の大広間で営まれました。何しろ村での有力者ではあり、事業関係からいっても顔が広いわけで、知名の士も多く列席していました。その中に村長をはじめ、N警察署長鷲尾氏の顔も、家族席のすぐ後ろに見えていました。

さて、全部の焼香がすみ、いよいよ棺が式場を出ようとする時でした。八つになったいたいけな令息が、急に涙声になって、そっと母親に囁やくのが聞えました。

「ねえ、お母さま、お父さまもお姉さまと同じように、お二階へ連れていってあげましょうよ」

これを聞くと、夫人の顔がさっと変りました。誰かに聞かれやしなかったかと、あたりに気を配る様子で、ややキツく夫人は子供を窘《たしな》めました。

「まア、叱《し》ッ！　こういうお式のときに、口を利くのではありません」

「ううん、だって僕、お父さまよそへ連れてっちゃ嫌だなア。どうしてお姉さまのように……」

「聞きわけがありませんね。さ、静かになさい」

夫人は蒼白になって、微かに息をはずませながら、殆んど口を押えんばかりに子供を制止しているのです。

## 署長の第六感

この会話を耳ざとくも聞いていたのが、N警察署長鷲尾氏です。

——お父さまもお姉さまと同じように、お二階へ連れてゆく。……お姉さまと同じに……お二階へ……はて可訝《おか》しい。夫人の顔色の変りかたといい、あたりへ気を配った様子といい、これには何か仔細があるに違いない

——

そこで署長は折を見計《はから》って、こっそり、二三の召使たちにそれとなく尋ねてみました。初めに出会ったのは、年のいったしっかり者らしい女中頭のおきよでした。

「二階にふだん使わない部屋があるのかね？」

「お二階には、さア、そんなものはございませんけれど……」

「ない？　じゃ君たちはどの部屋でも、勝手に入れるね？」

「はい、お亡くなり遊ばしたお嬢さまのお部屋だけは、奥さまが御自身でお掃除を遊ばすことになっておりますから、私どもは入りませんけれど」

「ふむ、するとお嬢さんが亡くなってから、君たち一度もその部屋へ入ったことはないのだね。鍵でもかかっているのかね」

「はい、それと申しますのも、旦那さまも奥さまもあのお部屋には、お嬢さまの魂がちゃんといらっしゃると思っておいで遊ばすようで、いつかなぞ坊ちゃままでが、『お姉さまはお二階にちゃんといるんだよ』と仰有ったことがございます。それで私どもわざと遠慮しまして、なるべくそのお部屋へは参りませんようにしておりますので」

女中頭は気味が悪そうに、ぞくッとしましたが、署長はそれでふと思いだしたことがあります。というのは、美那子さんが亡くなってから、毎晩おそく荻島御殿の二階に、電灯《あかり》がついて窓がパッと明るくなり、女のむせび泣くような声が漏れるという噂が、村中へパッとしたことです。最初にいいだしたのはR寺の寺男ですが、駐在所の高橋巡査が耳にして、署へ報告してきたことがあります。

署長は一笑に附してしまいましたが、噂はいつか立消えになったものと見え、その後は駐在巡査からも何の報告もありませんでした。それをいまふと署長は思いだしたので、女中頭にそれとなく訊いてみました。

「何だか夜おそく、ここの二階に電灯が見えるという噂があったが、その部屋じゃないのかね」

「はい、旦那様と奥様とで、毎晩お嬢さまの息をお引取り遊ばした時刻に、そのお部屋でレコードをおかけ遊ばします。お嬢さまお気に入りのイレジーとかエレヂーとか申す曲でございます。それについて一時妙な噂が立ちまして、旦那さまのお耳に入りましたので、それからは窓に黒いカーテンをかけて、蓄音器も竹針でごく小さくおかけになりますようでございます」

「ありし日のお嬢さんを偲ぶというわけだろうね。何にしてもお気の毒な話だ」

何かありそうだ、という鷲尾氏の疑惑は、いよいよこれで濃くなってきました。しかしあまり深入りして訊ねてもと、女中頭はこの辺で切りあげて、今度は新米らしい女中を物色することにしました。すると、折よく荷物預り所の近くで、見なれぬ女中をひとり発見しました。唇のうすいお喋りらしい十七八の娘です。署長は早速これを捕えて、そっと話しかけました。

「どうだ、忙しいだろう」

「はい、まだ来たてでございますから、様子が判りませんで……」

「来たてじゃ無理もないね。来る早々こんなことになって、お前も驚いたろうが、奥さまがよい方だから、辛抱すればすぐ馴れるよ」

「はい」

「奥さまに叱られたことなんか、ないだろう?」

「はい、たった一度、お二階のお嬢さまのお部屋をうっかり開けようとしましたら、奥様に血相かえてお叱りを受けましたわよ。お掃除に参りまして、お部屋を間違えて鍵のかかっているのをガチャガチャやっていましたら、女中頭のおきよさんに見つかって、奥様にいいつけられましたの。おきよさんたらほんとに意地の悪い。何も奥様に……」

「ハッハッハッ、それはお前が悪いからさ。あの部屋には誰も入っちゃいけないのだよ」

この女中からは、新しいことは聞きだせませんでしたが、鷲尾氏は何気ない風でその場をはなれ、寺まで見送るための長い長い行列に加わりました。

——何か曰くがあるに違いない。どうかして美那子さんの部屋を調べたいものだが、何とか事を荒げないで目的を達する方法はないものだろうか——

行列のゆるい歩調に合せながら、あれこれと考えをめぐらしていた鷲尾署長は、ふと何か思いついたことでもあったか、緊張した頰に一瞬微笑を浮べました。

## 深夜の悲曲

二三日おいて天気のよい午後、鷲尾署長は平服に着かえて、荻島家の玄関に立っていました。ベルを押すと、取次ぎに出たのは、きのうとはまた違う女中です。

「奥さまにお目にかかりたいのだが……」

「あの、奥さまはお疲れで、お横になっていらっしゃいますから……」

「急な用件で本日ぜひお目にかかりたいのだが、お手間はとらせません。ちょっと取次いでみて頂きたい」

「畏《かしこま》りました。では少々お待ち下さいまし」

女中は変な顔をして引込んだが、まもなくニコニコしながら、小走りに出てきました。

「お待たせ申しました。ではお目にかかりますとの事でございます」

葬儀には控え所にあてられた応接間が、もうキチンと取片附けられた中に、どこか主人《あるじ》のいない物さびしさが、部屋の中に漂っています。しばらくすると、切下髪《きりさげがみ》もいたいたしい未亡人が、静かに入ってきました。

「お疲れのところを恐縮です。実は、急な用件ができましたため、お取込みの直後を誠に心ないわざながら、止むなく上りました次第で、ぜひ奥様の御承諾を得たく……」

「御丁寧なお言葉痛み入ります。おかげ様で無事見送りも出来まして、ほんとに有りがとうございました。何ですか気ぬけが致したようで、横になっておりましたので、別に加減が悪いと申すほどではございません。で、御用と仰有いますのは……」

「はい、実は昨年、R寺の墓地でルンペン風の男の死んでいたことがございまして、その事件が最近よりを戻しまして、またまた問題になっておりますのですが、そのことで、ぜひとも御主人のお部屋を拝見させて頂かねばならぬことが起りましたので」

何をいいだされるかと、不安な面持で署長の顔を注視していた未亡人は、ニッと笑って、

「おやすい御用でございます。まだ取片附も致さず、散かってはおりますが、どうぞよく御覧下さいまし」

故菊太郎氏の部屋というのは、十五畳ばかりもある洋間で、緑色の絨毯《じゅうたん》を敷きつめ、片隅に大きなデスクを据えつけた比較的簡素な部屋でした。机の上には文房具類がありし日のまま並べられ、卓上暦のみが、死の当日のままで剝ぎとってないのも、一層物悲しさを誘いました。

署長はざっと部屋の中を見まわすと、もともと真の目的はほかにあるのですから、案内の未亡人に向って、何気ない調子でいいました。

「ありがとうございました。それから、重ね重ねのお願いですが、お嬢様のお部屋がありますそうで、それを一つ拝見させて頂きたいものです」

今まで伏目がちでいた未亡人は、この言葉を耳にすると、きッとなって顔をあげました。

「それはまた、どういう訳があって……どんな拘《かか》わりで娘の部屋を御覧になりたいと仰有いますのですか」未亡人の声は、微かに震えをおびてきました。

「理由を申しあげられるなら、こんなに心苦しくはないのですが、実は捜査上の秘密で、口外を許されません。そこをどうぞお含みのうえ、勝手なお願いですが、拝見させて頂きたいのです」

「せっかくでございますが、そればっかりはどうぞお許しを願います。と申しますのは、主人の生前の気持を尊重いたしたいからでございます。実は私ども娘の部屋へは他人をお入れしたくない、親子三人だけで守ってゆきたいと申しまして、そのため女中たちさえ入れないで参ったのでございます」

未亡人はそういって、ホッと深い溜息をもらしました。

「そのお気持はよく判ります。しかし公用でお伺いした私が、このままで引下るわけにゆかない、という点も御考慮を願いとうございます。決してお部屋を荒すようなことは致しません。ただ覗くだけでも結構なのです」

署長の堅い決心を知って、未亡人の顔はみるみる土色と化し、唇はわなわなと震えてきましたが、しばらく考えて、

「では、どうあってもと仰有いますので?」

と、消え入りそうな声で呟きました。

さすがの鷲尾氏も、この様子を見ては強い言葉もいい

きれず、無言で未亡人の顔を見つめています。重苦しい沈黙が二三分間もつづいたでしょうか。最後に未亡人は、絶望的な決心を面《おもて》に現わして、署長の前にがっくり膝をつき、涙と共に告白するのでした。

「署長さま、どうぞお許し下さいませ。もう何もかも申しあげてしまいましょう。主人が亡くなりましてから、私にはあまりに荷が重くなりました。この秘密を守りとおすことは、女の私にはとうてい出来ないことでございます。あの日から、私はそのことで苦しみぬきました。いっそ署長さまのお力にお縋《すが》りして、秘密になんとか処分をとも考えましたけれども、せっかく主人のここまで成しとげましたことを、踏みにじってしまうのも、仏に対してすまない、などと思案しておりますと、頭も狂いそうになって参りました。でも、こうして署長さまのいらしたのも、仏の思召しかもしれません。もうお言葉はかえしませんから、どうぞ娘の部屋を御覧下さいませ。そのうえで、いかようにも御処分を仰ぐ決心でございます」

未亡人は力のない足どりで、一段々々階段をのぼりきると、一番端の部屋の前に立止り、帯のあいだから出した鍵で扉《ドア》をあけ、無言のままで、どうぞと片手を差しのべました。

おお、署長はそこに何を見たのでしょう、あっといったなり、入口に立竦んでしまいました。

## 永遠の蕾

「あッ!」

署長が目玉もとびだしそうに、入口で立竦んだのも、決して無理ではありません。そこにはキチンと取片附けて、花など飾った部屋の中央に、総硝子《ガラス》張りの美しい函を台の上に乗せて、その中に白や紅《あか》、色とりどりのカーネーションの花に埋もれて、美那子さんが――すでにこの世にないはずの令嬢美那子さんが、脂粉の匂いもすがすがしく、まるで生きていると同じに、すやすやと眠っているではありませんか。何という美しさでしょう。ふさふさした黒髪、うすく紅をはいた頰のあたりもふくよかに、まるで蠟造りの人形を見るよう、すきとおる美《うる》わしい皮膚の色、何という艶やかにも神々しい姿でしょう!

――いやいやそんなはずはない。そんな馬鹿なことがあるものか。美那子は昨年すでに死んでしまったはずだ。葬式まですんで、立派な墓標が建っているではないか。

ここに寝ているのは美那子ではない。では何ものだろう。蠟人形？――

署長があまりのことに、呆然としていますと、未亡人は静かに扉を閉め、鍵をかけてしまいました。

「お判りでございますか。ではあちらへ参りまして、詳しくお話し申しあげとうございます」

未亡人に促されて、鷲尾氏は夢みる気持で階段を降り、最初通った応接間へ戻ってきました。

「あれは、あれは作りものなんですか」

「いいえ、美那子でございますよ」未亡人は蒼白な顔ながら、いまは落着いて説明するのでした。

「先ほどお言葉を返しましたのも、実はこういう次第だからでございます。誠に未練なお話ではございますが、主人は娘に死なれまして、どうしても諦らめきれず、せめては手もとへ置いて、顔だけなりといつまでも見ていなければ、生きがいもないとさえ思うようになりました。

主人からそのことを打ちあけられましたとき、私はそんなことは出来まいと反対いたしましたが、主人はちゃんとそれによいお薬のあることを知っておりまして、そのことを詳しく説明してくれました。

いったい主人は薬学校を出ましたくらいで、薬のことは明るいわけでございますが、それが先年露西亜《ロシア》へ参りましたとき――と申しますのも、御承知でもございましょうが、蛔虫の特効薬になっておりますサントニン、あれは露西亜の特産でございまして、その方の取引の用件で参りましたのですが、そのとき薬学校の同窓のお方がモスクワ大学の研究室にいらしったのに偶然お会いして、そのお方の紹介で研究室の主任教授の何とか申すお方にお目にかかり、その博士から最近発明になった不思議なお薬を教わったのだそうでございます。

それはエタルミナとか申しまして、死後二十四時間以内にこのお薬を体内に注射いたしますと、いつまでも腐敗が起らないばかりか、からだを生きている時と変りなく保つことが出来るのだそうでございます。

それで、その晩のうちに主人がひそかに、娘の死体を墓場から連れて帰りまして、幸いエタルミナを見本にしては十分に、娘に使うだけには余るほど、分けて貰って持ち帰っていましたので、すぐに注射してやったのでございます。そしてあの硝子の函を拵えさせまして、娘のからだをその中に納め、あの通り美しく飾りまして、朝夕生きているると同じように話しかけたりなぞ致しておりましたが、お薬の力はほんとに驚くばかりでときどき私がお化粧を直してやりましたけれど、肌ざわりなど死んでいるものとは思えないほどでございました。

それから一年、まずまず私どもは幸福でございました。召使たちにさえ気をつけますれば、こんな場所のことゆえ誰方《どなた》にもこの秘密を知られる心配はございませず、朝夕娘の部屋で、娘と一緒に、娘の好きな花を眺めながら、娘の好きな音楽を聞いて楽しむことが出来ました。でもいまは、主人までが……」

張りつめていた心が急にゆるんだのでしょう。ここまで話してくると、未亡人はよよとばかりに泣き崩れました。強い強い娘への愛情のため、愛惜のあまり、こうした常軌を脱する行為にまで出たこの夫婦の気持を察すると、鷲尾氏もこれを罪人としてその場から引立てて行く気にはなりかねました。

なんと口を切ったものかと、その糸口を考えていたとき、ふと署長の頭を横ぎったのは、前年のルンペンの頓死事件です。美那子さんの部屋を見せてもらう口実に使っておきながら、今の今まで忘れていたルンペンの死。それは大きな精神感動のため起った心臓破裂とありました。

——そうだ。するとルンペンは、荻島氏が悲壮な顔で娘の死体を担ぎだすところに、パッタリ出会《であわ》して、驚きのあまり倒れたのに違いない。それであの事件の謎は解けたというものだ。——

「どうぞ、いかようにも御処分に……」

未亡人の絶え入るような声に、署長は我にかえり、重々しく口を切りました。

「深くお察しいたします。しかし一度葬った墓を発《あば》いて、死人を連れ戻すということは、いかに肉親の間であっても、許されません。罪を犯したことになるのです。が、手を下した御主人もいまはお亡くなりのことではあり、動機が動機なのですから、何とか表沙汰にせずに、お嬢さんをもと通りお墓へ戻すことの出来るよう、私も出来る限りお骨を折ってみましょう。それではともかく二三日、このまま誰方にもお告げにならずに、お待ちを願います。いや、決して御心配には及びません」

署長の情けある言葉に、未亡人は無言で頭をさげました。

それから三日目の真夜中、荻島家の裏門から一箇の棺が、ひそかに運び出されました。そのことは、R寺の住職と、情けある鷲尾署長その他ほんの二三の人々にしか知らされなかったといわれます。

# 毒盃

## 1

フランコ将軍麾下《きか》の西班牙《スペイン》革命軍が、ファン・デ・グスマン少将を総帥として、コルドヴァの町を包囲したのは、昨年九月もまだ上旬のことであった。それからまる一ケ月間、包囲軍は死力をつくして攻めぬくけれど、政府軍はよく応戦、容易に降服する様子も見せなかった。

　一体都市攻略という奴は、附近の要塞が落ちたら、あとは手ごたえなく陥落するのが通常であるのに、コルドヴァでは要塞が落ちてから、ほんとの戦闘が始まったようなものだった。というのは、ここには何世紀も前の建築になる石造の古い寺院が多く、政府軍には市民や農民、僧侶までが加わって、壁の厚さが六尺もあろうというそれらの寺々にたてこもって、頑強に抵抗しつづけたからである。

　飛行機による爆撃も、数次にわたり試みられたが、殆んど効果がなかった。敵は爆弾の力の及ばぬ地下に潜ってしまっているからである。砲撃もむろん効果はない。唯一の攻撃方法は、坑道によって地下から爆撃を加えてゆくのである。

　かくして市街の半分は、跡形もなく消えてしまったが、残った半分が、聖母マリヤ大修道院を中心として、構造堅固をきわめ、攻撃は一頓挫の形であった。

　正直にいうと、包囲戦に騎兵はあまり役に立たない。騎兵の本領はその迅速なる機動性を利用して、敵を追撃、潰滅せしめるにある。包囲戦では専ら探察連絡に任じながら、敵兵の脱出を警戒するくらいが任務の大半であろう。

　だからこの話の主人公バレラ中尉の所属軽騎兵第五聯隊は、町の南方に陣取ったきり、退屈しきって、聯隊長がひそかに士気の弛緩を心配するまでになっていた。兵は馬の手入れもそっち除《の》けに、酒と賭博に耽るし、将校たちは村の娘たちを集めては、夜ごとに盛宴を張り、深更までダンスに興じあった。日本人には理解しがたい心情ながら、かの大戦中にも交代で休暇を取っては、はるばる家庭へ帰ったといわれる西欧人のことゆえ、陣中に絃歌嬌声が聞えたり、娘を孕ませたりはさまで不思議でもないが、女出入りはとかく人の和を欠きやすい。聯隊長の心配しているのはそれなのであった。

現にそうした噂も聯隊長の耳には入っていた。村一番の小町娘テレサをめぐって、若い将校の間に鞘当《さやあて》が始まっているというのだ。

テレサは村の鍛冶屋マテオの妹で、小柄ながら眼の大きい、小麦色の肌を持つ活潑な娘で、将校たちはいつとはなしに、彼女を聯隊の神聖なマスコットとし、誰も抜駈け的に手を触れてはならぬと、黙契をむすんでいたのである。

ところが、この四五日テレサの様子が可訝《おか》しいといいだした者があった。

「可訝しい可訝しいと思って、気をつけていたら、やっぱりそうですよ。バレラ中尉はゆうべもダンスの後で、そっと出てゆきました」

「そういえばテレサは、ゆうべから家にいないということですよ。従卒がさっき、そういっていました」

この噂を聞いて、カンカンに怒ったのがペトラルカ大尉であった。大尉はその日、晩餐が終ると、聯隊長はじめ主だった将校が座を立つのを待って、短兵急に詰問を浴せかけた。

「バレラ中尉、貴公怪《け》しからんじゃないか」

「ハッ、何がでありますか」

「白ぱッくれるなんて、ケチくさい真似はよせ」

「空とぼけてなぞおらんです。大尉殿は何を誤解しておられるんですか」

「フン、判らぬと思うて、口を拭うつもりとは卑怯だぞ。貴公テレサをどこへ匿《かく》した」

「これは聞きずてならん。名誉ある軍人に向って、卑怯とは何事か！　いくら上官でも、卑怯呼ばりはあまりの暴言であろう！　テレサなぞ、知るものか！」

聯隊一の短気者ペトラルカ大尉と、片や二十五歳の血気にはやるバレラ中尉だからたまらない。女のような美しい顔を真赤に紅潮させて、いきなり大尉に向って手袋を投げつけた。すべて手袋を投げつけるのは、決闘を挑むときの作法なのである。

バレラ中尉は、まるで覚えのないことで卑怯呼ばりをされ、肚に据えかねて決闘を挑んだ。挑まれたペトラルカ大尉も、むろん後へ引くような男ではなかった。そこで交渉の結果、翌朝五時を期し、廏舎の裏手にある空地で、二人は剣を交えることになった。

「念のため申しておくが、自分はテレサを匿まった覚えのないのはもとより、独占してなぞおらぬから、ペトラルカ大尉をはじめ、諸君は安心されるがよい」

最後にバレラ中尉が、改まった口調でこう云った時、聯隊本部から一名の伝令がやってきた。

「聯隊長殿が、皆様をお呼びであります」

聯隊本部は農家の客間であった。全部の将校が集まったのを見届けて、聯隊長は激昂した面持で、「諸君！」と呼びかけた。

「グスマン司令官閣下の命により、俺《わし》は諸君の中から決死の志願者を一人求めたい。任務は極めて重大であると共に、決死の文字が示す通り、最大の危険が伴うのだ。妻帯者は志願の資格がない。――誰が志願するか？」

独身将校の全部が進み出たことは、申すまでもない。聯隊長は頼もしそうに、一同を見廻したが、さて、誰を指名したものか、迷った。もとより第一等の人物を遣りたいが、それは一面からいえば、最も手放したくない人物でもあるからだ。

その時、聯隊長の当惑を見て、バレラ中尉が一歩進み出た。

「大佐殿、この特別任務は権利から申しても、また便宜上からも、自分のものであると考えます」

「何故か？」

「ハイ、自分は聯隊中最古参の中尉であります。しかも当聯隊には最新参の将校であり、兵との馴染も最も浅いのであります。故に、自分のいなくなることは、聯隊として最も損害が少ないからであります」

「なるほど。一理あるな。では貴官にこの任務を与えることにしよう。司令官閣下がお待ちかねだ。すぐ俺と一緒に来てもらいたい」

バレラ中尉は得意満面、聯隊長の後について外に出た。

## 2

司令部は、町の西方にあるはずだったが、聯隊長は本部を出ると、グングン東の方へ歩いていった。町は、工兵の地雷で家屋がめちゃめちゃに破壊され、その中に迷路のような路ができていた。処々に通行者のための標識を書いた角燈がおいてある。大佐はその路をずんずん先へ進んでいった。

長いこと歩いた末、大佐はついに最前線まぢかの、屋根の吹き飛ばされた家屋の中へ、中尉をつれこんだ。見るとそこに、二人の将官が石の上に地図をひろげ、片膝をついて、角燈の光りで熱心にそれを覗きこんでいた。

「バレラ中尉が志願いたしましたから、これへ連れて参りました」

聯隊長の言葉で、やおら立ちあがったのを見れば、司令官ファン・デ・グスマン将軍と、工兵指揮官ラズ少将であった。司令官は中尉の挙手の礼を軽く受け、じっと顔を見ていたが、やがて満足そうに頷きながら、

「君に贈る物がある」といって、ごく小さな硝子《ガラス》管をポケットから取り出した。

「ファルデ博士の特製品だ。いよいよ最期だと思ったら、これを口にしさえすれば、瞬間に落命して、わが軍士官の名誉を保持することができる」

そう聞いてバレラ中尉は、背中がゾクゾクするほど嬉しくなった。

「ハイ、それを承わって本官は、いよいよ責任の大なるを感じ、勇躍任務に服する覚悟であります。どうか内容の御説明をお願いいたします」

「ナニ、貴官は任務の性質を知らずに、志願したのか。コフラン大佐、それはちと公明を欠きはしなかったかな」

「イエ、危険が多ければ多いほど、志願者の名誉は大きいと存じます」

司令官がちょっとむつかしい顔をしたので、中尉は聯隊長のため急いでこういった。すると司令官はやや機嫌をなおして、

「ラズ少将、では情況の説明を」と命じた。

ラズ工兵指揮官は、コンパスを手にしたまま、中尉を戸口へ導いて、めちゃめちゃに破壊された人家の彼方にそびゆる高い塀を指して、

「あの聖母マリヤ修道院が、現在敵の防禦線になっておる。あれを抜き得れば、市街は必ず陥落するのだが、敵は壁の厚さを恃《たの》んで、あの線を死守しておるのだ。何しろあの壁は厚さが二メートル以上あるのだから、砲弾で破壊するのは容易なことでない。ところが、敵はあの内部の一室に、多量の火薬を貯蔵しておることが、たまたま判明した。これを爆破することが出来れば、我軍の進撃路が開けるわけなのだ」

「そこへは、どこから入るのでありますか」

「まア待て。鍛冶屋のマテオという若者が手先となって、敵中に入りこんでおるのだ。それが昨日の未明に火薬庫を爆破する約束になっていたので、我軍は一千名の突撃隊を用意して、待機していたが、どうしたことか今朝になっても爆破が起らないばかりか、けさ夙《はや》く連絡に行かせたマテオの妹も、消息が判らなくなってしまった」

「テレサの兄が手先になっているのでありますか?」

「左様。彼の父は、フランコ将軍の従卒をつとめた男だった。我軍はなお彼を待つべきであるか、それとも他の方法により攻撃を開始すべきであるか、マテオと連絡の取れるまでは、この点を決定するわけにゆかん。バレラ中尉、これが市街の地図だ。見たまえ、これが修道院。ここに広場がある。広場のこの角は大会堂になっているが、それについて曲ってゆくと、右側に靴屋と酒屋とがあって、その間の小さい家にゆけば、マテオに会えるはずだ。判るかね」

「ハイ、よく判ります」

「貴官はこの家へ行ってマテオに会い、計画が実行可能であるか否かを質《ただ》し、万一マテオが病気か負傷で動けないでいるのだったら、臨機の処置を取ってもらいたい」

といって少将はうす汚い焦茶色のマントのような物を取出し、

「これは聖フランシス派の托鉢僧の法衣《ほうえ》だ。これを着てゆくがよい。敵は捕虜を養わない。捕えられたら最期だから、十分気をつけてゆくがよい」

バレラ中尉は、敵が捕虜をむごたらしい拷問にかけた末、手足を切りとって嬲《なぶ》り殺しにする話を聞いて、ゾッと身慄いを感じ、黙って軍服の上から法衣を身につけた。

「用意が出来たら、この短刀を持ってゆくがよい。軍刀はジャラジャラ音もするし、目につきやすい。戸外に軍曹がいるから、市中へ忍びこむ方法については、軍曹から聞くがよい。成功を期待しておるよ」

中尉は法衣の帯をむすび、軍帽を脱いで頭巾をかぶった。それから拍車をはずして、戸外へ出てみると、工兵の下士が一人待っていて、無言のまま案内に立った。

屋根の上には敵の監視哨が立っているから、よほど慎重に行動するの必要があった。ちょっとでもこっちの姿を見せると、忽ち射撃するのだ。で、破壊物を利用して注意深く進み、軍曹は遂に大きな栗の木の下へ中尉をつれて行った。

「この木の四ツ目の枝から、あの家の屋根へ渡れます。ごく登りよい木であります」

なれぬ法衣の裾が、足にからんで勝手は悪かったが、中尉はどうにか四番目の枝まで登りついた。なるほど、二階の屋根へ渡れるように、枝が張っている。半月おぼろなうす明りにすかして、見当をつけていると、不意に屋根の上へ跫音《あしおと》が聞えた。

「南無《なむ》三見つかったか！」

急いで幹のうしろへ身を隠し、様子を見ていると、銃を擬した敵兵が、上半身を前屈みに、そろりそろりと進んでくる。中尉は短刀の柄《つか》を握りしめて、息を殺していると、突然、鼻先で銃声が起ったので、危うく木から転げ落ちるところであった。

敵兵が下を覗きおろすようにして、ワハハと愉快そうに笑ったのと、木の下から太い呻き声が聞えたので、軍曹の射たれたことが判った。敵兵はしばらく下を見おろしていたが、軍曹の所持品でも掠奪するつもりなのであろう、銃を下において、木の枝に乗り移ってきた。

3

中尉は狙いすまして、柄も通れとばかり、短刀を突きだした。敵兵はウンと低く呻いただけで、ずしんと地響たてて落ちていった。竹篦返《しっぺいがえ》しに仇は討ったものの、物音を誰かに聞かれはしなかったかと思うと、しばらくは身動きもできなかったが、あたりは森閑として、遠くで十二時を報ずる鐘が聞えたばかり、中尉は恐る恐る屋根へ乗りうつってみた。すると足もとに、さっきの敵兵の銃がおいてあるので、屋根の下へ投げすてておき、どこから降りたものかと、あたりを見廻した。

と、不意に、

「アヌエロ、どうした？　敵か？」

と人を呼ぶ声が聞えたので、急いで木の上へ身を隠すと、ギギーと揚げ戸を押しあげて、髯むじゃらの顔が月あかりの中へ、ニュッと現われた。

呼んでも答えがないので、その男は屋上へ這いだしてきた。つづいて三人ばかり出てきたが、いずれも厳重に武装している様子。銃の始末をしておいてよかったと、ほっとしながら見ていると、髯むじゃらの連中は、歩哨が他へ移動していったとでも考えたらしく、遠くへ行ってしまったので、その隙に中尉は急いで揚げ戸から階段を降りていった。そしてその家は幸いガラ空きだったから、出口を探して何のことはない市街へマンマと紛れこんでしまった。

街路には、諸所に焚火して、多くの兵がゴロゴロと眠っていた。中には臨時に徴募された義勇兵らしいのも多数見える。焚火から焚火へと忙しそうに往き来している者もあり、その中には僧侶もちょいちょい見えるので、中尉はそれに勇気づけられ、地図で見た広場の方へと道を急いだ。

二三度呼びとめられたが、一切知らぬ顔で、中央広場へ行ってみると、そこはまた夥しい軍隊が屯《たむろ》して、焚火が盛んに燃えている。教えられた通り大会堂の角を曲ってゆくと、狭い通りなので軍隊はもとより、人も殆んど通らず、酒屋と靴屋の間にはさまれた目的の家は、すぐに見つかった。

家の中は真暗で、扉《ドア》も閉っていたが、押してみると開いたので、素早く中へ入って、扉を閉めきった。中は月もささず、真暗な中を手さぐりで進むと、テーブルがあった。

さて、目的の家へは入りこんだが、これからどうしたものか？　暗いといって、むやみにマッチを擂るわけにもゆかぬ。じっと考えていた中尉は、そのときヒヤリとした。不意に、闇の中に微かなうめき声が聞えたのである。

「あああ、神様！」

たった一声だが、いかにも苦痛にたえかねたような、弱りきった声だった。じっと耳を澄してみると、苦しげな息づかいが聞える。だがそれはどこから聞えてくるのか、まるで見当がつかない。

「誰か？」

中尉は思いきって、声を殺して闇の中へ訊ねてみた。

「誰か？　君はマテオか？」

マテオかというのが耳に入ったのだろうか、再び苦悶の呻きが聞えた。

「あああ、水、水、後生だから水を！」

殆んど聞きとれない位い弱々しい声だが、今度はおよその見当がついたので、その方へ進んでゆくと、忽ち壁にぶつかってしまった。さては隣の部屋だったかと思った途端に、また呻き声が聞えた。何だか頭の上の見当だ。手をあげて探ってみたが、のっぺりした壁があるばかりだ。

「どこにいるのか」

「ここだ。ここだ」

両手で壁を撫でまわすと、靴を穿かぬむき出しの足を探りあてた。しかもそれは中尉の胸の高さにあるのだが、壁に沿うてブランと垂れているだけで、台の上に立っているのではない。

中尉は驚いて一歩身を引き、マッチを擂って蠟燭に火を移して、よく見ると、ゾッと全身に寒気《さむけ》だつのを覚えた。

その男は十字架上のキリストのように、太い釘で手足を壁に釘づけにされているのである。目をクワッと見開き、口からは紫色の舌をダラリと垂れ、傷と渇きのため死に瀕して、最期の苦痛に悶え喘いでいるのだ。しかも鬼畜の如き連中は、それだけでは足りなくて、眼の前のテーブルの上に葡萄酒をなみなみと注いだ大杯をおき、見せびらかしている。

中尉は取りあえずその葡萄酒を取って、飲ませてやった。すると彼はやや元気づいて、じっと中尉を見おろし、何かいいたそうにしているので、

「お前はマテオだな？　自分はグスマン司令官の命で、連絡のため派遣されたのだが、一体この態《ざま》はどうしたのか」

「知られたのです。知られたから、捕まって、こんな目にあわされた。もう駄目です。その酒をもう少し飲まして下さい。だんだん気力がなくなる。よく聞いて下さい。火薬は修道院の地下室に貯えてあります。壁に孔をあけて、礼拝堂の隣の尼僧院長の部屋まで導火線が引いてあります。万端の用意は二日まえに出来ていたのに、間際になって見つけられ、この始末です。残念でなりませんが、もう最期が迫っています。どうぞ後のことをよろしく……」

「するとお前は、二日もまえからこんな姿でいるのか」

「二年もまえからのような気がします。お願いだから、剣があるなら、この胸を突き刺して下さい。この苦しみを一思いに断って下さい」

「妹のテレサには会わなかったか」

「テレサ？　テレサが町へ入りこんでいますか？」

「お前の消息が不明なので、けさ夙く捜しに来たはずだ」

「畜生！　きっと捕まって、殺されたに違いない！」

マテオは口惜しそうに歯ぎしりした。

よく見ると、マテオは手足を釘づけにされているばかりでなく、身体中傷だらけで、出血がひどいから、到底助かる見込みはなかった。この際彼に最も深切な行為は、希望通り息の根を止めてやることだろう。といって瀕死の重傷者の胸に短刀を刺す気にもなれないので、中尉は司令官から与えられた毒薬を取り出して、葡萄酒の中へあけた。

と、その時戸外で銃のガチャつく音が聞えたので、咄嗟に中尉は蠟燭を吹き消し、厚い窓掛のうしろへ身を忍ばせて、息を殺していた。すると扉を押しあけて、二人の義勇兵がずかずか入ってきた。角燈を持っているので、平服ではあるが銃を担いでいるのがよく判る。猛々しい顔つきの男だ。酒に酔っているらしい。

二人はマテオに角燈をつきつけて、苦しそうな有様を見てドッと囃《はや》したてた。飽くなき残忍性を満足させに来たものらしい。鬼畜の如き奴等だ。

やがて一人の方が、テーブルの上に酒杯のあるのを見つけ、ニヤリと笑ってそれをマテオの口許まで持ってゆ

き、マテオが飲みたそうに顔を前へ出した途端に、ドッコイそうはゆかぬと手もとへ引込めて、自分でグビリグビリと飲んでみせた。

だがそれは毒酒だからたまらない。忽ち酒杯を取り落し、咽喉を掻きむしりながら、その場へ倒れて悶絶してしまった。

その有様を見た一方は、元来が迷信深い無智な農民のことだから、何かの祟《たた》りとでも思ったか、キャッと叫ぶなり狂気の如くに戸外に逃げ去ってしまった。角燈はテーブルの上に置き去りである。

## 4

中尉は窓掛のうしろから出てきたが、マテオはと見れば、可哀そうに、頭をガックリ前へ垂れて、どうやらいまの騒ぎで息を引取ってしまったらしい。その下の血だまりの中には、敵兵がまだピクピク痙攣しており、何ともいえぬ悽愴さは目を覆わしむるものがあった。

またもや邪魔の入らぬうちにと、中尉は急いでその家を飛びだし、広場までゆくと、頭の上で二時を報ずる鐘が、びっくりするほど大きく聞えた。約束の四時までには、あとまだ二時間ある。

角の大会堂の中は、あかるく灯がともって、しきりに人が出入《ではい》りしていた。中へ入ってみると、そこは病院と避難所と倉庫とになっているらしく、ゴッタ返す混雑を呈していた。一方には食糧が山と積まれてあるかと思うと、こっちには傷病者がゴロゴロしているし、また一方では老幼婦女が集って、立派な寄木細工の床の上で炊事をしていた。祈禱をしている者も少なくない。

中尉はとある柱のかげに跪《ひざ》まずいて、時間のたつのを待ち、三時になるとそこを出て、聖母マリヤ修道院へと向った。

修道院は中央に庭を取ったコの字形の大きな石造建築で、庭には完全に武装した数百の兵が集っていた。

さて、どうしたら咎められることなしに、建物の内部へ入れるか？　中尉はまず庭のまわりを歩いてみた。戸口という戸口には、衛兵がついている。ただでは通してくれなかろう。思案しながら歩くうち、忽ち名案が浮んだ。庭に井戸があって、そばに手桶が沢山おいてあるのだ。中尉はそれに水を汲みこんで両手にさげ、戸口に近づいていった。

非常の際、左右の手に水桶をさげている僧服の男の用向きは、説明するまでもなかろう。衛兵は黙って扉をあけ、中尉を通してくれた。

入ってみると、中は甃《いしだたみ》の長い廊下で、所々に角燈がおかれ、片側には尼さんの修道室がずらりと並んでいた。もう占めたものだ。中尉は庭から見当をつけておいた礼拝堂の方へと、ずんずん進んでいった。

廊下には幾人も兵がうろついていた。中には声をかける者もあったが、中尉は一切相手にならず、口の中で怪しげな経文《きょうもん》を誦《ず》しながら、勿体ぶった顔つきで通りすぎてしまった。

程なく礼拝堂へ行きついた。手前隣は準備室とでもいうのであろうか、ガランとして何もない部屋なので、大きい礼拝堂の前を行きすぎると、院長と小さな札のかかげられた扉が、半ば開け放しになっているから、中尉は手桶を廊下に残して、中へ入ろうとして思わず立停った。奥の方からヒイヒイ女の泣き叫ぶ声が聞えるのである。

「何だろう?」

そっと覗いてみて、中尉はアッと叫んだ。半裸体の女を後手に縛って中央にひき据え、それを三人の尼さんが代る代る打つ蹴る、あられもない責め折檻を加えているのである。

「さア、これでもいいませぬか」

「お前は敵の廻しものであろう。何しにこの場所へ来ました」

「さア、これでもか。これでもか」

ひとりの老年の尼さんが、手にした棒で背中をピシリピシリと容赦もなく打つ。そのたびに女はからだ中をくねらせて、ヒイヒイ泣き叫ぶ。背中は赤く腫れあがって、いまは血さえ滲んでいるのである。いくら戦争で昂奮しているとはいえ、尼僧の身で何ということだろう。中尉はわれを忘れて飛びこんでいった。

「どうしました? この女は何者ですか?」

「地下室へこっそり忍びこもうとしたのを、私たちで捕えたのです。敵の廻し者に違いありませぬ」

尼僧たちが口々に罵るので、中尉は床の上に突伏している女の顔を覗きこんで、あッと息を呑んだ。テレサなのである。

「判りました。この女は私が引受けるから、あなた方は早くここを逃げて下さい。いま敵が攻めこんで来ます」

中尉は邪魔な尼僧たちを早く追い払う必要があった。導火線がこの部屋に引いてあることは判っているが、それを探して火をつけるのに、尼僧がいては困るのだ。で、出まかせをいって、尼僧を廊下に押し出すようにしたが、最後に出かけた老年の尼が、ふと彼の手にキラリと光る指輪を認めて、不審の眉をひそめた。

「しまった！」と思ったが、もうおそい。中尉の手には、木の上で敵を刺した時の血がベットリとついているが、戦争中のことゆえ、血は構わぬとしても、指輪の方は致命的な手ぬかりなのだ。というのは、聖フランシス派の托僧侶は由来赤貧《せきひん》を守る誓いを立てているはず、それが金の指輪なぞはめていては、自ら偽者であるのを告白するようなものだ。

中尉は尼僧を廊下へ突き出して、中からピンと扉に錠をかってしまったが、閉め出された尼僧が金切声で騒ぎたてたので、忽ち番兵共が駈けつける跫音が聞えた。

幸い扉は上下に差込錠のある頑丈な奴で、閉めてしまえば素直には開かぬ代物だ。

番兵どもは廊下で忽ち大騒ぎをはじめた。呶鳴る、扉を蹴る。銃床でガンガン打つ。だが中尉は一切取合わず、半ば失神して打伏《うつぶ》しているテレサにさえ構わずに、一心になってマテオの仕掛けた導火線を探した。

マテオはよほど巧みに隠したと見えて、四ン這いになって探し歩くが、導火線はどうしても見あたらなかった。そのうちに銃丸が二発、扉を貫いて頭上を飛び、ピシリと壁にぶつかった。ドシンドシンと扉を叩く音は、いよいよ烈しい。銃丸もつづいて飛んでくる。中尉は弾丸《たま》の届かない扉寄りの壁際に蹲《うずくま》って、じっと考えこんだ。

自分がマテオだったら、どこへ隠すだろう？　そう思って見廻すうち、ふと、片隅に聖ヨゼフの像を飾ってあるのが目についた。台座の縁に花環をおいて、その中に蠟燭が立ててある。中尉は飛んでいって、花環をはね除《の》けた。すると果してその下に、細く黒い紐のようなものがあった。壁の小さな穴から出てきているし、たしかに導火線に違いない。中尉は蠟燭の火をそれに移しておいて、床の上に身を伏せた。

実に物凄い爆発だった。百雷が一時に落ちたというか、天地も覆るばかりの大轟音、大震動と共に、中尉は一メートルも上へ跳ねあげられ、天井や壁からは漆喰《しっくい》がバラバラと落ち、聖ヨゼフ像をはじめ、その辺にある物は何もかもブッ倒されてしまった。そして恐怖にみちた敵兵どもの叫声、それを圧する味方の突撃隊の猛烈な喊声――といいたいところだが、爆発と同時に中尉は気を失ってしまったのである。

## 5

正気づいた時、中尉は二人の味方の兵に抱き起されていた。頭が割れるようにガンガンする。よろめきながら立ちあがってみれば、漆喰は剝がれ落ち、器具や額は倒れ、煉瓦の壁に電光形の間隙ができて、実に惨憺たる中に、テレサが味方の兵の介抱を受けているのであった。

中尉には後で判ったことだけれど、前にも云った通り壁の厚さが二メートルの余もあるので、火薬庫の爆発もほんの局部的破壊をなしたに過ぎず、所期の破口は得られなかったのだが、政府軍はために大動揺を来したので、その機に乗じて革命軍は全面的の攻撃を加え、殆んど抵抗を受けることなしに、町を占領し得たのであった。

庭へ駈け出してみると、そこはもう味方の兵でいっぱい、丁度グスマン司令官も幕僚を従えて乗りこんで来たところであった。

「や、バレラ中尉、天晴《あっぱ》れだ！　すばらしい殊勲であった」

司令官は中尉の手を取り、感激にうるむ目でじっとその顔を覗きこんだ。

「閣下、マテオの功績をお忘れなきようお願い致します。自分はマテオが計画し、膳立てした仕事に、仕上げの一刷毛《ひとはけ》を加えたにすぎません」

「判っておる。マテオはマテオ、君の功績を没却するわけにゆかん。――時にバレラ中尉、もう五時にちかいが、腹がすいとるだろう。わしもこれから幕僚と食事をするところだが、君を主賓に招待するよ」

「有りがとうございます」といったが中尉は、その時ふと大切な用事を思いだした。ペトラルカ大尉との決闘の約束である。

「閣下、せっかくでございますが、しばらくの御猶予をお願い致します。自分は聯隊の幕営地へ行って来ねばなりませぬ」

「何か残してあるのか」

「いいえ、同僚とそこで会う約束になっております。三十分で帰って参ります」

中尉は司令官に一礼すると、まだ少しふらつく足を踏みしめ踏みしめ、破壊された塀を乗りこえて、ゆうべの屋根のない民家へ辿りつき、そこで汚れた法衣を脱ぎすてると、残しておいた帽子と軍刀を身につけ、約束の場所へと急いだ。

どこをどう歩いたか、まるで記憶はなかったが、廏舎の後方の槲《かしわ》の林に入ってみると、そこにペトラルカ大尉と二人の立会将校のほか、十余人の聯隊将校が一団となって立っていた。

「諸君、お早う。大変お待たせしたようだが、任務がいま漸く終ったから、急いで駈けつけたのです。卑怯な奴と思わんで頂きたい」

そういって中尉は、なみいる連中の顔を見廻し、ペトラルカ大尉の顔を睨んで帽子をわきへおくなり、すらりと軍刀を抜いた。

「大尉にお願いがある。自分はいま、グスマン司令官閣下から、朝食のお招きを受けているので、すぐに勝負をはじめてもらいたい。閣下を少しでもお待たせ申すわけにはゆかん」

すると、ペトラルカ大尉がツカツカと三歩前へ出て、直立不動の姿勢を取ると、一呼吸してから徐《おもむ》ろに剣を抜いたが、中尉に向ってそれを構える代りに、捧げ刀《とう》の敬礼をやったのである。後に居ならぶ十余人の将校も、それにならって、いっせいに捧げ刀の敬礼をした。

両脚を踏み開き、左手をうしろへ廻して、軍刀を構えていたバレラ中尉は、あっけにとられてしまった。すると、ペトラルカ大尉が捧げ刀の姿勢のままで、

「自分がゆうべ申したことは、すべて誤解であったから、改めてここに謝罪する。マテオは惨殺されたそうだが、テレサは君のおかげで命を助かった。ここにいる聯隊の将校諸君は、自分の謝罪の証人ともなり、また、修道院爆破の勇士に敬意を表するため、来られたのだ」

バレラ中尉は構えた剣のやり場に困った。すると、聯隊内で最も仲のよいメーナ中尉が、肩を叩きながら、黙って剣を鞘におさめてくれた。バレラ中尉は張りつめた気がゆるむと共に、思わず眼がしらの熱くなるのを感じたのである。

# 片耳将軍

有名なワーテルローの激戦に、ナポレオンの近衛《このえ》隊を率いて奮戦、一度は敵のブリュッヘル軍を撃破したマッセナ少将は、片耳将軍の名で部下に親しまれていた。将軍は右耳の耳殻《じかく》の上半分がなかったので、常に頭髪をのばしてこれを隠していたといわれる。

むろんこれは生れつきの不具《かたわ》ではなく、若いころある所で切り取られたのであるが、これについては極めて奇怪なる秘話が語り伝えられている。

ナポレオンがかの有名なアルプス越えを決行して、伊太利《イタリー》に攻め入った時、将軍は中尉として従軍した。話はナポレオン軍が、水の都ベニスを攻略した時のことである。

当時の軍隊には、掠奪の弊風が絶えなかった。もっとも掠奪といっても、近頃の支那兵のように、婦女子を犯したり、空瓶や古靴の類まで浚って行くといったやり方ではない。隊長の命令で、士官の指揮する軍隊が堂々と乗りこみ、公然と分捕ってゆくので、分捕り品は大砲や馬匹《ばひつ》などと同様に扱われ、少しも私《わたくし》することなく、そのまま本国へ戦利品として土産にされるのが普通だ。

この時の隊長は、ベニスは古い都だけに、市長が立派な美術品の蒐集を持っていると聞き、マッセナ中尉に命じ工兵隊を率いて分捕りに赴かしめた。

市長は大運河のリアルト橋の一角に宏荘な邸宅を構えていた。マッセナ中尉が行ってみると、しかし、目ぼしい美術品は早くも他へ運び去ったらしく、残っているのは壁画ばかりであった。もっともその壁画も名ある画家の筆になる立派なものだから、切り取って巴里《パリー》へ持ち帰れば、立派な土産になるのだったが、中尉は何思ったか、切り取り作業にかかろうとする工兵に、中止を命じた。漆喰《しっくい》の上に描いた壁画を、剝し取ることの無謀に近いのを思ったことも事実だけれど、大部分の理由は、邸内隈なく案内してくれた市長の令嬢ルチアの美しい泣き顔を見ては、乱暴を働くに忍びなかったのである。

ルチア姫は喜んだ。そしてマッセナ中尉は市長父子《ふし》から、改めて大歓待を受けた。

このことがあってから、中尉はしばしば市長邸を訪れるようになり、殊に、美貌のルチアとは親しくなった。男女の仲が遠くて近きは、古今東西その軌を一にする。親しみはやがて恋愛に進んでいったが、ここにマッセナ中尉として不覚であったのは、ルチアにローレダンという許婚者のあるのを知らなかったことである。もっともルチア姫としては、親のきめた気に染まぬ許婚者であり、マッセナ中尉というものの現われてからは、一層いとわしさが増し、ためにこの騒ぎともなったのであろうが、それは後の話。

ある夜、マッセナ中尉がゴルデーニ劇場から帰ってみると、ルチアから手紙が来ており、表にはゴンドラが待っていた。困った事が出来たから、すぐに来て下さいという文意だ。愛する女から救援を求められたら、支那兵だって放ってはおくまい。ましてやマッセナ中尉は名誉ある仏蘭西《フランス》士官、それッというので飛びだした。

ベニスは御承知の水の都、道路もないではないが、たいていはゴンドラと称する小形の舟で往来する。この時も迎いのゴンドラが来ていたので、心せくままよくも見極めずに飛び乗ったが不覚、ゴンドラの底には屈竟の男が三人も伏し隠れていて、中尉は忽ち組み伏せられ、頭から袋のようなものをすっぽり被せたうえ、高手小手に縛りあげられてしまった。

頭から袋の目隠しを被せられているので、ゴンドラはどこをどう通ったものか判らないが、中尉が荷物同様に担ぎこまれた場所は、どこかの立派な邸内と見え、ずしんと乱暴に投げだされたのは、上等の敷物を敷きつめてあるらしい床の上だった。

「連れて来たか。人違いはしなかったろうな」

「へえ、マッセナの野郎に相違ございませぬ」

「どれ、その袋を除《の》けて、顔を見せろ。動かぬようだが、殺してしまったのではあるまいな」

「ちょっとやそっとで死ぬ奴じゃございません。袋を被せるにも、さんざ骨を折らせやがった位で……」

主人の命令で、荒々しく袋が取り去られた。中尉はうす目をあけてみると、自分の前に白髪の老人が立って、じっと見おろしているのであった。老人は大きな仮面《マスク》で顔全体を隠しているから、何者とも判らない。

「よし。取敢えず獄房へ入れておけ」

老人の命令で、中尉は改ためて地下室のような場所へ放りこまれた。扉《ドア》にピンと錠をおろし、荒くれ男どもが立去ると、中尉は初めてわれにかえった。そして第一に考えたことは、何とかしてここを脱出してやろうということだった。

ここはどこか、あの老人は何者か、何のために自分は捕えられたのか、そんなことよりも、彼は名誉ある仏蘭西士官として、捕われの身となったことが何よりも恥かしかったのである。

獄房は廊下に面した鉄格子つきの小窓から、微かに光線がさしこむだけで、殆んど真暗だったが、手探りで調べてみると、三方はじめじめした石の壁であるが、一方だけは板張りになっている。

板は最近取りつけたものらしく、恐らく広い獄房を急遽二つに仕切ったのではないかと思われたが、よく探ってみると張り方が不完全で、指の入る場所があったから、苦心のあげく、一枚だけ剝し取ることに成功した。

一枚剝がせば、あとは雑作もなかった。二枚剝せば自由に身体が通れた。

板張りの向うは、しかし、こちらと同じ石の壁で、扉が一つあることはあるが、錠がかってあるし、ぬけ出し得る隙はどこにもなかった。

絶望の溜息をもらして、あたりを見廻すと、隅の方に誰やら蹲《うずくま》っているのに気がついた。先客がいたのだ！

中尉はつかつかとそばへ寄って、声をかけた。

「君は誰だ？」

すると、その人物がぬっと立ちあがった。

「おお、マッセナ中尉！」

「ルチア！　ルチア！　あなたがどうしてここに？」

二人は夢中で抱きあった。

「ああ、マッセナ中尉、あなたは殺されますよ。私の手紙を見て、来たのでしょう？　私手紙なんか、上げません。私も、あなたの偽手紙で釣り出されましたの」

「悪魔め！　一体あの老人は何者ですか？　われわれは何のためこんな場所へ監禁されたのですか」

「あの人たちは国粋党なのです。あなたが、この国の美術品を沢山持ち出し、また、私と結婚しようとしているのを怒って、捕えたのです。それというのも、私が悪かったのです。私にはローレダンという許婚《いいなずけ》がありました。とてもイヤな男で、私は何とかして逃れたいと思っていました。それが、あなたとの仲を知って、国粋党に密告したのですから、とても助かりません。あなたは殺されます。ああ、どうしたらよいでしょう！」

「ハハハハ、私もマッセナ中尉だ、そうむざとは殺されませんよ。しかし、あなたは――あなたはどうなります？」

「私は何でもありません。ほんのちょっとの苦しみですみます。それよりも、あなたは早くここを逃げて下さい」

「いけない。話して聞かせなさい。あなたをどうしようというのです」

「私は仏蘭西人を愛した咎で、耳をそぎ落されるのです。そんなこと構いません。名誉の冠のつもりで、身につけていますわ」

そのとき、廊下に跫音《あしおと》がして、ルチアの獄房の扉に鍵をさしこむのが聞えた。中尉は咄嗟に、ルチアを抱きすくめるようにして、板張の隙から隣へ押しこんでおき、自分は彼女の外套をまとって、暗い隅に蹲っていた。

入って来たのは二人の荒くれ男であった。中尉は、その二人を殴り倒しておいて、逃れ出ようかとも思ったが、そしてその自信は十分にあったけれど、それではルチアが助からぬと思いなおして、じっと我慢していた。

二人はあたりが暗いので、ひそひそと相談をはじめた。角燈《カンテラ》という言葉が聞えたから、あかりを取って来るかどうかを話しあったものらしいが、若い令嬢にそんな残忍な刃《やいば》を加えるのは気が咎めたと見え、暗い中で手探りに中尉の頭をさがしあて、短刀ようの物で耳を切り取って、逃げるように立去ってしまった。

焼火箸でもあてられたように、激痛が身体中に伝わったけれど、声を出してはならないから、中尉は歯をくいしばって我慢していた。

ルチアがおろおろ声でそばへ来て、ハンカチで傷口を押えてくれた。

するとその時、大勢の者が家の中を駈けまわる跫音が起り、怒号銃声などの中《うち》に、その一部は階段を駈け降りて来て、獄房の扉を手斧で打ち破りはじめた。板のメリメリと割れる音。

一隊の仏蘭西兵の後から、角燈を手にして駈けこんで来たのは、ルチアの父なる老市長であった。

「ルチア！　ルチア！　どこにいる？　おお、マッセナ中尉も一緒にか！」

ルチアの腰元の話を聞いて、一番に不審を起したのは、劇場から帰ってきた市長であった。市長はマッセナ中尉が同じ劇場に行っているのを見ていたのである。幸いルチアはマッセナ中尉の偽手紙を残していたが、文意にも腑に落ちぬところがあるし、第一手紙の来たのは中尉の劇場にいた時刻である。

市長の胸には国粋党のことがすぐに、ピンときた。そこで直ちに仏蘭西軍へ駈けこみ、事情を訴えて、党本部へ踏みこんだのであった。

おかげで被害は中尉の耳だけ、ルチアは助かったが、この二人が目出度く結婚したか否か、残念ながら記録がない。思うに、当時の状況からして、多分中尉の方から市長父子の迷惑を考え、潔よく身を引いたのではあるまいか。愛する者のためには、黙って耳を切らせた中尉のことだから、そう考えるのが最も自然のように思われるのである。

# 少年漂流奇談

◇主なる登場人物◇

ブリアン……非常に注意深く友情にあつく、本篇の主要少年で、みんなからすかれている。十五才。

クララ……十四才の少女。このものがたりの少女の中で最年長で、幼年組のものをいろいろ世話をしている。

ドノヴァン……冒険心に強く、銃の名人で、何をするにもライフル銃をはなさない。ブリアンと同じく、十五才。

ゴルドン……快活な少年。ブリアン、ドノヴァン等と協力して活躍する。

名犬テツ……ゴルドンの愛犬で、りこうな犬。悪漢をたおしたり、洞穴を発見したり、大てがらをたてている愛すべき名犬。

ケート……海賊からのがれて倒れている時、テツに発見されて助けられる。少年たちと協力する。

アリス……クララと同じ十四才の少女。クララを助け、すい事をしたり、幼い少年たちの世話をうけもっている。

ジャック……ブリアンの弟。漂流をはじめてから急におとなしくなり、ときどきもの思いにふけっている。

ワーストン……悪とうで海賊。

ガーネット……十三才。少年たちの乗っていた船は、ガーネットの父が提供したのである。

エバンス……三等運転士。海賊からのがれて少年たちに助けられ、協力する。

## 漂流

いまからおよそ八十年まえ、一八六八年三月上旬のある夜、南太平洋のまっただなかで暴風にあい、山のような大波に、木の葉のようにもてあそばれながら、東へ東へと矢のような早さでおし流されている一艘の帆船があった。

船はスクーナー型といって、ふとい帆柱が前後に二本あり、それに三角形の帆をはるようになった軽快なもので、大きさは百トンばかり。しかしその帆柱も、後檣《こうしょう》は強風に吹きとばされたのであろう。根もとから折れ去ってあとかたもなく、そのほか船体はよほどいたんでいるらしい。

夜はもう十二時をすぎたであろうか、空は一面に墨をぬったような暗さで、有名な南十字星はもとより、星ひとつ見えない。ただ海水中の夜光虫が、ぶきみに青白く光っているばかりである。その夜光虫のかすかな光りにすかしてみると、この船にはふしぎなことがあった。それは船の甲板におとなの姿がひとりも見えないことである。船はいまにも難破しようとしているのに、船員たちは何をしているのであろうか?

いまこのふしぎな船のかじわに必死となってとりついているのは、四人の少年ばかりである。四人とも年のころは十四五歳であろうか。大きなかじわにぶらさがるようにして、船が横波をうけないようにと、ふんとうしているのだが、ともすればふりはなされそう。

おりからひときわ大きな波がおそいかかるにつれて、かじわがつよく反対のほうへまわったので、四人ははずみをくらってその場へたたきつけられた。だが四人とも元気よくすぐに起きあがって、かじわへしがみつく。この大波を横からうけたら、船はたちまちてんぷくするおそれがあるから、何としてもうしろから風をうけるように、船の方向をたもっていなければならないのだ。

風はさっきからいちだんと強くなったらしく、帆柱や帆綱がヒュウヒュウとものすごくうなっている。帆はいっぱいに強い風をはらんでいまにもさけそうである。この暴風に帆をはっておくのは、非常に危険であるが、少年たちの力では、おろすこともできないのであろうか。

このときメリメリとものすごい音がして、大砲でもうったようなひびきとともに、船ははげしくしんどうして、グイといっぽうへかしいだ。

「あッ、前檣《ぜんしょう》がおれたッ！」と、叫んだのはブリアンという少年である。

「よしッ、僕が見てくる！」これはモコー少年。モコーはそのへんの物につかまりながらはげしくどうようする船上をよろめきながら、暗い船首のほうへかけだしていったが、まもなくもどってきて報告した。

「前檣は根もとから四尺ばかりのこして、なくなっている。帆もいっしょに飛んでしまった。そのほか、舷側《げんそく》がすこしこわれたけれど、浸水することはないと思う」

「帆柱のなくなったのは心配ないよ。こんなあらしの中だから、かえってよかったくらいだ。それよりも舷側が大きくこわれなかったのが何よりありがたい」

ゴルドン少年がこういったとき、船室へ降りる昇降口のふたを下からおしあげて、ふたりの少年が頭をだした。つづいてシェパード種の犬が一匹、これはうれしそうに甲板へとびあがって、四少年のほうへとんできた。少年は年のころどちらも十歳ばかり、昇降口から頭だけだして、心配そうにたずねた。

「にいさん、いまの音はどうしたの?」

「おおジャック、帆柱がおれただけだよ」答えたのはブリアンである。彼はジャックの兄なのであろうか。

「とても船がゆれたよ」ともうひとりの少年が心配そうにいう。

「おお、ゼンキンスも来たのかい。心配することはないよ。早く下に降りておいで。ここはあぶない。クララさんは何している?」

「みんなをあつめて讃美歌をうたっているよ」

「クララさんにね、帆柱がおれて船はかえって安全になったから、安心するようにっていっとくれ」

ふたりの少年は愛犬のテツを呼んで、おとなしく下へ降りていった。

この船には船室にも人がいるらしいが、おとなはひとりもいないのだろうか。なぜこんな南半球の太平洋のただなかを、子どもたちだけの船が漂流しているのだろう?

帆柱ごと帆をうしなった船は風に吹き流される速度がグッとおちてきた。そのため大波が船を追いこしおいこしするので、そのたびに船は波をかぶり、いまにも沈んでしまうのではないかと思われた。帆柱のおれたことは、決してゴルドンのいうように、かえって安全になったとはいえないようである。

しばらくすると、昇降口のふたがふたたびおしあげられて、またもやジャックが上半身を現わした。

「にいさん、たいへん! 船室に水がもりだしたらしいよ」

「えッ! 水がもってるッ?」

甲板の四人はいちどきに叫んだが、ブリアンはすぐに他のものをせいして、

「僕が行ってみる。かじをたのんだよ。下にはグロースたちもいるんだし、僕ひとりで大丈夫だ」

ブリアンはジャックを先にたてて、いそいで船室へ降りていった。船室には天井の中央から一個の石油ランプをつるし、その下に十人ばかりの少年少女ばかりが、十四くらいの少女を中心に、丸くなって讃美歌をうたっているのだった。なかにも九つか十と思われる少女がふたり、いだきあってうたっているのが、あわれでかわいらしかった。その中心となっているのは十四くらいの少女

である。ブリアンはそばへよっていって声をかけた。

「クララさん、みんな起きていたの？」

「ええ、さっきの音で、小さいのまで眼をさましてしまったのよ。おそろしいから、こうして讃美歌をうたっていたところなの」

「こわかないよ。船は大丈夫なんだ。それよりも水がもるって？」

「ええ、こっちよ」

クララはカンテラをともして、ブリアンを船室のすみへつれていった。なるほどそこには水がすこしたまって、船のどうようにつれてあちこちと流れ動いている。しかしかべも天井も完全で、どこからも水の出ているところはないのだった。ブリアンはクララからカンテラをうけとって、となりの船室へいってみた。すると、はじめて原因がわかった。たえず甲板をあらっている海水の一部が、昇降口のすきまから少しずつ入って、となりの船室へ流れおちてきたものだ。これなら心配することはない。昇降口さえしっかりしめればよいのだ。ブリアンは船室にかえってクララたちに、船体がこわれて浸水しはじめたのではないから心配のないことをつげて、甲板へ上っていった。

上ってみると、風はあいかわらずもうれつに吹きまくり、山のような大波がたえずおそいかかって、海水が甲板を洗ってはいるが、東の空が少し明るくなったような気がする。夜あけが近づいたのであろうか。そういえばじこくもやがて四時になるはずだ。

ここは南半球。南半球の三月は北半球の九月である。もうじき夜があけるにちがいない。夜さえあけてくれたら、風もおさまるかも知れず、それに、どこかに陸地が見えるかも知れない。二月の十五日にニュージーランドのオークランド港を出てから、二十日《はつか》あまりも漂流をつづけるうち、暴風にあうのはこれで二度目だけれど、そのあいだ一度も陸地を見たことがなかった。そのあいだ東へ東へと流されたことは、船にそなえつけの羅針盤を見てわかっているが、ここはいったいどこなのであろうか。二十日間も漂流をつづければ、一度くらい島影でも見えそうなものだが、それが一度も見かけなかった……ブリアンがぼんやり考えていると、モコーがとつぜん叫んだ。

「島だッ！」

「島？　どこに？」

「船首の少し左に、うすく黒いものが見えるだろう？」

なるほど、たしかに陸地らしい。距離はどのくらいあるだろうか。船はいま真一文字にその陸地めざして吹き流されてゆく。

しだいに空の白むにつれて、それが陸地であることはもはやうたがいのよちがなかった。しかも船はおどろくほどの早さで、陸地へ近づいてゆく。二百メートルほどの砂浜があって、その向うは屛風《びょうぶ》をたてたような高い岩壁になっており、頂上には樹木がうっそうとしげっているところまでが、やがてはっきりと見えるようになった。するとそのとき、ガリガリと船底が何物かにさわったらしいきみのわるい音がした。

「暗礁!」

海の静かなときならばまだよいが、こんなに波があれくるい、船が上下に動揺しているときに暗礁へ乗りあげたら、それこそたいへん、こんな木造船はたちまちふんさいされてしまうにきまっている。ブリアンは昇降口へとんでいって、一同救命胴衣をつけて甲板へ出るようにと大声で伝えた。だが、彼の心配したようなことは起らなかった。暗礁にせっしょくしたのは一度だけで、船はグングン砂浜に向って進み、やがてズルズルと砂のうえに乗りあげてしまった。そして大波のくるたびに、なおも十尺二十尺と海岸にむかっておしすすめられ、ついに海岸から三十間《けん》ばかりのところで、まったく動かなくなってしまった。これでどうやら大破はまぬがれたが、船底を損傷して海水が浸入していることはないであろうか? ゴルドンとモコーはそれを調べに急いで船底へおりていった。

ブリアンはそのあいだに船首甲板に立って、じっと島のほうを見やった。夜はすっかり明けはなれて、いっさいがはっきりと見えるようになったが、島――だか大陸だかわからないが、陸地はまえもいったように砂浜のさきはすぐに、切りたったような断崖になっており、人影はもとより、舟のようなものも見あたらない。ここは無人島なのであろうか? いずれにしてもこう波が高くては少年たちは上陸することもできない。風波のすこしおさまるのを待たねばならないが、そのあいだにどうしてこの船が少年たちだけでそうなんすることになったか、なぜおとながひとりも乗っていないのかそれを説明しておくことにしよう。

## 無人島

南太平洋もずっと南の南半球、オーストラリヤの東にニュージーランドという島がある。北と南のちがいはあるが、緯度も日本とたいさなく、大きさも日本の本州四国九州に北海道を加えたものにちかく、気候もよくにているといわれる。現在はイギリス連合王国の一つをなしているが、当時はまだ殖民地であり、南北二つの大きな島と、それに附近の小さい島じまからなっている。首都は北島の南端にあるウェリントン市。北島の北端にちかいところにあるオークランド港は島内第一の良港で、人口はさまで多くないけれど、外国貿易船の出入りがさかんである。このオークランドの市《まち》にチェアマン学校というのがあった。そのころは主として金持の子弟を入学させるので生徒の数も多くはないが、その代り全員を寄宿舎に入れるという制度になっていた。八歳で入学して十五歳で卒業するのである。

南半球だからわれわれの北半球とは季節がぎゃくで、毎年一月十五日から三月十五日までが夏休みである。この学校の年中行事の一つに夏休み中のニュージーランド沿岸一週航海があった。今年はアロウ号という百トンばかりのスクーナー船で二月十五日に出発することになったが、これに参加を希望した生徒は次の十四人であった。

ドノヴァン、ゴルドン、ブリアンの三人は最上級で十五歳。

グロース、バクスタのふたりは十四歳。グロースのほうはドノヴァンと従兄弟である。

ウェブ、ガーネット、サービスの三人は十三歳。アロウ号はガーネットの父が持船を提供したものであった。ゼンキンスが十歳。

ジャック、コスターのふたりは九歳。ジャックはブリアンの弟である。

以上の十一人は男生徒《おとこ》で、ほかに三人の女生徒《おんな》が参加することになった。十四歳のクララと十歳のアリス、それに九歳のヘレンである。このほかにゴルドンはシェパード種の愛犬テツをつれてゆく事になった。

これに対して船員は副船長一名と水夫六名、それに料理番一人、モコーという十五歳になる給仕一名の九名で、船長には船主《ふなぬし》ガーネット氏がみずからあたることになっていた。

抜錨《ばつびょう》は二月十五日の朝ときめられたから生徒たちは十四日の夕刻に喜びいさんで乗船した。そして送ってきた家族たちとにぎやかな夕食をすますと、それぞれ定めの船室へと早めにひきとり、寝《しん》についたのであった。

子どもたちが寝につくと、見送りの家族たちは安心して思い思いにひきあげていった。そのあとで、船長のガーネット氏が明朝出帆まぎわでなければ来ないというのをよいことに、副船長はかってに家へ帰ってしまった。それを知った水夫たちは、酒でものむのであろう、こそこそと町のほうへ姿をけしてしまった。最後に料理番まで船をあけてしまうと、船内にのこるのは十四人の生徒のほかは、十五歳の給仕モコーだけになってしまった。モコーは早くから船首の水夫室でぐっすりと眠っていた。

そのあとで、岸壁につなぎとめてあったはずのアロウ号は、どういうわけであったかひとりで岸をはなれ、折からのひき潮にのって沖へ沖へと流されていったのである。それに夜半から急に風の出たためもあり、いつしか港外へ流れ出ていったばかりか、悪いときには悪いことのかさなるもので、はじめはさほどでもなかった風が、しだいに力をつよめ、いつしか暴風となったので、夜のあけるころにはアロウ号は遠く南太平洋上にただよい、いずれを見ても陸地は見えぬまでになっていた。

いちばんに気のついたのはモコーであった。ふと眼がさめてみると、船があまりはげしく動揺しているのでうたがいをおこし甲板に出てみると、この有様なので、船は急によていをかえて夜中に出帆したのかと思ったが、それにしては帆もはってないし水夫たちの姿も見えない。このときはまだアロウ号が港外に出たばかりで、近くにオークランド港のあかりがちらついていたが、モコーが水夫たちの名を呼びながら、船内をかけまわる声に、ゴルドン、ブリアン、ドノヴァンなども起きでて甲板に集まり、声をあわせて助けを求めたが、あいにくと附近を通りあわす船もなく、なんのかいもなかった。

モコーは船の給仕だから、帆のあつかいかたを少しは心得ていた。それにブリアンは去年もニュージーランド沿岸一週に参加したので、少しは知っていた。一同は相談のけっか、このふたりを主任とし、それに年かさのゴルドンとドノヴァンのふたりを加えて水夫係りとし、そのときは風もさほど強くなかったから、力をあわせて帆をはり、船をまわしてオークランドへ帰ろうとしたが、これがかえっていけなかった。帆の操縦は力のよわい少年たちの手にあまり、まごまごするうちにますます沖へ流されてゆき、そのうち風も強くなったので、いまはただかじわにつかまってでんぷくをふせぐのがせいいっぱいであった。夜のあけるまでには後檣が吹きおられ、四艘あったボートもすべて波に洗い去られてしまった。そしてそれから二十日あまり、ときに風のすこし弱まることもあったが、とにかく東へ東へと流されていったのである。

× × ×

夜のうちにアロウ号の失踪したのを知ってオークランド市は大さわぎとなった。六人の水夫と料理人は責任を追及されるのを恐れて姿をかくしてしまった。だから父兄たちは水夫も船にいるものと思い、すぐに二艘の小船を出して海上をくまなくそうさしたが、むなしかった。いや、そのうちの一艘は沖合で、アロウ号の船名を記した船尾の板と、こわれたボートを拾って帰ってきた。それで何のため夜中に出帆したかはわからぬにしても、とにかくアロウ号は沖でなんぱし、少年たちはみなできししたにちがいないということになったのである。いまならば無電もあり、たとえ無電がつかえないにしても、飛行機で遠く洋上をそうさするという方法もあるのだけれど、八十年まえのことであるから致しかたがない。

× × ×

何という皮肉なことか、アロウ号が砂浜にのりあげた日のひる頃から、風がしだいに弱まって、夕刻には水平線のうえに太陽さえ姿をあらわした。これでどうやら海難だけはまぬがれたらしいが、この陸地はいったいどこなのだろう。無人の島か？　それとも南米大陸の一端なのだろうか？

太陽が出たのでゴルドンたち十五歳組の四人は、望遠鏡をもって船首に立ち、こまかに陸地を観察した。眼のまえは砂浜をへだてて切りたったような断崖であり高さは二百尺もあろうか、どこにも登れそうな場所は見あたらない。

断崖は目のとどくかぎり左右にのびているが、ここは一種の浅い湾になっているらしく、まず左をみると、砂浜はまもなくつきて、それからさきは断崖から直接海となっているらしく、船からはななめうしろまでつづいている。そのあたりが最も高い地点であるらしい。

つぎに右へ目をやると、こちらは北よりはすこし複雑な地形をなしていた。砂浜がまもなくつきることは同じだけれど、その途中に小川が海へ流れ入っており、なお岬のはなまでは、こちらのほうがはるかに遠かった。

四人の一刻もはやく知りたいのは、この陸地がどこであるか、人が住んでいるか否かということであった。もし食人蛮族などの島であったらどうしよう？　だが、小川には舟も浮んでいないし、どこにも煙はたっておらず、人の住むけはいはどこにも見られないのだった。

四人は相談のうえ、その夜は交代で船首へ見はりに立つことにし、夕食後はしばらくぶりに安眠して、十分の休養をとることになった。

翌朝おきてみると、風はまったくおさまり、あれほど荒れくるった海はうそのように静まって、空はいちめんの青空、かがやかしい太陽が断崖のうえに、ほほえんでいた。

おどろくことはまだほかにもあった。船は意外なほど波のため海岸におしあげられているのだ。干潮のときは足をぬらさずに砂浜へ降りられるらしい。コスターやゼンキンスなどおさない者は、砂浜へ降りたがったが、用心ぶかいゴルドンは許さなかった。どんなことで蛮族がおそってくるかも知れないから、ゆだんはできない。

そのかわりにブリアンの提案で、この日は船内の貯蔵品を調べることになった。これにはまる三日を費したが、その結果をしるすと、大小の帆布、ロープ、くさり、いかりなどのほか羅針盤、晴雨計、時計、望遠鏡、寒暖計など、船として必要なものの備わっていることはいうまでもないが、この場合少年たちをもっとも心強くしたのはライフル銃五挺、散弾猟銃三挺、ピストル十挺、それに要する弾薬各数百発のほかに箱入りの火薬が二十ポンド以上あり、信号用の狼火《のろし》が二十発も備えてあることだった。別に小型の大砲が二門、たまも数十発あった。

万一蛮族におそわれることがあっても、十分対抗できることはこれでわかったが、この陸地がもし無人島であったらどうであろう。いつ救われるかわからないのだから、この場合には食料のほうが大切になる。では船内の食料貯蔵量はどうであろう。

食料は、この船としては案外多量にそなえてあった。小麦粉、ビスケット、塩豚などの重要食料だけで、クララの計算によると十五少年をおよそ半年ささえてあまるほどあり、そのほかかんづめのるい多量、ブドウ酒、ウイスキー、ブランデーなどの酒もたくさんあった。酒は少年には必要がないようだけれど、欧米ではブドウ酒くらいは水にわって子どもでも飲むのが習慣にあり、病気のときには重宝するのである。病気といえば、薬品のるいもひと通りは備えてあった。

アロウ号が砂浜に漂着してから三日たった。そのあいだ昼夜をわかたず、交代で見はりをつづけたが、一度も人影をみとめなかったし、牛、馬、犬などの声もきかなかった。どうも無人島であるか、もし大陸であるとしても、人の住まぬ地方であるらしい。十五歳組四人は、そこで、相談の結果探検隊を出すことになった。同時に、幼年者にも上陸を許すことにし、舷側からなわばしごをたれた。ただし船から百メートル以上はなれてはいけないという厳重なもうしわたしである。

第一回の探検にはブリアンとサービスとが最も高い地点と思われる北の岬の頂上へのぼってみることになり、愛犬テツをつれて朝はやく出発した。磁石や望遠鏡のほかに護身用のピストルと、十分の食料を用意したことはいうまでもない。ふたりが出てゆくと、この日はじめて上陸を許された幼年者たちは、喜んで海岸をかけまわり、思わず百メートルの制限のそとに出て、船の見はりからメガホンで注意されるものもあったが、ひる頃にはたくさんの貝るいを拾ってもどってきた。

この貝はクララとモコーとで料理して、中食の膳に出たが、おどろくほどの美味であった。食料は十分あるけれど、節約するにましたことはないので、午後からは年うえの者も出て、貝をひろったり、できれば魚もとることになった。夕がたちかくにブリアンとサービスとがつかれてかえってきた。その報告によると、岬の頂上にのぼるのは、よほど骨がおれるけれども、不可能ではない。頂上からまず北をのぞむと、海岸線はそこから少し右にそれているけれども、同じような断崖がおよそ八キロくらいつづいて、そこに第二の岬があり、その先はいったいの沙漠になっているらしい。

岬の西は見わたすかぎりの海で、島かげ一つ見あたらない。西はアロウ号のいる浜をへだてて別の岬が見えるだけ。東は、いったいの樹林がしだいに低くなって、およそ三里ばかりで水面となる。水面には水平線があらわれている。

「なに、水平線が?」ゴルドンがききとがめた。

「そうだよ。だから僕は、東も海になっていると思うんだ。東も海だとすると……」

「この土地が島だというのかい? そうきめてしまうのは早すぎる。それは入り海かも知れないし、またこの土地が半島なのかも知れないじゃないか」反対意見をだしたのはドノヴァンである。

四人はなおしばらく議論をたたかわしたが、けっきょく実地に踏査してたしかめるよりほかないということになり、明日あらためて第二回探検隊を出す事にきまった。そしてこんどは、途中で二泊くらいを要するかも知れないから、ふたりだけでなくドノヴァンとウェブとをくわえて、同勢四人で行くこと、食料は四日分とし、ピストルのほかにライフル銃二挺、斧、磁石、マッチ、望遠鏡、毛布などを携行することなどがきめられた。

四人はその夜すっかり用意をととのえて寝についたが、朝になってみると雨が降りだしていた。残念ながら出発を見あわせるよりほかはない。

探検は延期になったけれども、しかし、この雨はむだではなかった。それはこの地が意外の高緯度地方であるらしく、北半球ならば九月中旬にあたる三月中旬であるのに、雨とともに急に冷気がくわわってきたからである。この調子だと意外にはやく冬がくるかも知れない。暑中休暇を利用して沿岸一週の旅に出るはずであった少年たちはみんな夏服を着ている。このさい冬にそなえて、衣類の用意をしなければなるまい。急に気がついて、調べてみると、水夫たちの荷物のなかに、冬服がたくさんあったので、クララを先生に男の子も手つだって、これを縫いはじめ、どうやら十五人のとうざの冬じたくができあがった。

そのあいだに、ちょっとした雨の晴れまをみては、ドノヴァンやグロースは猟銃をもちだして、はと、かもなどをとってきた。これはうまくもあったし、りっぱな食料補充にもなって一挙両得であった。

雨は十日以上も降りつづいて、寒さが日ましに強くなった。これでは七八月ごろの寒さが思いやられ、十五歳組は厳冬の防寒設備を考えなければならなかった。それに天気のときは気もつかなかったが、アロウ号の損傷は意外にひどいらしく、あちこちに雨もりがひどくて、その修理になかなか手がかかった。だから、やがて雨があがって、当分天気がつづきそうだという見きわめがつき、いよいよ探検隊が出発することになったのは四月の二日であったが、彼らには新たにもう一つの任務があたえられた。それは陸上のどこかに十五人が住めるような洞穴《どうくつ》か何かあったら、よく調べてくることというのである。

## 謎の白骨

四月二日の午前七時、四人は愛犬テツを従えて探検の途にのぼった。断崖のすそについて北へ北へと小一時間ばかり進むうち、先頭のサービスとテツの姿が急に見えなくなった。さんにんはおどろいてかけだしてゆくと、意外にもそこに断崖のさけ目があって、彼らはそのなかにはいっているのであった。

さほど大きなものではないけれど、およそ四十度のけいしゃをなして、地上から頂上までみごとにさけている。表面には適当の凸凹《でこぼこ》もあり、ひろさも十分で、のぼってのぼれないことはないと思われたが、用心ぶかいブリアンがためらっているひまに、ガムシャラなドノヴァンは、黙ってグングンのぼりはじめた。

こうなってはしかたがないから、さんにんもつづいてのぼりはじめたが、幸いすべりもせず、まもなく頂上にたっすることができた。さっそく望遠鏡をだして東のほうを見る。

「海なんかないじゃないか。どこまでもジャングルがつづいている」ドノヴァンは怒ったような声でいった。

「でもここは、僕ののぼった北の岬よりも百尺以上低いから遠望がきかないのだよ」

ブリアンが説明した。四人はそこでひとまず腰をおろして、休息をかねて相談したが、けっきょく、ジャングルといっても、さほど深くはないようだから、切りひらいて一直線に東へと進むことになった。浅いと見たジャングルは、行くにつれて意外にふかく、ふじづるのるいを斧で切りはらわなければ進めなかったり、巨木が倒れていて迂回させられたり、かなり困難であった。午後二時までにおよそ一里も進んだであろうか、こつぜんとして小川のほとりに出た。

小川は幅二間もあるだろうか。深くはないが流れが急で水はすきとおるほどきれいであった。北のほうへ流れているが、さてこれからどっちへ進んだものだろう。四人はおそい中食をたべながら、その場で相談する事になった。川の流れについてゆけば、ブリアンの見た海へ出るかも知れないが、それではアロウ号とひどくはなれてしまうことになるから、困難ではあるけれど一直線に東へ向けて、ジャングルを切りひらいて進むことに一決して、四人が腰をあげたのはそれから一時間の後であった。

川には丸くたいらな石が、まるで人がならべたようにはい列されており、幸い足をぬらさずに渡ることができた。覚悟はしていたけれども、ジャングルのなかを行くのはよういなわざではなかった。それに午前中からの疲労もあり、午後七時ごろ、あたりのやや開けた場所までたどりついた時には、四人ともへとへとになっていた。あたりはもううす暗くなっている。そこでブリアンはドノヴァンと相談して、ここで野営をすることにした。見わたすと、幸い樹木がこんもりと繁って、四方《あたり》からふじづるがからまり、なかが洞穴のようになった場所があったので、四人はそのなかにはいって毛布にくるまり、横になるとすぐ眠ってしまった。テツがさしずめ門番である。

翌朝七時、四人はすっかり元気をかいふくして眼をさました。あたりはすっかり明るくなっている。一同まず食事をすませ、いざ出発しようと腰をあげたとたんに、サービスがとんきょうな声をあげた。

「おや、これは家だよ！」

家？　なるほど！　ゆうべ四人が、樹木のしげみのなかにできた洞穴だとばかり思って、一夜の宿とした場所は、木の枝をあんで壁とし、同じものを屋根とした一種の小舎《こや》で、家とはよべないまでも、あきらかに人の手になったものである。いまは久しい年月をへて大半朽ちはててはいるけれど、あきらかにこの地に人のいる証拠である。いや、少くとも久しいまえにはいたことのある証拠である。蛮人かも知れないからゆだんはできない。四人は八方に注意の眼《まなこ》をくばりながら、一団となって、磁石をたよりに東をめざして進んでいった。三十分ばかりで、意外にもこつぜんとジャングルがつきて、眼前にてんかいしたのは海であった。ああ、やっぱり海！　数百メートルのかなたには白い砂浜もよこたわり、右も左も見わたすかぎり一面の海！　ああ、してみればここはやはり大陸の一部ではなく島であったのか！　四人はともかくも砂浜まで歩いてゆき、腰をおろしたが、その胸中は暗かった。なぜ？　大陸の一角ならばよく困難はあろうとも、歩いて人里へたどりつくこともできよう。救援を求めるという手もある。しかし島では、附近をとおる船を待って、助けを求めるよりほかはないが、その船がいつ通りあわせることか！

「まだ十時だね」ドノヴァンが思いなおしていった。

「こんどは道もついているのだから、すぐに出発すれば、きょうのうちにアロウ号まで帰れるかも知れないね」

「帰ろう」とブリアンが力ない声でいったとき、ウェブがとんきょうな声で叫んだ。

「テツが海の水を飲んでいる！」

ブリアンははじかれたように立ちあがり、水ぎわへ駈けていって海水を口にふくんでみた。しおからくない。淡水《まみず》だ！　いまのいままで海だとばかり思っていたのが、湖水とわかったので四人は急に元気づいた。これだけ大きな湖水があるところをみると、この地は大陸の一部かも知れず、よし島だったとしても、よほど大きな島にちがいない。そして湖水の向うには人が住んでいるかも知れないのだ。四人はそこでまた相談をかさねたが、食料はまだあと三日分あるのだから、これから湖岸を南のほうへ行けるだけいってみよう。ひょっとしたら、そっちからアロウ号へ帰れるかも知れないからということになった。

湖のふちはジャングルのなかとちがって、まことに歩きよかった。四人は無人境に漂着した身であることも忘れて、歌などうたいながら、遠足のような気持で歩いていった。そして午後七時ごろに、とある小川のほとりへ達した。小川は湖水から流れ出るもので、ほぼ西のほうへ向っているらしいから、この流れについてさがってゆけば、アロウ号のいる海岸のちかくに出られるにちがいない。そこで四人は安心して、小川のほとりで第二夜の野営をすることにした。

翌朝四人が目をさましたのは八時であった。さすがに少しつかれたものとみえる。起きてまず小川の対岸を望めば、これはいったいの沼沢地《しょうたくち》である。四人はゆっくり朝食をとり、それから小川の右岸についてくだっていった。すこしゆくうち、小川の岸から五十メートルないし百メートルのところに、、崖があらわれてきた。それも、はじめはごく低かったのが、しだいに高くなり、どこまでもつづいているのだった。ことによるとアロウ号のいるところにある断崖までつづいているのではあるまいか。

なおしばらく進んでゆくうちに、ウェブがふと妙なものを見つけてさわぎだした。小川のふちに石をつんで入江がこさえてあるというのである。いまはなかば石がくずれ、草におおわれているけれども、なるほど、それは明らかに人工の入江にちがいなかった。四人は注意ぶかく、そのあたりを調べてみた。すると、少し下手の草のなかに、大半はくちはてているけれど、小さなボートの残骸と思われる木片が横たわっていた。その木片のなかから、ブリアンは一個の鉄環を見つけだした。むろんまっ赤にさびついて、ボロボロになってはいるけれど、ボートの舳《へさき》についていたものにちがいなかった。きのう見た小舎のあとといい、このボートといい、かつてこの地に人のいたことはわかったが、いまはどうなのだろう？ボートに鉄環のついているところをみると、蛮人のものとも思えないが……四人がぼんやり立っていると、テツがどこからかかけもどってきて、尾をふりながら四人の顔を見て吠えては二三歩かけだし、またもどってきて吠えては二三歩かけだし、どうやらどこかへ来いというらしかった。

四人は一団となり、ライフル銃やピストルをかまえて用心しながら、テツの後について行ってみた。すると、小川のふちからは見えなかったが、灌木のしげみにかくれて、断崖の根もとに洞穴の入口らしいものが黒ぐろと口をあけているのだった。テツはうれしそうにその中へ走りこんだが、すぐに出てきてしきりに吠えたて、早くなかへはいれというらしかった。ブリアンはちょっと考えていたが、そばの白樺の皮をはぐとたいまつをつくり、火をつけて、先にたって中へはいっていった。さんにんもすぐあとにつづく。

洞穴の入口は幅二尺に高さ五尺くらいにすぎなかったが、なかは二十尺四方――二十五畳敷ぐらいあり、天井も高くて、下にはいちめんに乾いた砂が、しきつめてあった。見まわすと、入口のすぐ右手にそまつなテーブルがあり、陶器の水さし一個と、大きな貝がらが数枚おいてあった。おそらく皿の代用であろう。そのほかすずのコップ、おれたナイフ、さびた魚釣鈎《うおつりばり》なども見られた。テーブルのそばには木の箱がおいてあり、あけてみると破れた衣類が少しばかりいれてあった。なお奥へゆくと、壁ぎわにボロボロのわらブトンがあって、色のさめた毛布がかけてあった。四人は身ぶるいとともに、いったんはしりごみしたが、ガムシャラなドノヴァンが進み出て、サッと毛布をめくった。だが、よきに反して寝どこのなかはからっぽであった。するとこのとき、さきほどからまたもや姿のみえなかったテツが、吠えながらとびこんできて、しきりに外へ出ろというらしかった。敵でも現われたのではあるまいか。ブリアンはただちにたいまつを吹き消した。

用心しながら明るい入口に近づき、外のようすをうかがったが、敵がきたのでもないらしい。外に出てみると、あたりはまえと変ることなく、何の異状もなかった。ただテツが四人をどこかへ案内したがるばかりである。テツは舟着場の入江から十メートルばかり奥にある一本の大きなブナの樹のあたりへ、四人をつれてゆきたいらしく、たけなす草のなかへもぐりこんで、しきりに吠えたてる。その声をたよりに、草をおしわけて進んだ四人は、ブナの樹の根もとまでいってギョッと立ちすくんだ。ボロボロの服をまとった一個の白骨が、草のなかに横たわっていたのである。なおその頭《かしら》のうえのブナの幹をけずって、

F. B.
1807

の文字が刻みこんであった。F. B. とはこの人の名まえの頭字《かしらじ》なのであろうか。1807が西暦紀元の年号をしめすものとすればいまからざっと六十年まえにあたる。

とにかくこの白骨の主が蛮人でないことだけはたしかだ。おそらくはこの附近の海上で難破した船から、いまはくちはてているあのボートで脱出し、この地に漂着したものであろう。だがそれならば、彼はなぜこの洞穴で生活し、ついに病んで死ぬにいたったのか。この地がもし大陸の一角だとすれば、なぜ歩いて人里へ出ようとはしなかったのだろう。またボートで海岸づたいに漕ぎ去ることもできたはずではないか。子どもでないこの人にすらこの地を脱出するすべがなかったとすれば、幼年者もいる十五少年に、はたしてよく脱出できるであろうか? 四人はにわかに不安の念におそわれたが、あの洞穴のなかをもっとよく調べたら、何が事情がわかるかも知れないと思いかえし、しいて元気をふるいおこしてふたたび洞穴へととって返した。

彼らが洞穴のなかで新たに発見したものは、おの、くわ、のこぎり、鉄なべ、湯わかしなどいろいろあったが、鉄砲のるいは一つもなかった。その代りにカウボーイの

使う投げ縄があった。投げ縄のあるのは、この附近に獣類のいることをしめすものであろうか？　だが、これらはさしあたり、大して参考になることでもなかった。最後にドノヴァンがフトンをふるってみると、小形の手帖が一冊ポロリとおちた。あけてみると、はじめに1807と年号をしるし、つぎにフランソア・ボードアンとあった。これはブナの幹にほりこんだ頭字と一致するから、たぶんこの人の名まえであろう。しかも名まえからみるとこの人はフランス人であるらしく、なかに記してある文面もフランス語であった。パラパラとめくってゆくうち、はさんであった紙片が下におちた。ひろってひらいてみると地図である。

地図はハネをひろげた蝶に似て、中央に大きな湖水のある一個の島をしめしたもので、四人は額をあつめてそれに見いったが、どうやらこの地をボードアンが自から踏査し、非常な苦心の結果書きあげたものらしかった。ああ、やっぱり島であったのか！　ボードアンがついにこの地で白骨と化した理由がこれでわかった。少年たちも幾年かの後、おなじ運命をたどることになるのであろうか？

四人の探検隊が川についてくだり、アロウ号へ帰りついたのは、その日トップリと日が暮れてからであった。

## 第二の洞穴

翌朝は、食事をすますとすぐに全員甲板にあつまり、探検隊の報告をくわしく聞いて、今後のことを相談することにした。まず、この地が大陸の一端でなく、絶海の孤島だときいて、一同は失望落たんし、ボードアンすら白骨となったと知っては、いよいようち沈んでしまったが、ボードアンが鉄砲すら持たなかったのにくらべて、こっちはのろしの用意まであるのだから、近くを船さえ通れば必ず救われるのだと、クララが力づけたので、ようやく気をとりなおした。

つぎにゴルドンから、探検隊の留守中に喜ぶべき発見があったといって、四人の出発後に幼年組のひとりが、船首のヤリダンの支柱のあいだに一艘のボートがはさまっているのを発見したという報告があった。もっともこれは長さ二メートルばかりのごく小型のもので、アロウ号が港に碇泊中に乗組員が他に用事があって行くときなどに使う雑用船で、外洋では役にたつものでないけれど、あればべんりなものだった。

つづいて彼は自分の意見として、四月の上旬だというのに朝夕のこのひえかたでは、この冬の寒さが思いやられること、アロウ号の損傷がますますひどく、来るべき厳寒はしのげまいと思われるばかりか、いちど暴風がきて大波に洗われたら、アロウ号はたちまちふんさいされるにちがいないことなど説明して、せまくても何でも、いっさいの荷物をまとめて、そのボードアン洞へ移転すべきだと主張した。それには反対もあり、荷物の運搬が不可能だという議論もあったが、まず川のほとりにテントをはり、いっさいの荷物をそこへ運んでから、アロウ号を解体してその材木でいかだをつくり、それで川をのぼってもゆけばよいと説明すると、一同ようやくなっとくして、それを実行することに話がきまった。

あすといわず、その日の午後から仕事がはじめられた。まず年長者が川口《かこう》の右岸に帆布で大きなテントをいくつかはった。そのあいだ幼年の者も休むことなく、手にあうものを船からおろして、砂のうえにつんだ。そしてテントができあがると、全員でほとんど休むことなく、荷物の運搬につとめた。重量物もそれぞれ工夫してはこんだ。風はあったが天気がつづいたのが何より幸いであった。

四月二十五日には船内のあらゆるものをことごとく川口へ運びおわった。こんどはアロウ号の解体である。しかしこれは少年の力にはよういなわざではなかった。まず船体にはってある銅板をはがさなければならない。それも、銅板はのちに使いみちがあるかも知れぬから、なるべくていねいにはがし取りたい。だが、不思議な助けがあって彼らの労は大いにはぶけた。四月二十八日の夜半からあけがたまで強い風が吹いたが、朝になってみるとアロウ号はすっかりつぶれて、材木の山となっていたのである。とはいうものの、百トンの船の用材であるから、なかには少年の力にあいかねるのもあったが、コロを使ったりして工夫をこらし、全員力をあわせて働いたので、五月三日にはどうやら全部を川口まで運ぶことができた。

こんどはいかだつくりである。きょうまでの苦しいけいけんで、バクスタが天性大工仕事の工夫にすぐれているとわかったので、いかだつくりには彼を主任に選び、他のものはその命令によって動くことにしてはじめた。バクスタはまずふとい材木を井ゲタに組んで釘でとめ、長さ五間幅二間のいかだの骨組をつくった。それをもとにして何本も柱を横たえ、最後にアロウ号の甲板からとった板をはると、ふてぎわながら丈夫ないかだができあがった。

つぎにいっさいの荷物を積みこむのに三日を費した。

これでいつでも出発できることになったが、思慮ぶかいゴルドンの提案にしたがい、この海岸を去るにのぞんで断崖のうえに竿をたて、英国旗とSOSの信号旗をかかげておくことになり、半日をそれに費した。奥地へはいってしまえば船の通るのを見はっていることができなくなるからである。さて、いよいよ遡航であるが、小さな川でも流れはあるのだから、満潮のときをねらうよりほかない。それに夜間の航行は危険があるから、明るいうちにかぎる。そんな事情で、一日いくらも進まず、ちょうど一週間めの午後になって、ようやくボードアン洞の前まで到着した。一同のよろこびは非常なもので、年下のゼンキンス、コスター、アリス、ヘレンなどは早くも岸にあがり、嬉嬉《きき》として走りまわっている。ただひとりジャックだけがその仲間にくわわろうともせず、浮かぬ顔でいかだにのこっているのに気がついて、兄のブリアンはひそかにまゆをひそめた。もとはとても快活で、むしろ手にあわぬくらいのイタズラッ子だったのに、遭難以来すっかり別人のようになった。からだの悪いようすもないし、何か原因があるにちがいないから、おちついたらよく問いただしてみようと思いさだめ、ブリアンは忙《せわ》しく仕事にとりかかった。第一の仕事は、かのブナの樹の下に白骨となって横たわっているボードアンを、その場に手あつく葬むることであった。終ると小さな墓標をたて、一同そのまえにひざまずいて、ねんごろにめいふくをいのった。それから荷物の陸あげである。まず第一に寝具を洞穴にはこびいれ、十五人ぶんの寝床をほどよくつくった。それからアロウ号の食堂にあった大テーブルをはこびこんで、中央にすえた。一方モコーとクララが主となって、炊事道具をはこびあげ、入口のそとに石でかまどをきずいてスープをつくり、来る途中にドノヴァンたちがうちとった小鳥をくしにさしてあぶった。

午後七時、一同はローソクをたてた大テーブルのまわりに集まり、楽しい夕食をすませた。食後は年長者のあいだで明日からの仕事の順序など打合せたが、それも早く切りあげて、一同しばらくぶりに手足をのばして寝床にはいった。ドノヴァンとガーネットのふたりが見はりの役である。

あくれば五月十九日、きょうからこの洞穴での新らしい生活がはじまる。まず最初は荷物の陸あげと、取りかたづけである。それが三日ばかりですむと、いかだを分解して材木を片づけた。つぎにはアロウ号の料理用ストーブをもちこんで、入口のすぐそばにすえつけた。それには洞穴をなしている岩があまりかたくないのを知ったバクスタが、ストーヴの上方に丸い穴をあけて煙突をとりつけたので、誠にべんりなことになった。つぎにバクスタは、入口をすこしひろげ、アロウ号からはずしてきた丈夫なドアをうまくはめこんだ。これはすばらしい思いつきだった。これさえ閉めておけば、夜も見はりをたてる必要はない。つぎに彼は、入口の左右にいくつかの窓をあけガラスをはめこんだので、洞穴のなかはグッと明るくなった。

そのあいだにドノヴァン、グロース、ウェブなどは、毎日猟銃を肩にして附近を歩きまわり、夕がたには必ず何羽かの鳥をとって帰った。川むこうの沼沢地帯で、セロリやクレソンなどの野菜を見つけてきたのも彼らであった。ある日、湖水にそうて北のほうへ出かけていった彼らは、洞穴から五百メートルばかりの林のなかにたしかに人が掘ったと思われる深い穴がいくつもあるのを発見した。穴の上には木の枝をたてよこにかけわたしてある。なかには底に動物の白骨らしいものの見えているのもある。ボードアンが動物を捕えるためもうけた落し穴ではなかろうか。

ウェブの発案で、さんにんは穴のうえに木の枝をわたして、落ち葉などでふたして帰ってきた。

一方幼年組のものは、川や湖水に糸をたれて食べきれないほどの魚をとってきた。あまったのはモコーとクララが塩づけにしたり、乾《ひ》ものにしてたくわえた。洞穴はもともとあまり広くないところへ、十五人の寝どこがあるうえ、アロウ号の荷物を全部おさめたので、動きのとれないせまくるしさだった。かねてそれの気になっていたブリアンは、せめて荷物だけでもおさめておけるような洞穴でもないかと、ドノヴァンたちを案内に、附近をさがし歩くことにした。ドノヴァンたちは毎日鉄砲を肩に、歩きまわっているので、案内をたのんだのである。

一行が、いつぞやドノヴァンたちが落し穴をもうけた林に近づくと、妙な鳴き声が聞えるので、行ってみたところ、駝鳥が一羽穴におちているのであった。それを見るとウェブはとくいの鼻をうごめかしたが、サービスはつれて帰って飼いならし、馬の代りに乗りまわすのだと、きばつなことをいいだした。あまりきばつなので、はじめは笑うばかりで誰も相手にしなかったが、サービスの熱心さに負けた形となり、とにかく生きたままつれてかえることにした。その方法は、まず駝鳥の首を少ししめて弱らせておき、サービスが穴へとび降りて、二本の脚をゆるくしばってから、上へあげたのである。ひもでしばられて、歩はばを一尺くらいに制限された駝鳥は、勢いよくかけだすことができず、よちよちとあぶなっかしそうに洞穴まで歩いてきた。

近くに物置になるような洞穴がないとわかったので、ブリアンは最後の手段として現在の洞穴の奥に、もう一つ洞穴をほる決心をかため、まずゴルドンに相談した。ゴルドンもそれには賛成であった。現在の洞穴の中から湖水のほうに向って第二の洞穴をほることができ、湖水に面する崖に入口を設けることができたら、現在の入口に正面から強い風が吹いてドアのあけられない時は、側面の入口を安全に利用することができる。だが、ふたりだけで決定はできないので、みんなにはかってみると、反対する者はひとりもなかった。

そこで翌日から工事に着手することになった。洞穴の湖水よりの壁から、湖水に面する崖までは、およそ十二三メートルもあろうか。工事の計画では、まずこのあいだに一本のトンネルをうがち、それができたら、トンネルを両方へひろげて、そこへ第二の洞穴をつくろうというのである。

岩は予想外にやわらかだったのでゴルドン、ドノヴァン、ブリアンをはじめとして年うえの者がツルハシやシャベルをふるい、幼年者は土はこびに任じて、エイエイとして働いたので、工事をはじめてから四日めの五月三十一日には、早くもトンネルの深さが三メートルにたっした。

その翌日、トンネルの奥でツルハシをふるっていたブリアンは、ふと、ツルハシを打ちこむごとに、何となくウツロなひびきがするのに気がついた。はじめはトンネル内に反響するのかと思って、ツルハシのえで壁をたたいてみたり、いろいろにこころみたが、どうもそうではないらしい。トンネルのむこうに別の洞穴があるのではあるまいか。ブリアンはゴルドンたちおもだった者をよんできて、音をきかせたが、みなも洞穴にちがいないという意見だった。洞穴があるとすると、大いに労力がはぶけるわけだから、一同勇みたって、工事はドンドンはかどり、洞穴の反響はいよいよはっきりしてきた。

すると午後になって、グロースがツルハシをふるっているとき、壁のむこうで何かがウーと低くうなる声がきこえた。グロースのしらせで一同は代るがわるトンネルにはいって耳をすましたが、それはたしかに動物のうなり声にちがいなかった。ウー、ウーと低く断続してきこえている。そのときゴルドンについてトンネルに入り、動物のうなり声をきいたテツが、急にシッポをたててそのへんを忙しくかぎまわり、やがてどこかへ出ていったのに気のついた者は誰もなかった。

一同はテーブルのまわりに集まってどうするか相談したが、誰もよいちえはうかばなかった。そのときゼンキンスがとんできて、壁のむこうで動物がけんかをしているというので、一同トンネルへとびこんでいった。トンネルのなかは物すごい反響だった。まるで百匹もの犬が一時に吠えたてるようなさわぎである。アリスやヘレンなど幼い少女たちは、顔いろをかえて逃げだしフトンのなかへもぐりこんでしまった。だが、その騒ぎは十分とはつづかなかった。ほんの五六分でおわって、あとはひっそりしてしまった。こころみにツルハシで壁をうってみたが、もはやうなり声さえきこえなかった。どうしたのだろうか。壁のむこうに別の洞穴があって、動物がいる以上はどこかに入口がなければならない。その入口をさがしてみようということになり、年上の者がピストルをたずさえ、手わけして附近をくまなくさがしたが、洞穴の入口らしいものはどこにも見あたらなかった。やがて夕刻になったので、捜査も工事も中止して、一同モコーとクララのつくった夕食のテーブルについたが、そのときテツのいないのに気がついた。代るがわる入口に立って、大きな声でよんだが、ついに姿をあらわさなかった。その夜は不安と心痛のうちに一同寝についた。

朝になってもテツは帰ってこなかった。トンネルの奥の洞穴からも、動物のうなり声はきこえなかった。動物が洞穴から出てにげだしたのを、テツがどこまでも追っかけて行ったのだろうか。あるいはかえって動物のため食い殺されたのではあるまいか？　猛獣！　向うの洞穴は猛獣のすみかなのだろうか？　危険だから工事を中止しようという意見もあった。クララをはじめ、主として幼年組がもうし出た。しかし、今までもこの島に猛獣のいる形跡はなかったし、もしいるとすれば、うっかり外へも出られないわけだから、ここで確かめておくのがよいとの説が勝をしめ、トンネル工事はつづけることになった。その代りいざの場合にそなえて、ライフル銃三挺で警戒することにした。さいしょにツルハシをふるうのはゴルドンとクジできまった。警戒員はドノヴァン、バクスタ、サービスの三人である。土はこびも年長者があたり、幼年組はモコーとクララとにまもられて、そとに待避した。

ゴルドンは第一のツルハシを打ちこんでしばらくようすをうかがった。うつろな音がするだけで、うなり声はおこらない。第二、第三のツルハシもおなじであった。だが、第四のツルハシをゴルドンが強くうちこむと、ガラガラッと大きな音をたてて壁がくずれ、暗い大きな穴がポカリと口をあけ、ハッと身を引くゴルドンめがけて、穴のなかから一匹の大きな動物がとびかかった。警戒の者が銃の引金を引くすきもなかった。

## 島内探検

穴からとびたしたのは、ほかでもないゴルドンの愛犬テツであった。テツはツルハシをもったまま尻もちをついたゴルドンの顔をペロペロとなめてから、いっさんにおもてへかけだして、小川の水をガブガブとのんだ。あまりのおどろきに、一同しばらくは口もきけなかったが、やがてわれにかえるとこんどは腹をかかえて笑いだした。

「あぶなかったね。もうすこしでテツを射ちころすところだったよ」

「僕、引金に指をかけたけれど、ゴルドンにあたりそうで、射てなかったんだ。そしたらテツだってことがわかったんだよ」

「それにしても僕、こんなに壁がうすくなっているとは思わなかったよ」

テツがいきなりゴルドンにとびつかなかったら、三人のうち誰かが打ちころしていたかも知れない。一同は幸運を神さまに感謝しながら、ひとりずつ穴のなかへもぐりこんでいった。テツがとびだしたことで、穴のなかに危険のないことはわかっているのだ。穴のなかは果して洞穴だった。ローソクの光りでしらべてみると、大きさは第一の洞穴とほぼ同じく、畳のかずにしておよそ二十五畳くらい敷かれるであろうか。水のしみでるところもなく、洞穴内はよく乾燥している。

「おや！　なにかいるよ！」

バクスタが叫んだので、何事かと一同かけよってみると、豺《やまいぬ》の死がいであった。全身きずだらけである。テツにかみころされたものにちがいない。これできのうの不思議がいっさい解けたというものだ。どこからかこの洞穴に迷いこんですみかとしていた豺は、ツルハシのひびきにすみかをあらされると思い、怒ってうなった。その声をきいてテツがとびこみ、かみころしたものにちがいない。だが、それならどこかに入り口がなければならないのに、どこからもあかりのさしこんでいる場所はないのである。

やがて洞穴の口があいたときいて、一同そこへ集まってきたので、ゴルドンはガーネットにアコーディオンを持ってこさせた。ガーネットはアコーディオンが何よりも好きで、どこへ行くにもはなしたことがないのだ。それだけに上手である。ゴルドンは一同に、ガーネットの伴奏でなるべく大きい声で歌をうたうように頼んでおき、自分は二三の者とつれだってそとへ出ていった。あちこち歩きまわるうち、湖水に面した崖の一部に、うた声のかなりはっきりと聞える場所があるので、しらべてみると、崖のすそに雑草と灌木にかくれて低い穴のあるのを発見した。ほかにはうた声のきこえるところは決してなかった。相談の結果こんどの新洞を寝室につかい、今までの旧洞を物置と食堂と調理場につかうことにして、一同は翌日から熱心に働いた。トンネルをひろげてりっぱな通路とするもの、新洞をせいりして寝具をはこぶもの、湖水に面した崖の下の穴をほりひろげて入口をもうけるもの――入口にはバクスタの骨おりでドアをとりつけ、その左右に明りとりの窓もつくった。寝室にはアロウ号の大型ストーブをとりつけた。これらの工事は二週間でひとまず完成した。

工事の完成するころには、夜などだいぶ冷えるようになった。五月なかばといえば北半球の十一月なかばであるが、いまからこれではま冬の寒さが思いやられる。少年たちが故郷オークランドを出てからちょうど三月になるが、いつ帰れるかもわからないし、食料も決してゆたかではない。考えてみれば心細いわけで、現にヘレン、アリスなどの幼い少女は毎夜のように母を慕って涙ぐみ、なぐさめるクララもほとほともてあますことがあった。それらのことを考えたゴルドン、ブリアン、ドノヴァンたちは、相談して、こんご日課をさだめて学課と運動とを規則ただしく実行することにした。書物はアロウ号の図書室のものを全部もってきていたから、年長の者が幼年者に教えるのに参考書にはことかかなかった。土曜日の夜は音楽会をもよおした。

六月にはいってからのある日、夕食の席で誰いうとなくこの島の各地に名をつけようということになり、まず第一に島の名を学校にちなんでチェアマン島ときめた。それから最初に漂着したところをアロウ湾、湖水をオークランド湖、一同の住む洞穴をボードアン洞など、そのほかくわしくは地図に示すとおりである。

六月の下旬になると、寒さはいよいよ強くなり、夜は寒暖計が零下十度にもさがるようになった。洞内はストーブにまきをもしつづけているから暖かだけれど、そとは日中でもよほど寒く、やがて雪も一尺くらい降りつもった。

七月に入ると寒暖計は零下三十度をしめすこともあり、雪もところにより三尺くらいになった。ほとんど外にでることもできない。食料はかねてからモコーとクララとが鳥肉《ちょうにく》や魚のあまったのを塩づけにしていたのがあるし、さしあたり困りはしなかったが、ローソクとまきがそろそろ欠乏してきた。

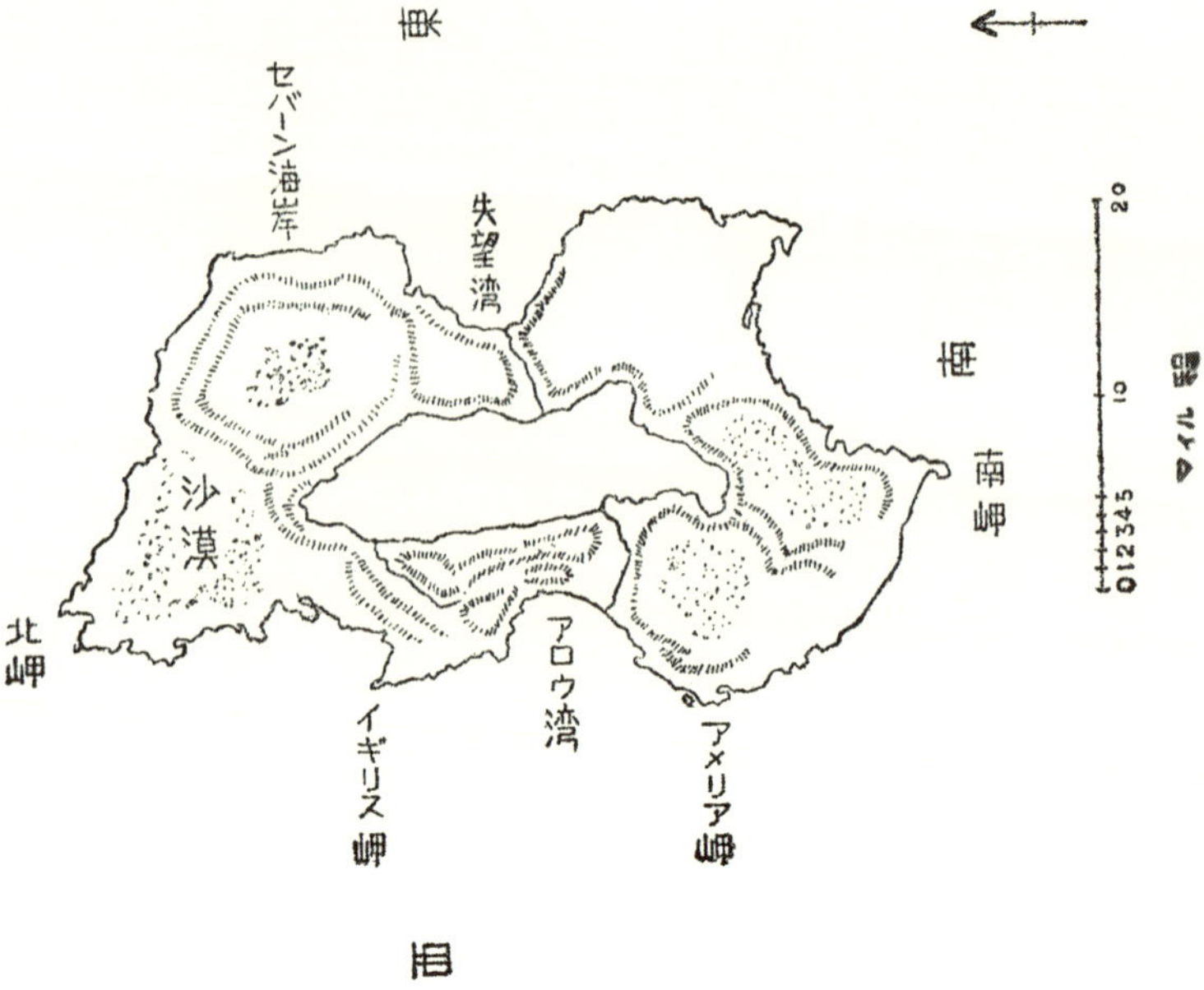


ローソクのほうは、ふだんつけておくのをへらして節約することにしたが、燃料はそうはいかない。ストーブをやめたら一同凍死するおそれがある。これには年長組も頭をいためたが、ある日、どうしたかげんか気温が急にあがって、零下五度くらいになったので、総がかりで落し穴林までまきをとりにゆくことになった。

それにはモコーの名案で、長さ十二尺幅四尺という食堂の大テーブルをもちだし、さかさにして、即席のソリとした。これは肩にかついで運ぶのにくらべたら、何十倍という能率がある。幸い暖かい日がつづいたので、彼らはそれから一週間、まいにちまきはこびにつとめ、どうやら冬じゅうの燃料をあつめることができた。七月になると、まいにち南東の強い寒風がふきつづけて、少年たちは一歩もそとに出られず、運動不足を感じるようになったが、それでも仕合せと誰も病気するものはなかった。

八月十六日ごろから風が西へまわるとともに寒さもいくぶんゆるんできた。ドノヴァン、ブリアン、グロース、サービスの四人は、アロウ湾の断崖上にかかげたSOSの信号旗が、久しく見ぬうち風雪で裂けとんでいるかも知れぬから、見てくることになり、わりに暖かくて風のない日をえらび、朝はやく、予備の国旗と信号旗をもって出かけていった。

日のくれるまえに四人は元気でもどってきた。その報告によると、アロウ号の海岸はいちめんの積雪で、おびただしいアホウ鳥がいるほかには変ったこともなく、信号旗ははたしてちぎれ飛んでいたので、新しいのをかかげてきた。なお旗竿の下に、ニュージーランド川の上流に漂流の十五少年が救助を待っている旨を略図いりでしたためた板をうちつけてきたということである。八月のおわりから九月にかけて、寒さはめっきりゆるんできた。春がちかづいてくるのだ。九月十日は十五少年がアロウ湾に漂着してから六カ月めにあたる。一同はひとりの病人もださずにすごしてきたことを有りがたく思い、神さまに感謝のいのりをささげた。

十月に入ると、雪もすっかりとけて、すがすがしい新緑の候となった。魚もつれだしたし、冬じゅう姿をみせなかった鳥も、どこからか現われて、食膳をにぎわすことになった。しかし、火薬が欠乏すると、これは絶対に補充のきかぬものだから、こんご鉄砲による狩猟はいっさいしないことにもうしあわせた。これに代るものは落し穴、わな、カスミあみなどである。わなにかかった鳥は、ときに豺に盗まれることもあるらしく、それがわかってからは、あまり遠くへはわなをかけぬことにした。

この月二十六日、サービスは冬じゅう苦労して餌をあつめて飼いつづけた駝鳥の初乗りをするのだといい、手《た》綱《づな》をつけ目かくしをして、鳥を湖畔のひろばへつれだした。まずバクスタとガーネットに手綱をもっていてもらって、なんどもしくじったのち、ようやく背なかにまたがると、ふたりから手綱をうけとってしせいをただし、こきゅうをはかっていたが、ころあいを見はからってさっと目かくしをとった。今までされるがままに立っていた駝鳥は目が見えるようになると、いちもくさんに林のほうへむかってかけだした。サービスはあわてて手綱をひきしぼり、両脚をしめた、それがかえっていけなかった。駝鳥はうるさそうに一ふり身をふって、サービスを地上にふりおとし、手綱をつけたまま遠く林のなかへ駈けこんで姿をけしてしまった。一同大笑いするなかに、クララだけは心配してそばへ駈けより、サービスをたすけ起したが、幸い怪我はなかった。落ちたとき打ったところが痛んで、二三日びっこを引いていただけである。

いよいよ暖かくなってゆく。ある日ゴルドンは、島内をくまなく探検したり、またボードアンの地図にはないけれど、東海岸のかなたには陸地があるかも知れないから、それも調べてみようではないかといいだした。ボードアンは望遠鏡をもっていなかったけれど、自分たちにはそれがある。あるいは陸地を発見するかも知れず、またそちらが船の通路になっているかも知れないというので一同それに賛成した。まだ気候が十分暖かくないから、まず手はじめにオークランド湖の西岸にそうてボードアンの地図にある沙漠までを探検することにして、隊員を選んだ。選ばれたのはゴルドンを隊長として、ドノヴァン、バクスタ、ウェブ、サービスの五人であった。出発は十一月五日ときめられた。五人はめいめいピストルを腰につけ、べつにゴルドンとドノヴァンはライフル銃を肩にすることにした。もってゆくものは四日分の食料とおの一挺、おりたたみ式のゴム・ボート一つ、投げ縄などである。投げ縄は牧場主を父にもつバリスタのもっとも、とくいとするところである。

十一月五日、幸い天気はもうしぶんがない。一行は早朝に元気よく出発した。行くこと四キロばかり、落し穴の林をすぎたころ先頭を走っていたテツがしきりに吠えながら、前肢で土をほりだしたので、急いでいってみると、そこに小さな穴があるのだった。中になにかいるらしい。

ゴルドンはそのへんの雑草をあつめて穴へおしこみ、火をつけてさかんに出る煙を穴のなかへあおぎこんだ。まもなく穴からたくさんのうさぎがとびだした。棒きれを手にもちかまえた一行は、急いでなぐりたおした。逃げたのもテツも大活躍で、たちまち三匹かみころした。思わぬ獲物に大よろこび、重いのもいとわずかついで前進をつづけた。中食には二匹の兎の肉をあぶって食べ、テツまでが十分まんぷくした。五時ごろ大きい川のほとりに着いた。川幅は十メートル以上あり、水量もおおいから歩いては渡れない。地図によるとこれはまえにブリアンたちがアロウ号から探検に出て、ボードアンの小舎を発見したとき渡った川のオークランド湖へながれこむものである。一行はここに野営することになり、たき火して交代でひとりずつ見はりにつき、毛布にくるまってぐっすりと眠った。

翌朝おきるとまず食事をすませ、ゴム・ボートをひろげて川を渡ることになった。ボートはけいたいにべんりなように小さくできていたからひとりしか乗れなかった。ひとりわたるごとにひもで引きもどさねばならなかったから、渡りおわるには一時間ちかくかかった。

かくして一行はまたもや前進をつづけたが、途中で沼沢地帯にであい、湖岸をはなれて遠く迂回しなければならなかったりしたため、沙漠の一角にたどりついたときは夕刻になってしまった。やむなくそこに一泊して、翌朝は出発のまえにあらためてあたりを見まわすと、遠からぬところに高さ五十メートルくらいの岩山があったので、一同その頂上へのぼってみた。岩山のいただきからの展望は、北のほうは見わたすかぎり、地図のしめすとおりの沙漠地帯で、西から南へかけてかすかに海が見えるだけで、東のほうは湖岸がすこし高くなっているのか、樹木にさえぎられて海は見えなかった。ひそかに期待していたのが、みごとにはずれたので失望し、一行はそこそこに山を降《くだ》って帰途についた。かえりは一度とおった道なので案外にはかどり、例の川のほとりについたときは陽もまだ高く、渡るに時間を要したけれど、それでもまだ夕刻までには相当の余ゆうがあった。しかし、きょうのうちにボードアン洞までかえりつくことはできない。そこで一行はここにもう一度野営する代りに、附近を探検することにした。ゴルドン、バクスタ、サービスの三人は、この日炊事当番にあたったドノヴァンとウェブをのこして、軽装で川の右岸について林にわけ入った。このあたりは林もジャングルというほど深くはないのでいくらか見とおしもきいたが、しばらく進むうちバクスタが、林のなかに一群の動物が草を食《は》んでいるのを見つけた。

「山羊がいる!」

「どれ、どこに?」ゴルドンはのびあがるようにして、「山羊かしら? 一匹つかまえたいもんだね」

「わけはないさ」

バクスタはとくいそうに、ポケットから投げ縄をだして、このまがくれに動物に近づいていった。ゴルドンとサービスはかたずをのんでこちらで見まもっている。やがて手ごろの距離まで近づいたバクスタは、手練の縄をパッと投げた。それッとふたりはかけだしていった。そのけはいに動物の群はおどろいてパッと散り、いっさんに逃げてしまったけれど、バクスタの縄のさきにはそのうち一匹だけが首をしばられており、おそらくそれが母獣《ぼじゅう》なのであろう、そばには二匹の仔が逃げもやらず、ぼんやりと立っていた。動物は山羊ではなくらくだの一種ヴィクーニャというものであった。らくだとしてはきわめて小型で、背にこぶがなく、バクスタが山羊と見あやまったのは無理もなかった。しかしゴルドンは、この動物がヴィクーニャで、乳がのめるということを知っていた。乳がのめるときいてサービスは手をうってよろこんだ。

三人は意気ようようと三頭のヴィクーニャをつれて、野営地へひきあげていった。

ドノヴァン、ウェブの用意していた夕食をすますと、やがて日もくれてきたので、例によりたき火とひとりの見はりとを残して、一同はその場へ毛布にくるまって横になり、ぐっすりと眠ってしまった。

午前三時ころ、あたかも見はりの役についていたドノヴァンのただならぬ声に、四人はいっせいに目をさました。みるとドノヴァンは、ひくいうなりごえをたてるテツの首輪を片手でおさえ、ひざのうえにライフル銃をおいている。

「何かきたの、ドノヴァン？」

「あの声をききたまえ」

耳をすますと、遠くのほうに低いが、はっきりした動物のうなり声がきこえる。一匹や二匹ではないらしい。

「豹だ。一匹や二匹ならおそれることはないが、群をなしてくると、ちょっとやっかいだね。火を大きく燃《も》そう。すべて野獣は火をおそれるから、火のそばにいれば、飛びかかってくることはないよ」

そういってゴルドンは火をまえに、ライフル銃をとって身がまえた。ウェブとサービスは集めておいた枯木を投げこんで、たき火を盛んにした。バクスタがテツの首輪をおさえる役をひきうけたので、ドノヴァンもライフル銃をかまえた。うなり声はしだいに近づいてきたが、やがて二十メートルばかり先で、動物の眼がキラキラと金いろに光るようになった。その数でみると、すくなくとも二三十頭はいるらしい。

ドノヴァンのライフル銃がゴウ然《ぜん》火をふいた。同時にバクスタが燃えている枯枝をとって動物めがけて投げつけた。それにおそれをなして、動物は逃げさったらしく、もはやうなりごえは聞えなくなった。しかしゆだんはできないから五人はそれからたき火をかこんで夜をあかした。朝になってみるとドノヴァンのたまにあたって一匹の豹が死んでいた。一行はそうそうに朝食をすませて帰途についたが、ボードアン洞まであと一里ばかりというところで、一大事件が突発した。林のなかに一匹の大きな動物がいるのを見つけ、またしてもバクスタが投げ縄でうまうまと生けどりにしたのである。これはラマといって、やはりらくだの一種であるが、大きさは仔牛くらい、やはり背にこぶはない。南米の特産である。コロンブスがアメリカを発見してのち、スペイン人が南米へ移民するまで、その地には牛も馬もいなくて、土人はラマを唯一の家畜とし、荷物はこびにも使うし、乳ものんでいたといわれる。思いがけない獲物に一行はよろこび勇んでボードアン洞へとかえっていった。留守居のもののよろこびも筆紙《ひっし》につくしがたい。

## ジャックの秘密

　オークランド湖西岸の探検は大成功であった。この島には豺の大群がいるからゆだんのできないことを知ったし、ラマやヴィクーニャのような役にたつ動物のいることがわかったばかりでなく、げんにそれを捕えてきた。

　しかしその一面に、食料がそろそろ心細くなっていた。さしあたってこまるというのではないけれど、いつ救出されることか判らないのだから、食料は十分のうえにも十分用意しなければならない。夏から秋までは、魚や鳥や兎などがとれるから、毎日のことはそれで十分だ。しかし冬のあいだは何ひとつとれないのだから、たくわえにたよるほかない。そのために年長者はそれぞれ適当な場所をえらんで、ヴィクーニャやラマでも捕れる大きな落し穴をいくつもつくった。

　十一月はまるひと月、これらの工事についやしたが、そのあいだに幼年組は、バクスタを主任として、湖水に面した崖の下に家畜小舎をつくった。アロウ号からとってきた板をはって壁とし、帆布でやねをふいた。小舎のまわりにはあたりの林から切ってきた丸太でさくをつくった。

　小舎のなかにはゴルドン探検隊がとらえてきたもののほかに、まもなく落し穴にかかったラマ一頭とヴィクーニャ二頭を収容した。

　そのうち七面鳥やホロホロ鳥も年長組が捕えてきたので、その小舎もつくらねばならず、幼年組も忙しかった。しかも学課はそのあいだ一日も休まなかったのである。

　小舎の建設がおわると、バクスタはすこしひまになったので、アロウ号のクレーンからはずしてきた同じ大きさの歯車二個をもちいて、荷車をつくった。歯と歯のあいだには木をつめこんで、そとを鉄の帯でまいた。バクスタはまた、ラマにひかせるのだからと、かなり大きな荷車をつくった。ラマははじめいやがったけれど、サービスが熱心に訓練したので、まもなく馴れて、べんりな荷ラマ車ができた。

　十二月十五日にはこの車に大きな樽をつんで、アロウ湾に遠征した。かねて探検隊がアロウ湾の海岸に、おびただしいアシカの上陸していることを報告していたので、ローソク代用にするアシカの脂肪をとるためである。

　この遠征には危険がないから、三人の女子にブリアンとモコーをつけて残しておき、あとは全員参加することになった。アザラシをほういして捕るには、ひとりでも人員の多いほうがよいのだ。朝はやく出発したので、十時にはニュージーランド川の川口へ着いた。まず林のなかにとまって、支度をととのえるあいだに、ゴルドンが偵察に出ていった。いる、いる！　アザラシは川口からすこしはなれた海岸の砂のうえに、何百となく上陸して、日なたぼっこをしている。

ゴルドンの作戦にしたがって、全員はまず一列となって海岸の岩かげづたいにしのんでゆき、アザラシと海とのあいだを五メートル間かくでたち切ってしまった。ジャック、コスター、ゼンキンスなど三人の幼年組のほかは、いずれもピストルを手にしている。

ゴルドンのあいずで、一同はワッとおどりだしてアザラシへ突進した。あっちでもこっちでもピストルが鳴る。相手のズウタイが大きいし、距離がちかいから、一発もムダダマはなかった。何百というアザラシがあわてふためいて海へ逃げこんだあとの砂上には二十頭あまりの獲物がのこった。一同は凱歌をそうして川口の林のなかへと獲物をひきずっていった。休むひまもなく石でカマドをきずき、大きな鉄なべに水をいれてかけた。いっぽうアザラシは皮をはいで、肉を切りとり、なべに投じて煮るのである。煮るにしたがって水のうえに、黄いろい脂肪がギラギラと浮いてくる。それをすくいとって樽につすのだ。かくして全員は食事と睡眠のほかは休みなく働きつづけ、翌日の夕がたまでに全部の獲物を処理して、大きな樽に三ばいの貴重な脂肪をおさめえて、三日めにはボードアン洞へとひきあげることができた。これでほぼ一年ぶんのローソク代用油を確保したことになる。とかくするうちに二十五日がきた。十二月二十五日はクリスマスである。この日だけは学課を休んで、一同朝から湖畔に出て輪投げ、鬼ごっこ、競走、そのほかの遊戯をして楽しく遊んだ。中食は新しい白布をのべた大テーブルの中央にクリスマスツリーをかざり、七面鳥の丸焼はむろんのこと、のこりすくない砂糖をつかってクラのつくったプリンをはじめ、鳥や兎や魚をつかって、びっくりするほどのご馳走に、一同ハメをはずしてはしゃいだ。まもなく正月がきて、一同一つだけ年をとることになった。一月といえば北半球では氷と雪の季節であるが、ここ南半球ではま夏のさかり、毎日太陽がじりじりと照りつけて暑く、日がながかった。少年たちは冬期の穴居生活にそなえて、食料や薪の備蓄にエイエイと働くのであった。

ある日、彼らは会議をひらいて、この島の東方海上に陸地が見えるか否か、かねて懸案となっている探検隊を出すことになった。それには陸路をえらぶよりも、幸い小型ながらアロウ号のボートがあるから、それによってオークランド湖を渡り、ボードアン地図に見えている東海岸中央の湾へ出るのが最も有利であるとの説をブリアンが出し、一同それに賛成した。つぎに隊員の人選であるが、ボートでゆくのだから船のことにくわしい、ブリアンとモコーがよいとゴルドンが発言し、このふたりはすぐにきまった。ボートが小さいから、あとひとりしか乗れない。そのひとりを誰にするかが問題になったとき、ブリアンが、弟ジャックをつれてゆきたいと希望し、一同の承認をえた。

ブリアンたちはボートをしらべて、損じているところを修理し、アロウ号からもってきた小さい三角帆をとりつけた。もってゆくものは五日分の食料とライフル銃およびピストルおのおの二挺、毛布、おの、マッチ、望遠鏡などである。出発は二月四日ときまった。朝八時、みなに見送られて出帆したが、ほどよい順風にめぐまれたので、一時間ほどしたら岸に立つゴルドンたちの姿も見えなくなってしまった。

ひるごろになると風がパッタリ落ちたので帆をおろして食事をすませてから、ジャックにかじをとらせ、ブリアンとモコーはオールをとって東へ東へと漕いでいった。

六時ごろ対岸についたが、そのへんはいったいのジャングルなので、適当な上陸地点もがなと、岸について静かに北へ漕ぎあがってゆくと、一つの川口に達した。湖から流れ出る川である。ボードアンの地図に見えている東方の湾にそそぐ川にちがいないとはんだんされた。その夜はボートを岸につなぎ、三人は岸にあがって野営した。

翌朝は六時におきて、ボートで川をくだっていった。ちょうど引き潮どきだったが、ボートは流れにのって面白いように進み、十一時には早くも海へ出た。川の長さは八キロくらいであろうか。

この海岸はアロウ湾とはガラリとちがって、砂浜の代りに大きな石がゴロゴロしており、うしろの小高いところには洞穴がたくさんみえ、なかには人の住むに適するらしいのもあった。三人はボートを岸につないでおいて上陸し、海岸をすこし北のほうへ歩いてみた。すると、高さ三十メートルもあろうか、熊の形をした大きな岩があったので、その背なかへのぼって、四方《あたり》を展望した。まず西方オークランド湖のあたりは、樹木にさえぎられて見えないが、南は見わたすかぎりいちめんの岩山、北方も低いところは樹木があるけれど、上へゆくと岩山になっている。さて東方だが、天気は晴朗で一片の雲もなく、空気はすみわたっているのに、陸地らしいものはどこにも見あたらなかった。三人はそれでもあきらめかねて、代るがわる望遠鏡をとっては眼をこらすこと一時間あまり、ついに断念して岩をおり、ボートへもどってきた。午後六時すぎである。

期待した陸地はなかったけれど、これで探検の目的は果したのだから、すぐにもボートで川をのぼり、帰途についてよいのだが、あいにくと引き潮で、流れが強いから、上げ潮をまつことになった。食事をすましてからモコーは、幼い者へのおみやげにひるま見ておいた花をとりにゆき、帰ってみるとブリアン兄弟の姿が見えなかった。何かあったのではないかと、心配してあたりを見まわすと、すこしはなれた岸のうえでジャックの泣き声が聞える。ブリアンが弟を叱っているらしい。

「何ということをしてくれた。それではおまえが……どうも不思議だと思っていたよ」

「ごめんなさい。こんなことになるとは思わなかったんです」

「みんながこれを聞いたら、なんといって怒るだろう。おまえのおかげでこんな無人島に……おまえはこれから、どんなことでもしてみんなのためにつぐないをしなければいけないよ」

モコーは足音をしのばせて、そっとボートへかえり、きょうのことは誰にもいうまいと決心した。ほかの少年たちとちがって家が貧しいため早く学校をよしてアロウ号の給仕をつとめていたモコーは、思いやりの深いブリアンにはかねがね深く心服していた。だからこんばん偶然にも耳にした秘密は、それが何を意味するのか一切せんさくもしないし、また誰にも口外しまいとひそかに思いさだめたのである。

やがてブリアンは弟をともなってボートへ帰ってきた。ふたりとも妙にうち沈んで、言葉かずも少なかった。モコーはブリアンの心中を察すると、気の毒でならなかった。九時に潮があげはじめたので、川をさかのぼりはじめた。幸い満月で、あたりは昼のように明るく、少しも危険はなかった。そして午前一時にオークランド湖へとたどりつき、そこでボートをつけて岸にあがり、野営をした。そして翌朝はやく出発して、夕刻にはぶじボードアン洞へ帰りついて、東方海上には陸地らしいもののないことを一同に報告した。

## 海賊団来《きた》る

ブリアン探検隊の報告によって、となり島もなにもなく、この島がまったく大洋のまんなかにポツンと存在する無人島であることが、いまはあきらかになった。それは、自分たちの力でこの島を脱出することが不可能だということをいみする。この大洋を乗りきるだけの大きい船を作ることができるなら、自力の脱出も不可能ではないが、そんな大きい船が少年たちの手で建造できるものではない。してみると、運よく附近を通りかかった船に合図して、助けてもらうよりほかないということになる。

かねてかくごはしていたことながら、少年たちはいまさらに前途の多難を思わずにはいられなかった。少年たちは以前に倍する熱心さで、この冬の食料その他の準備にはげんだ。それには新しいくふうもあらわれた。たとえばドノヴァンはトネリコの枝で弓をつくり、蘆の矢に釘の矢じりつけて、鳥をとる考えをした。火薬の節約にもなるし、なかなか成績がよかった。

またガーネットは、ある日さけの大群が湖水からニュージーランド川を下ってゆくのを発見して、網をおろして連日おびただしい漁獲をした。全部塩づけにして貯蔵したが、しまいには塩が欠乏しそうになったので、新たにアロウ湾に製塩所をもうけるというさわぎまでした。

三月にはいってからは、もっぱらまきあつめにせいを出した。うんぱんにはバクスタのこしらえた荷ラマ車を使ったので、たいへんべんりだった。半月ばかりで、冬期中には使いきれぬほど多量のまきをたくわえることができた。

島にはたくさんのつばめがいた。これは四月のなかばから末にかけてどこかへ飛びさることを、去年の経験で知った少年たちは、それを三十羽ばかり捕え、漂流の事実と現在の状況とをのべ、この手紙を拾った人はオークランド市のチェアマン学校へしらせてくれと記した紙片を首につけてはなしてやった。

五月になると寒さがきびしくなり、洞穴ではストーブをたくようになった。その二十五日には初雪が降った。去年より十日以上はやいようだから、この冬の寒さが思いやられたが、今年はまきも食料も燈油《とうゆ》も十分あるから、病気さえしなければ、心配はない。去年のようにテーブルをさかさにして雪のうえをまきはこびの苦労はしなくてよい。

六月七月と事なくすぎて、八月に入ると寒暖計が零下三十度にもたっする日があった。そして九日には風が西にかわったと思ったら、その夜からほとんど二週間、烈風がふきつづけ、落しあなの林の樹木が大半吹き倒された。少年たちは終日洞穴にとじこもって、勉学と読書に時をすごした。

さしも吹きあれた烈風が、二週間でパタリとおさまると、にわかに春めいてきて、日中は外へ出られるようになった。暖気は日に日にくわわって、十月はじめには氷もすっかりとけて、戸外の運動も自由になった。

ブリアンはあの日以来まるで人がかわったように無口になり、いつも何か考えこんでばかりいた。いちばんにそれに気のついたのはクララであった。彼女はブリアンが何かなやみを持っているのだと思い、それとなく問いかけてみるが、そのたびにブリアンは視線をそらし、やがてなにげなく彼女のそばをはなれてゆくのだった。人がかわったといえば、ブリアンの弟のジャックがやはりそうだった。この少年はチェアマン学校にいたころは、快活でいたずら好きの子どもだった。それが漂流以来うってかわっていんきになり、いつもひとりですみのほうにしょんぼりとしているようになった。はじめは皆で気をひきたてようとしたこともあるが、ジャックがそれに乗ってこないので、いつか忘れられた存在になってしまった。

ある日ブリアンは、たこをつくろうではないかと、少年たちにはかった。コスターやゼンキンスなどの幼年組は、手をうって喜んだが、きいてみるとブリアンの胹は遊びごとではないのだった。

いま少年たちは、ひたすら救いの船を待っているけれども、たのみとするところはアロウ湾のがけのうえに立てた信号旗だけであった。しかしあの旗は海面上の高さがせいぜい二百尺にすぎないから、あまり遠くの船からでは見えない。そこでいま、大きなたこをつくって、千尺くらいも高く飛ばしたら、かなり遠くからでも見えるにちがいない——とブリアンはいうのである。一同はもろ手をあげて賛成し、その日からバクスタを主任にして、大だこの製作に着手した。そして総がかりで工事をいそいだので十五日の午後には八角形の大きなたこがりっぱにできあがった。木をけずって骨とし、帆布をはったもので、少年のひとりくらいは乗ってもあがりそうな大たこである。これを千尺も高くあげたら、二十里くらい遠方からでも、必ず見えるにちがいない。あまり大きくて、少年の手にはあわないから、あげるときは手動の巻揚機をつかう予定である。

あしたは朝からこれをあげるのだときいて、幼年組は寝床へ入ってからもはしゃいでいたが、翌十六日はあいにくと朝から天候不良で、あらしもようとなったので、たこどころではなく、終日洞穴にとじこめられていた。夜にはいっても、あらしはおさまらなかった。

十七日は朝からしだいに風力がおとろえて、午後一時ころにはほぼ平常になったのでいよいよたこを洞外にもちだし、あれこれと準備を急いでいるところへ、落しあなの林のほうから、テツがひどくこうふんしたようすでかけもどってきて、ゴルドンの顔を見て何か訴えるようにほえたてて二三歩林のほうへ行きかけ、ブリアンの顔をみておなじようなようすをみせ、ドノヴァン、バクスタと、じゅんじゅんにおなじことをしては、来てくれというらしい身ぶりをしめした。

「何か獲物があなにおちているのだろうか」

「行ってみよう」

「待ちたまえ、ライフル銃をもってゆこう」

用心ぶかいゴルドンの言葉に、サービスとガーネットが洞穴へとんでかえり、おのおの一挺ずつの鉄砲をかついできた。それを受けとったゴルドンとブリアンを先頭に、一同林のほうへかけだしていった。林の手まえにある大きな松の木の下にテツが立って、しっぽをふりながら、早く早くというように、しきりと吠えているのが見えた。ふたりは鉄砲をかまえて、用心しながら近づいていった。すると、意外にもそこにひとりの婦人が横たわっているのであった。年ごろは四十くらいでもあろうか。そまつな服を着て、茶いろの肩かけをまとっている。いまのいままでこの島を無人島だとばかり信じていたふたりは、あまりの意外さにしばしぼうぜんと立っていたが、気がついて、ひざをついて婦人の肩に手をかけたゴルドンが、

「いきがあるッ！」と、さもふしぎそうに叫んだ。死んでいるものとばかり思っていたのであろう。

「ブランデーとビスケットを！」ブリアンはゴルドンに手つだって、婦人を抱きおこしながら、いつのまにかそばへ集まっていた少年たちを見あげた。

ジャックが無言でかけだしていったが、まもなく、ブランデーのびんとビスケットをもったクララをともなってもどってきた。

クララは婦人の口をわってブランデーを流しこみ、手をとってしきりにさすっていた。しばらくすると婦人は身うごきして眼をひらき、ふしぎそうに少年たちを見まわしていたが、ジャックがビスケットをさしだすと、だまって手をだし、むさぼるように食べた。ああ、この人は空腹のあまり行き倒れていたものにちがいない。

三十分ののち、洞穴へつれこまれて寝台に横たわり、クララたちの手あつかいほうですっかり元気を回復した婦人が、少年たちにとりまかれて物語った身の上話はじつに次のような興味ふかいものであった。

彼女はアメリカ人、名はケートといって十年まえからニューヨーク市の富豪ペンフィールド家の家政婦をつとめていた。いまから一カ月まえ、ペンフィールド氏夫妻は南米チリの親戚をたずねる用事ができたのでケートをつれてサンフランシスコへ来て便船をまつうち、セバーン号という小型の帆船がチリのバルパライソへ行くというので船長に交渉して便乗することになった。セバーン号は船長のほか運転士二名、水夫八名、合せて十一名の乗組員に、便乗客ペンフィールド氏夫妻とケートをのせて、サンフランシスコを出帆したが、出帆後十日ばかりたって、八名の水夫が暴動をおこし、船長一等運転士、ペンフィールド氏夫妻を射殺して、船を占領してしまった。ケートもあぶなく殺されるところであったが、フォーブスという水夫のとりなしで、命だけは助かった。

水夫の首領はワーストンという男で、二等運転士のエヴァンスを殺さなかったのは、殺すと船の操縦ができなくなるためだった。エヴァンスはつねに短刀でおどかされてやむなく彼らのいうなりになっているのだった。それが十月八日のことで、そのとき船はチリの沖合二百カイリのところにいた。

ワーストン一味の目的は、船を奪って密貿易をするにあったが、まず手はじめに南米の南端をまわってアフリカの西海岸へゆくことになった。ところがそれから三日目の夜なかに、セバーン号には原因不明の船火事がおこった。気のついたときは手のほどこしようがなく、わずかに大型ボート一艘をおろして、少しばかりの身のまわり品だけもって命からがらのがれた。そのとき水夫のひとりがゆくえしれずになり、一味は七名となった。ところがそれから二日目にボートはあらしにあって帆柱とかじを失い進退不自由となり風のまにまに漂流するうちに、おととい、すなわち十五日の夜この島の東海岸へ吹きつけられたのである。

そのとき一同はうえとつかれで死んだようになり、ボートの底に長くなっていたが、浜へうちあげられるとき大波に洗い流され、ケートだけが助かった。しかしボートのなかは海水でいっぱいなので、彼女は夢中ではいだして岸にあがり、草のなかへ倒れたまではおぼえているが、そこで気を失ったらしく、あとは何もわからない。

何時間たったたか、ふと気がついてみるとガヤガヤと話声がしている。横になったままじっと聞いていると、意外にも、死んだと思った七人の水夫もエヴァンス運転士も全部たすかって海岸へはいあがったらしく、彼らはボートの秘密戸棚にかくしてある品物をとりにやってきたことがわかった。その品物というのが五挺のピストルと斧一挺、そのほかすこしばかりの食料と酒、煙草などであることも、彼らの話でわかった。また彼らはケートこそ波にさらわれて死んだものと思っているらしく、この島に人が住んでいるか探そうといいながら、海岸を南のほうへ立ちさった。

彼らの足音が遠ざかってから、ケートは起きて反対のほうへと進み、オークランド湖を発見して、その西岸についで歩いてきたが、疲労と空腹にたえかねて、松の木の下に倒れているところを、テツに発見されて少年たちに助けられたのである。

## 人間だこ

ケートのこの話を聞きおわった少年たちのおどろきと不安は、想像するにあまりある。いまやこの島には、兇暴残忍、人を殺すことなどへとも思わぬ乱暴な海賊が七人も上陸してきたのだ。食料豊富で、風雨をしのぐ設備のある洞穴がここにあると知ったら、彼らはどんなことをするかも知れぬ。おそらく少年たちをみな殺しにしてでもここを占領するだろう。その日から少年たちは、外出にはゆだんなく注意することにした。

せんせんきょうきょうたる日をおくるうちに、はや十一月とはなったが、ワーストンたちは姿をあらわさなかった。あるいはこの島を無人島と知って、ボートを修理してこぎさったのではあるまいか。しかし、たしかに去ったという証拠を見ないうちは決してゆだんはできない。ある日ブリアンとドノヴァンとは、アロウ湾の崖のうえに立ててある信号旗を、旗竿もろともとりはずしてきた。ワーストンに見つかるのが恐ろしいからである。ワーストンたちは果してこの島にいるのだろうか。ある夜ブリアンとゴルドンとがこの問題について議論をしていると、そばできいていたケートが、それでは自分がセバーン海岸へ、ボートがあるか否か見に行ってくるといいだした。しかし、それにはゴルドンが頭から反対した。万一見つかったら、必ずつかまるにきまっているからである。ケートは、つかまってももともとだといったけれど、それは少年たちが承知しなかった。

するとブリアンが、面白い案をもちだした。大きいたこに乗って空中にのぼり、空から偵察しようというのである。これはたしかに名案であった。ワーストンたちも夜は必ずたきびをするであろうから、暗夜《あんや》をえらんでたこをあげれば、向うには知られずに偵察の目的をたっすることができる。危険だといい、成功をあやぶむ者もないではなかったが、多数の賛成によって実行することになった。人が乗るのだから、さきに作ったものでは小さすぎるのはわかっている。といって少年たちには、たこの大きさをどれだけにすべきか、計算で割りだす能力はなかった。幸い月のない夜だったので、さきに作ったものに重りをつけてあげてみた経験から大きさをきめ、新らしいたこをつくった。こんどのは直径五メートルもある大きなものだった。下には人のはいれる大きさのかごもつけてある。

　その夜は星一つ見えぬ暗夜のうえ、風のちょうしもよいので、少年たちは巻揚機を湖畔にもちだし、かごのなかには百ポンド（十二貫匁《かんめ》）の重さある石を入れ、アロウ号が速度をはかるのに使った測定儀の線を糸として試験することになった。試験のけっかは上乗《じょうじょう》であった。たこは百ポンドの石をつけて暗夜の空にたかくのぼっていった。測定線を千二百尺も出したから、おそらく八百尺くらいの高さにはのぼったであろう。ただ、あげるのは十分くらいであったが、おろすには総がかりで一時間以上かかった。それでも幼年組は手をたたいて喜んだ。試験の好成績に満足して、一同は洞穴へひきあげようとしたが、ブリアンがそれに反対した。今夜は空もようといい、風の調子といい、絶好であるが、あしたになったら天気がどうかわるかわからない。時刻もまだ九時まえだし、この機をのがさず直ちに決行しようというのである。なるほど一理ある説だから、それでは直ちに決行ということになったが、さて、それでは誰がかごにのるかというだんになると、問題だった。たこにのって空中にのぼると口ではいうが、いざとなると、誰でも危険ということを考えるだろう。じっさい危険がないではないのだ。

「誰にしよう」ブリアンがゴルドンに相談をかけるのをきいて、

「僕がのります！」といちばんに名のりをあげたのは、ブリアンの弟ジャックであった。

　それをきくと、ドノヴァン、グロース、バクスタをはじめ、ほとんど全員が名のり出た。だがジャックは一歩もあとへ引かなかった。

「いいえ、僕を乗せてください。乗るのは僕の義務です」

「義務なら僕にだって……」と、ドノヴァンがいうのをおさえて、ジャックは年少ながらゆずらなかった。

「いいえ、ちがいます。僕の義務というのはアロウ号が——」

「ジャック！　これ、ジャック！」

ジャックは兄の言葉も耳に入らぬらしく、

「アロウ号が沖へ流れて漂流するようになったのは、僕のワルサのためです。僕はあの晩みんなをおどろかそうと思って、そっとともづなをはなしたんです。船がドンドン流れだしたので、こわくなってベッドへもぐりこんでだまっていたんです。だからいまこうしてみんなが困っているのは、みんな僕が悪いせいです。どうぞ許してください。そしてたこに乗らしてください」最後には泣きだしてしまった。

「なるほど、それでわかった。ブリアンが今までに、危険な仕事というとジャックにやらせていたのはそのためだったんだね。ジャック、もう泣くな。君のいたずらはいけなかったが、今までに十分つぐないをしているよ。ねえ諸君、そうは思わないかい？」ドノヴァンが皆の顔を見まわした。

「そうよ。私たち誰もおこってなんかいないわ」クララが一同を代表していった。

「いいえ、でも、凧にはぜひ僕をのせてください」

「ジャック、もういい。皆さんが許してくださるというのだ、お礼をいわぬか。たこには兄さんが乗るのだ。もともとこのたこは兄さんがいいだして作ったんだからね」

「ああ、やっぱりね。君ははじめからそのつもりなんだと思っていたよ」ゴルドンがおちついていった。ブリアンはすぐにかごへのりこんだ。たこ糸には小さな鉄のわが一つ通してある。偵察がおわったら、この鉄わをおとしてよこすのを合図に、たこをひきおろすという約束である。やがてたこはまえとおなじに、カブリもふらずグイグイと上昇していった。糸を出しきった地上のたこあげ隊は、かたずをのんで待っていると、やがて糸をつたわって合図の鉄わがおちてきた。それッとばかり一同は力をあわせて、巻揚機をぎゃくにまわしはじめた。こんどはかごのなかに石が入れてあるのではないから、みな慎重であった。それでたこを地上五十メートルくらいの高さまでおろすのに一時間半以上をついやした。そのときドッと強い突風がきたと思ったら巻揚機のハンドルにつかまっていたドノヴァン以下六名のものは、したたかにしりもちをついた。もうひと息というところで、たこの糸が切れたのである。

少年たちのおどろきは非常なものだった。わけてもゴルドンの心痛とらくたんは見ていられないくらいだった。なかにはボートを出して、湖の水面をさがそうというものもあったが、この暗夜ではどうすることもできまい。ただ一つの望みは、たこが湖面におちてくれたら、骨が木だから浮くかもしれず、ブリアンはそれにつかまっていられるということだった。しかしそれもそらだのみにすぎなかった。

とかくするうち二十分もたったろうか。湖岸に水の音がして、「ゴルドン！」という声がきこえた。

「兄さん！」ジャックがかけだしていった。

「ワーストンたちはまだいるよ」ブリアンの第一声はこれだった。切れたたこがフワリフワリと水面に近づいたとき、ブリアンはすばやく水にとびこんだのだった。急に軽くなったたこは、突風をうけてまた空たかくまいあがり、いずこともなく飛びさってしまった。それから百メートルばかりをブリアンはゆうゆうと岸へ泳ぎついたのだという。

翌日は、東海岸の失望湾附近と思われる場所に、たきびの光りを見たというブリアンの報告を中心に、少年たちは重大な協議をおこなった。ワーストンたちはこの島へ漂着してから二週間にもなるのに、この島を探検しようともせず、じっと一つところに留まっているのはなぜであろうか。それはこの島が価値なき無人島にすぎないと知っておるからであり、かといってこぎさるには船を修理すべき道具がないためにちがいない。しかし島にいる以上は、どんなことでこっちの方面へ来るかも知れないからゆだんはできない。そこで少年たちは洞穴の入り口や窓、家畜小舎、鳥小舎、それらのさくなどを、木の枝でカムフラージュすることにした。そしてできるだけ外出をひかえるようにつとめた。

十一月に入ってから、ほとんど連日小雨がふって、陰気な日がつづいたが、十七日から晴れると急に暖かさがくわわり、木ぎは緑もあざやかに、いろんな花も咲きはじめた。ある日サービスは、附近へひそかに仕かけたカスミ網にかかった鳥をあつめているとき、首に紙きれをつけたつばめが一羽いるのを見つけて、狂喜した。しかしその紙片をひろげてみて、まえの秋自分たちがつけた紙片がそのまま返ってきたのを知ってすっかり失望した。十一月の末になって、ひどく暖かい日が二日ばかりつづいたと思ったら、翌日は朝からくろい雲が空をおおうて、ひるごろからは遠くに雷の音がきこえはじめた。そして、夜の九時半ごろからは、ものすごい雷鳴電光がはじまった。風もなく雨もない、雷鳴と電光だけというこの地方特有のあらしである。十時から十一時ごろまでは、一瞬のやすみもなく鳴りつづけ光りとおしたが、十二時ごろからすこしおさまってきた。するとその代りに風がでて、バケツの水をながすようなものすごい雨になった。そのときテツが急にたちあがって戸口へゆき、ひくくうなりながら前あしで扉《ドア》をひっかきつづけて狂気のように吠えだした。

「何か来たらしい！」

まだおきてあらしを警戒していた最年長の少年たちは、ライフル銃やピストルを手に、防戦の身がまえをした。モコーはときどき扉に耳をあてて、そこのようすをうかがうが、これという異状はないらしい。しかしテツはうなりやめない。遠くでズドン！　という音がした。雷鳴ではない。たしかにピストルの音、それも百メートルとはない近距離でうったものだ。一同は思わず顔を見あわせた。そして、かねて用意の石を扉のうちがわに積みかさねていると、

「助けてくれ！　あけてくれ！」と男の声がして、扉をそとからドンドンたたくものがあった。

「あの人です！　あの人が来ました！」ケートが叫ぶ。

「あの人とは？」

「エヴァンスです。あけてください！」

モコーがゴルドンの顔をみてから、扉をあけると、全身ズブぬれになった三十ばかりの男がころげこんだ。

## 詭　計

エヴァンス二等運転士はぬれた服をぬぎすて、モコーの出しあたえた、アロウ号の水夫服を身につけると、集まった少年たちを見まわして、

「なるほど、やっぱり子どもばかりだな」と妙なひとりごとをいったが、そこにケートのいるのを見つけると、とびあがって喜んだ。

「やッ、ケート！　あなたは生きて！」

「私はこの子たちに助けられて、命びろいをしました」

エヴァンスは、ブリアンのもってきたブランデーとビスケットをたいらげると、すっかり元気をかいふくして、ワーストンの手から脱出して、この洞穴へ逃げこむまでの事情を説明した。

彼ら八人は、ボートがこの島へのりあげる直前に、波にさらわれはしたが、ふしぎにもひとりも命を失わずボートよりも少し南よりの岸へはいあがった。それからあ

ちこちさがしているとき、ボートの乗りあげているのがわかった。秘密戸棚からピストルなどとりだして、海岸づたいに南へ南へと歩いてゆくと、波のしずかな湾があり、小川が流れこんでいるし、附近に洞穴があるし、当分そこに腰をおちつけることにして、翌日ボートもとってきた。そのあいだワーストンは部下のフォーブスとロックに命じて、エヴァンスを監視させたので、彼は逃げだすこともできなかった。ワーストンとしては、船の破損を修復して、この島を脱出するつもりだったが、何といっても斧一挺と、各自がもっているナイフしかないから、どうすることもできない。ところがいまから十日ばかりまえ、小川についてどこまでものぼってゆくと、大きな湖水のそばへ出た。そのとき湖水が川へ落ちるところに妙なものが浮いていた。例のたこなのだがあまり大きいのでワーストンたちには、それが何だかはわからなかったけれど、木を削って骨をつくってあるので、この島に大工道具をもつ住民のいる事がわかった。

その日から、彼らは熱心にその住民をさがしはじめた。そして、この洞穴を発見したのだが、それは去る二十二日の夜、一味の者がこの附近へきたとき、少年たちが洞穴の扉をあけたので、あかりがもれた。それをみとめたのが手がかりであった。

その翌日ワーストンはみずからこの地へきて、ニュージーランド川の対岸の林のなかに身をかくし、終日偵察した。そして何日間かを費して、この洞穴にいるのが子どもばかりの十五人であることさえ、彼らはつきとめている。

さて、きょうはフォーブスとロックのふたりをエヴァンスの見はりに残しておいてワーストンたちはどこかへ出ていってしまった。またとない機会だから、エヴァンスはすきをうかがってジャングルへとびこんだ。けさの十時ごろである。むろんふたりはすぐに追いかけてきた。それから十四時間にわたる、苦しい逃走と追跡がはじまった。エヴァンスは、ワーストンたちの話によって、少年たちの住む洞穴が湖水の南岸で、川のそばにあると知っていたから、ジャングルを逃げるにも、その見当だけは忘れなかった。ふたりはピストルをもっているが、あの電光雷鳴で逃げるには都合がわるく、しばしばうたれた。しかし幸い一度もあたらず、ついにこの川の南岸までたどりついた。そのとき、すこしおとろえていた電光がピカピカと光ったので、フォーブスたちに姿を見られたらしく、一発うってきた。それが少年たちの聞いた銃声だったのだ。エヴァンスはその瞬間、倒れるように川へとびこんで、ひそかに北岸へわたり、からだを水のなかに沈めて岩かげに顔をかくしていた。するとふたりが岸にあらわれて、フォーブスが、たしかに手ごたえがあったといい、しばらく川の流れを見ていたがまもなくどこかへ行ってしまった。それを見とどけてからエヴァンスは、北岸にはいあがり、犬の声をたよりに洞穴の入口をさがしあてたのだという。

エヴァンスの話がおわると、こんどは少年たちがかわるがわる、この島へ漂流した事情を話した。聞きおわったエヴァンスは少年たちの勇気と、深慮と、忍耐とをほめちぎったうえで、この島は絶海の名もない孤島ではなく、ハノーバ島というレッキとした名もあり、東方三十マイルのところには南米大陸が横たわっているのだと教えてくれた。

それから五日間、昼夜とも見はりをたてて、げんじゅうに注意していたが、ワーストンの一味は姿を現わさなかった。彼らはケートもエヴァンスも死んだものと思いこみ、自分たちのいることは少年たちもまだ知らずにいるものと信じているのだろうか。

ゴルドンはある日エヴァンスに、彼らがボートを修理する道具に困っているのならそれを貸してやったらどうだろう。それで彼らはボートを修理して、勝手にこの島を去るのではあるまいかと持ちかけてみた。するとエヴァンスはとんでもないという顔つきで、彼らが決してそんななまやさしい連中でないことを力説して、頭から反対した。彼らは少年たちのもっているものはいっさい——金銭も銃器火薬類も、食料も衣類もあらゆるものを奪いとって、しかもボートの修理ができたら自分たちだけでさっさと立ちさるだろう。それに応じなければ力ずくで、殺してでも目的を達しないではおかないやつらだ。げんに罪もない四人の人を殺して、船さえ奪取したではないかといった。少年たちは、どうしても彼らと一戦をまじえなければならないらしい。

ある日、夕がたになって、がけのうえで見はりについていたウェブとグロースがかけもどって、川むこうにふたりの男が現われ、しだいにこっちへくるらしいと報告した。エヴァンスはそっと窓からのぞいてみて、フォーブスとロックのふたりだといい、ブリアンの耳に口をよせて、秘策をさずけた。そして自分はケートをうながして、物置のすみの戸棚のなかへ身をかくした。それからしばらくたって、ゴルドン、ブリアン、ドノヴァン、バクスタの四人が洞穴を出て、川のあたりをぶらぶら歩いていると、フォーブス、ロックのふたりが向う岸に姿をあらわし、四人を見ておどろいたらしく声をかけた。そして骨をおって川をわたり四人のそばへきたのをみると、いかにもつかれ弱っているらしい。

「どうしました？　どこから来ました？」

「けさこの島の南で難破した船の水夫で、アメリカ人です。ほかの者はみんな死んで私たちふたりだけがこうして助かりました。あなたがたは――？」

この島に住むものだとブリアンが答えると、ふたりはあわれな声をだして、では食物《しょくもつ》と休息所を与えてほしいというので、四人は彼らを物置のほうへつれこみ、十分食事をあたえたうえ一隅に寝床をこさえてやってから、奥の寝室へしりぞいた。ふたりはほんとうにつかれてもいるのであろう、食事がすむとすぐ横になって、眠ってしまったらしい。だが十二時ごろになると、彼らはムックリ起きあがり、身支度してぬき足さし足扉のほうへ近づいていった。扉にはカンヌキをしたうえで大きな石がよせかけてある。ふたりが石をどけて、カンヌキに手をかけたとき、ロックのその手をギュッと捕《とら》えたものがある。おどろいてふりかえる鼻のさきにエヴァンスの顔があった。

「や、や、エヴァンス！」

エヴァンスが大きい声で呼ぶと、バクスタ、グロース、ブリアン、ドノヴァンの四人がかけつけて、フォーブスを捕えた。そのドサクサにロックはエヴァンスの手をふりはなして、扉をおしあけると早くもそとへとびだしていった。エヴァンスはすぐにライフル銃をとって一発はなしたが、手ごたえはなかった。

「残念！　だがひとりだけは捕えたぞ」

と、いってエヴァンスはフォーブスの胸にライフル銃をつきつけたが、そばにいたケートが命ごいをした。彼女はかつてフォーブスのため、ワーストンに殺されるはずだった命をたすけられたのだ。エヴァンスはしぶしぶと「今晩だけはケートに免じて見のがしてやる」といい、きびしく手足をしばって戸棚のなかへおしこめた。夜のあけるのをまって、エヴァンスがそとへ出てみると、洞穴の入口のあたりにはたくさんの足跡がのこっていた。敵はあのふたりを漂流者に仕立てて洞穴へ入りこませ、夜なかに中から扉をひらかせて、侵入する計画だったのにちがいない。

エヴァンスは生きていることを敵に知られたのだから、もうかくれる必要はなかった。彼は少年たちと相談して、偵察隊を組織して敵状をさぐることにした。まずクララ、ヘレン、アリスの三少女とゼンキンス、コスター、ジャックの幼年組にケートをはじめバクスタ、モコーの三人をつけて洞穴に残しておき、他のものはそれぞれライフル銃やピストルで武装して、北のほうからそうさすることになった。

出発は午後二時、扉にはカンヌキをかけるだけで、石はおかぬことにした。万一偵察隊のものが逃げこむことがあるかも知れぬから、それに備えたのである。少年たちは意気天をもつくはりきりかたであった。敵は一名を減じて六名になったうえピストルが五挺しかない。こちらは同勢八名で、うち五人はライフル銃をもっている。

まず湖岸にそうて北へすすみ、落し穴の林へはいってゆくと、しきりとうさん臭そうにあたりをかぎまわっていたテツがたきびのあとを発見した。敵がゆうべ野宿したところにちがいないと話しあっていると、不意に銃声がして、弾丸がエヴァンスの耳もとをかすめた。間髪をいれず、こっちからも銃声が一発とどろいた。ドノヴァンが煙をみてとっさにあびせたのである。アッと叫ぶ声、ザワザワと灌木のなかを人の逃げる物音。一行はすぐに急追した。木のあいだを逃げゆく姿が二つ。とっさにエヴァンスが一発あびせた。ゆうべとり逃したロックである。ロックの姿はかき消すように見えなくなってしまった。

「チェッ！　また逃がしたか」エヴァンスは残念そうに舌うちした。もうひとりのほうを追ったドノヴァン、グロース、ウェブなどはつづけて射ちかけ、一、二発は手ごたえがあったようだが、ついに姿を見失った。ながいは危険だから、一行はテツを呼んで帰途についた。洞穴のちかくまで帰ってゆくと、こちらからは見えぬけれど、川のあたりで少年たちのさわぐただならぬ声が聞えてきた。スワ！　一行の留守をねらって、ワーストンが川のほうから、洞穴を攻撃しているのにちがいない。一行は応援のためけんめいにかけだしていった。

## 留守に敵か

あとで考えてみると、敵に裏をかかれたわけだった。ワーストンはロック、コープ、パイクの三人に命じて林のほうに偵察隊を引きつけさせておき、その留守にワーストン、グラント、ブルックの三人でニュージーランド川を下流に渡り、物置のほうの入口から、とつぜん洞穴へ侵入したものにちがいなかった。

エヴァンスががけの鼻をまわってみたとき、ああおそかった！　ワーストンが幼い子どもをひとり小わきに抱えて、いまや洞穴から出てくるところであった。そうはさせじとケートが後をおって、もみあっている。子どもはジャックであった。つづいてグラントがコスターを小わきに洞穴から現われた。バクスタが後を追って、とりもどそうとしたが、これはグラントのため一突きに突きもどされ、どっとしりもちをついた。モコーや少女たちの姿の見えないのはどうしたのだろう。洞穴のなかで殺されているのだろうか。ワーストンとグラントはそれぞれ子どもを小わきに、川のほうへ走ってゆく。川へ投げこみでもするのか。いやいやそうではない。川にはブルックが、物置から例の小さいボートをもちだして水にうかべ、ちゃんと待っている。わかった！　彼らは幼い子どもふたりを人質にとってかえり、おもむろに少年たちを自由にしようというのだろう。

エヴァンスは、ワーストンたちをうつこともできなかった。子どもにあたるおそれがあるからである。ふたりは川の岸へのぼってゆく。ああ、エヴァンスは必死となって、足をかぎりとかけるだけである。そのときかけつけたテツがいきなりグラントののどへかみついた。不意をくらったグラントはコスターをすてておいて、犬を防ぎにかかった。そのすきにコスターは遠く逃げのびた。するとそのとき、もうひとり応援者が現われた。フォーブスである。彼は洞穴からかけだすと、まっすぐにワーストンめがけて駈けよった。それと知ってワーストンは大いに喜び、

「や、フォーブスか。早くこい、早くこい！」と、呼びかけた。だがフォーブスは物もいわずワーストンにつかみかかり、ジャックを奪いかえそうとした。ワーストンは事の意外におどろいて、いったんジャックを手ばなしたが、その手でポケットから大きなナイフをとりだし、フォーブスの腹部をグサとさした。すべてはアッというまのできごとである。このときエヴァンスはまだ現場から、百メートルちかくもはなれたところを走っていた。コスターに逃げられたグラントは、やっとテツの牙からのがれて、ブルックの待っているボートへ逃げこんでいた。ワーストンはコスターの逃げたのを知り、ジャックだけは何としても手に入れなければと思ったらしく、その場にくずれたフォーブスには目もくれず、手をのべてジャックを捕えようとした。するとジャックはかくしもっていたピストルをとりなおし、ワーストンにむかってゴウ然一発はなした。ねらいあやまたず、胸板を射ぬかれたワーストンは、よろよろと泳ぐように、ボートのなかへころげこんだ。ボートのふたりはおどろきあわてて、むこう岸さしてこぎだした。そのとき、ゴウ然耳をろうするばかりのすさまじい音がして、洞口の入口からパッと白煙があがった。みると川の中流まで漕ぎだしていたボートの三人は全身に散弾をうけ、声さえたてえな

いで川のなかへおちこんでいった。思わずおこる万歳の声。これはかねて入口の横の窓にかまえてあった大砲を、モコーが適時に発射したものであった。

これでワーストン一味の悪漢は、林のなかで姿を見失ったロック、コープのふたりをのぞいては、全部ほろびてしまったことになる。少年たちは、どうなることかと思った危害からのがれたので、一時ぼんやりしていたが、フォーブスが虫の息で倒れているのを見ると、思いだしたようにみんなで洞穴へはこびこんだ。

ケートとクララとで手あつい介抱をしたが、何しろ腹をふかくさされているので、助かる見込はなく、本人もそれはよく知っていて、最後の瞬間に自分が善人にたちかえったことを神に感謝しながら、あけがた息をひきとった。翌朝はやくボードアンの墓にならべて、みんなでねんごろにほうむってやった。しかしまだふたりの敵が残っているのでは、不安でならないから、食事がすむとエヴァンスは、ゴルドン、ブリアン、ドノヴァンの三人をともない、テツをつれてそうさに出ていったが、まもなくふたりが林のなかで死体となっているのを発見した。コープははじめたまのあたった場所から百メートルばかりの草のなかで死んでおり、ロックは落し穴のなかに死んでいた。いずれもテツがさがしあてたのである。ロックはエヴァンスのたまにあたって倒れるときぐうぜん落し穴へ落ちたものだった。あのときかきけすように姿の見えなくなった理由がこれでわかった。コープとパイクの死体もその穴に入れて、いっしょにほうむってやった。

## 帰郷

このあとはくわしくのべるまでもあるまい。失望湾の川口につないであった大型ボートを少年たちは洞穴のまえの川まで引いてきて、エヴァンスの指図に従ってけんめいに修理にとりかかった。ボートといっても長さが三十尺もあり、幅もそれにつれて大きいので少年たち十五人にエヴァンス、ケートが乗ってもまだよゆうがあった。彼らは水もりをとめたり、新たに甲板をはったり、帆柱をたてたり、それに合う帆をつくったり、真剣になって働いたので、約一カ月でりっぱに完成することができた。

そのうちにこの島で祝う最後のクリスマスがきた。こんどはおとながふたりもいるので祭典にしてもごちそうにしても、ゆうぎにしても、くらべものにならぬくらいりっぱであった。

クリスマスがすぎればすぐ新年である。少年たちはこの島でまた一つ年をとった。エヴァンスの意見で、一月はこの附近の海が荒れやすいから、出発は二月五日の朝ときめ、一月中は船につむ荷物の整理におくった。少年たちは何もかも持ってかえりたかったが、ボートの容量というものがあるから、そうもいかなかったのである。

前日の夕がた、ゴルドンは動物小舎の扉をあけはなって、ラマ、ヴィクーニャ、七面鳥、ホロホロ鳥その他の動物を全部解放してやった。自由をとりかえした動物達は力のかぎり八方へとんでいってしまった。

五日は早朝にボードアンたちの墓へまいって別れをつげ、万歳の声とともにともづなをといてニュージーランド川を下っていった。ボートが大きく積荷が多いので船あしは案外のろく、川口まで下るのに一日を要した。そこで一行は思い出のアロウ湾で一泊し、翌朝あらためて南下していった。

彼らはエヴァンスの意見に従って、マゼラン海峡の入口のタマル港をめざしてゆき、そこで便船をえて、オークランドへ帰るという計画であった。だがまだその航程のなかばにたっしない十三日の早朝に、見はりの役についていたサービスが、左舷船首はるかに一条の煙のあがっているのを発見した。エヴァンスは望遠鏡をとってしばらく見ていたが、西方へ航行中の千トン級の汽船だといった。少年たちは歓声をあげて喜んだ。そしてライフル銃をとってつづけざまに空へ発砲するうち、汽船のほうでも気がついて、汽笛をならしながら接近してきた。ボートを汽船に横づけにして、代表として本船にのりこんでいったゴルドンとブリアンから事情をきいた船長は、オークランドのアロウ号の失踪事件は新聞でよく知っていたので、行き先は豪州だけれど、特にオークランドへ寄港して少年たちを送りとどけてくれることになり、すぐに全員を本船に収容した。汽船はグラフトン号、船長はロングという人であった。二月二十五日満二年と十日目に、少年たちをのせたグラフトン号はオークランドの港へ入っていった。

死んだものとあきらめていた少年たちがひとりも欠けずに帰ってきたと知ったときの父母の喜びは、くだくだしくいうまでない。話は新聞によってその日のうちにニュージーランド全島に伝わり、少年たちは漂流だんをきかしてくれろとおしよせる客で睡眠も十分とれないしまつであった。

ケートとエヴァンスのふたりが歓迎ぜめ感謝ぜめにあったことはいうまでもない。

《勝伸枝作品集》

# 創作篇

# 墓場の接吻

私は親類の者を恨んでおります。そして、主人のお友達、殊に親しかったお友だち方の仕うちを、あんまりだと悲しんでおります。が、それももう、今では却って秘密の楽しみに、毎日を愉快に過すことが出来るようになったことを、神様に感謝するようになりました。

と云うのは、私の主人は、無理矢理に生埋《いきうめ》にされてしまっているのです。何という怖ろしいことでしょう。私がどう申しましても、誰も私の言葉を取り上げてはくれないのです。あまつさえ、

「奥様、どうぞお気をお静めになって下さい」などと、しまいには冗談にしてしまうのです。

丁度、昨年の三月二十九日でした。かれこれ半年ばかり病《わずら》っていました主人の容体が、どうも思わしくないから、親類の方々にお報らせになったらという医者の言葉に、取りあえず近親の者と、ごく親しいお友だちにだけ来て頂きました。忘れもしませんその日の午後十時半ごろ、みんな息をこらして主人の枕辺につめきっていますが、私にはどうしてもそんな容体とは思われません。

主人は、ふだんから、床につきますとすぐ前後不覚で寝入る性分でした。今日も、うとうとと睡りはじめたのが二時間ばかり前ですから、今は丁度ぐっすり寝入ったところなのです。それが、十時五十分ごろ鼾《いびき》を二つばかりしたと思うと、急に皆の顔がひきしまるのを感じました。母などは泣いているのです。お友だちの方の中には、後を向いてしまう方もありました。

「奥様、まことにお気の毒に存じます。でもあんまりお力をお落しになりませんように。私も出来るかぎりお力添え致しますから」

「みいちゃん、がっかりするだろうけれど、気をしっかり持たなくてはいけませんよ。さあ、これからです。しっかりしなければいけません」

何を皆は言っているのでしょう。私は不思議に思いました。それで笑顔で申しました。

「何を皆様、つまらないこと仰しゃってらっしゃいま

すの？　主人が死んだとでも思ってらっしゃるのですか？　オホホホ、まあ、ふだんを知らないっていうものは恐ろしいものですのね。あれはいつもと少しも変りございませんのよ。よく寝入っておりますのよ。なんでしたら私、起してみましょうか。でも、せっかくよく寝ついたところですし、安静にしていた方がよろしいように思いますけれど、とにかく起してみますわ。あなた！　あなた！　ちょっとこの果物の汁、召上りません？」

私が言い終らないうちに、そばの者がみんなで、私の身体を抱くようにして、主人から引放してしまいました。

「奥様、お気をたしかに」

「お落着き給《あそ》ばせ」

皆はそんなことを連発しているのです。そして、何事でしょう、葡萄酒か何かをやたら、私に飲ませるのです。私は半ば可笑しさがこみ上げてきました。でも、そうしているうちに皆はほんとに主人が死んだものと思いこんでいるのだなと、やっと気がつきました。

私をなだめながら、一方では、すやすやとよく眠っている主人に、末期《まつご》の水とやらを代る代る含ませて、私にもそれをしろと云うのです。そんな馬鹿気たことが出来るものですか。可笑しくて、私にはただ笑わずにはいられませんでした。が、今度は、皆で主人の口、鼻、耳、穴という穴にすべて綿をつめこみました。何というむごたらしいことをするのでしょう。私も、そればかりは見ていられなくなりまして、叫びました。

「皆さん何をなさるのです。そんなことをなされば、息がつまってこんどはほんとに死んでしまうではございませんか。まあ、ひどいことを！　静かに寝かしておいて下さい」

皆は私のいうことには耳も傾けず、勝手にどしどし事をはこんでしまいました。仕方がありませんでしたから、私は人の見ていない時を計らっては、そっと鼻だけの綿を取っておくのでした。すると、また、私の油断を見すまして、いつの間にか鼻に綿がしてあるのです。そして誰の言ったことですか、こんな言葉を耳にしました。

「お可哀そうに、奥様はとうとうあんなにおなりになってしまいました。これから先、ほんとにどうなることでしょう。お気の毒ですねえ」

私までも気狂《きちが》い扱いにしているらしいのです。

そんなことはとにかく、私は鼻の綿を、こんどは人には気づかれないように、空気の通り具合よく柔くしておくことに気づきました。

やがて私は、どうも様子が変だというので、もと主人が書斎にしておりました離屋《はなれ》に、とうとう檻禁されてしまいました。もう、どうにもなりません。どうしようもありません。あきらめました私は朝昼晩の主人の食事のことをよく頼んで、その中で一日中暮すことになりました。でも気にかかってなりませんから、食事を持って来てくれるたびに、主人の様子を訊ねますと、お元気だと云う者や、もうお亡くなりになったのだという者、明後日《あさって》はお葬式ですという者や、人によってまちまちなのに困ってしまいました。こちらこそ、皆が気が狂っているのだとしか思われません。

いくらなんと云っても部屋から出してくれませんので、ふだんは読んだこともない主人の本を、手あたり次第に出して、頁《ページ》をめくって見ました。その中でふと目にとまったものがありました。エドガア・アラン・ポウという人の小説集でした。その短篇をいくつか読んでゆくうちに、妙な小説にぶつかりました。

誰もが、死んだと思ってお墓に埋めると、その後で甦って、土中で非常に苦しんだあげく、棺桶を破って、もがき死《じに》をしていることが、たまたまあるという話なのです。

それを読むと私はもう、いても立ってもいられなくなりました。今、自分の主人は、これと同じ災難に遭おうとしているのだ。これは一刻も猶予は出来ない。どうにかしなければならないのですが、私は、気狂い扱いにされているので、どうにもなりません。明後日お葬式をするというのがほんとうだとすると、躊躇している場合でないと、私は大変あせり出しました。

そして、遂に一策を案じ出しました。それは、皆に気づかれないように、墓穴に新鮮な空気と、食物とを送ることです。幸い主人は火葬にはならずにすみそうなのです。昨夜お医者様と義兄のこんな問答を耳にしております。

「火葬と思いましたが、なにしろ火葬場は遠いし墓場は近いというわけなので、そのままで埋めようと思います。一方腐るということを考えるといやな気持ちがしますな」

「いやその御心配はいりますまい。非常に多《た》くさんの注射を受けられておられますから、恐らく防腐剤の役もつとめると思いますよ」

今なら、たいていの無理も通ると思いましたので、私はこんな扱いをされているのをいいことに、主人の事なんか忘れたふりを装って、これから毎朝夙《はや》く、裏の畑がつくりたいと云い出してみました。関係のないことですし、皆は二つ返事で承知してくれたのでした。

私がこの突飛なことを思いつきましたのは、丁度、私の家の北側には、一軒置いて隣にお寺がありました。昨年の春、田舎に置いといては何かと不便だというので、先祖のお墓をこのお寺に遷《うつ》し変えたばかりでした。ですから主人も勿論、そこへ埋られるにきまっております。それから、私共の西側には、幅二間ばかりの小川が流れております。昔はもっとずっと大きな川だったのでしょう。こちらの土手から、向うの土手までは、あれでも六間はあると思いますから、私共の家や、墓地などはつまり、その小川の土手の上にあるわけなのです。

私はその日、お昼のお食事がすむと、すぐ何食わぬ顔をして裏へ出ました。皆は弔問客やら何やらで、忙しがっておりますし、ただ私を、主人のそばへ寄せつけないための用心にばかり気を取られておりますので、その点非常に好都合でした。私は川べりをつたって墓地へ行きました。家のお墓の場処から、どう道を取ったら最も簡単にその小川の土手の処まで出られるか、次に見当をつけた土手から、墓地に向っての方向を、ようく頭の中に織り込みました。そして、ここと思った土手の横腹に小さな棒を目標《めじるし》に差しておきました。お墓から土手までの長さは、三間あるか無しでした。私は勇気づけられました。いよいよ明日からだ。そして翌朝を楽しみに、また書斎へ入り込んでおりました。皆は非常におとなしくなった位に考えているのでしょう。

翌朝、四時頃になると私は、足袋はだしに身仕度をととのえて、裏へ出て行きました。そして、昨日、目標をしておいた処へ、まず、枯れたすすきの株を五つ六つ植えなければなりませんでした。一面すすきの土手なのですが、なお一層、そこを、こんもりさせておく必要があるのです。何故ならば、私はそこから、お墓までを掘り抜くつもりなのです。私が通えるだけのトンネルを作るつもりなのです。

それのみに一生懸命かかれれば、気も楽なのですが、何しろ、人に見つけられては一大事ですから、細心の注意を怠りませんでした。あい間、合い間には、家の畑にも、枯すすきを植えたりしてごまかすことにしました。時々、母等が見に来ますけれど、安心した様子で帰えって行く後姿を、得意になって見送ったものでした。

そうして六時過ぎ頃になると、また書斎に入って、一日中じっとしていますので、皆は、私が新鮮な、冷い外気にふれたので、気が静まったのだと云って安心し初めました。どうとでもお云いなさい。お考えなさい。私には、私一人の重大な任務があるのですから。

今日は、お葬式だというので、朝から必要以上にさわいでおります。私は昨日のようにやはり四時には起きて、例の身仕度で、畑へ出ました。いよいよ今日から掘り始めるのです。胸がわくわくしました。昨日、すすきの株で、囲《かこい》をしたところを、懐中電燈を時々てらしてはスコップで掘り始めました。墓地はもと畑だったために、大変土がやわらかでした。この分で行くと、案外、楽に目的が達せられそうだと、心秘かによろこびました。第一感づかれては何もなりませんから、一二度は家の畑に姿を表わさなければなりませんでした。出来るだけの智機をしぼって、ただもう掘ることにのみ全力を注ぎました。

一間位は来たかしらと思う頃、腐れかかった木の箱にぶつかりました。あかりを向けて見ると、たしかに棺桶です。じとじととしたその箱の周囲には、蛆がずるずるはっておりました。またその臭気といったらお話にならないのです。すっぱい、えぐい。何と云ったらいいでしょうか、でも私は平気でした。そんなことより、この箱を左に廻ったものか、右によけたものか。そのことで夢中でした。愛は強し、ほんとにそうなのです。それ以外何もなかったのですから。私はその箱を上に越すのが最も、利口なやり方だと思いました。やっぱり、それが成功でした。そしてその箱を通り越すことが出来ました。

六時頃になるとまた家の畑に帰って行きました。そして今日からは、誰かが、出て来るまで、畑に寝ころがって、土をかぶっていることにしました。それは、私が頭から土だらけになっていても、不思議に思う人のないようにと思ってです。

「午後二時より、自宅において告別式挙行」

こんな馬鹿気たことがあるものでしょうか。主人は、誰にだって恨まれたりする人ではありません。とにかく、皆が血迷ってしまったのです。でも私は、もう安心です。今頃は主人にもきっと私の心が通じているのでしょう。

参会者は、一人々々慇懃に頭を下げて、焼香をすますと、またも一度頭を下げて、私共にお辞儀をしては引っこんで行くのです。するとこっちでも、下げた頭を上げる、下げる。また上げる。私にとっては、むしろ滑稽な位です。入れかわり立ちかわり、長いのや円いの。髯むじゃが出るかと思うと、二十日鼠が出て、ちょこっと頭を下げる。すると、世の中に自分ほどの美人は居ないとばかりに顎を前につき出して、自信あり気な、〇〇流の手つきで焼香をすましました。次は、洋装の婦人が、最も新式なゼスチュアで、ここを晴と弔詞を読みだしたのです。とうとうここで私は我慢が出来なくなりました。それも、これがほんとの死人の前でなら、私もきっと泣いたでしょうが、ついに声をたてて笑ってしまったのでした。瞬間、また私は皆に抱えられて別室に連れ込まれ、水やら、仁丹《じんたん》やらを呑まされてしまいました。

いよいよ棺に釘を打つというとき、私は呼ばれて行きました。

「奥様も、どうぞ最後のお別れを」

私は主人の顔をよく見ました。どうしてこれを、皆は死んでいると思っているのだろうか。私は、そのことについてはもう何もいわないことにしました。無駄だとわかりましたから。私は小さく、そしてしっかりと主人の耳元にささやきました。

「あなた！　ではしばらくさよならを致しましょうね。でも決して恨んだり、悲しんだりなさってはいけません。私はあなたをきっと守ります。安心していらっしゃって下さい。私を信頼してて下さい」

そして一段と声を落してつけたしました。

「すぐ後から、あなたを援け出して上げますわ。きっと」

私は主人の額とそして唇に熱い口づけを致しました。主人も私にそれを返しました。

気がついて見ると、廻りに居た人たちが、おいおい声をあげて泣いているのです。

そうして式は滞りなく（？）済んだのでした。翌朝は三時に目がさめました。今日は、ごたごたした親類の者も、すっかり引揚げてしまって、母と婆やがいるきりです。昨日の疲でぐっすり寝入っているのを幸、身仕度もそこそこに例の仕事に取りかかりました。

主人は埋られてしまっているのです。一刻も早くしなければなりません。私は気ばかりもむのでした。

もう二間半は掘ったでしょうか。

腐った木切と一緒に、髪の毛が手にからみついたりしました。カチンと音のした拍子に、甕《かめ》がこわれたのでしょう、骨がばらばらとこぼれ落ちることもありました。

もうほどなく六時だと思う頃、なんとなく、新しい木の香《におい》が感じられました。勇気を得ると、力は倍になって進みました。万歳！　昨日、どさくさまぎれに、気づかれぬように、棺の角に赤鉛筆でしるしをしておいた、その棺の角があらわれたではありませんか。

神様有りがとうございます。

私は明りを腕時計の上に転じました。もう五分で六時になってしまうのです。婆やは、きまって六時に起《おき》る。せっかくここまで来たのですが……心を後に残しながら、外へ出ました。入口の穴を枯すすきでふさぐようにして、畑へ帰えって来ました。そしていつものように、しばらくころがっていると、案の条、ガラッと戸の開く音がしました。

「まあ、奥様、よくお続きになりますこと、さあ、もう中へお入り遊ばせ」

婆やは、だんだん裏の畑に枯草が植えられて行くのを眺めては涙ぐむのでした。が、それでも私の気をそこねないように、いそいそと朝の仕度に手を動し始めました。

私は、あのことで胸が一杯でした。後一息で主人を楽にさせられるのです。せめて蓋だけでもはずさせたら！　私はとうとう明朝まで待つことが出来なくなりました。矢もたても居られなくなった私は、夜中の十二時、遂に二人の寝息を伺って、金鎚と釘抜を手に、しのび足に畑へと出ました。私は、かねての穴道を、四ツ這いになって走りました。ふい打《うち》を受けた何かが吃驚《びっく》りして、私の背中に飛び上りました。もう掘るのはあと訳ありません。昨日掘り返したばかりの土には、雑作なくスコップが入りました。ただ、棺の廻りの土を取るために、穴道がふさがってしまうのにはこまりました。が、私は一生懸命に手と足とで土をふみつけては、やっと穴道を通わしました。

「苦しかったでしょう。すぐあけますわ、もう少しの辛抱！　ね。ほら釘が一本とれましたわ。我慢してて、もう三本取れてよ。ごめんなさいね。私の反対の仕方がたりなかったの。さあ、七本も取れましたわ。あともう少し……」

私は、前後のわきまえも無く、ただ、金槌と、釘抜を頼りに一生懸命に働きました。

その胸苦しさと云ったらありませんでした。狭い穴の中、土の被いかぶさった、湿気と陰鬱、悪臭の他何ものでもないその中の力仕事です。我を忘れて手を動かしていました。ただ一つの望みが、目的が今達しられようとしているのです。そして遂に一番最後の釘は抜き取られたのです。私は、体中が、むくれ上るような、力を出して、棺を手前に横にかえしました。蓋は滑り落ちました。主人は幸に未だうつうつとしているらしいのです。さほど苦しくはなかったのかしら、私は少し安心しました。衰弱しきった体には、そんなに感じないのかしらと、こんな風にこじつけてみました。急いで、廻りにつまっているお茶の袋を取り捨てるや否や抱きつきました。

「ほうら、私は援けに来たでしょう。これで、楽になったわね。さ、早く一緒に出て行きましょう」

私は鼻や、耳につまっている綿をあせって取りすてて申しました。自然と涙が流れてくるのです。いいえ、嬉し泣《なき》でした。そして私は、主人のどこと云わず口づけしました。涙をまぎらしながら、返事を待ちました。

主人は、ただ笑っているようでした。が、

「そりゃ、お前と一緒に行きたいが、するとまた同じようにこの中に入れられるに定《きま》っている。その上、こんどは、お前は出て来られなくなるに違いない。それよりはこのことを内証にして、毎日ここで、二人きりで会って楽しもうではないか。ね。どうだ、名案じゃないか」

こういうような笑でした。

私は考えました。しばらく無言でおりました。

「そうだ。あんなわからず屋の人等《ひとたち》だから、きっとそうするに違いない。私は毎朝ここへ来て誰のさまたげも受けずに、二人きりで、楽しもう。幸い彼も、そのことに気がついているようだから」私はそう決心致しました。

「じゃそうしましょうね。ほんとよ、皆に知られたら、また何をされるか、わからないんですものね。でも私、あなたが可哀そうなの、夜のさみしい時、こんな処で……一人ぽっちで……だけどこんなこと云うだけお馬鹿さんなんだわ。あなたは我慢して下さるわね。その変り毎朝来る時、きっと美味しい御馳走を持って来て上げますわ。何だか、それは云わないでおきましょうね。いつもあなたが社からのお帰えりに、今晩の御馳走は何だろうって、楽しみにしてらしったその時のように、これからは毎朝楽しみにして待ってて頂戴ね。ああ、私嬉しいの。幸福よ。何からお話したらいいかしら。そうだわあなたは、一昨日《おととい》からのことは御存じない訳ね。じゃ、すっかり教えて上げましょう」

私はこうして、今日までの出来ごとや、お客様の噂等を一つ残さず、話して聞かせました。主人も嬉しそうにして聞いておりました。

私はお別れのキッスをして、いつものように外へ出て来ました。

それからというものは、私は日に日に快活になって参りました。ただ畑の仕事は怠りませんでした。そしていつも晩のお残り物がへっているのは仕方がない事でした。残り物の欠乏の時には、生物にも手はとどきました。

母も、婆やも、それには気がつかなかったと見えます。その後私に異状がありませんので、母は非常に安心していす。そして昼間の散歩だとか、読書だとかにはつき合って、私の気を引き立たせてくれています。

日常《ふだん》は何等変ったところが無いねと、よく婆やと話をしているのを耳にします。

「きっと、朝早くお起き遊ばして、土をおいじりになるのが、お体のためによろしいのでございますね。その内おあき遊ばす時が参りますでございましょうから、それまではあまり、お口にお出し遊ばしませんでしょうか、ねえ御隠居様」
よろしくはございませんでしょうか、ねえ御隠居様」

「私もそうは思っているのだが、せめて雨降りだけ止めてくれればと願っている。よく体にさわらないものだねえ。だがまあ、慾を出せばきりはないから」

「さようでございますとも。それに致しましても、奥様は、も早、旦那様をお忘れなんでいらっしゃいましょうか。お墓へさえもお詣り遊ばそうとなさいませんが」

「なまじ思い出してくれない方がいいよ。また病気が後へ戻ったり、泣かれたりすると、私はいたたまらない」

隣の室からこんな話がもれております。

ですから私も昼間は人一倍おとなしく、不機嫌な顔も様子も、つとめてかくすように気をつけております。夜も早く寝んで、充分の眠りを取るように心がけております。

ただ私の気がかりなのは、主人のすき、きらいが、すっかり違ってきたことです。地上と、地下ということもございましょうが、多く生《なま》の物の方を好むようになりました。きっと穴の中では咽喉《のど》がかわくものと見えます。翌朝参って見て、すっかり食べきってあったものを心がけて、なるべくそういう物を持って行くようにしております。

私は今、ほんとうに幸福そのものです。私はこの上の幸福を望んではおりません。もうあれから、半年になります。これから先、この私の幸福は、私が死ぬまで、つづくかと思えば、こんな嬉しいことはございません。

# 嘘

ここへ引移って来る前の、前の家の隣に住んでいた奥さんは、非常に変った、不思議な性格を持っていた。嘘を平気でいうのである。いう後から、ばれてしまっても一向かまわないのだった。その嘘は、殆んど空想からきたものが大方を占めていたようだった。例えば、

「あそこの御夫婦は、仲もよし、生活も楽そうだが、惜しいことに子供がまだ無い、早く生れればいいのに」

と考えると、次の瞬間には、もうそこの奥さんは、五月になって、近処隣にいいふらされているのである。

「××さんのお宅では皆さんどんなにおよろこびでしょう。今日は帯をなさるんだそうでございますよ」

それが、実にまことしやかなのである。

こんなのもあった。町角の郵便局のおやじが死んだというのが、近処でも評判の悪い、実にいやな爺さんだった。だから吃驚《びっく》りはしても可哀そうだという者は一人も居なかった。どうしたことか、お棺が出るどころか、それらしい様子も見えず、郵便局は日曜のためもあったが、ひっそりしていた。翌《あく》る日になると、相変らずのおやじが、相変らずのふくれっ面を窓口にのぞかせていた。その嘘の出どころをたぐってみると、やっぱり彼女だった。

「不親切な、なんていやなおやじだろう。死んでしまえばいいのに」

よほどにくらしかったと見えて、こんなことを思ったのだろう。思ったが最後、もうそのおやじは死んでしまっているのである。

こんなふうに、罪のないのもあったし、また人を法外によろこばせたことも度々だった。が、それだけに、あとのごたごたが大変だった。けれども彼女は、どう切り抜けるのか、呑気なものであった。そして、なお平気で嘘をついているのである。

彼女は、一生止《や》められないだろう、もう一種の病気になっているのだろう、と私は思った。たしかに変態としか思われない。誰でもいい、吃驚して「へえ！」と叫ぶ

その声と、目を見開らくかするある驚きの表情に、彼女はこよなき快感を覚えるのである。

　私なども、よくその犠牲になって、憤慨したものであったが、そのことに気づいてからは、かえって興味を持って見ることが出来るようになった。そのうち、そこを引越さなければならなくなり、自然、彼女とも遠ざかってしまった。

　以来四年も経って、彼女のことなど思い出しもしなかったのだが、昨日の朝、ひょっこりやって来た。もとから非常に健康そうで、美しい人であったが、それがますます肉つきがよくなり、顔の光沢《つや》もすばらしくなっていた。彼女は懐しそうに手を握るのである。私は少し気味が悪かった。

「まあ、奥様おなつかしゅうございますわ。お目にかかれてこんな嬉しいことございません。その後お丈夫でいらっしゃいます？　実はね、私、一昨晩、奥様の夢を見ましたの、奥様がそれはそれは親切にして下さいますの。涙が出るほどうれしゅうございました。目が覚めるとどうしても、お目にかかりたくって我慢が出来ません。早速お引越し先をさがしまわりましたわ。もうわからなくてわからなくて。やっとのことでつきとめると違う方が住んでらっしゃるじゃございませんか。ほんとにがっかりしてしまいましたわ、私泣き声で、その方に変なことを申し上げてしまいましたの。『どうしてあなたはここに住んでいらっしゃるんですか。ここは私の知っているこういう方のお住居《すまい》です』って、夢中でいってしまいました。私少し、血が上ってましたのね。でもその方ね、やさしく仰有って下さいましたの。『ああその方ならお引越しになって今、中新井にいらっしゃるはずです』ってこちらを教えて頂きましたの。やっぱりいらっしゃいましたわね。嬉しゅうございますわ」

　そうして手を離さないのである。彼女は、一人で喋っているのだった。私は、何がどうしたのかわからなかった。ただうなずいていればよかった。朝の十時から、夕方の四時までその通りでいればよかった。そうして話し終ると彼女は、気がせいせいしたといって帰って行った。その反対に私は気が重くなった。彼女は、非常に気味の悪いというよりも、不思議な話をして行ったのである。私は今、そのうちの二つ三つだけでもお話して皆さんに聞いて頂きたいと思う。そうすれば、少しは自分の気持も楽になるような気がするから。

×　×　×　×

　私は、あるほんのちょっとした機会から、こんな面白いわるさを覚えてしまいました。最初は、何の気なしでしたことが、大変な結果を生んでしまったのでした。

　初めのうちは、自分でも気持が悪うございました。恐ろしくなってきました。が、だんだんと興味に変って参りました。いけない、悪いことだ、早く止めなければと思いながら、もう一度だけ、こんどはどんなかしらという好奇心から、今では、もうどうしても止められなくなり、私をとうとうこんな変態にしてしまいました。

　このわるさをして、成功した後というものは、非常に愉快で、心が浮き浮きしました。何となくあたりが明るくなりました。が、ほとぼりがさめてくると、陰気になって参ります。一つところをぼんやり眺めては、北の暗い室を好みました。そして、どうしても我慢が出来なくなると、そこで次の仕事の手順に工夫をこらすのでした。

　或る真夏の焼けつくような日盛りに、従兄が、近所を通ったからといって寄ってくれました。彼は未だ、大学の予科にかよっている大変快活な、活々とした青年でした。私は親類の者の中でも彼が一番すきでした。

「おお暑い暑い。とっても暑いのね。一人？」

　彼は汗を拭き拭き元気に入って来ました。

　私は、ふと、それこそ何の気なしで、おどかして見たくなりました。

「なに呑気なこといってるの？　はあちゃん！　どうしたの、あんたの目！　顔色！　大変よ」

　こんな冗談を、目を見開いて、私はさも大変なことのようにびっくりした表情でいって見せたのでした。

　彼は、一言も返事をしませんでした。天井の一角を見すえていたと思うと、見る見る顔色が変ってきました。先ほどの元気な様子は、どこにも見られなくなりました。私はこんどはほんとに恐しくなりました。

「はあちゃん！」

　私は必死になって叫びました。目は引き吊り、顔色は透きとおって、もう唇は色をなしていません。

「ウム……」

　一声うなったと思うと、そのまま縁側で伏《う》っぷせになってしまいました。彼は、私のこのちょっとした冗談を真に受けて、驚きの余り、気絶してしまったのでした。そうして、その夏休を可哀そうに、とうとう床の中で過してしまったのだそうです。

　勿論私は、この事件を誰にも話しませんでした。ですから今でも彼は、あの時、ほんとに顔色が、目が、変だったんだと思い込んでいるのです。

　この事件当時は、随分気をつけて、少しでも冗談めいたことは警戒するように務めていたものです。

それから二三ケ月たってのある日、懐しい母校の秋の同窓会に出席しました。殊に仲の好かった私達三人は、一つ卓《テーブル》を占領して、思い出やら、その後の出来ごと、話がはずんで悪口なども大分入っていたように覚えております。私はいつも茶目ぶりを発揮しますのでこういう集りの席では大もてにもてるのです。だんだん調子に乗ってくると、また例の茶目気が頭を擡《も》たげてきて、思いもよらぬ冗談をいってしまうのです。

その日も、こんなことにぶつかりました。話にも疲れ、食べるにもお腹がきつい。といって悪口の種も切れた。沈黙が二三分続きました。私はふと、自分のレースの白いハンカチーフを出して、ちょっと冗談を云ってしまったのです。

「素敵な色でしょう。私この色大すきなの、何故って初恋の感じがするんですもの」

「白じゃありませんか」

二人はさも意外のことのように、口を揃えて問い返すのでした。

「あら、皆さんの目、変よ。ほら、淡い藤紫に、ね？ごらん遊ばせ、クリーム色でレースがしてあるじゃございませんか。これが白に見えるって変よ、たしかに」

「だってどう見たって白よ」

行きがかり上、私はいかにも、真面目に、少し薄気味の悪い様子をして、一人々々を窓口に連れて行って、目を潰《つぶ》らしたり、開かしたりしてハンカチーフを示しました。

すると、どうでしょう。しばらくじっと眺めていた光子さんは、突然口を開きました。

「ほんと！　藤紫だわ。それも随分濃い方の藤色よ。私等の目どうかしてたのね、ごめん遊ばせ。すみ子さんやっぱり色がついててよ。あそこ、カーテンの影だったからわからなかったの。ようく見てごらん遊ばせ」

どうでしょう。

「あら、ほんとに！」

というじゃありませんか。私は吃驚しました。

「たしかにそう見えて？」

怖さのあまり、こんどはこうたしかめてみたのでした。が、

「ごめん遊ばせね。せっかく凝ってらした色がわからなかったって、ほんとに失礼ね。だってあれ、カーテンのせいなの。その色ほんとにいい色ね。私も大すき、散歩服に私もその色持ってますわ」

光子さんは、心配しいしい私の顔色をうかがいながらあやまるのです。

「怒ってなんていらっしゃらないわね。たしかにいい色！　やわらかい色ね。初恋の感じっておっしゃったけど、私も同感！」

私はもう気味が悪くなって参りました。と云って、今更、今のは嘘だといい切るにはあまりに皆が本気なのです。急いでハンカチーフをしまって一生懸命に話を外らしました。無茶苦茶に面白い話を見つけ出して、手当り次第に喋りました。

もう早くさよならをしたいと思いました。いつもなら、一番あとの後まで居残る私等三人が、なんでも二番目かに引き揚げたのでした。学校の門で三人がちりぢりに別れる時、私は、あのさっきのこと皆忘れてくれてるかしら、もう二度とあの話を持ち出してくれなければよいがと考えながら、こわごわ目を一廻しした瞬間でした。

「ね、さっきのハンカチーフ、どちらでお求めになって？　とてもいい色だから、三人でお揃いにさせて下さらない？　そしてあの色を私等三人の色に致しましょうよ」

誰かが言っているのです。冷《ひや》っとしました。私は夢中で答えました。

「どこで売っているのか知らない。あれは貰い物だ」

どんな言葉付で云いましたか、とにかく、これだけの意味を叫んで、逃げるようにして別《わかれ》を告げました。

その翌日は、前の日の出来ごとで、私の頭は一杯でした。こんな馬鹿気た話があるだろうか。皆の様子では、私の気休めにいっていたのではないことは明白です。私は、すっかり考え込んでしまいました。

もう日も暮れようとするその時でした。二通の手紙がとどきました。が、こともあろうに、二つともが、同じ藤紫の封筒なのです。私はぎくりとしました。それは、昨日のお友達二人から来たものでした。私は、むさぼるように一通を取って読み下しました。二人の中の誰のかなどとたしかめている暇はありません。

「静子様、昨日は失礼致しました。あなたはお怒りになっていらっしゃるのじゃないかと心配でたまりません。あのハンカチーフのことから、急にあなたは、御不快におなりのようでした。でも、私等が、揃いも揃って、あんな友達甲斐のないお返事をしてしまったんですもの。不注意だったんですわ。いくらカーテンのせいだって。おゆるし下さいませね。あれ以来、私すっかりあの色に魅せられてしまいましたの。そしてお別れするとすぐ、はい原《はら》まで行ってこの封筒を求めて参りましたわ。この色あのハンカチーフの色とそっくりでしょう。これであなたのお怒りがとけて下さることを神様に祈っております。そして、これから私たちのお手紙の遣り取りには、きっとこの色を用いること。賛成して下さるでしょう。お聞きとどけ下さいますなら、あの時のことおゆるし下さったものと、私は嬉しゅう存じますけど。お返事をお待ちしております。そして、その封筒が願わくば、この私の封筒と同じであれかしと祈りながら」

私は、もう一通を読み終った時、またもぎょっとしました。いい廻しこそちがっていましたが、前の内容と同じなのです。しかもその封筒は、はい原の品ではありませんか。

「どうして二人ともが、こう期せずして、同じ気持ちになり、同じ店で、同じ時に、同じ同じ……」

ぐるぐるこんな考えが頭の中で廻っていると、ふと、いつかの真夏の事件を思い出しました。

「そうだった。あの時も私が何の気なしで云ったのだったのに、そうそう、はあちゃんは気絶してしまった。こんどもだわ、沈黙を破るために、ちょっと冗談を云ってしまったのを。不思議だ！　もしかすると、あるいは誰でもを！　そうだ。私のいい方次第でどうとも信じさすことが出来るのかも知れない」

何だか面白いような気がしてきだしたのはこの時からでした。すると、もう一度、何か、実験がしてみたくなってきました。

取りあえず、お友達二人には、それぞれ同じ封筒で返事はしておきました。

それから幾月か経っての或る日、とうとう実験する機会を得ました。が、これは少し薬が効きすぎて、取り返しのつかないことになってしまいました。というのは、それ以来、その犠牲者は狂人になって、今では松沢病院に入っているのです。

この人は、主人のお友達でした。丁度、主人の出張の留守にいらっしゃいました。私は心窃《こころひそ》かによろこんだのです。好い機会だと。

それはたしか、もうそろそろ桜の季節に入ろうとしている頃だったと思いますから、三月も終りに近かったでしょう。ぽかぽかと暖いお天気のよい午後でした。

私は、玄関に出た時から、彼のいうことに一々、反対に出てみようと思いつきました。

「御無沙汰しました。今日はまたいいお天気ですなあ」

という彼の挨拶でした。私は、しばらく間を置いてから、さも意外だという表情をしめしました。

「まあ、一昨日いらっしゃって下さいましたのに、御冗談おっしゃっていやでございますわ。ほら、あの日、どなたかお見送りにいらっしゃいますって、お間に合いになりまして」

この私の変な答に、彼は不思議な顔をして私を穴のあくほど眺めておりましたが、しばらくすると押えつけたような声で口を開きました。

「あ、あのう、やっと」

「それは結構でございました。お案じ致しておりましたの」

私は、すかさずこうつけたしました。

「今日はまた、生憎《あいにく》お天気が悪くて……、市内とちがいまして道がきたのうございましたでしょう？　あらお傘をお持ちではいらっしゃいませんでしたの。まあまあ大変でございましたわね」

私はいそいそと手拭を持って来て、彼の外套やら、帽子やらを拭いて見せたのです。

彼は、あっけに取られて私を暫らく見つめていました。

「さあ、どうぞお上り下さいませ。ほんとにさぞお気持がお悪くいらっしゃいましたでしょう」

どうでしょう。彼は足袋をぬぎ初めたと思うと、やがて外套を外ずして一心に払っているではありませんか。いかにも真剣な顔をして、私はますます興味を感じました。客間へ招じ入れてからも、ことごとに反対の返事で押し通しました。そうして、折を見計ってから切り出してみたのです。

「失礼でございますけど、あなた、お気持が変ではいらっしゃいませんか？　何でございますか、先ほどからおっしゃることが私にはどうもおかしいようにお見受け致しますけど、お顔が大変お昇せ遊ばしていらっしゃいますわ。ちょっとお横におなり遊ばせ。お頭《つむり》を、しばらくお冷し致しましょう」

こういうと、一所《ところ》を見つめていた彼は、私の云いなりになって、ぼんやり何でもない頭を冷させていました。冷しながらも、私は、最も親味のこもった口調で、静かに、云い含めるように申しました。

「きっと、この間うちのお忙しさが、こんな結果を生んだんでしょうから、ここしばらく、お気持をゆっくり遊ばして、呑気にお暮しになった方がよろしくはございませんか？　会社も一二ケ月お休み遊ばして、その方がよろしゅうございますわ。御気分はいかがでいらっしゃいます？　いくらかお落ちつきになったようでございますね。車でそうっとお帰りになります？」

私はそろそろこわくなってきました。もうこの辺で切り上げたいと思いました。

「ね、そう遊ばせ。すぐ車をお呼び致しますわ。もしなんでしたら、奥様にお電話致しましょう」

そういって私は、次の室から様子を伺っていますと、やがて彼は、床の上にむっくり起き上りました。

初め、頭をふったり、顔の筋肉をくしゃくしゃに動かしていましたが、急に目が据ってきたと思うと、大きな声で叫び出したのです。

「やあ、馬が走る走る、ほうらあぶないぞお」

私は一目散に自働電話まで走りました。

「金子様の奥様でいらっしゃいますね。私並木でございますが、先ほど旦那様がお尋ね下さったんですけど、何となく御様子がおかしくいらしゃいましたの。で、しばらくおよらせ申し上げて、お頭をお冷し致しておりましたんですの。でも只今急にお飛びお起き遊ばして変なことをお叫びになるんでございます。どうぞすぐ、お車にでも召して、お出で頂きたいんでございます。いいえ。はあ、いろいろはお目にかかって、どうぞ、じゃごめん遊ばせ」

未だ動悸が静まりません。

私は玄関に入るのを恐れました。中からは未だに怒鳴る声が時々聞えてくるのです。

小半時もしたかと思う頃、自動車が門の前に着くや否や、転げるようにして奥様が出ていらっしゃいました。

「飛んだおさわがせを致しまして、どうしたというのでございましょう。今朝ほど家を出ました時は、少しも変りはございませんでしたのに」

彼女は、おろおろ声でいうのでした。

「お気の毒に存じますわ。でも奥様、お気をしっかりお持ち遊ばせね。あの御病気は、おそばの方の御介抱の仕様で、それはちがうのだそうでございますから、ほんとに、すぐお快《よろし》くおなりでいらっしゃいますわ」

「いろいろ有りがとう存じました。いずれ、あらためてお礼にあがります」

彼は、彼女を見分けることが出来たようでした。非常におとなしく自動車に乗りました。が、外套や、足袋はどうしても身につけさせませんでした。ぬれるといって聞かないのです。

やがて、涙を一杯ためている奥さんを乗せた車は、間もなく埃の中に消え去りました。その後の彼の病は、ますます重く募って行ったのでした。

けれど、私はこりるどころか、却って興味の加ってきたのは事実でした。

いい機会を見つけては手を変え品をかえて実験を試るのでしたが、とうとうこの頃では、もう一日もそれをしないではいられなくなってしまいました。

アルコール中毒者のそれのように、もうその悪戯にひたっていなければなんですか自分の気が狂ってくるような変な気持になって参ります。

もう、相手や機会などよっていることが出来なくなりました私は、私と二人ぎりでいる機会の最も多い主人を、とうとう手なずけてしまいました。もう自由に、思い通り何でも出来るのです。

けれど、どうしたというのでしょう。日増しに瘠せ細って行くのです。

青く衰えてさえ行くのです。それは私のためばかりでしょうか。今では会社もやめてしまいました。

でも私は、どうしたって止められないのです。

その蒼白い顔で、或る時は冷い水のお風呂に入っております。骨ばったその腕に、或るときは木綿針をさしこみます。

主人はこれらをいやいややっているのではけっしてないのです。

熱くなし、ぬるくなし、ああいいお加減だといっているのです。針は体を、太らすための注射だと心得ております。こうしてすっかり私を信じ切って、衰弱しきった体を私に任せております。

私にはまたその弱々しい様子で、私のいう通りになってくれる主人にもう何よりもたまらなく魅せられるのです。

×　×　×

云い終った時の彼女の目、あの異様にかがやく目、私は未だに忘れることが出来ない。

# チラの原因

「ちょっと、ちょっと、この頃『ヒネッチリ』左の方を見すぎやしない?」

「君もそう思った? 私も。今日なんか二十六度と横目が七度よ」

歴史の時間がすんで、「ヒネッチリ」と呼ばれたS先生の後姿が廊下の曲り角で消えてしまうのを見とどけると、五年生のろ組の教室では、タン子を中心にこんな噂が茶目子たちの間で持ちきっていた。

F女学校は仏蘭西人によって経営されているという一事で、一般からはモダーン女学校だと云われているが、以ての外、相手は尼さんなんである。木魚はたたかないまでも、珠数をつまぐってお祈りのお念仏をとなえている片田舎出の仏蘭西人なのである。だからここに雇われている先生たちもおして知るべし。

が、その中で、「ヒネッチリ」だけは例外であった。明けて二十八歳になったばかりの青年で、その上独身者なのである。この学校の掟として妻帯者でなければならぬはずを、どう渡りをつけて首尾好く難関を突破したかというと、彼なかなか頭がいい。洗礼を受けて、つまり宣教師となって尼さんの信用を得てしまったのである。だから、彼の毬栗《いがぐり》頭も禿頭、皺くちゃの間にあっては若さの表示となり、同時に生真面目さを表わす武器ともなった。が惜しいかな歩き方が妙なんである。決してビッコじゃないが、お尻をひねるのである。そのひねり方が大きい時は気取っている証拠だと云うわけで、「ヒネッチリ」となった所以である。その「ヒネッチリ」が、三学期になって急に左の方を見すぎるというのであるからおだやかでない。

「何かあると思うわ」タン子が真剣な顔をして皆を見まわした。タン子——探子《たんこ》——とはM子の通り名でろ組の人気者であった。

家政の「亀の子」先生が、学校の帰り公設市場で塩鮭の切身を二切買って、その鮭の頭をおまけさせてたことや、Oという名からTという名に変った国語の教師が、公衆電話をN中学へかけてハズの君と待ち合せ場所を水道橋駅ときめたこと、「鼻に風」が松坂屋の特売場で藤色の菊五郎格子の伊達巻を買ってたこと、体操の教師「バケツ」が、焼芋を食べながら、彼女の「バケツ」をしまう特大のズロースを、八百屋の二階の欄干に乾してたことなど皆タン子が探ってきて紹介したのである。

「何かあるって何？」

「そんなの私だってまだ知らないわよ。だからね、来週の歴史の時間一体左のどの辺を見るか、『ヒネッチリ』の視線をたどってみない？」

「わかる？　それで」

「大方見当がつくわよ」

こういう恐ろしくバクゼンたる相談がまとまって、いよいよ来週の木曜日歴史の時間が来た。「ヒネッチリ」今日は特別に大きく二度ばかりひねって教壇に上った。気取る必要があるらしい。

「さてと、先週で西洋歴史の大体を終ったのでしたね？（チラ―左の方を見る）もう皆さんは三月に卒業されるのですから、私の時間も三四度しかないわけです。（チラ）そこでその三四度を西洋歴史のおさらいに当てるより、（チラ）日本の歴史の覚えていいことをかいつまんでさらうことにしましょう。（チラ）」

先週よりチラとチラの間が短くなったことはたしかである。どうもその視線は左端の前列から二三番目あたりである。タン子たちはそのあたりに眼をくばって、あやしげなる振舞の者を物色した。

いる、いる。

前から二番目に、耳の血管をゆるませて顔を得上《えあ》げず、筆記帳の白い頁《ページ》とにらめっくらをしているY子こそ、「ヒネッチリ」のチラの相手であった。

Y子は現代的の美しさでなく、紫の着物が似合うといった可愛い感じの女学生である。Y子にはこれという親友がなかった。それは未亡人である。Y子の母親がコリコリのクリスチャンで、せっかくお友達になりかけてY子の家など遊びに行くと、くどくどと教えの道をとくのでY子には気の毒だがみんなよりつかなくなってしまった。そのY子に視線が行ってるのである。「ヒネッチリ」はと見るとなお平然と語をつづけている。

「そこで今学期末の試験ですが、もう卒業を目前に控えている皆さんにそんな必要はありませんが、（チラ）通告簿の点をとるため名ばかりの試験はしますが、日本歴史の方からだけにして上げましょう。（チラ）そのつもりで……。もう一ケ月もないですね、卒業されるのは。（チラ）」

そのチラが三十九度目に達した時に至って、どこからか「エヘン」と一つ咳ばらいが出た。四十度目には「エヘン」「エヘン」と二つになり、さては四ツ八ツとアメーバーの繁殖率みたいに殖えるのでタン子は冷々した。せっかくこれから面白くなるところを「ヒネッチリ」に用心させてしまっては残念である。その時都合好く鐘がなってくれたのでタン子はホッとした。

「わーい、わかっちゃった」

「ばんざあい！」

運動場の藤棚の下である。

「そうよ、全く愉の快なるもんだわ」彼女たちの興奮を静めるのにタン子はかなり骨が折れた。

「だけどね、期末だ熟せずよ。今『ヒネッチリ』にもY子さんにも私たちの気がついたことを知らしちゃったら面白くないわ。今にもっとギューギュー云わせるようなことが出てきてよ。私きっと見つけてくるわ」

次の時間は「バケツ」だった。この「バケツ」先生お芋の一件を感づいてると見えて、五年のろ組には頭上《ずのぼ》りなくいつも体操など抜きにして、生徒の御機嫌を取るためにバスケットボールなんかさせて遊ばせておくのである。やっと組分けがすんだと思う頃、歴史の時間のヒーローたるY子が急に気持が悪くなって、医務室に連れられていった。

「薬が効きすぎちゃったのよ」

「さっきの気にして気持ちが悪くなるなんてある？」

「そりゃあ、あるかも知れないわ」

「『ヒネッチリ』の処へ知らしに行きたいわね」

「だめよ、そんなことしたらそれこそわかっちゃうわ」

茶目連中は大さわぎだった。

「私いいこと考えついちゃったわ」タン子が口を切るとワッと彼女の廻りを十七八人で取り囲んだ。「Y子さんの今の顔色じゃどうせ早引けよ。だからね、私学校の帰えりろ組の代表のような顔してお見舞に行ってくるわ。きっと何かつかんでくるわ」

翌朝である。まだ始業時の九時には三十分も間があるというのに、いつもに似合わず茶目子たちの顔が揃っている。言い合したように皆の眼が入口のドアに向けられていた。十分もたったと思う頃、黄色いベレー帽がドアの隙《すきま》からのぞくと同時に、茶目子たちは一斉に立ち上った。

「あたし弱っちゃった」タン子はお荷物を机の中にしまって、さてゆっくりと皆のそばへやって来た。

「だめだったの？」

「ううん、そっちで弱ったんじゃないの。冷汗かかされちゃったの、あの母君に。初めからいうわね。取り次ぎに出た女中にお見舞に来たというと、応接間に通されちゃって、さてコリコリの母君が出てきて云うのに、『まあお若いのになんて情《なさけ》のおありになる方でしょう。神様の思し召しにかなった方です。何故娘はあなたのような方と、もっとお親しくしないのでしょう。これからでもおそくはありません。どうぞ仲良くそして娘を導いてやって下さいまし』これでいい加減参っちゃうわよ。でね、私を勝手にクリスチャンだときめてかかってるから、私そんなような顔してたけど苦しかったわよ」

「Y子さんのお母さんらしいわ。それで?」

「私それとなく『ヒネッチリ』のこと持ち出してみるためにこう云ったの。『今日の歴史のお時間は、S先生のお講義がつづけ様で大変長うございましたから、Y子さんお筆記でおつかれになったのでございましょう』っていうと急に母君まじめな顔になったのよ。そしてね、『S先生はほんとに何にでもお熱心な方でいらっしゃいますから。それにお真面目な方でいらっしゃいますのね。あなたを御信頼申し上げてお話し致しますが……』私のことよ。『実は教会の或る方に、宅の娘をっておもらしになったんだそうでございますけれど……』ね。もうわかったでしょう? 私なんでも『はあはあ』でごまかして、それでもY子さんを見舞うだけは見舞って帰えってきたの。Y子さんの病気は食あたりなんですって」

「じゃ『ヒネッチリ』、今、Y子さんを誘惑してる最中なのね?」

「うん、その目なのよ、あのチラは」

「そんなら来週から大いに皆で『エヘンエヘン』ってやってやりましょうよ」

「そんなことよりね、もっとじわりじわりといじめる方が効果的よ。『チラ事件』は、『塩鮭事件』や『伊達巻事件』より罪が深くってよ。少し油をしぼっておかないと癖になるわ」タン子は何か考えがあると見えて、なかなかの強意見《こわいけん》である。

「Y子さんには何にも罪がなさそうだから、Y子さんにわからないようにこらしめなければ、Y子さんが可哀そうよ」

タン子の義侠心に富んだ言葉に茶目子たちもちょっとしんみりして同意した。

「それもそうね。で、何かある?」

「こういうのはどう? お習字の『八時二十五分』――ひげがびっこである――先生にね、私たちの教場にかかげてろ組の教訓にするんだからといって書を頼むのよ。問題はその文句にあるの。『誘惑に勝て』っていうのはどう？　でねそれをY子さんのすぐ横の壁にかけるのよ。『ヒネッチリ』がチラとY子さんの方を見ようとすると、その額が目障りになるっていう寸法」

「ええ、いいわね。胸の高鳴りを覚えちゃうわ」

九時の始業の鐘が、相談一決の報せのようにけたたましく鳴り渡った。

Y子は土曜日も月曜日も欠席だった。月曜日、習字の時間後、茶目子たちは「八時二十五分」をたのみおとして、首尾好く半紙に意味深長な教訓の文句を書いてもらうと、用意の安額縁におさめてY子の横の壁にかかげることが出来た。受持の教師は大変満悦の態で、同じことなら正面へかけたらとお世話を焼いたりしたが、茶目子たちはここがいいんだと頑張った。

水曜日、Y子出席。

が、まさかこの額にいわくがひそまれているとは知らないので別に気にもとめなかったらしい。

茶目子たちにはどんなに木曜日が遠く感じられたことだろう。いよいよ木曜日歴史の時間である。皆は固唾を呑んで「ヒネッチリ」の眼の動きを見守った。がなんとまあ額の威力の偉大なことよ！　効果てき面、青菜に塩である。「ヒネッチリ」一時間中参考書を読みつづけて終ってしまった。茶目子たちの喜びまさに爆発である。

「私、ちょっと意外だったわ。あんなにはっきりと反応が現われるとは思わなかったわ」タン子は少し拍子抜けの感じだった。「ひょっとすると肱鉄食ったんじゃないかしら。いくら母君にお気に入りだって、Y子さんにしてみれば『ヒネッチリ』なんて云われてる私たちの手前もあるでしょう？」

「そういえば『ヒネッチリ』頭の毛が伸びすぎてたわね。一寸になんなんとしてたわよ。何かしょげてるんだわ」

「そうね、今まであんなに伸びたことなんかないわ。もしモーションをかけてる最中なら、殊更頭なんか気をつけるでしょう」

「とにかくね、来週もう一度偵察してみた上のことにしましょうよ。でも、油断は出来ないわよ」

タン子の提議に一同賛成して来週の木曜日を待つことにした。

ところが、当のY子は欠席頻りなのである。そこへ受持ちの教師の口から意外のことが洩らされた。

Y子は病気がなかなか治りそうにもないので、学校を退《ひ》く事になったと云うのである。ただし、卒業期直前ではあるし、卒業免状は渡すのだという。

「これをどう解釈する？」

「どうもこうもY子さんが病気になったんじゃ話にならないわ」

「これで『チラ事件』も落着か。つまんないの」

茶目子たちはがっかりしたように云うのであったが、タン子だけはなんだかこのままですましてしまう気にならない。

「でもね、明日の『ヒネッチリ』の様子でどんなことにならないとも限らないわ。彼の様子如何《いかん》で、私も一度Y子さんちへ行ってみるわ」

**注意——三月三日木曜日、一時間目の国語と三時間目の体操が入れ変りになります。**

木曜日の朝、学校へ来て見ると、ろ組の教室の黒板にこういう掲示が出ていたので、生徒たちは荷物をしまって皆運動場へ出た。今日はもう「ヒネッチリ」の話にも気乗りがしないと見えて噂し合う者がない。

「おや、今門を入って来たの『ヒネッチリ』じゃない?」タン子の言葉に皆門の方へ眼をやった。

「それにしちゃ、お辞儀の仕方が変ね」

タン子の云う如くたしかに変である。いつもの「ヒネッチリ」は門を入るとすぐ帽子で口をおさえて、中腰になったまま運動場を横ぎるのである。正直な一年生二年生たちが、わざわざお辞儀に行くのであるから、一々帽子を取ったり乗せたりでは実に大変だからである。

常日頃の「ヒネッチリ」は要領好くお辞儀の延長のような恰好ですましてしまうのに、今日に限って帽子をかぶったままなのである。そしてお辞儀の必要にせまられると、止むなく五分ばかり頭の上で帽子をはずませるだけなのだから、茶目子たちの目を引いたのは当然である。

「おかしいわね。そこまで行ってみない?」

一人が勇敢に歩き出したので、皆もその後へ随《したが》った。

「なあんだ、散髪してきたのよ。今まで伸びてたもんだから、寒くて帽子取れないんでしょう」

「生意気ね。ぬがしちゃいましょうよ。私たちこれだけかかって、間髪を入れず順々にお辞儀すれば帽子を浮かしたままでもいられないわ。さ私の後へつづくのよ」

タン子の慇懃なお辞儀に始って、次々と続くので帽子は遂にいつもの処まで下ってしまった。何とこれはまた意外なことがあるものであろう。「ヒネッチリ」の散髪は廻りだけで、頭の上の方はそのまま残されて艶やかに分けられているではないか。「わあッ」茶目子たちの喚声が期せずして一斉にあがった。「ヒネッチリ」はすっかり顔面の血管をゆるませて、ほうほうの態で玄関の階段をかけ上った。

「さあ面白くなってきた」タン子はやっぱり自分の考

えてたようになってきたので少からず愉快だった。

いよいよ二時間目である。「ヒネッチリ」はいとも気を落ちつけて教壇に上った。「エッヘン」タン子である。するど茶目子たちが一斉に手を頭の上にやった。約束がしてあったのだろう。

「いやあ、どうも、これですか?」「ヒネッチリ」片手で額の汗をふきながら、もう一方の手で頭をおさえた。

「どうも近頃忙《せわ》しくて、(ここで「エヘヘヘ」が一段と強くなった)大分床屋に御無沙汰しましたが、一昨日やっと暇が出来て行きますと、これだけ伸びたんだからというわけで、勝手にこんなにかられてしまいました」

「先生、御感想を……」誰かがやじった。

「いやあ、困りましたな、どうも。まあ大人になったような気がしたとでも云っておきますかな」

「これからの御方針は?」追撃急である。

「どうかもう勘弁して下さい」「ヒネッチリ」遂に兜をぬいだ。

かくしてこの一時間はまことにほがらかな一時間であった。

「あやまらしちゃったんだから気持がいいわ、いいお節句だ、今日は」

「いやに御機嫌だったわね、肱鉄食わされたY子さんが病気になっちゃったからかしら」

「頭の手前、しょげてもいられないわよ」

「なんだってまた、急に髪を分ける気になったんでしょう?」

「毬栗頭じゃイコ―恋―気分が出にくいっていうことを、こんどの失敗でつくづく感じちゃったのよ」

「みんなそういう風に取ってるの? 私はね、きっと『ヒネッチリ』のイコが、急に彼の有利に解決したんだと思うわ。もう少し様子を見てましょうね」

タン子の推理に茶目子たちは同意しかねるらしく、不平そうに云った。

「見ようにも相手が来なくっちゃわからないじゃないの」

「そうね、困っちゃったわね。来週つっこんで聞いてみちゃいましょうか」みんなは最後の手段を講じることになった。

それから一週間過ぎてまた歴史の時間が来た。「ヒネッチリ」の変りに受け持の教師が入ってきたのである。

「S先生はお国に御用がお出来になって、急に今晩お立ちになるので、本日はお休みになりました。で皆さんで変り合って、この本の目録に丸がしてあるそうですから、そこの処を朗読するようにとのことです。今日の当番にあたってる方にお願いしましょう。ではあまり騒がないように、お隣でもお授業があるのですからね」

先生がいなくなると、茶目子たちは早速詮議に取りかかった。筆記などは君子連にまかしておけばいいのである。詮議は詮議に終っちゃって意味なかった。

「大発見、大発見」

翌日、タン子が意気揚々と現われ出《い》でたのだ。

「素晴らしい報告を持ってきたわよ。これを聞いて驚かない人はまずないわね。あのね、Y子さんはね、お目出度い病気なんですってさ」

「お目出度い病気?」

「病気にお目出度いのなんかある?」

「馬鹿ね、ダンハラベベーよ」

「えッ、インハラベベー?」

さすがの茶目子たちもこれには唖然たるものだった。

「いやだ、ラージポンポンだもんで、『ヒネッチリ』あきらめがよかったのね?」

「お生憎《あいにく》様、『ヒネッチリ』の種を宿させられてるの。察しの悪い人ね。ほら、いつか学校で気持ちが悪るくなったのもその『つわり』のためなのよ。したがって『ヒネッチリ』のチラね、あれだって誘惑のチラではなかったのよ。誘惑をすまして御機嫌取りのチラなのよ。Y子さん顔が上げられなかったのも無理ないわ。で私たちが額をかけた日、『ヒネッチリ』しょげてたわね。あの時はY子さんからインハラベビーを打ち明けられた後だったんだと思うわ。ところが案ずるより産むが安しで、あの母君却ってよろこんでくれちゃったもんで次の木曜はあの仕末、頭なんか分けちゃって御機嫌だったのじゃないの、ね?」

「どうしてそれがわかったの?」

「こういうわけなの。私ね、昨日学校の帰えりに五十銭のマーガレットの花束を奮発して、またY子さんを見舞うべくY子さんちの門《かど》まで行くと人力車がおいてあるの。車夫がそれに腰かけて居睡りしてたわ。よっぽど待たされてたのね。ところがその車の裏には、産婦人科××医院って書いてあるじゃないの。私そん時、おやおや母君も病気かと思ってちょっと気持が楽になったわ。でも今すぐ入ってっちゃごたごたしてるだろうから、遠慮しようかどうしようかと思ってためらったんだけど、門が開いてたし、車夫は睡ってたもんだからとにかく玄関まで様子を見に入ってみると、茶の鼻緒の女の草履と、きっとお医者さんのでしょう。それと並んであの見覚えのある『ヒネッチリ』の靴が揃えておいてあるのよ。ほら左の小指の辺につぎの当ってるあの靴よ。私、それを見たら、なんだか急に気おくれがしちゃって引きかえしたの。でY子さんちの横丁でしばらく考えたわ。車が帰えったら入ろうかどうかしようかと思って。するとその時母君の声が聞えるのよ。母君お医者を送り出してきたとこなの。『奥様、まあお目出度い御病気なんですから御心配はいりませんよ。少し早くつわりが来たようですけど、あの程度のつわりはどなたでもですから、まだまだ八月も先のことですけど、Y子さんのお体つきではきっと御安産でございますよ』『左様でございましょうか。何分よろしくお願い致します』だって、私ダーとなっちゃった。でもおかげで断然入る決心がついたのよ。車と入れ違いにすぐ入って皆に警戒心を起させてはいけないと思ったから、しばらく経って門を入ったの。まだちゃんとつぎの当った靴があったわよ。女中が取り次ぎに出て引っ込むと、あわてて母君出てきて、『ヒネッチリ』の靴と私とを見くらべているの。いくら見たって兄弟でもなし似てやしないわよ。私まるでそんなこと無頓着なような顔して、お見舞に来たというとやや安心したように応接間に通すの。ところがここで十五分も待たされちゃったわ。きっと『ヒネッチリ』を次の間へ隠したり、Y子さんを寝かせたり大騒ぎしたんでしょう。でどうぞというんで病室へ行くと、その病人たるやとても身だしなみのいい病人なの。このY子さんダンハラにべべーを持ってるのかと思ったら変な気持になっちゃったわ。ともかく、マーガレットの花束を出しながら、私ちょっとばかりお芝居してやった。『卒業式までもう僅かなのに残念ね。ろ組じゃみんなでお察ししてたのよ。でも先生が、お免状はさし上げるっておっしゃったので皆ホッとしたの。ですからY子さん、ゆっくり御養生遊ばせね』ってしんみりあたしが云うとね、『ええ有りがとう』っていうY子さんの眼から急に涙があふれ落ちたの。私自分で云っときながら胸がつまっちゃった。どう考えたってY子さんには罪はないと思うわ。全然ないわよ。『ヒネッチリ』の奴が誘惑したのよ。それと母君にも責任はあってよ」

「タン子でも相手が『ヒネッチリ』だとはきめてしまえないでしょう？　善意に解釈すれば、Y子さんの病気をなぐさめに来てるのかも知れないわ」茶目子たちの推理にしては傑作である。

「ううん、その説明がつくんだから困っちゃうのよ。でまあ、長居も無用だと思ったから帰えることにしたの。母君が送ってこようとするから、私クリちゃんらしく見せるために『おば様Y子さんが、淋しいでしょうから、どうぞそばにいらっしゃって上げて下さい』て云うと、母君昨日はいやに手答がないの。あのおしゃべり屋が意気消沈しちゃって、私のいうとおりY子さんのそばへ坐ったわよ。そこで私一人で玄関へ行くと女中が送りに来たわ。ちょっと、もう『ヒネッチリ』の靴がないじゃないの。私おかしくなっちゃったわ。『ヒネッチリ』のあわてて逃げる時のひねり方を想像したからなの。そんなことを考えながら外套を着て、さて靴をはこうとした時、自動車の運転手風の人が勢よく入って来て、『汽車の切符を買ってきました。七時十分の神戸行は大変混んでて、下段は全部予約すみで上段しか買えませんでした。この汽車はいつも混むんだそうですよ。前の日に予約しておかなければ、なかなか下段は手に入らないと云ってました。じゃこれが急行券と寝台券、こちらが乗車券です。おつりがこれだけになります』っていうじゃありませんか。『ヒネッチリ』のだ！　その時私の頭にピンと来ちゃったの。こりゃあ耳寄りのことを聞いたもんだ。もし母君が送りに出てたらこんなこと聞けなかっただろうと思ってすっかりよろこんじゃったわ。それにしては『ヒネッチリ』の帰えったのがどうもおかしい。はは あ、さては靴を隠したなと察したのよ。よしそんなことをするんなら少しいじめてやれという気がむらむらと起ったもんだから、電車の中で読むつもりで出しといた本を障子の影へかくして外へ出たの。何故だかわかる？それはね、忘れ物を取りに来たといってでも一度あとから来る口実によ。十分ばかり電車道をぶらついて、知らん顔で本を取りに行って見ると、出た出た靴が、天勝嬢よりあざやかなもんだわ。すっかりいい気持ちになって家へ帰えったの。だけどこのままじゃ、まだ確実に相手が『ヒネッチリ』だとはきめられないでしょう。でとにかく東京駅まで行くことにしたのよ。Y子さんちから出かけるんでしょう。あの母君送るかも知れないと思ったからなの。家へは先生をお見送りに行くと云って。事実そうなんだから公明正大よ。少し変装をほどこしたわ。この短い髪をやっとラヂオ巻に結って、和服にしてね、ママの狐の衿巻を借りたのよ。そしてお正月、スキーに行った時買った三十五銭の色のついた眼鏡をかけると、ちょっと若奥様ぐらいに化けられたわ。

何しろ狐が手つだってくれるんですもの。東京駅のプラットホーム、寝台車の前では案の条『ヒネッチリ』と母君が話してるの。私はさも誰かを探してるというように、二人のそばを往ったり来たり、話の具合によっちゃあ立止って聞いてやったわ。『じゃお母さん』もう『ヒネッチリ』お母さんなんてやってるのよ。『お母さん、どうぞ後をよろしく。国でもきっと喜んでくれると思います』なんでしょう。自分で誘惑しときながらよろこんでくれるもないんだわ。そして次がいいじゃないの。『Y子も大事にするように』Y子ですって。呼びつけなんかにして随分失礼ね。するとね、母君のいうことがまた奮ってるのよ。

もっともこの一言でフィーニーになって暮っていうわけになるんだけど。『えええええ、それは御心配なく、あなたの大切なお子さんをお預りしてるのも同じことですもの』ってわけ……どうお？」

# これでいいのかい

「おい君、原の左ポケットを探って見てくれよ。僕あぞっとしたんだ」

山上君はさも冗談ぬきだというように、声をひそめて小川君の顔を見た。

「どうしたんだい」

小川君はうっかり話に乗ってかつがれてはと、まず用心深くこう問いかけた。

「今日ばかりは本気で云ってるんだぜ。実はね、さっきライターを借りようと思って問題のポケットに手をつっこんだんだ。彼は帳簿をつけてて手がはなせなかったからね。と、何があったと思う？　ぞっとするもの。僕にもわからないんだ。見たわけじゃないからね。どう云ったらいいだろう。鮫の肌のようにザラッとした、手ざわり、女の髪の毛？　いや、たしかに生きてるものだよ」

「動いたのかい？」

「動いたもなにも、温《あったか》いんだ。しかもチクリとさされたような気がしたぜ指を」

「じゃ冷血動物じゃないわけだね。何だろう」

「それにおかしいことに、僕がライターを出した瞬間、原の奴アッと云ってポケットをおさえたからね」

「すると、見られちゃ悪いものらしいね。モンキーでも買ったんなら、大いに自慢して見せるだろうしね」

「それだったら外から見てわかるよ」

「そう。ところで原の奴どこへ行ったんだろう」

小川君の云う如く、原君の椅子は空である。

ここはＮＦ合名会社の外交掛りのオフィス。カレンダーは九月十日の土曜日を、時計は午後零時半を示している。

原君は外国語学校から、山上君は慶応大学から、小川君は商科大学から、それぞれ同時にこの四月入社したばかりの新参者なのである。先輩たちの圧迫、冷遇は却ってこの三人の結束をかためたというと話はむずかしいが、そんな縁故で三人は断然仲が好くなった。だから三人の間にはかくしごとなどないはずである。それだのに原君の今日の不可解な様子。

もう先輩達は帰り仕度をして、一人二人と室を出て行った。

「君、原の奴どこへ出て行ったと思う？　度々だよ、席を空けるのは。僕あ、あのこと以来気味が悪るくて、原が気になってどうしても眼がそっちへ行っちゃうんだ。と、どうも気のせいか彼の素振りがおかしいんだよ。ポケットをおさえてはそわそわしててね。で、度々室を出て行くんだ。あんまり変だから僕あ二度ばかりあとをつけたんだ。どこへ行くんだと思う？　君、それがまたいよいよもって合点ゆかずなんだ」

「どう合点がゆかねェんだい？」

「タイ公（タイピスト）たちのトイレットへ行くんだぜ。それもね、おずおずとこう盗み見るように」

「ほんとかい？　嫌だぜ。少し許り来てるんじゃないかい」

小川君は額を指でたたいてみせた。

「あんなおとなしい原がかい？　僕はそう思わない。彼は元々変態だったんじゃないか？」

「それだったら今までに何か現われてるよ。確かに気が変になったんだよ。喜びにつけ、悲しみにつけ、何か大きな感動を受けた時、日頃おとなしい人ほど、ボーッと来るんだとよ」

「そういえばあんまり彼女々々ってフィアンセのことを云いすぎてたね。もしそうだとすると可哀想だなあ」

「ところでそのポケットの中のものがほんとに君の云うとおりなら、何かたしかめてみたいね。帰りに飯でも食いに行って、ねえ、君にうんと話し込んでもらうんだ。そのすきに僕が探ってみるということにしようよ」

その時、ドアの引き手がギイーと廻って、原君がそうっと入ってきた。二人の話合っているのを見るとギクリとしたように後すざりした。

原君は大柄だがまだ坊ちゃん坊ちゃんしていた。ダンサーとどうしたの、女給とどうしてるのという他の二人とはちがってにやけたところがない。近頃チックをつけ始めて、バーセルメス式六分四分に分け改めはしたが（これは婚約者七重《ななえ》嬢の註文なんだとはっきり云ってのけて、二人をノックアウトした代物《しろもの》だが）その後頭部が、やや山嵐のようになっているところなど、彼らしい質朴さが漂っていた。

原君は、これが僕の弱点なんだといつもくやしがっている一つの癖を持っていた。それは、婦人の前だと、ぐうの音どころか手も足も出なくなるのである。ただ殊更に出るものは、心臓から迸《ほとば》しり出る血潮と、額ににじみ出る玉なす汗なんである。気が小さいのかと云えば決してそうではない。その証拠にはこの会社へ入社する時の口頭試問の立派な態度、入社後外人たちへもおめずおくせず堂々としたあの応対振りを見てもわかる。そこを見込んだのが外語時代の友達、即ち婚約者七重嬢の兄さんだった。度しがたい妹を御して行くには却ってこういう人がというわけで、それとなく、見合になり、案の条彼の恥かしがるところに魅せられたのが七重嬢なのだ。

その原君が得体の知れないものをポケットにしのばせて、こともあろうに婦人用トイレットをのぞくとは、どう考えてもおだやかでない。

「何だってまだいるんだい」

原君は二人をにらみつけて、つっけんどんに云った。どうも様子がおかしい。二人はいよいよ変だわいと思った。

「君を待ってたんだよ。今日は土曜日だ。昼飯をつき合わないか?」

「いや、今日は御免こうむる」

「差しつかえがあるの?」

「とにかく御免こうむる」

ぎごちないことわり方である。

「さては彼女と約束があるんだな」

山上君は不用意に出した自分の言葉に思わず首をすくめた。この際原の気持を煽動するようなことはつつしむべきだった。が案外原君は平気だった。却って気持がやわらいだらしく、にやっと笑うと、

「ああそう、だから先へ失礼するよ」

そう云い終るや鞄を小脇にあたふたと出て行っちまった。二人は、鳶に油揚げをさらわれた形でポカンと後を見送っていた。

「おい、これでいいのかい」

「うまくはずれたね」

「僕あ気持ちが悪いなあ、このままじゃあ。ねえ君、どうにかしてあのポケットの代物をたしかめてくれよ」

「よし、じゃ追跡!」

二人は頭をなでつける暇もなく外へ出た。がもう原君の影も形も見えない。すぐ下宿へ帰るとすれば有楽町駅に行くのだから、右へまっすぐ帰るはずである。

「仕様がないね、とにかく下宿へおっかけるか。それともほんとに彼女と約束したのかね」

「そんなこと臆測するだけ損だよ。それより僕たちだって腹が空いたから、どこかで腹ごしらえしてきめようじゃないか」

「だってぐずぐずしてるとあのポケットの中の物どうにかされやしないかなあ」

「誰にも見せられない物で、社へまで持って来なければならないような物とすれば、家へ帰るまでどうにもしやしないよ」

「そうかね。じゃどこで食べる？」

「デパートにしちゃおうか。めんどくさくなくていいよ、ずらっと並んでるんだからね」

二人は銀座へ出た。真昼の太陽がアスファルトに照りかえって、焼けつくように暑い。真夏の暑さとはまた質《たち》がちがう。海に山に日焼けした栗色の肌が眼につく。

「松屋でいいね？　どこでもそうだが、どうして五階だ六階だって上の方ばかりに食堂を置くのかね」

「他の買物はめんどうくさけりゃまたこの次ということも出来るが、腹の空いたのはそういう訳にゆかないからね。罪な話だよ」

「デパート根性か」

二人はこんな無駄口をたたきながら一番手近のエレベーターの前で順番を待った。と、つき当りの手洗所へ入る原君の後姿を二人は見つけた。

「なんだ、こんな処でもそもそしてるぜ」

山上君はこれ幸とばかりそっちへ走って行きそうにするのを小川君は急いでとめた。

「出て来るまで待ってろよ。それからだっておそくはないよ。向うの知らないところをつけて、様子を見てみるっていうことも出来るし。しばらくかくれて居ようよ」

二人は売物の大トランクの影に身をかくした。しばらくして原君は出てきたが、ちらっと隣の御婦人用化粧室を見かえってはもじもじしている。

「またあれだ。ね、君」

山上君は説明するともなく小川君をかえり見た。その時オットセイ髯の紳士が原君のそばを通り合わした。その人は原君の知り合いだったらしく「やあ」と云いながら原君の肩をたたいた。原君はハッと我にかえったように、あわてて紳士の方へ向き直った。

「やあ、先日は面倒なものをお願いして。そのことで今社の方へ電話したんだが帰られた後でした。すぐ下宿の方へ速達を出しときましたよ。例のですがね、急に月曜日に要ることになったんです。なんとかならんでしょうか」

「ああ、ええ、いいです。これからちょっと買物してすぐ帰りますから、早速書き上げて速達でもお送りしましょう。もう大体眼は通してあるんですから」

「そう、そうして下されば結構だが、ではどうかたのみます」

原君はそそくさと紳士に別れを告げると、出口の方へ歩いて行ったが、急に思いかえして、丁度そこに止って人波を呑み込んでいるエレベーターの中にすい込まれていった。

「僕たちもあれに乗ろう」

小川君と山上君が急いでそのエレベーターの前に来た時、

「お気の毒様、お後お次に願います」

ボーイの無表情な言葉を合図にエレベーターはスーッと上ってしまった。またまた鳶に油揚げだ。

「おいこれでいいのかい」

山上君はさっきと同じ文句をくりかえさなければならなかったし、小川君は小川君で、

「うまくはずれたね」をもう一度云って苦笑する他なかった。

「凡《およ》そ意味ないね」

「いいよいいよ。落ちついちゃえ。奴はこれからすぐ帰って何か書かなければならないんだろう。ゆっくり飯でも食って下宿へ押しかけよう」

×　　×　　×

さてこの二人が何を食べたかは皆様の御想像におまかせするとして、この間に原君の婚約者七重嬢の方からお話をすすめることに致しましょう。

×　　×　　×

銀座の雑鬧《ざっとう》に比べて新宿はゆったりしたところがない。交通巡査の手の上げ方からしておちつきがかけている。今日は土曜日のせいか午後二時だというのに人通りがはげしい。

七重嬢は今朝来がけに電車の中で一緒になった女学校時代の友達に、ほてい屋の前でまたパッタリ出会った。七重嬢のクリーム色のアフターヌーンに真赤な帽子が人眼を引いた。

「まあ七重さんまたお会いしちゃったね。どうしたの？　今頃はおたのしみなはずだったんじゃないの？」

「うん、そのはずだったわ」

「それにどうしたのよ。新宿なんかへ舞い戻って来て。家へ帰るの？」

「そう」

「いやにくさってるのね。今朝ったら、病院へ行こう

という私をつかまえて、散々こまやかなところを聞かしたくせに。『これからハリウッドへ寄って、彼氏のアパートで彼氏の帰りを待つんだ』なんて。私あなたと別れてから、尚更耳がずきんずきんいたんじゃった」

「だめよ。そんな冷やかしたって。もう私ちっともよろこばないから」

「遠慮の必要ないわよ」

「だって私今喧嘩してきちゃったんですもの、断然。そんなことより耳はどうだった」

七重嬢は真面目な顔で云ったが、相手はてんで耳もかたむけなかった。

「喧嘩したって？　御冗談でしょう。そうそう。帝大の近藤外科でね、い組の明石さんに会ってよ。お妹さんの瘭疽《ひょうそ》についてらしったの。ちゃあんと聞いちゃったんだから、あなたたちお二人のこと。いつだったか熊谷《くまがい》とボビーの拳闘にいらっしゃったんですって？　アベックで。明石さんそう云ってらしったわ。あなたにストレートでやられたって」

「何が？」

「何がじゃないわ。『この方私のイイナズケですの』ワーイだ」

「うるの字ね」

「でもね、明石さんとてもほめてらしってよ、かの君を。外見はシュヴァリエ張《ばり》ですって？　だけどあんなにすれてないって。人のもんだけど引きつけられたって、真赤になって、私が何か云ってんのに七重さんの方ばっかり向いて返事するとこなんか得《え》も云われないって。お気をつけ遊ばせよ」

七重嬢はちっとも興味がないらしい。

「何ならゆずってもいいわよ。ほんとにたった今絶交してきたんですもの」

「まあ、ほんと？　じゃ今晩早速明石さんに知らしてあげよう。よろこんじゃうわよ、あの方」

「そんなことより、あなたの耳はどうだったの？　あんなにいたがってたくせに」

「何でもなかった。毒虫にさされたのが化膿しちゃったんですって。メスを入れないでもいいと聞いたらそんなにいたくなくなったわ。湿布のお薬だけ頂いてきたの」

「よかったわね。あなた今朝耳かくし結ってらしったでしょう。こわされたの？」

「ううん。そうそう、これで面白い話があるのよ。ここじゃゆっくり話も出来ないわね。私まだ御飯食べそこなってるのよ。喧嘩したんならあなたも未だでしょう。

つきあわない？」

「そうね。私食べたくない」

「さてはあなたの方が負けたのね？　胸がつまっちゃう位なら」

「うそよ。私の方でスイングの一撃をくれて帰ってきたのよ。そんなこと云うんなら食べるわよ。そのかわり生やさしい物じゃいやよ。今日はカリーだわ」

二人は中村屋の二階へ上って窓ぎわの涼しい卓を占領した。七重嬢がボーイにライスカリーを二人前注文し終るのを待って相手は早速口を切った。

「今朝説明したわね？　耳の腫物をかくすためにわざわざあんな暑苦しい髪に結ったって。左の耳は腫れてたからアンコは要らなかったけど、右の耳には入ってたのよ。あなたと別れて中央線に乗ってから、馬鹿にむずむずして仕方がないの。暑いもんだから。何しろ込んでたのよ。でもね四ツ谷、市ケ谷で大分すいたの。腰かければ腰かけられたんだけど、立ってた方が涼しいと思ったからそのままつり皮にぶら下っていたの。ところがね、あの時どこを通った時かしら、たしか飯田橋と水道橋の間よ。ふと前の人の膝の上に黒いものが落ちてるのに気がついたの。ちょっとお、何だと思う？　醜態なの、私のアンコよ。耳かくしなんかなれないもんでうっかり耳の上へかき上げたらしいのね。私もう少しで叫ぶところだったわ」

「その人女の人？」

「うむ！　生憎《あいにく》男の人なのよ。でもいい塩梅《あんばい》に新聞を読んでてくれて、まだ気がついてないのよ。だけどね、今更つまみ取ったりして事あらだてては恥さらしでしょう。私急いで出入口に身をかくしちゃった。その人には悪かったけど」

「罪な人ね。その男の人どんな人？」

「まあ待ってらっしゃいよ。それからが傑作なんだから」

その時ボーイが註文の品を二人の前に置いて行った。

「お腹がすいたから食べながら話すわね。それでね、私その場を逃げたは逃げたけど、気になって仕方がないのよ。とね、その人電車が水道橋駅につこうとする時、新聞から眼を離して、どこだろうというように外を見たわ。さて、また新聞に眼を移そうとした時、ふと膝の上のものに気がついたのね。その時の顔！　パアッと火が出たように赤くなっちゃったの。そしてまわりの人をくるくる見まわして、誰も見てないと知ると、急いでズボンを引っ張って落そうとするんだけど、毛織物のなさけなさ、相手は軽いでしょう？　なかなか落ちないのよ。

滑りが悪るいから、返って内側の方へおっこちそうになるのよ。汗がだらだら流れ落ちてんの。可哀そうだったわ」

七重嬢の顔がだんだん真剣になってきた。

「ぐずぐずして誰かに気づかれては大変だと思ったんでしょう。胸のハンカチを出して、さっとアンコの上にかけたわよ。そして素知らぬ振りを装って、アンコともどもポケットにつっ込んだわ。普通の男なら平気ではらっちゃうわよ。その人初心《うぶ》なのね」

「初心じゃすまされないわ。ほんとに誰にも見られなかった」

「大いに同情と感謝と心の奥ではあやまっててよ、私だって、ほら気がついたのが早かったでしょう、それにあの時分の電車は大方勤め人でしょう。男も女も、だから大概何か読んでて人のあらなんか見てる者なかったわよ」

「その人どんな人よ」

「その人？　とても魅力があるの。その問題のアンコをポケットにつっ込んでからね、プーッと一息ついて、カンカン帽で煽ぎながら、眼をくるっと一廻転させたとこなんか、そうだわ、その人こそシュヴァリエ張りなのよ。だけどあんな生際《はえぎわ》じゃなかったわ、もっとくっきりして……」

「ちょっと、もう何時頃かしら。わあ、もう三時？　大変大変、少しおそくなり過ぎちゃった」

「どこへ行くの？　家へ帰るんじゃないの？」

「うむん、彼氏の元さ」

「いやだ、さっき喧嘩したって云ったじゃないの？」

「あ、あれ？　うそ」

「なんだ。そうでしょうと思った。まあにくい、人をかついで。可哀そうだと思って、面白い話をしてまぎらして上げようと思えば……」

「まあそう怒らないで頂戴。いずれ恩返ししてよ」

二人は中村屋を出て左右に別れた。七重嬢は円タクを呼びとめ、ひた走りに神宮外苑を横ぎった。

×　　×　　×

さて話かわって、ここは原君のアパートの一室、神宮外苑に面した小ざっぱりした洋間、山上君と小川君の来訪を受けて原君はしきりに喋り続けている。顔色が蒼い。時々胸がつまるように唾を呑み込む。

「ねえ君、こんな場合君たちだったら平気ではらっちゃえるかい？　つらいようなものだよ。全くこうするより他なかったんだ。僕あ落してった奴を恨んだよ。ポケットへ入れは入れたものの、こんどは捨場に困った。実際こんなに困ったことはないよ。僕の屑籠なんかに捨てれば、小使にわかっちゃうし、便所じゃあ、男の方にこんな物がつかえてたってなお大さわぎになるかも知れないし、そんな場合、僕はすぐ赤くなっちゃうんだからね。その内に山上に感づかれる。早く処分してしまわなければならない。また皆に云いふらされでもして、『スキ毛』なんてからかわれたくないからね。そして遂に考え出したのが、タイ公たちのトイレットだ。あそこなら、捨てあったって問題になりはしないだろう？　ところがいつ行っても誰かしらいやがる。せっかくいないと思うと誰かの足音が近づいて来る。結局そこにも捨てられないのさ。僕はもう社で処分することをあきらめて、帰りにどこかで捨てようと思っていると、君たちに飯をさそわれる。全くくさったよ。やっと切り抜けて外へ出た。さあ今だ！　ここへ捨てようと思うとお巡りの奴が横丁から出て来る。こんどこそと思うと提灯婆《ちょうちん》あが後からついて来る。『何か落ちましたよ』なんておせっかいやられちゃざまあないからね。僕は苦しまぎれに百貨店を思いついたんだ。あそこなら君、ごたごた込んでる処へ分け入って捨てればね、わけないだろう？　考えるだけはたやすいのだが、いざ実行に取りかかろうとすると不思議に廻りにいた人たちが、すうっと離れて行っちゃうんだ。おかしなもんだね。そこで最後の手段！　それは、婦人用化粧室のドアの蔭だ。そこへでも捨てようと思って行って見ると、君、監視人がつききりなんだ。一階も二階も三階も。何だってあんなに見張ってる必要があるんだ。癪に障ったよ。僕あ、とうとう家へ持って帰って焼いてしまうことにきめたんだ」

原君はここで言葉を切るや、「畜生！」と云いながら机の上にあった問題の「すき毛」を床の上にたたきつけた。

「アッハハハハハ、そう怒るなよ。アハハハハそれにしても僕あおかしくて仕様がない。ウフフフ、これを生きてると云った人があるんだぜ。温かくって、しかもちくりとさしたんだそうだ。アッハハハ」

「笑うのはよせ、こんな時」

山上君はばつの悪るさをまぎらすために怒って見せた。

「原を笑ったんじゃないぜ。君をだよ」

小川君は一生懸命で笑いをかみ殺した。

「ここまではまあいいんだ」原君の声がすこしふるえてきた。

「君、このために僕は彼女から誤解を受けたんだ。誤解を。こんなもののために」

「なんだ、もう会ったのか？　今日」

「ああ。やっとの思いで家へたどりつくと、君、彼女がふいにドアの蔭から出て来て飛びつくじゃないか」

「ちょちょちょっと待った。おい山上、上の窓もあけろよ」

「よし来た。ほらほら蕎麦屋の暑中御見舞の団扇《うちわ》もあるよ」

原君は二人の冷かしも気づかず、夢中だ。

「『待ってたわ、今日は兄様《にいさん》宴会だから来ちゃったの。私ね、私のお手紙を持って来たのよ。上げるから眼をつぶって、頂戴』って云うんだ。僕は彼女を抱擁したまま、こうして眼をつぶったんだ」

山上君と小川君は眼をパチパチさせながら顔を見合せた。

「僕はうっかりしていたよ。ポケットの中のものなんかもうすっかり忘れちゃったんだからね。彼女は僕の左ポケットへ手紙を入れたらしかったが、しばらくもじもじした後、だしぬけに、『まあ私を侮辱して！　こんな方だとは思わなかった』って云いながら、ここんとこやられちゃったんだ。そしてこれを投げつけて帰って行った。いや怒る方が当り前だ。僕がいくじが無かったんだ」

原君の眼がうるんできた。二人はもう冗談に聞いてはいられなかった。

「なんだ原、気をしっかり持てよ」

「しっかりしろたって、もう万事は終ったんだ。どうして彼女の誤解を解くことが出来よう」

「こうなったら恥も外聞もないすっかり打ち明けるんだね。心配するなよ。友達は相見たがい。その役目は僕たちで引き受けるよ。もしそれで、彼女が聞いてくれなかったら、兄貴から云ってもらうんだ。兄貴なら男の気持がわかるからね？」

「行ってくれるって？　僕はもう駄目だと思うんだ。だが万が一の望をつないで、それじゃたのむ。いつ？」

「これからすぐ行くよ。山上都合はどうだい？」

「いいとも。こんな事は少しでも早い方がいい。僕にも覚えがある」

「つまんない処で思い出すなよ。じゃ早速出掛けよう」

「だけどね、さっきも云った通り、彼女の兄貴は今晩宴会だそうだけど……」

「丁度いいよ。まず最初の相手は彼女だ。それより真直《まっすぐ》帰ってくれてるだろうな」

「じゃ行ってくるよ。ついでにこいつも僕たちで処分してきてやろう」

「どうもすまない。家は新大久保駅の東屋《あずまや》で聞いてくれればすぐわかる。そうだ。君たち、円タクで行ってくれ給え。今呼ばすから」

「無理するなよ」

やがて車が来たという知らせに、二人は原君の肩をたたいてはげましながら出て行った。

原君は一人きりになると急に気抜けしたように、寝台《ベッド》の上に身を投げ出した。仕事をする勇気もない。

「何だってあの時平気ではらっちゃわなかったんだ。正々堂々とやりゃあいいじゃないか。それというのも筋向うに女の奴がいやあがったからだ。弱虫！　他の女なんかにどう思われたってかまわないじゃないか。馬鹿！」

原君は頭をたたいて口惜しがっていた。この時やわらかいノックの音がしたと思うと、忍びやかに七重嬢が入ってきた。原君は跳ね起たが、これが現実なのかどうか迷っていた。やがて、七重嬢は微笑みながら両手をさしのべた。

「どうして、迎えて下さらないの？」

原君は口がこわばって返事が出来ない。

「さっきね、私のお手紙お渡ししたはずなのにどうしたわけかハンドバッグの中に入ってるのよ。だからも一度お渡しに来たの」

「七重さん、あなたは僕をゆるして下さるんですか？」

「ゆるすもゆるさないも、私はあなたなしではいられないの」

「僕が悪かったんです、僕のいくじ無しから出たことなんです。すべてを打ち明けます。七重さんどうか聞いて下さい。こういうわけ……」

七重嬢は原君の口をおさえた。

「何もおっしゃらないでいいのよ。私あなたを信じていますもの」

「ありがとう、七重さん、僕嬉しいです」

原君は七重嬢を、しっかり両の腕に抱いて雨のような接吻を……。

×　　×　　×

何という暑さでしょう。涼風の立った後の、ぶり返しの暑さはたまりませんね。どうぞ皆様、煽風機のスイッチなどお入れ下さい。それにしても山上君と小川君、可哀想なくじを引いたものです。婆やさんを相手に藪蚊にさされながら何時まで待たされることやら。「夫婦喧嘩犬も食わぬ」こんなことは二人ともよく心得てたはずでしょうのに、まだ夫婦じゃないんだという心のゆるみから、ちょっと息を嗅いだのがそもそものあやまりでした。

# モダン大学

## ラッシュ・アワー（午前八時）

池田忠雄

人間性の総括的な標準化。

ラッシュ・アワーは個性なんか認めない。人間は丁度、一束にまとめられたコーンビーフの鑵《かん》みたいに標準貨物となって運搬されるのだ。

金持も貧乏人も、知識階級も、無知識階級もあったものではない。ラッシュ・アワーにはラッシュ・アワーだけの世界が、一日のうちのその何時間中に創り出されるのだ。その時間内においては、人々は絶対的に、他の時間と切離される。たとえば彼が日常生活において、何等かの特権を有する人であろうと、たまたまラッシュ・アワーに紛れ込んだら最後、既に彼はあらゆる特権を剝奪され、ただ単なるラッシュ・アワー国の一人員《じんいん》となってしまうのだ。そこには、何等特別背景もない処のチャンスのみが存在し、そのチャンスだって極めて平等に、無企図的に散発されるのだ。

彼女は醜いテテ無し子だ。しかし、ラッシュ・アワー内においては、人々を標準貨物として運搬する処の機械、たとえば省電、バス等の中で、アーレンの如き美男の横に坐る事も出来る。

彼は一日中、汚《よごれ》と油だらけの工場で旋盤にかじりついている労働者だ。家に帰ればじめじめしたセンベイ蒲団だけの生活をしている男だ。しかし、ラッシュ・アワーにおいては、夢にも近付けまいと思っていた、眉と唇と脚のダンサーと、ピタリと身をつけ合って、彼女の乳や股の温みを感じる事が出来るのだ。

彼女は桃色の恋になやんでいる。彼は革命をもくろんでいる。彼女は家へ帰れば、ブルジョワの馬鹿息子からしぼり取った金七万八千二百三十六円の銀行通帳を持っている。彼は千五百円のシェパードを飼っている。彼女と彼は、一卓子《テーブル》イコールダイヤの指輪、の支那料理を食いに行く処だ。だが、彼等は同じ日の新聞紙の如く同じものにされてしまう。ラッシュ・アワーが創り出す単なるロボットに過ぎないのだ。

等、等、等と考えると、僕は一日のうち、少くとも朝夕二回そういう時間がある事が愉快だ。

欧米の事はまだ行った事がないから知らぬ。（もっともカツドウを見ると、どうもアチラのラッシュ・アワーは最も地下鉄において顕著であるらしいが）わが日本国それも東京においては、省線電車において、最もラッシュ・アワーの現象が強調されるのだ。

で、省電なる運搬機械内のロボット共は何を彼等の共通目的とするか？　それは誰しも「目的地への一刻も早い到達」と答える事が出来る。彼等は各自の職分に従って、あるいはサイレンの鳴る工場へ、白色のビルディングへ、モーターへ、事務デスクへ、電話交換台へ Etc Etc

彼等は目的の駅へ着く事のみを考える。そこに「ラッシュ」なる名が生れるのだ。見給え、あの殺到ぶりを！　肩と肩、おやおや煙草を寄せて「お火を頂戴」と云いたくなるね。あ、可哀そうに、あのタイピストはガーターが脱《と》れたまま、直すことも出来ないでもじもじしているぜ。

ところで、外見はいかにもロボットになり切っているが、本当はやっぱり人間様なんだから面白い事が起ってくるのだ。最も機械化された、このアワー内においても、時に人間的な情緒が頭をもち上げる。で、

……ラッシュ・アワーに拾った薔薇を
せめてあの娘《こ》のおも出《いで》に……

となるんだ。だが、こんな情緒は本当云うと、極めて有閑的で邪道だ。ラッシュ・アワーはもっと短的なものを強いる。ラッシュ・アワーで圧迫された人間性や情緒は、今度は感覚的なものとなって現れる。情的衝動は許されないで、感覚的興奮のみが許される。で、勢いやる事が露骨にもなってくる。そこへ、ロボットでもないくせに、ロボットの真似をして運搬機の中へもぐり込み、盛んにアワーを悪用する奴も居るんだからかなわない。たとえば、学校へ急ぐのでもない学生という代物《しろもの》だ。これは眉目美《みめうる》わしい女学生や女事務員が目的。次が掏摸《すり》だ。もっともこれは厳粛なる職業だからやむを得ない。あれやこれやで、ますますラッシュ・アワーはラッシュ・アワー的になってくる。

以下数項、ラッシュ・アワーの副産物を述べる事にす

る。が、これは皆、残念ながら他人からきいた事なんで、面目《めんぼく》ないと思っている。

## その一

朝のラッシュ・アワーだ。K大学の生徒、岡田君はなかなか可愛らしい坊ちゃんである。丸顔のポッチャリした中学生のような感じを与える。

彼は、救世軍の女士官に、ぐりぐりと股で股をはさまれた。

で、彼は一日、学校の講義の時は勿論、家へ帰ってからも、ぼんやり考えていたそうである。

## その二

これはアメリカの話だから、日本では多分どなたも出遭わない図だと思う。

夕方のラッシュ・アワーである。と云って日本ほど混み合ってはいなかったそうだ。所は地下鉄の中。飛行家槙本君は、ぼんやり向う側の硝子《ガラス》窓の上を睨んでいる。これは、目のやり場に困っていたからだ。下を向くのは癪にさわるし、と云って、皆の視線が自分に集っているのに、そいつをじろじろ見返すわけにいかなかったんだ。

槙本君は、ふと正面を見た。とそこには、素晴らしいギャールが居て、パチパチとウインクするのだ。で、商売はすぐ見てとる事が出来る。槙本君は応ずるでもなく彼女の顔を見る。と、彼女は、「見ろ」という風な目つきをしてから、サッと長い脚を組み換えたそうである。ところで、ヅロースレスの彼女の脚の奥の方で、チラッと何が見えたか？　とにかく、彼女の商法は非常に簡潔で効果的である事に間違いはない。が、槙本君が、その商法に対して、取引きをしたかどうかはまだきいていない。

## その三

これはちょっと、小話にでもありそうな話だから、あるいは創作じゃないかと思う人もあるだろう。が、嘘なんかつきっこのない真面目な友人の丸山君が話すんだから信用してもいいだろう。

丸山君は、ソーセーヂみたいにつり皮にぶら下がっていた。と、隣の女（勿論シャンではない）が掏摸にねらわれているのを発見した。生憎《あいにく》丸山君は度胸がない。だから、面と向ってそれを示摘し、捕える事は出来ないんだ。で、丸山君はしきりと脚で彼女の脚を突きサインをした。

丸山君は、いい事をしたと、気持をよくして駅から出た。と、後ろから女の声が彼を止めるのだ。さっきの女である。女は上気した頰を染めながら云うのだった。

「貴方のお心持は、ようく分りましたわ。こんな嬉しい事ございません」

「え?」

「……私、私、貴方のものですわ」

## その四

これも同様、夕方のラッシュ・アワー。こいつは前のと違って非常に気分的である。が、幸いラッシュ・アワーの時に起った事なので記す事にした。

古田君は、一刻も早く新しい細君の顔を見たいとプラットフォームで電車を待《まっ》ていた。相変らずのラッシュ・アワーである。そのうち電車がすべり込んで、人々はそれこそラッシュして行く。古田君も乗ろうとした。と目の前に非常に美しい女の顔が倒れてきた。ぐいと支える拍子、女の髪の毛が古田君のボタンにからみついてしまったのだ。取ろうとしたが、なかなかとれぬ。女は痛そうな顔をする。あせればあせるほど、ますますしつこくからみ付いて離れないのだ。他の客は文句を云うし、仕方なく彼と彼女とは、入口から離れて、髪の毛の分離に苦心した。電車は勿論出てしまう。彼と彼女とは、何となく妙な気分で次の電車を待っていた。勿論、話なんかしない。と、次の電車がやって来た。彼は中で、ふと横を見た。と、さっきの女が居るのだ。そのうち電車は、古田君の降りるべき駅に着く。で、古田君は降りようと思うと、女が恥かしそうに「さよなら」と云う。古田君も「さよなら」とおじぎをした。そして、おじぎをしてしまった彼は、「妾《わたし》の事つけてるんじゃないかしら?」等と女が思いはしないかと思って、電車から降りられなくなったのである。彼は次の駅まで行って、もう一度電車に乗って帰ってきた。こんな気が弱い男は、ラッシュ・アワー国の住人とは永遠に縁が遠いと思わなければならない。

で、話はこの辺で終るが、次に、ラッシュ・アワーに対して、諸君がいかなるモットーを持ち、いかに、処して行くべきかという事をお話しよう。

車内、モットー。

車内の人間は、総てこれ機械である。諸君は、他の者に対して、いささかも温情を持つ必要はない、機械は温情等は屁とも思っていない、そして温情はそれを感じる事において諸君の敏活を阻害するものだから。

このモットーで総ては尽きる。よろしくその意識のもとに車内において身を処して行くべきである。

以上。

## 蓄音機音楽礼讃（午前十一時）

野村胡堂

◇蓄音機音楽の道楽もピンからキリまであるが、レコード蒐集《コレクション》の入門は、型の如く「森の鍛冶屋さん」を皮切りに、思い切って甘美なヴァイオリンが二三枚、ガリクルチとシャリアピンの歌、通俗なオーケストラが少々――この辺までは誰でも行くが、その先はちょっとおっくうだ。ショパン物のピアノが二三枚、それから段々を二つ三つ飛上って、ベートーヴェンのシンフォニーに食い付くと、もう一《ひ》とかどで、あとは加速度で深みへ入って行く。「どうもフランスの近代楽でなきゃア」とくればもう占めたものだ。

◇室内楽、特に絃楽四重奏や、フランスのメロデー、ドイツのリードの洒落れたのなどをあさるようになると、道楽も段々卒業近くなる。それも、日本のプレスでは気に入らないというので、二倍も高価につくのを承知で、イギリス、フランス、ドイツと、本国でプレスしたレコードを注文するようになれば、この道もまず一人前だ。H《ヒズ》・M《マスターズ》・V《ヴォイス》で入ったものは、H・M・Vで、英国コロンビアで入ったものは、英国コロンビアで持っているというのが、まず蓄音機音楽ファンの自慢の行止りだ。ビクターでもコロンビアでも、本国のプレスで取ると、どうしても日本で売り出すのよりは半年も早く手に入る、これを仲間に聴かせて、羨ましがらせる心持というものは全く格別で、十割加税などは物の数でもない。

◇不思議な事に、音楽家や音楽批評家には、本当の意味の蓄音機ファンというものは無い、換言すれば少々位器用に楽器をいじる者や、小面倒な理窟をこね廻す者は、蓄音機音楽ファンにはなり切れないものらしい。（もっとも少数の例外はある）、蓄ファンばかりはズブの素人《しろうと》が一番良く、それで曲りなりにもオタマジャクシが読める位なら申分はない、オタマジャクシが読めなくとも、本当に音楽を愛する心を持っていさえすれば宜しい、それで、時と金とをフンダンに用意して、宗教的熱心さで蓄音機音楽に没頭したら、三年経たない内に、日本におけるいかなる音楽批評家よりも、贅沢な耳の所有者になり得ることは請合いだ。
◇いささか余談に亘《わた》るが、ラヂオは限りなくモダンで、蓄音機は時代錯誤だと言った人がある。全く仰しゃる通りだ、ラジオのあの安直な饒舌を二三日聞かされたら、大概時代錯誤にも陥りたくなるだろうじゃないか、ゲルハルトのリードを聴きたい時に勇壮活潑なる浪花節を聴かされ、レナーの四重奏でも聴きたい気分の時に、猛悪なジャズを聴かされるなんざア、全くモダンの行止りだ、私は一年半無駄に聴取料を払っている一人だが、あの曲目で、あの演奏のラジオなら、まず喜んで時代錯誤の方を取る。
◇話は少しく脱線したが、私の言う蓄音機音楽は、レコード音楽のことで、器械の品定めのことではない、音楽を貪り食う私にとって、蓄音機の少しばかりの善悪は問題でなく、もし三千円の機械を求める資力があったとしたら、私は三百円の機械で我慢して、あとの二千七百円は、レコードを買い集めて、片っ端から未知の音楽を味いたいと思っている。機械に関しては、田辺尚雄《ひさお》氏や上司小剣《かみつかさしょうけん》氏のような熱心な研究者がある。間違ってはいけない、その代り沢山のレコードを聴き知っている点において、骨董レコードの大コレクションを持っている点において、私は何人にも譲らないという自信だけは持っている。
◇骨董レコードの蒐集は、この道では邪道とされているが、突き進んで馬鹿を尽してみると、その間になかなかの面白味がある。外国の雑誌などに、「これこれの珍品レコードを買入れたい」といった広告をよく見かけるが、それを極東の一蓄ファンなる私が、ことごとく持っているということは、何というおろかなる誇らしさであろう。ついでに種明しをしておくが、外国の蓄音機専門雑誌は少くないが、その内で、イギリスの『グラモフォン』『フォノレコード』『サウンド・ウェーブ』、アメリカで『トーキングマシン』『フォノグラフ・モンスリー・レヴィユウ』などが、最も日本のファン達に読まれている、この内一二冊購読していたら、かなりの外国レコード通になれるだろう。
◇骨董レコードには、故人になった名作曲家、グリーヒやサン・サーンの自作自演のものもあり、近代の名提琴《ていきん》家、ヨアヒムやサラサーテのヴァイオリンレコードもある。グリーヒのフランス盤で、非常に珍らしいのがあるはずだが、そんなものは日本で手に入れようとしても駄目だ。サン・サーンはH・M・Vに三四枚残っているが、グリーヒとヨアヒムは一枚ずつしか無い。サラ・サーテのレコードは私も七八枚持っているが、全部で十枚以上はあったはずだと思う。エルマンやハイフェッツの師で世界における名提琴教授アウワーが、誕生祝に作ったレコードがたった一枚あるそうだ、六十枚だけプレスして、門弟達に頒付《はんぷ》したということだが、それを一枚でも持っていたら、珍品中の珍品だろう。

◇歌で、有名なパッチーとタマニオのレコードが、一時一枚二十二円もしたが、今では十円前後でH・M・Vのが手に入る。イザイのヴァイオリンを十二枚揃えたりメルバの濠洲や印度で入れたレコードを手に入れたり、シャリアピンが若い時ロシアで入れたレコードを持っていたりしたら、ファン仲間ではかなりの自慢だ、が、これは話があまりに専門的になるから、いい加減に切り上げよう。私のところには骨董レコードが約千枚ある、こればかりは断然——民間のコレクションで——日本一のつもりだ。もっとも、私の云っている範囲では、さる高貴の方のお手元と、南葵《なんき》音楽図書館にある徳川頼貞侯のコレクションには、非常に珍らしいものがある、紹介状を必要とするが、同好の士は一度南葵文庫を訪ねてみることだ。

◇近代の巨匠ドビュッシーが、和蘭《オランダ》の名アルト歌手クルプのために、自作「星の夜」のピアノ伴奏を弾いたレコードがある、十吋《インチ》の片面だが、今では十円出しても手に入るまい。それから、これは音楽ではないが、トルストイのレコードがたった一枚H・M・Vで残っている。米国の大統領達や、英国の大臣達、ムッソリーニなどは珍らしくないとして、役者で、エレン・テリー、バーボン・トリー、アレキサンダー・モイジー、サラー・ベルナールなどが何枚かずつ残っている。

◇しかし骨董はレコード蒐集の邪道だ、出来ることなら、電気で最近入った、日本プレスの安いのに我慢して、よき音楽を経済的に味うのが正道だろう。H・M・Vや英国コロンビアは、針ざわりの柔かさ、レコーヂングの美しさ、何んとも言えない美しい味はあるが、日本で三円から四円五十銭止りのものが、五円から八円にも九円にもなるのだから、明かにこれは栄燿の餅の皮だ。日本ビクター、日本ポリドル、日本コロンビア、日本パロフォンと競っていいものを出しているんだから、一般のファン達は、強いて外国まで手を延す必要はあるまい。

◇どんなレコードを買えばいいか、初心の人はよく迷うが、それは誠に下らない心配だ、音楽に理窟は余計なものだ。傍若無人に自分の面白いと思ったものを買うがいい。二三百枚無駄をする内には、不思議に自分一流の標準が立ってくるものだ。もっとも耳ざわりの良いものばかり買っていると、十年経っても「森の鍛冶屋さん」以上にいくらも進めるものではない、傍若無人と言っても、多少の向上心と知識慾は必要だが、新しがりの雑誌記事や音楽書に中毒して、一向面白くも何んともないものに喰い付くのだけは止した方がいい、一体日本の新らしがりな人には、耳から入らずに、眼から音楽に入った人が非常に多いから、無暗《むやみ》に新しいものにかぶれて、オクマジャクシの乱舞に陶酔している向《むき》が少くない、そんな人の意見を真面目に聴いて、レコードのコレクションをやったら、ヒドい目に逢わされるものと思わなければならぬ。音楽は誰が何んと言っても耳で聴くものだ、オタマジャクシの奇術に興味を感じない素人が、近代楽いじりなどをするのは、愚にも付かぬ洒落だ、（そう言う私が、大概の近代楽のレコードは持っているが――）

◇演奏は第一流の人のを選ぶがいい、同じ曲のレコードを、幾通りも備える資力のある人だったら格別だが、そうでもなければ、三流四流の演奏家のレコードは、あとでキッと腹が立つ。通俗音楽のレコードも、耳障りに惚れてあまり買わない方が宜《い》い、きっと見るのも嫌になる時期が来る。私がジャズのレコードを排斥するのを野暮の限りのように見ている人もあるようだが、二三千枚のレコードを持って、朝夕好《このみ》に応じて聴いていたら、ジャズなどはとても馬鹿馬鹿しくて聴けるものではない。

◇レコード音楽に踏み入ろうとする人で、西洋音楽は六《む》づかしいもの解らないものと決めてかかっている人がある、そんな馬鹿なことがあるものではない。専門家にしか解らないような音楽は永久に亡びてしまった方が宜しい。ほんの少しばかりの根気と愛情があれば、音楽の殿堂は誰の前にも無差別に開かれるはずだ、いささか我田引水になるが、心長くレコード音楽を聴いていさえすれば、一番上等の音楽趣味が養われる、夢夢疑ってはいけない。

◇「お前のは蓄音機ファンじゃない、マニアだ、いやマッドだ、どうしたって正気の沙汰じゃない――」とためになる友達は口を揃えて私に忠告してくれる、なるほどそうかも知れない、この道楽を始めてから、ザット十五六年になるが、ケチな長屋が半ダースも建つほど、私は蓄音機のレコードを買い集めてしまった。少く積っても三千枚は掻き集めたろう。誠にキビキビしたもので、古くなったら最後、こればかりはアスファルトの代用にもならない。かりそめにも思惑気《おもわくげ》があったら、レコードのコレクションなどは止して、安い分譲地でも買っておくことだ。

◇もっとも、私の知っているファンには、まだまだ変ったのがある。やかましい母親の手前、存分にレコードも買えず、蓄音機もかけられないので、かなり流行った文房具屋の店を鎖《とざ》して、カフェーを開いた男がある、なるほどこれなら、朝から晩まで蓄音機を鳴していても、誰も何んとも言わない。蓄音機を女房代りに、三十過ぎてもめとらず、今後は千九百円のエレクトロラを買うんだと、油染みた長袢纏《ながばんてん》に冷飯草履をはいて押し廻している愉快な金物屋さんがある。父親の大目玉をぬすんで、英国から品を取寄せ、最高級のコレクションを楽んでいるお米屋さんの息子がある。毎月のお小遣の全部を投じて、レコードを買入れ、電車にも乗らずに何里の道を通学している大学生がある。なまじっか耳の療治をすると、音楽に対する宗教的な情熱を失うかも知れないと、半分も聴えない耳をそのままにして、レコード音楽に打込んでいる勇猛な書生さんがある。一千枚以上の大コレクションを擁して、学生さん方のために、コンサートを開いてやるのを唯一の楽みにしている有名な漢学の先生がある。私などはまだ徇教的な熱心が足りない。

◇千枚二千枚のコレクションでなければ、幅がきかないように思い込んではいけない、よき趣味で集めれば、三十枚五十枚にも大きい値打がある。贅沢なようでも、この道楽は一万円止りだ、芸者遊びや骨董いじりから見れば、上品で家庭的で、こんな経済的な道楽はないとも言える。器械も我慢をすれば百円から二三百円位のでも結構聴かれる、競争してはいけない、競争と思惑は、この道には大禁物だ。

# トオキイの生んだ波紋（午後三時）

如月《きさらぎ》　敏《びん》

## 1

トオキイとはいかなるものであるか。新聞に、雑誌に、理論は説明し尽されているから、今更、僕が筆をとる必要はない。だから、トオキイの出現によって生じた映画界の波紋だけを書きたいと思う。

じっさい、トオキイ論が今日の話題の中心となっていることは事実である。トオキイを知らない者は昨日の人間であるといって笑われる。それほどまでに、問題となっているトオキイが、或る者のいうが如くに正しき意味における「映画への冒瀆」であり、また映画芸術の一革命であり、そして、映画でも演劇でもない「第九芸術」であろうか。

即ち、トオキイの是非に関しては、いまのところ、いろいろな人に、いろいろな批評を下されているのみで、その意見は一致せず、海のものとも山のものとも判明しない。完全なトオキイに——アメリカでさえ一作毎に進境を見せているトオキイである——接していない我々はこれをいかなる部門に置くべきか断言は出来ない。

しかし、ぼく個人の意見を述べさせてもらえるとしたら、どんなに進歩してもトオキイは決して正しい映画ではないと思うのである。

ぼくはトオキイを映画から切離《きりはな》したい。映画はまさに、「黒と白」で「無音」であるべきもの、我々が映画を第八芸術「光と影の交響楽《サンフォニイ》」と呼ぶ理由がここに存しているのではなかろうか。

黒と白の映像の裡に、千紫万紅の色彩を躍らせ、さまざまの音響を生むのが映画の与えられた領域である。尠《すくな》くとも、ぼくはそう信じて疑わない。

2

それ故に、かなり以前から説明廃止論が、そして伴奏楽廃止論が提唱されてきたのではなかったか。演劇から別れるために——。

また或る人は、映画を文学から独立させるため、字幕無用論さえ唱えた。

にも拘らず、行き詰ったアメリカ映画界はトオキイに走った。たまたまそれがセンセイションをおこして、今日の全盛時代を生んだのである。今年の下半期の各会社の製作プランの殆どがトオキイである。そして無声映画のいかに尠ないことよ。

3

しかし、アメリカと日本と異《ちが》うことはいうまでもない。日本では昔から科白《せりふ》劇と呼ばれたくらい、映画渡来の昔から伴奏楽と説明者は欠くべからざるものとして、今日に至った。

映画のあるところに説明があった。科白があった。そして音楽があった。これがたとい、邪道といわれたけれど。

アメリカで作られたトオキイが、果して日本でどの程度まで享《う》け入れられるか、疑問としなければならない。科白があったところで、何人があのアメリカ人の英語を理解するであろう?

ぼくたちはサウンド・ピクチュア以外に、トオキイのよさを認めることは出来ない。そのサウンドでさえも、音楽は伴奏でも事足りる。機関銃の音、大砲の音、車の轢《きし》る音、そうした音響をいくら効果的にとり入れたところでそれが、映画の発達に、力強い貢献となろうとは考えられないのである。

だから、トオキイは所詮、映画を進歩させる役目はもってないといえる。飽くまでトオキイそれ自身のもつ、天地に活躍すべきである。

4

さて、トオキイが日本の映画界にどんな波紋を与えたか。製作方面と興行方面に分けて書こう。

日本で、いち早くもトオキイに眼をつけたのは日活である。そして大作「東京行進曲」中三ケ所を俳優自身吹込のパアト・トオキイにしようと試みた。ところが吹込機が不完全であるために、シンクロナイズしないので、中止した。一番重要なシンクロナイザーというものがないので失敗したのである。

そして、同時に発表した「噫無情《ああむじょう》」も、俳優故障のために志波《しば》監督は断念し、トオキイのために目下新しい脚本をつくっている。

この失敗は、いい経験になった。日活ばかりでなく、日本人に対する戒めであった。大体、日本人は胡麻化すことが上手で、手先の仕事に器用なところから自分達の乏しい智識で、何でも胡麻化して済ませようとする。

同じく日活の「蜂須賀小六《はちすかころく》」は日本トオキイ会社の手でサウンドを入れ、説明者の説明を入れて、俳優の科白《もち》も使いる。これが日本最初のオオル・トオキイ映画である。これも館でやる場合に、どの程度まで成功するか今のところ予想は出来ない。

マキノは日本トオキイ会社と結んで、トオキイをつくる。一二本完成したようである。

松竹、帝《てい》キネはトオキイをやらないと称している。けれども、これは日和見《ひよりみ》の形で、これでなければならない時代が来たら、説をかえるであろう。

いまのところ、以上いずれの会社も、自分の撮影所に金をかけて完全な防音設備をほどこしたトオキイのためのスタジオをつくらない。だからここに、一つの大資金を有するトオキイ会社が出現すれば、映画界を一蹴するほどの威力を示すことが出来るのである。

またトオキイがもし隆盛になるとすれば撮影監督も淘汰される。あるいはモニタアが必要となって、一本の映画に二人の撮影監督が必用となる。

　俳優の方も同じように淘汰される時代が来よう。よほどのスタアで、全く声の出ない人には、声だけの影武者が付くであろう。

　撮影進行係は、トオキイにとって従来の五分の一もの能率をあげられないために頭を悩すに異いない。ヴァイタフォン式の撮影方法をとる所ではちょッとした予期しない雑音のために、ネガ屑を山と積むであろう。

5

　トオキイの興行はむずかしい。拡声器は最上のものを用うることを必要とする。武蔵野館と電気館が第一回興行に失敗したのは、機械が粗末なものであったからだと伝えられる。

　パラマウント社第一回提供の「レッド・スキン」はサウンド・ピクチュアであったという点で或る程度の成功を収めた。これすらも、そのサウンドが説明者を殺していたではないか。

　トオキイ以後、楽士がいらないという説を称《とな》える人がある。これは一応うなずけるが必ずしもそうでないと思う、小さな小屋は楽士が不必要になるが、これからのレビュウをも見せる大劇場であったら、映画のためでなく、そうしたエンタテイメンツのために、一流のオオケストラとか優れたジャズバンドをいつも具備しておく必要がある。

　レビュウは、トオキイよりも、もっと発達する可能性をもつ。レビュウがよくなれば、トオキイは流行らなくなる。

　生きたものの、生きた声をきくことは、ヒルムに移されたものの、機械に移された音をきくことよりはいいのではないだろうか。ここにトオキイの弱味がある。

　また一日の上りが、百円以下の小屋が、現在の特料（または特損）さえも払えない経済状態に置かれて、どうして、マイクロフォンの設備が出来るであろう。

　ムウビイトオン式にしろ、ヴァイタフォン式にしろ、耐久力に制限がある。機械文明の欠点は、ここに曝露される。即ち、古く傷《きず》つけられた音の不愉快さは、古く傷いた映画以上の悪い印象を与える。

　機械文明は、結局、呪われた所産であらねばならない。殊に日本で完全なものが出来ないものだけに流行にも制限が加えられる。

6

以上で大体、トオキイの波紋は書き尽した。ぼくこの程度しか知らない。

なお、これは自分の職業の方から見たトオキイ論であるが、アメリカのトオキイの脚本を見て、ぼくはむかしの新派劇の脚本を思い出した。

向島《むこうじま》映画の大半は、そのまま、トオキイの脚本になり得る。ただ、サウンドの指定さえ向島映画の脚本に書き加えればいいのである。

向島時分の脚本というのは、対話ばかりで運んでいる。極めて新しいものと、極めて古いものの間に共通点のあることをぼくは、面白いと思う。ぼくがトオキイを軽蔑する原因も、ここにあるのかも知れない。

# 奥様と旦那様（午後六時）

勝 伸枝

「今晩は、西洋料理をお作り致しますからお早くお帰えり遊ばして……」

そして、夕げの膳をにぎわすところの、所謂、西洋料理である「カツレツ」「コロッケ」で、旦那様も御満足そして、奥様も御自慢でいらっしゃるお家は、もう皆様の中にはおありにならないことを祈っております。

万が一、「カツレツ」の大好きな旦那様をお持ちになった奥様は、まずこうおっしゃるのです。

「あれは、料理人が骨を折るだけ、損なお料理なのです」

もっとも、こうおっしゃる前に、奥様は、充分にお料理の、殊に、味についての研究をつまなくてはなりません。

そもそも味とは、この味でなければいけない。これだ。という味がどのお料理にもあるはずです。この味よりちょっと塩がききすぎても、ちょっと甘くてもいけない。この味より他にないときまって出来上ったお料理こそ、初めて美味しいのです。ですから、

「私は、一たい辛ずきなんです」

「私は、そうですね、甘ずきかな?」

「私は、どちらかと云えば、薄い方が……」

などとおっしゃる方は、ほんとの味を、つまり美味しい味を御存じないからだといえるでしょう。もし今まで、そうした意味のことをおっしゃってらっしゃいました方がおありでしたら、これからは、

「私は、美味しい味がすきです」

とおっしゃるのですね。

そこで、「カツレツ」の問題ですが、彼——なんとなく男性の感じですから、彼と呼びましょう——にももちろん、これでなければならないという味を持っていますが、幸か不幸か、彼は他の者ほど、さほどさし障りを持っていないようです。ちょっと塩がききすぎていても、

「飯の菜《さい》になってかえっていい」

とか、ちょっと甘すぎても、

「たくさん食えて丁度いい」

こういう理由がつきますので、彼のすきな旦那様は、奥様の恥ということになるのです。

旦那様に、以上のことをお含ませになった上、なおかつ、彼をおしたいになるようでしたら、それは奥様の御研究が、まだまだお足りにならないのです。

「なかなか、彼以上の者があるものなんだね」と、一言おっしゃった時は、手をおゆるめにならず、ますますおふるいになることです。

きっと、その頃になるとお台所のどこにもあの黒ずんだ、茶色っぽい——一般にソースで通っている——ヨギームチンキソースは影をひそめているに違いありません。

どうかして、もしあれのあるお台所を御覧になるようなことがおありでしたら、そのお家は大いに軽蔑してもさしつかえございますまい。

いつでしたか、或る一流の、フランス料理店で、モダーン・ガール・ボーイの一隊が、ひとテーブルを占めて、しきりに通ぶりを発揮していました。が、どうしたことか、

「あの、ソースを持ってきてくれ給え」

ギャルソンが、あのヨギームチンキソースを持って行くではありませんか。やれやれこれで、この店も軽蔑してやれと思っておりますと、あとで、ギャルソンが言いわけがましく、

「用意に置いておきませんと、お小言を頂きますので……」

頭をかいておりました。

全く、あれは料理人泣かせです。あれを見て、身ぶるいが出るように、早くなりたいものですね。

さて、お料理の上手下手は何よりも、まず味加減一つであるということになります。では、どんな味がいいんだなどと、お聞きになる方は、御自分の頭の低度をおしめしになるようなものです。言葉や筆で言い表せないところに味の面白さ、ひいてはお料理の楽しみがあるのです。

「どうもまだ、自分ははっきりこの味だというのがつかめない。どうしたらわかるのだろうか」

そうですね。まず定評のあるお料理屋の、得意のお料理をなるべく片端《かたっぱし》から、しばしば試食なさることです。

旦那様も、それは、お覚悟をおきめにならなければなりません、暖い我が家で、愛するいとしい妻の手料理で、おいしく楽しくお食事がおとりになりたいというお望みがおありでしたら。

その中《うち》に、なるほど味というものはこんなものかなあと、わかりかけてきたような気がなさるでしょう。しましたら、すぐ実験です。もうその後はお料理の方法です。研究の仕方です。頭の働せ方です。応用の仕方です。そして、取り合せ方です。この取り合せがどんなに大切であるかということは、あんまりわかりすぎているお話のようですが、いざとなるとなかなかどうして六ケしいものなのです。お料理屋へ行って、多くの中から取り合せるのでしたら、大したことではないでしょうが、家庭料理、しかも、御飯に、西洋、支那、日本と取り合わせなければならない日本の奥様は、お気の毒なことに、どの国の婦人よりも頭を使い、苦労の多いわけです。その点、日本の旦那様は、大いに心して妻の労をねぎらうために、特別の慰安方法を講じなければなりません。ただし、奥様のお料理に満足していらっしゃる方だけでよろしいでしょう。

余談はさておき、この取り合せということについて、同じ材料をつかって、違う系統のものを作り上げるのと、違う材料を用いて、同じ系統のものをこしらえるのとでは、前者の方が、ずっと味を引き立たせる点で、後者とは雲泥の差があります。

極端な一例を引いてみますと、前者の同じ材料として筍《たけのこ》を用いましょう。そしてお吸物につかいましょう。木の芽合えを作って、それからそぼろ煮と筍の天ぷら。こんな御馳走が出来上りました。

後者の違った材料として、鯉を用意します。豚も、あさりも加えます。お野菜として茄子も使いましょう。そして鯉の鯉こくを、豚でみそづけ焼を、あさりはぬた合えに、茄子でしぎ焼を、おみそ系統の数々のお料理が出来上りました。いかがですか？　一層のこと、おみその樽の中に入ってしまう方が、安全かもしれません。

まア、想像しても御らんなさい。

あの不愛想な筍が、かくも魚と肉を征服し得る光景を。

お料理屋のお料理を試食したからといって、それをそのまま家庭で用うることは賛成出来かねます。毎日のお物菜に、これにあれをあしらって、やれ、あれもこしらえて、おしたしもなくては、お酢のものもつけたいというのはね。西洋料理にしても同じことです。スープからお魚鳥のお料理に肉、お野菜といった具合に。

奥様としては、少しでもたくさんの御馳走で、夕方帰っていらっしゃる旦那様を、びっくりさせて上げよう、は、これも無理からぬことですが、なんとなく感じが冷くていけません。殊に、新婚のお二人ぎりのお家には、にあわしくありません。家庭的な、お料理屋では食べられないお料理があるはずです。

例えば、肉とお野菜のトマト煮。ソーセージでお野菜を煮込んだもの。もっともこれ等は、お皿にきれいに前もって盛り合せたのでは面白味がありません。フライパンのまま、あるいは、お鍋のままテーブルのそばまで持って来なければなりません。美味しそうな匂が鼻をつきます。ゆげがゆらいでおります。そうしましたら、それを旦那様に盛って頂くのです。平和な、楽しい場面が目の前に浮んでくるではございませんか。

まだまだこの他に、奥様御考案のお得意のお料理を、一つや二つあるべきです。

そこへ行くと、さすがお料理の国である、フランスは家庭料理も発達しております。各家独特な、おいしいお料理を自慢にしているそうです。ほんとに幸福なことです。日本でも専門的な、ガストロノミーの研究はさておき、せめて、家庭的な美食学の研究をもう少しつみたいと思います。

蛤のお吸物には生姜のすったのを。お大根のお汁《つゆ》には青のりを。金ピラには唐がらしの刻みを。こんな有ふれたことでさえ、御存じのない方があるようです。中には、めんどうだったからという言いわけをおつけになる方がありますが、無性者と、どうでもいいニストは、お料理を作る資格はありません。

つまりスイート御家庭を作る資格が……え？　スイート・ホームなんか要らないんですって？

# 深夜二時（OUVERT LA NUIT）

内田岐三雄

なにがさて、深夜二時――夜中の二時、というからには、まともな人間ならもうぐっすりと寝込んだ時分、そうしたなかを、まだどこかでうろついていようという手合い、そうした手合いのお話なのであるから、所詮は、君子聖女を前にして口にすべき清談でないのは知れ切ったこと、が、しかもなおそれを押し切って、この「モダン大学」の講座高く、喋々厚顔、論じようというそもそもの所以は、この深夜二時における都会の情景たる――と嫌に改って容体ぶった所で、あるいはまた容体ぶらないにした所で、結局はどちらも同じ事なので、この深夜の二時、2A.M.という時間には、

「今宵もまた、君を想うて眠られず、彷徨《さまよ》える我が子いまいずこ」と、またぞろ帰りの遅い放蕩息子の身を案じて、窓辺に灯りでも出そうかとしているのが我が Anxious Mother マクリイであり、「オヤまあ、この子は、今度からシイの時はきっとシイというんですよ」と赤ちゃんのオシッコに夢破られて、嬉しいような、困ったような事をいっているのが親愛なる Alarmed Mama マサコさんである、という事はこれはもう自明の理なので、――更に、いつも夜更けてから帰る良人《おっと》が、妻君によって閉《しめ》られた構えを破って内へ跳《おど》り入る事を度重ねた結果、いつの間にか立派な Athletic Man となり、そして梁上《りょうじょう》の君子人がその職業上の訓練からこれも自ずと Admirable Monkey に変じ、期せずして、ここに良人君子、善悪入り乱れて互にその技の優劣を競う、というのも、同じくこの時間なので、――あるが、どうもそうした家屋侵入劇にしろ、または夫の放埒を苦にやんで今宵も独り寝の淋しさに遂には Alldays-Mourner の鬼と化するという人妻の苦衷と、店が閉まるまで居ればどうにかなる、店が閉まるまで居ればどうにかなる、とウェイトレスを張って身を殺してまで酒を飲み、頑張り続けた結果、酒の Authorized-Martyr としてカフェの外につまみ出される良人の受難、とを主題とした家庭暴露劇にしろ、それ等は以て深夜二時の情景とすべく、あまりにもう Academical Model であり過ぎる。もっと Awfully Modern なものはないかと探してみたのだが、差しあ

たり人間のする事故《ゆえ》、さのみ珍らしい事変も起らない。——とはいえ……

所は郊外のある通りである。十時といえばもう人通りの尠いこの町、夜中だというのでもう真暗に鎮まりかえっている。ところが、一人の青年が忙《いそ》ぎ足で歩いているる。しかも、人眼を忍び勝ちな上に、ネクタイを外してさえいる。此奴《こやつ》怪しい。そこで巡査が誰何《すいか》した。が、その青年は決してAnti-Militalistではなかった。その代り、この青年はけしからんものを所持していた。なんとObscene Literatureを持っていたのである。見る見るうちに二人の顔色は赤くなり青くなっていった（どこかで犬の遠吠えがしている）。

などというのになると、何んとなく煽情的な興味があって人の注意を喚起しようし、また、——

郡部に通ずる私設電車などでは、夜遅くなると東京へ出稼ぎ帰りの乞食の群によって殆ど一台の車が占領される事があるそうである。東京の街頭においてこそ、通行人と乞食との間には、互いに肩を並べない事が常識として、不文律として通っている。が、しかし、一歩この電車内に情景を移せば、この乞食を業とする者といえども、既にこの電車を扱う会社にとっては立派に常顧客《じょうとくい》なのである。彼等は毎朝、この電車によって東京に通い、毎夜、この電車によって住居《すまい》へと帰るのである。彼等は堂々定期乗車券を以て乗降し、悠々その権利を行使するのである。かかるが故に、都においては、呉客《ごきゃく》の一銭に叩頭《こうとう》し、越客《えっきゃく》の五銭に「おありがとうございい」を叫んだ彼等ではあるが、この車中においては、彼等にとっては呉何者ぞ、越何事をか為《な》す、の意気旺《さか》んで、まことに呉越同車するとも、それを認めないのである。壮なる哉《かな》。

であって見れば、或人はこれから深甚なる社会問題を見出しもしようし、それといって次のように——

遅くなった、ええままよ、円タクを奮発しろ、と夜中であるから無人の都を快廻車の如くに一文字に迅駆する円タクの一台を呼びとめ、夜中といえど割増しなしと予め定め（近頃では交渉次第では大抵の車は割増しを取らないでも行くそうである、もっともこの交渉は勿論、乗車前に行わなければ役に立たない）、さて車を走らせたのである。ところが、彼は腹が減っていたのである。家へ帰った所で何も食べ物がない。どうしようか、と思い患っている時、あたかもよし、目に入ったのがチャン蕎麦屋である。その屋台店である。しめた。車を転ぜよと命ぜられた運転手は心得てその屋台へとシトロエンか何かを乗りつける。そこで彼は一杯十五銭の支那蕎麦にありつけた。彼は車中徐ろにそれを平らげる。興に乗った彼は、更に一杯を支那蕎麦屋の爺に求めて、それを愛すべき運転手にとすすめたのである。そして、彼と運転手との二人は、啞然たる爺を前にして、共に丼《どんぶり》を捧げ、相顧みて浩然《こうぜん》と笑った。

というのに至っては、その心境よみすべきものがあろうし、しかも、その所というのが、深川の川沿いの通りで、折からに月影真昼の如くに明るかったというからますます妙ではあるまいか、といった所で、諸君が何とも思わなければ仕方がないが、けれども次に示すものこそ、これこそは、いささか妙に衝動的であるに違いない、という事の次第は、――

有楽町のガアド下、三柏ビルの前の夜中の二時である。二人の男が不自然な男同志の戯れに耽っていた。受動的なのが年齢三十五六歳、鳥打、鼠色の夏トンビを着用、能動的なのが年齢二十五六歳、一見書生風。そして受動的な男の蒼く瘠せた脛が、その白足袋の上で、夜風に薄い脛《すね》の毛をおののかせていた。――

というのであるが、これなどは、大都会の暗闇に行われる罪悪の一つ、その気味の悪いものの一つであろう。

ところで、話が大分、下がかって来た。ここらで一つ、背景と目先きとを変えて、明るいホテルのバアへと舞台を移す事にする。

男――アメリカ人、三十二歳、貿易商、金持、ジミイと呼ばれる。

女――日本人、二十四歳、大和ダンスホオルのダンサア、上海《シャンハイ》の踊場にいた時からマリアと自称している。

さて、二人の関係を手っ取り早く片付けておこう。マリアは日本から上海に働きに行って、そこで踊場でダンサアの口を見付けた。マリアがジミイと知り合いになったのはその踊場でである。やがて、その内にマリアはジミイの金に負けた。それにマリアとしたところで決してジミイが嫌いな訳ではなかった。そこでジミイはマリアの旦那となったのである。そうした関係が半年ばかり続いた。ジミイが商用で上海を去ったのが二人の別れる時であった。ジミイと別れてからマリアはまだ一年ばかし上海に居た。それから彼女は日本に帰って来たのである。が、日本に帰ってからもなお彼女は働かねば生きて行けなかった。そこで彼女は大和ホオルにダンサアとして入る事にしたのである。上海帰りのマリアがその容姿とその踊り振りとその客あしらいの巧さとを以てホオルの人気者となった事は想像に難くはあるまい。が、彼女にとっては彼女の周りにたかる男達が蒼蠅《うるさ》いばかりで少しも面白くなかった。身を固めに日本に帰って来たマリアではあったが、日本に失望した彼女は時々また上海の空気を懐しく思ったりした。そうした時に、不意に現われたのがジミイであった。彼は大和ホオルで偶然マリアにめぐり合い、彼女をホオルが閉場《はね》た後、誘いをかけてホテルのバア・ルウムへと連れ出したのである。ところで、マリアが易々としてジミイの誘うままにホテルまで出て来たというのは、一面にはジミイとの昔の関係が不言《いわず》不語《かたらず》の内に習慣的に彼女を引きつけた故《せい》もあるが、それよりはもっと多く、彼女が日本と日本人とに退屈し切っていた際だからなのであった。従って彼女は最後にはジミイが何を切り出すであろうか、という事にはあまり頭を悩まさないでいたのである。

ところで、今、二人はホテルのバア・ルウムに居るのである。ホオルが閉場るのが十一時。テケツの上りを勘定したりしたのが約三十分間。それから自動車でジミイの泊っているホテルへ馳けつけたのであるから、二人がバアに相い対座したのが殆ど真夜中の十二時という事になる。最初は二人はひどく愉快げであった。が、今は二人の間は白ちゃけている。なだめすかしているのがジミイである。マリアは何故かひどく腹を立てて、すぐにでも帰りそうな気勢を示している。

というのには何か訳がなければならない。勿論、訳は大ありなのである。その切っかけというのは、ジミイが調子に乗って日本のダンスホオルというのは、いずれもチャブ屋と同じようなものである。現に俺の友達のビリーは、とか、マックは、とか云って盛んに日本のダンスホオルと、そのダンサアとを嘲笑し出した時にあるのである。これを聞いている内に、急にマリアは身の中《うち》に熱いものが走るのを感じた。彼女は日本に居る外国人がいかにホオルにおいて傲慢であり、傍若無人であり、そのホオルに居る日本人全体を馬鹿にしているかを思い出したのである。そしてまた朋輩の或るダンサア達がなんでも外国人といえば尊敬の眼を以て眺め、それに御世辞を使ってよい御祝儀にあり付こうとそれのみに汲々《きゅうきゅう》としている事を思い起したのである（事実、外国人は日本の女達に対しては気前がいい）。マリアは上海に居た際、時々自分の不仕鱈《ふしだら》を弁解するように我と我が身に云い聞かせたものである。私は上海に来ているのだ、働きに来ているのだ、ここは日本内地ではないのだ、だからこんな稼業もしているのだ、と。それはあるいは当時の彼女にとってはただの気休めに過ぎない言葉であったかも知れない。が、その言葉が、今、急に猛然と彼女の上に戻ってきたのである。すると、彼女は頭がカーッと上気《のぼ》せてきた。眼頭《めがしら》が熱くなってきた。私は日本人なんだぞ、毛唐などに日本に来てまで馬鹿にされやしないぞ。口惜しい思いと腹立たしさとで、もう彼女はいつの間にか立ち上っていた。そして叫んでいた。

「なにいってやがんだい、この唐変木《とうへんぼく》め、ここを一体どこだと思ってんの、ここあ上海たあ訳が違うんだよ、この女たらし、ちったあ気をつけて物を言うもんだよ、日本へ来てまでお前なんかに玩具《おもちゃ》になってる私とでも思ってんの、ぐずぐず云わないで、もう寝ておしまいよ、もう二度とお前なんかと踊ってやるもんか」

そう一息に云い終ると彼女はドンドン家へ帰ってしまった。が、家へ帰ってからも彼女の怒りと口惜しさとはなかなか消えなかった。彼女はボロボロ涙をこぼしながらお夜食のお茶漬を喰べるのであった。

一方、ジミイの方は、何が何やらさっぱり判らず、マリアを口説く際、彼女の掌に押し込もうとカクシの中で握りしめていた切りになった紙幣の束を、今更のように眼の前で開いて見て、Huh! とかなんとか云っていた。

小さなマリアよ静かに眠れ。今まさに深夜二時なるぞ。

Ave Maria! Sancta Simplicitas!

# ヨンニヤン

## 1

「ヨンニャン」

隣の部屋から兄の御呼声《およびごえ》である。が、この「ニャン」が曲者《くせもの》なのだ。ヨシコは兄の呼方で、次の言葉がどういう種類に属しているか研究ずみであった。

「ヨシコ」は威厳を示し、――ヨシコ、何だ！　このスリッパの脱ぎ方は！　――「ヨッチャン」は気取りと親しみを表わし、――ヨッチャン、××君と○○君が遊びに来てんの。ジャンしに来ない？　――「ヨン公」は脅迫を意味し、――ヨン公、知ってるぞ、昨日行った処。へへ、お割烹でおそくなったんだってやがら。――「ヨンチャン」は平時を予知させるのである。――ヨンチャン、マザーが呼んでる。――が「ヨンニャン」と来るといつも何か魂胆が潜まれているのである。――ヨンニャン、後で僕の部屋へおいでよ。――そしてノコノコ出かけて行けば、本箱の入替を手伝わされるのである。だから今また兄の「ヨンニャン」のお声懸りに返事をしないで警戒していた。

「何してんの？」

返事がないので、兄は半分ドアを開けて首を出した。

「なに御用？」

「用？　用なんてないさ」

「あら、変みたいだな。じゃ、あたしの方で用があるわ。宿題やってよ」

「ちぇー、抜目のないやつ！　どら、どいだけあんだい？」

兄はさっさと机の前に腰を下した。ヨシコは思わず目を瞠った。「ニャン」と来てしかも文句なしでやってくれるなんて、今までにない出来事だからである。

兄はもうペンを取り上げていた。ヨシコは急いで帳面を右上りに置き変えた。

「ちょ、ちょっと。この角度でなきゃいやよ。兄さんは直立すぎるもの。早速ばれちゃう」

「なんだ、書直さずにすましちゃうつもりか？　虫がいいんだなあ」

「そうさ。余計な手間は省かなくちゃいけないのよ、これからの世の中は」

「余計な手間？　恐しくいい世の中だね。じゃヨンニヤン起きてるのも余計だよ。僕これを書上げたらカバンの中に入れといてやればいいんだろう？」

「うん、そうすればますます理想的だな。だけどちょっと話が旨すぎる。一体何？　その後に来るもの。はっきりしてよ」

「うるの字だねえ。さ早くカバンを出しといて、寝た寝た」

ヨシコは戸棚から相当年の経ったカバンを出して、時間割を揃えると、その中に入れて机の横に静かに置いた。ペンを動かしながら、兄はチラとカバンの方を見た。

「なんだ、きたねえカバンだな。他のないの？」

「だって、ママってばもうじき卒業なんだから我慢しちゃえって云うんだもの。彼女そういうとこ苦労知らずさ」

大人振った口をききながら、ヨシコはパジャマと着替えベッドの中へ潜り込んだ。そして「おやすみ」と云い終えるか終えない中にもう軽い寝息が波紋のように静かな部屋の中に拡がって行った。

## 2

あくる日、ヨシコが学校へつくと、組中で一番剽軽《ひょうきん》者《もの》のＫ子がヨシコを見付けて、さも事ありげにニヤニヤ近づいて来た。

「ヨシコ、さっきね、補修科のね、望月さんがね、きみを探してた。事じゃよ、こりゃ」

「何が？」

「だって向うじゃ『ヨシコさん』ってさも馴々しく云ってたわ。そいでね、いらしったらお裁縫室まで来てくれって。早く行って上げ給えよ、待つ身はつらいじゃろうて」

「何云ってんの、ばかね。望月さんてどの人だっけ？」

「ほら、春の茶話会の時『閉会の辞』を云った人。小夜福子と同じ着物着てたって塚《づか》党の人大騒ぎしてたでしょう？　望月あやめってプログラムに出てたじゃないの」

「ああ、あの人か。じゃこの頃後の髪全部綺麗にカールしてる……」

「そう。判ったら姫君様にはいざまず……」

「よしてよ、うち照れちゃうわ」

「ヨシコ、晩年の何とかはね、とっても熱烈なんだって。火傷しないように頼むわね」

云われてみると、自分は何でもないはずであったのに、ヨシコは弥次られてから胸の辺が変になってきて、お裁縫室の前まで来た時は頬までほてってきて困った。

あやめは切れ目の長い眼で笑いながら何か小さな包を手にして小走りに出て来た。

「お呼びだてしてごめん遊ばせ。あのね、昨日無断でヨシコさんのお割烹着拝借してしまったんですの」

「あら、そんなのかまわないわ」

「ところがまだあるのよ。そしたら今度はお醤油をこぼされちゃって、ヨシコさんのまで汚点《しみ》を拵えてしまったのよ。ごめん遊ばせ」

「いいえ、平気よ」

「ヨシコさんに私お願いがあるの。聴いて下さるかしら。ね、拝借したついでにあれ下さらない？　その代わり私のこれお使いになって。今日お家から持って来たんですの」

あやめはさっきの小さな包をさし出した。

「困るわ。汚点なんてちっともかまわないの」

「いいえ、そういう意味でなく、ヨシコさんのを私着たいんですわ」

ヨシコは急に心臓がドキドキしだした。それは未だかつて経験した事のない、ほのかな嬉しさのドキドキであった。

「じゃこれ頂いとくわ。よろこんで」

ヨシコは思い切って云ったが、その声は自分でもまごつくほどはずんでいた。

「まあ嬉しい！」

丁度その時始業の鐘がけたたましく鳴り渡った。

「じゃあまた」

「さよなら」

ヨシコはホッとした気持で後をも見ずに駈け出した。

3

割烹が意外に手間取ってヨシコが家へ着いた時はもう日はトップリ暮れていた。ヨシコは自分の部屋に入って今日学校での出来事を思い浮べながら、校服を脱いでワン・ピースと着替えた。あの眼の早いK子に、あやめの割烹着だという事を感付かれなかったのは何としても要領が良かったと一人ほくそ笑んでいた時、またしても隣から「ヨンニャン」と兄の声である。おまけにもうこっちへ顔をだしている。

「なに御用?」

「お土産があるんだよ」

そういえばさっきから兄の手が後に隠されている。兄は隠していた一尺に一尺二三寸角位の平たい箱の包をつき出した。そして呆気に取られているヨシコの手に持たしてから、自分はちょっと照れ加減にクルッと片足だけで体を廻して探さないでもいい本箱の中をあちこち探し始めた。

ヨシコはまるで謎を解きでもするように丹念に紐の結び目をほどき始めた。

と意外！　中には黒ビロードの相当無理をして求めたらしい上等のカバンが、泰然と貴婦人のように控えているではないか。

「わあっ！　ママ、ママ。大変々々。天地がひっくり返ったの」

大声で廊下を一飛に茶の間を一跨ぎ、ヨシコはカバンを抱いて台所で夕飯の指図をしている母の処へ息せき切って飛んで来た。

「何ですねえ、まあ騒々しいこと。直き卒業だというのにもう少しお落付きにならなければいけませんね」

「だけどママ、これが落付いていられる?　兄さんがね、ぼくにお土産だって、お誕生日はもうとっくにすんでしまったし、クリスマスにはまだ早いし。おかしいでしょう?」

ヨシコは大袈裟にカバンの手を摘み上げて母の鼻先へぶら下げた。

「まあ！　お兄様が?　何ておっしゃって下さったんですか?」

「うむん、ただお土産だって……」

「そんなら何も大騒ぎなさる必要はないじゃありませんか。一体今まであなた方は兄妹の隔《へだて》が無さすぎましたよ。ほんとにいつになったら、他様《よそさま》のお家のように、お兄様はお兄様らしく妹は妹らしくおなりかとそればかり待っていたんですよ。でもまあ今日はお兄様がそうしてお兄様らしくなって母さんはどんな嬉しいか……」

母は感激して眼を潤ませていた。そしてさも嬉しいというように、カバンをためつすがめつ眺め入っていた。

ヨシコは母の態度に少し釣り込まれてきた。そういえば昨夜《ゆうべ》兄がいつになく気が付いて「きたねえカバンだな」等と云った事を思い出した。

# 4

真新しいカバンを手にしてヨシコは今日の秋晴のように軽やかな気持で学校の門を潜った。と、どうしたというのであろう。何の原因もないのに、昨日初めて経験したあのドキドキが急に胸を打ち始めた。このまま教室に入って行けばまたK子達に気付かれて、一騒ぎやられるに極っていると思ったので、ヨシコは運動場の藤棚の柱に寄りかかって暫く気持を落付かせていた。藤の豆が風らしい風もないのにユラユラと無表情にゆれていた。ふとヨシコは背中に人の気配を感じた瞬間眼を隠されてしまった。暖い軟い感触、甘い化粧水の香、あやめだと直感した。

「さっきからお待ちしてたのよ」

あやめはあっさりと目隠しの手を解いて、今日はもうすっかり打ち解けていた。

「あのね、今日またお願いがあるのよ。昨日あれから洋裁の先生のお知合とかで、フランスのとてもお綺麗な方お顔見せにいらしったの。何でも日本見物かたがたフランス刺繍を教えにいらっしゃったんですって。でね、毎週木曜日に私達教えて頂く事になったのよ」

「ああ、二週間位前かしら、お話があったわ。もしかしたら五年も教えて頂けるかも知れないって……」

「ところがお時間がないとかで補修科だけですって。ですからこんないい機会にヨシコさんの何かさして下さらない？」

「だって悪いわ」

「いや、そんな事おっしゃっちゃ。さして下さらない方がよっぽど悪いわ。ね、いいでしょう？　布《きれ》のままの方が都合がいいけど、出来上ってる物でも構わないんですって。そこがこんどの先生の変った処だって、洋裁の先生御自分の事のように威張ってらしったわ。お洋服でも、クッションでも、ハンドバッグでも……」

ヨシコはこういう場合どうしたものか、恥かしいようでモジモジしてカバンのホックを外したり塡《は》めたりしていた。とあやめは、ふとそのカバンに眼をとめた。

「まあ！　ビロード素的ね。しかも御新調ね。ビロードだととても引立つのよ。お誂え向きなんだけど、これ拝借さして下さらない？　毎日お困りになるでしょうから学校へいらっしゃってる間だけ私に貸しといて下さればいいわ。その変り学校へ着くや否や、というより私が毎朝ここでお待ちしてるから、中身だけ抜き取って渡して頂戴。帰りは一番最後のお時間に私がお部屋までお持ちしてよ。片側から片付けて行くから宜しいでしょう？ね？　お約束してよ」

あやめはヨシコの小指に自分の小指をさし入れて、二三度振ってから「きっとね」と云いながら校舎の中に入って行った。と入れ違いに二階の窓からK子達五六人の顔が現れて「天井の一角わあいわあい」と囃し立てた。それは正面《まとも》に眼が当てられない、天井の一角でも見ている他ないという隠語なのである。その日以来ヨシコは何かにつけ冷かされるのであったが、度重なるにつれ頬のほてりの熱度がひくまり、胸の動悸が減って行った。

この二日間はヨシコにとって、めまぐるしい二日間であった。家にあっては兄の心境の変化に会い、学校にあってはあやめとの云うに云えない交渉の一端が開かれて、ヨシコは感慨無量といった形であった。

その後兄の心境には逆戻りの徴候も見えずたまたま使う、「ヨンニヤン」の後にも、例の酸性の反応はさっぱり姿を現わさなかった。却ってアルカリ性反応らしき物さえ伺われ、学校へ行く時等、待ち合せて玄関を出るというお兄様らしき現象をしばしば呈した。

一方、カバンの片側には一日一日と綺麗な花が咲いて行ったが、ヨシコは何となくこう秘密の喜びに似た気持が手伝って、家の者につい云いそびれていた。その間に花はいよいよ咲き乱れ、冬休みに入ろうとする最後の日には大きな花籠さえ添えられて見事なものとなった。三学期が始ってやがて日が経つにつれ片々には孔雀の一羽一羽が植られていった。ここまでは刺繍のない方を出したりしてどうやらお茶を濁していたヨシコも、もうこの辺で知らしてしまった方が気楽であると思ったので母に見せた。手芸のすきな母はその出来栄に感嘆していたが、最後に「頂いた物に手を加える時は、一言お兄様にお断りした方がよくはなかったでしょうか」と注意した。そう云われてみると、もし兄が殺風景で気に入らないからしてもらったのだと解釈したら大変である。で或日思い切ってそれとなく兄にお伺いをたててみた。

「そもそもだね、人から貰った物に対してその価値を傷付けるような行為は謹むべきだよ。だけどそれをよりよく価値付けるための行為ならば、刺繍をしようと油絵を画こうと文句を云われる余地はないさ」

二ひねり位ひねってはあったが、こういう兄の御託宣にヨシコはまず胸撫で下した。

孔雀の羽はますますその数を増して、もう卒業も間近、明日はお通信簿という日には羽を一杯拡げた孔雀が、今にも一歩前に踏み出すかと思われるような芸術品となってヨシコの手に渡された。もうその頃の二人は女学校での所謂「お姉様対妹」の関係は卒業して、本当の姉妹のようなたくらまない親しさになっていた。いつだったかも、ヨシコが学校へ行く電車の中で、下級生から送ったであろうポツポツ文字のあやめ宛の手紙を、偶然（その朝ヨシコは停留場まで行き着いた時、同級のK子さんちの女中が追っかけて来て欠席届を頼まれた。大切な物だと思ったのでふとカバンの蓋付ポケットを思い出してその中に入れようとした時）そのポケットの中に発見した時でも、却ってあやめの入れ忘れているものを見てしまって悪い事をしたという気持以外、焼けるやの字も起らず、裏の封の処に一筆画されたサインがわりのスプーンの戯画なんか、むしろほほ笑ましく感じられたほどで、何年生のどんな人だろうという好奇心さえ涌いてこなかった。

「蛍の光」に送られて卒業の式がすんだ。運動場では三三五五に集って、こんな時こそセンチ気分を充分に味いましょうという顔付で、名残を惜しんでいる者、お別れのカメラを向け合っている者。あやめもヨシコも今日ばかりはそのお仲間に入っていた。

「いよいよお別れね。でもヨシコさん補修科にお残りになるんだから時々寄って頂戴ね」

あやめはしんみり云うのであるが、ヨシコはどうもあやめの家はにがてなのだ。彼女の家が学校のすぐ裏にあるので二三度引張られて行った事はあるが、一度よりは二度、二度よりは三度行きたくなくなるのであった。

研究研究でコチコチに凝り固っている父、師範出の母、何となく家の中が堅いのである。あやめが一番上で弟妹四人いるというのにその静かな事、母の一言で皆ピリッとその通りになるのである。子供等の処へ来た手紙も母の眼が通らねば見られず、どこへ行くにも母が一緒でなければ、一度母が行って検査ずみの家以外には一人ではゆるされないのである。さてゆるされた家へ遊びに行く、すると極って一二時間後には電話をかけて寄越して、行っているかいないかを確かめるというのである。だからあやめもそんなに無理をしてまで他《よそ》へ遊びに行きたくもないし、行っても恥かしくて仕方がないと云い云いしていた。そんな訳でいつもヨシコに「遊びに来い遊びに来い」というのであるがにがてなのである。

「だって私の方からばかり伺うんじゃつまらないわ。じゃねぼくのお誕生日もうすぐだから、ぼくママにお願してあやめさんとおば様とお二人を御招待するようにして頂くわ。家の者皆に云い含めて一生懸命善良にするわ。パパとママはまあいいとして、問題は兄貴よ。この頃いやにポマードなんか付け始めたから、そんなの洗ってもらっとくわ。でおば様のお眼識《めがね》に適ったら〆《しめ》たものね。いくらでもいらっしゃれるんでしょう？　電話の事なんか先へ話しておけば、恥かしいことないわ」

「まあ、そうなったら嬉しいわ」と、あやめは急に元気付いて云った。

5

兄も妹も学校は卒業しても相変らず朝は同じように家を出、夕方同じように帰って来た。兄は詰襟が背広となり、行く先が物産と変り、不思議なことにはヨシコの気になっていた「ヨンニャン」が卒業と同時にピタリと止った。ヨシコの方も補修科生となって、ぼくからあたしに、校服から自由な服に、無化粧から紅化粧へと一歩歩を進めた。

四月十五日、それはヨシコの誕生日であった。今日はあやめ母娘が来るのである。

卒業してから初めて見るあやめはいよいよそのすっきりさを増し、盛装のためもあろうがその上に艶麗さが加わって、ヨシコでさえも見とれるほどであった。ヨシコは玄関で二人を迎えた瞬間、ことによるとこの今日の集りが、兄とのお見合みたいなことになるのではないかという予感がした。その予感は正に的中！　あやめの母は、社交的で磊落《らいらく》なヨシコの父に眼を見張り、引締った中にどこか善良そうなところのある潑溂とした佐治《すけはる》にすっかり好感を抱き、しとやかな母に共鳴し、ヨシコの茶目振りに初めの緊張した顔もどこへやら、眼口そこここに緩みを生じていと御満悦の態で引きあげて行った。二人の帰った後ヨシコの家では、あやめのつつましやかなそれでいて、はきはきした態度にまず両親が魅せられ、讃辞また讃辞。兄も鷹揚に足を組んで、心持上体をよじり加減に、ちょっと左手を腰に当てたあの気取ったポーズ、あやめの云った何でもない言葉にお愛想笑いをしたあたり、万更でない事は明瞭である。

その後あやめは大威張りで遊びに来るようになった。一方両家ではどちらからともなく縁組の話がムクムクと持上ってアッという間に結納が取り交わされ、結婚式があげられてしまった。いかに意気投合したとは云え、その間二月とは費さないのである。ヨシコは呆気にとられたというより、この人生の重大事を親次第の親任せという二人の態度に、ちょっとばかり軽蔑を感じはがゆさをさえ覚えた。

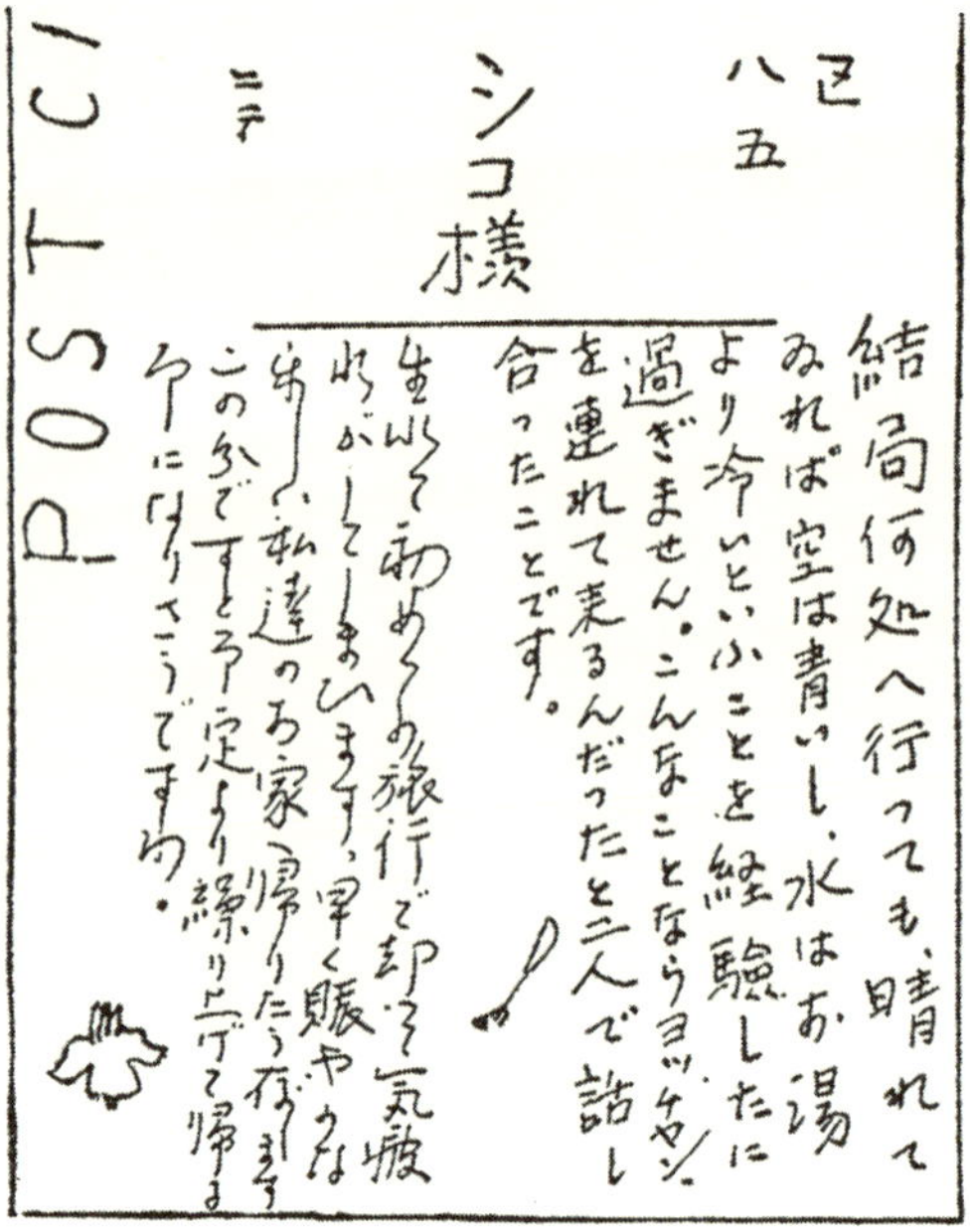


今日は式後五日目。新郎新婦は新婚旅行の真最中。ヨシコが学校から帰って見ると、机の上に一通の絵葉書が置かれてあった。奈良の鹿の絵を見ただけで二人からのだと知れた。と、見覚えのあるスプーンのサイン！　いつかカバンのポケットの中で発見したあの手紙！

「佐治、匙、スプーンか。なあんだ兄貴からのだったの」

ヨシコはあの当時の気味の悪かった「ヨンニャン」の意味がわかった。卒業と同時にピタリと止った訳も読めた。カバンのお土産、アルカリ性反応の原因、藤棚の下で毎朝待ちもうけてカバンを受け取って行ったあのあやめのいそいそとした態度、思い当る事浜の真砂《まさご》以上であるけれど、ヨシコは却って嬉しかった。尻尾を摑んだ喜びではなく、これで二人に対するはがゆさが解消して何よりも愉快であった。何だか急に二人の帰りが待ち遠しくなった。と云って、このままただですましてしまうのもちと残念である。ふとヨシコはあの曰く付のカバンを、御祝として二人に送って、吃驚《びっくり》のびく位味《あじわ》わせる必要があると思いついた。早速手頃な箱を探し出しカバンにブラシを当てて箱の中に納めた。蓋をしようとして事のついでにりの字まで味わせてしまおうと……

御成功を祝す。ナニカオクチデ、イイニクイコトガオアリノトキハ、マタイツデモヨロコンデオツカイイタシマス。

小さな紙片に意味深長な文句を書いてカバンの直ぐ上に置き蓋をした。

# 甘き者よ、汝の名は

ナオミは夫の足を見るたびに、良心にせめられるのであった。右の母指《おやゆび》の爪は、左のそれに比べてまだまだずっと短いのみならず、どうやら、しわしわが深く入ってきたようでもある。どんなひいき目に見ても、満足な爪になりそうもない。

――あの時なんだって、も少し用心しなかったんだろう。大事な大事な夫を、こともあろうにこんな片輪にしてしまうとは……。今更悔いたとて何になろう。みんな身から出た錆なのだ。それにつけてもこの爪を、元へ戻す工夫はないものかしら……何とかして元通りにしておかないことには、この苦しみを、一生味わなければならない。ほんとにどうしたらいいだろう――

なんだか悲しくなってきた。そこでナオミは、新聞と云わず、雑誌と限らず、凡そ衛生相談と題して出ていると見れば眼を光らし、それでも間に合わないとあって、二三冊の家庭医学の本まであさって見たのであったが、爪の項には、「胃腸の障碍か、心臓の衰弱を来した場合、しわの寄ることがあるし、結核菌に犯されると反《そ》ってくることがある」とあっさりかたづけてあるだけで、こういう場合、いかなる手当をすれば満足な爪になるかということは、どれにも出ていない。と、なるといよいよ良心にせめられるのである。

「ねえ、お医者様に行ってらしって……」

夕食後の一休み。ナオミは今も今とて目の前に投げ出されている、夫のへんてこな足の爪を見るにつけ、とうとうたまらなくなってこう切り出したのだった。

「お医者？　どうして。どこか悪いの？」

藪から棒の妻の言葉に、夫は口に含んでいた葡萄の種を出しそこなって、呑み込んでしまったほどである。

「うむん」

ナオミは急いでかぶりをふったが、思いがけない夫の驚き方を見て、さて次の言葉にまごついてしまった。それをまた夫の方では、妻が何か恥かしがっているのだと解釈した。

――こりゃあ、てっきり？　いや、まて、まて。まだ一緒になって半月にもなってないんだ。そんなに早く？　ばかだな、お前は。とすると？――

そこで彼はやっと落ちつきを取り戻し、も一度訊き直してみることにした。

「だって今、お医者に行ってくれと云ったんじゃないの？」

「ええ、そう。あなたのお医者様」

「僕の？　何故さ。ありゃ君、病人が行くものなんだぜ」

「だから行ってらしったら……。ね、足の……。お願いするわ。じゃないと私、悪いんですもの」

「なあんだ、爪のかい」

夫はここでアッハハハと笑い出した。

「冗談じゃないよ。これっぱかりのことで医者のところなんかへ行ったら、それこそもの笑いの種にされちゃう。もう直ってるんだぜ」

「だって、完全じゃないわ」

「ところが、僕あこの特別の爪が大事なんだよ。どうして、どうして。こんないい記念はざらにないからなあ」

夫は大仰に、問題の足の指を折り曲げたり伸ばしたりして見せるのである。

「いや、またそんな風におっしゃって……」

「そんな風もこんな風もないさ。実際、こういう爪になったおかげで、君と一緒に、こうして暮せるようになったんじゃない？」

×　　×　　×

話は三ケ月前にさかのぼる。

ナオミのまだ娘時代なのである。その日ナオミは武蔵野館へボアイエの主演映画を初めて見に行っての帰りであって、新宿の六、七番線ホームで、池袋へ帰る友達と、お互の電車を何台もやりすごしておいて、ボアイエの魅力について論じ合った。

「やっぱりあの眼かしら？」

「うむん、ちがう。あんなのなんか外国人としちゃ、ざらよ」

「そうかな。じゃあ鼻？」

「ちょっと変ってるけど、感心しない」

「なら、残ってるのは口だけよ。口じゃないわ、断然」

「ほんと、薄すぎるわね」

「じゃ、一体あの魅力はどこから出ると思う？」

「発散箇所消失！」

「そんなのないわ」

そこで二人はプログラムの表紙に出ている、ボアイエの顔を、頭の先から順々に折って見るのである。

「わあい、見つけたっと」

ナオミは我ながら大きな声を出したものだ、と思わず肩をすぼめてあたりを見廻したが、ラッシュアワーのことをとて、他人のことなど注意している者は一人もない。ナオミはホッとした。

「ちょっと、ここだったのよ。ね、ここの角味《かくみ》と、この真中のかすかな凹《くぼ》みにあったのよ」

そのさし出されたところはと見ると、それが、頤《おとがい》の部分なのである。と、また友達が友達である。すっかりそれに共鳴して、有頂天という有り様。さて、これでめでたく大団円をつげたというので、二人はさようならをして、丁度同時にホームへすべり込んで来た上野行と、中野行の電車へ、別れ別れに乗り込んだ。

――今の一大発見は、たしかに傑作以上であった――

ナオミは思い出し笑いを嚙み殺してふと、前の座席を見ると、なんとたった今問題になったばかりの、あのボアイエ張りの頤《あご》の持主が、泰然と腰かけているではないか。あの角味の具合と云い、まん中の凹み加減と云い、そっくりそのままなのである。が、これはまた不調和な、麻の絣《かすり》の着流しで、無帽の程よく波うった頭を風のあたるにまかせていた。これを不調和美とでも云うのであろう。ナオミは一種の魅力を感じた。

途端！ あの急カーブである。吊革なんかにぶらさがっているのは、やぼの骨頂なんである。心してさえいれば、一厘の場所も変えずに、得意のポーズを維持したまま、どんなカーブをも乗り切る自信があるはずであるのに、その時ばかりはきっと心がボアイエ張りの頤に集注していたのだろう。アッと云う間もなく、したか彼氏の足を、しかもハイ・ヒールの踵でふみつけたものである。

俄然！ それこそ俄然！

「気をつけたまえ！」

ボアイエ張りの頤が動いたのである。おお！ なんとその声の男性的であることよ。ナオミはボーッとしてしまった。

次の瞬間、夢中で、「ごめんなさい」と云うや否や、電車の止ったのを幸い、急いで後の箱に乗りかえた。

――なんて頼もしいんだろう。男らしい、それでいてあのやさしみのある声、あの頤、それにも増してあのすばらしい髪！ ――

フィルムを通して写し出された、あんな頤なんか、消し飛んでしまったのである。ナオミの網膜、鼓膜の充血は当分のあいだひかなかった。

それから十日後のことである。

× × ×

三井の重役に納まっている、ナオミの父を尋ねて、突然、未知の客中村航空研究所長が、そこの青年所員吉井明をともなって、ナオミへの結婚申込に堂々と乗り込んで来たのである。実に、乗り込んで来たと云うより、他に適当の言葉がない。

「是非ナオミさんを頂きたくお伺いしました。きっと幸福な家庭をつくって見せます。ナオミさんこそ、何事に当って臨機応変の処置が出来る方だと信じます。あの時の『ごめんなさい』の『さい』のアクセントだけで、僕はそうとにらみました」

その青年の卒直さに打たれたのが所長さんであり、感動したのがナオミの父だった。しかして彼の手廻しの良い、少しの隙もみせない整然とした申込み方は、父の信用を博するに十二分である。勿論ナオミに異存のあろうはずはなく、話はとんとん拍子に進んで、三ケ月後にはこうしてめでたく愛の巣が営まれているという次第なのである。

× × ×

「全く、この爪大明神さ。悪いどころのさわぎじゃないよ。そりゃあ。あの時は痛かったさ、いや痛いのなんのって……」

夫は話があの時のことにぶつかると、一層上機嫌になるのが常だった。てんから医者行を、うけつけてくれそうもない夫の様子に、ナオミはあの時の曲折《いきさつ》を思い切って打ち明けてしまおうかと思った。

——そうだ。その方がどんなに後の気持が楽だかしれない。それにしても、どう切り出したら一番おだやかに行くかしら……。

ナオミは一生懸命その糸口を探し求めるのであった。夫は急にだまり込んでしまった妻の御機嫌を元へ引き戻そうと、ますます馬力をかけるのである。

「だが、君に似合わなかったね。今だから云うけど、後をつけたんだぜ。そう、そう。それよかあの時の『ごめんなさい』あの『さい』語尾の上ったあいつを、も一度君に云わせてみたいもんだなあ」

ナオミは、そんなことに答えている余裕などない。あの当時の記憶を、再び頭一杯繰り拡げている真最中なのである。

×　×　×

あの事件の前々日のことである。ナオミはクラス会の下相談に、も一人の幹事を、彼女は深川の家に尋ねた。そこの小母さんと云うのが、生粋《きっすい》の深川っ子で、いつも口から出まかせの啖呵を聴かされるのが、ナオミには楽しみの一つであった。その日も何かのことから、話が現代青年の上に及んで、あわれ青年諸君、その小母さんのために、こっぴどくやっつけられたのである。

「何ですか、近頃の青年のいくじのないこたあ。妾《わたし》ゃ胸くそが悪くなりますね。大学、大学って、ああいうのが大学面《づら》っていうのかどうか知らないが。とにかく気に食いませんねえ。『溌剌とした』といういい言葉がありながら、そいつをつけてやれるような兄さんがいないなんて……。日本ももうおしまいでさあね。テカテカテカテカ油をつけることだけは覚え込んでさ。まあ早い話が、女の子に足でもふまれた時、『きをつけろい』と一言頭からあびせかけられるような、気概のある男がありそうにも思えないじゃござんせんか。きっとふまれておきながら、相手が若い女の子と知ったら、御叮嚀に帽子を取って、お辞儀するくらいが落ですよ。まあとにかく、一度ためしてごらんなさいよ。ふんどいて、お辞儀をさしてやるのもいい気持じゃございませんか」

だけどナオミは、こんなに爪が死んで抜け変るほどひどくやる気は毛頭なかった。いやそれどころか、その決心さえもつかなんでいたのだ。ただちょっとあのとき、小母さんの言葉を思い出し、ほんのちょっぴり、お辞儀をさしてみたいなと思ったまでである。そういう衝動を起させたのも、そもそもこのボアイエ張りの頤が悪いんだ。ナオミは怨めしくなって改めてその魅力ある頤を眺めるのであった。

——そうだ。こんなこと考えている場合ではなかった。

ナオミは、いよいよ決心の臍《ほぞ》をかためた。

「ごめんなさい」

沈黙を破った妻の言葉がこれである。夫はまたまた度胆を抜かされた。もしも彼がその時、葡萄の一粒を口の中にほうり込んだ直後であったら、きっとそいつを皮ごと丸呑みにしてしまったに違いない。やっと彼はさっき云った自分の言葉に気がついた。そして安堵の胸をなでおろしたのである。

「なあんだ。ちがう、ちがう。ちがうよ。そんなしめっぽい『ごめんなさい』じゃない。やっぱり偶然出た言葉じゃなきゃイットがないね。その中《うち》断然云わせてみせるからね、用心していたまえ」

夫は――少しいじめすぎたわい――と思いながら、それでも妻の素直さを発見したつもりで嬉しいらしい。ナオミは何だか出鼻をくじかれたようで、しばらく云い淀んでいたが、思い切って畳みかけた。

「いいえ。私ね、あなたに隠していたことがあるんですの。ゆるして下さる？」

「おい、おい。おどかしっこなしにしようよ。何のことさ」

「このことお話したら、私をきらいにおなりになるかも知れないけど、でも仕方がないわ。私が悪いんですもの。それより良心にせめられるのが苦しいの。ゆるして頂けたら私、どんなに嬉しいでしょう。ねえ、ほんというと、あの時過失だとかたづけてしまえないところもあるんですの」

「何のこと？　さっぱり判らない。はっきり云ってよ」

「はっきりって……。云いにくいわ。ね、じゃお怒りにならないでね。あの時ね、私わざとふんだの」

云ってしまうとナオミは急に晴れ晴れとなって、目の前が明るくなった。

「ウフフ、わざとだって？」

意外にも、夫はまた改めてアッハハハと大きな声で笑い直すのである。そして一しきり笑ってしまうと、さも勝誇ったようにこうつけたした。

「だめ、だめ、今頃そんなこと考えついたって、もうおそいよ。そんな深刻ぶって云ったって『その手は食わな』だ。どうだい、これでもそう甘くはないだろう。だがも少しで一杯ひっかかるところだった」

# 参つてゐる

「驚いたよ。木谷の奴にいきなり見合をさせられちゃったよ」

それほど驚いた風もなく、兄は出迎えた婆やに帽子と外套を渡し、ニヤつき顔で妹の後から茶の間へ入って来た。第一婆やの前でそんな口のきき方をするのが初めてなら、茶の間へなぞ入って来るということも食事時以外にはない現象なのである。長男の威厳を保たせるためばかりでもあるまいが、苦虫をかみつぶしたような顔で、二階の書斎の主におさまっているのが兄の姿なのである。これで十三年も外国生活をしてきた人なのであるが、もっとも考古学の研究という誠にシンネリした仕事が仕事であるから、その苦虫もまた故あるかなというところでもある。

随《したが》って七人いる弟妹達も、なんとなくこの長兄を毛嫌いの形で、旨い口実を見つけては一緒にいない算段をとり、結局、女学校を出たばかりの末っ子のまさ子が、学校ぎらいの故をもって、主婦がわりをおしつけられている訳である。まさ子は内心早くお嫁さんが来てくれればいいなと、自分でも友達の姉さんなどで、出《で》しぶって三十近くになっている人があると、それとなく当ってみたこともあったが成功を見なかった。苦虫をかみつぶしている癖になかなかの好みやであることも、三十七歳の今日にまで及ばせた原因である。

それが、今日の耳よりの話である。

「婆や、何か甘いものはないか」

珍らしい註文も註文だが、それよりこういう声を持っていたのかというような浮き足立った兄の声音《こわね》である。糖分を欲するところを見ると、相当気をつかったに違いない。まさ子は物めずらしく兄を見直した。

その時婆やが「嬢さまの取っときのお菓子でござんすが特別に」と云いながら、黒羊羹《ようかん》を持って来た。そしていつもにない主人の所望に嬉しそうにいそいそとお茶を淹れに出て行った。

「何かいえよ。テレルじゃないか」

晴天の霹靂。兄が俗語を知っていたのである。しかもそれを用いたのである。まさ子はあわてたが、これですっかり安心もした。二番目三番目の兄貴たちと同じように口がきけそうに思えた。

「だってノサレタ形なのよ」

試みにまさ子はこう応酬してみた。至極上機嫌だ。

「そうだろう、第三者が驚くぐらいだもの、当事者は尚更だよ。実際木谷の奴も人が悪いよ。予告なしなんて……」

兄はノサレタという意味を少しばかりはき違えて解釈しているらしい。そこら辺が却ってこの兄らしいとまさ子はおかしかった。

「いきなり『君に会わす人がある』と来るんだ。初めは訳が判らなかったよ。なんでも遠い親類に当るとかで、翻訳の手つだいをしてもらってるんだそうだ」

兄の唇が半分の薄さになったように雄弁になる。まさ子はその彼女が、某私立大学の聴講生までしてきた人ときかされ、××女史型を想像して、ちょっと幻滅に似た気持を感じざるを得なかった。

「そ、その人はね」

三十七歳の兄は、少年のようにはにかみながら、「その人」だけはきまってどもるのである。「面白いんだよ。昼の弁当は食パンに白砂糖をつけて食うんだってさ。それが一番旨いんだそうだ。今日の昼飯の時は、そ、その人仕出し屋の物はのり玉ずししか食わないそうで、俺ますしをつき合わされた」

「のり玉を?」

「いや、細君が気をきかしていろんなのを一山にして出してくれたからその難はまぬがれたがね。今の時の人にしちゃめずらしいね」

「変ね。少しブッテルんじゃない? 何もかも超越してるっていったような……。じゃ、恥ずかしさなんていうところのない人らしいわね」

まさ子は自分の大嫌いな勉強を好きこのんで女学部の上の専攻科に通い、あまつさえ女子大へ進み、その上こともあろうに男の中へまじって七めんどうな講義をお金を出して拝聴に行ったという相手にどうも興味を感じられないのである。

「いや、そうでもないんだ」

兄はあわてて打ち消した。満更でない以上であることはもう明らかである。

「俺がそ、その人のいる座敷へ入って行くと、さっと真赤になったからね。そして急いでいずまいを正そうとして、そばのお茶をひっくり返してしまったんだ。ふ、ふふ。そいで、『あ、あ』っていいながらまごまごしてるんだ。そん時の態度なんか、悪い感じはしなかったな」

「ダアーッ」

まさ子は他の兄達に対する時のように、うっかり口をすべらしてしまった。しかし幸か不幸かこの兄には通じない。

「実際、三十一だっていうが、お前より子供っぽいところがあったよ」

兄はおかまいなしに熱を上げ出した。まさ子は少し面白くなってきた。この苦虫兄貴を戯《からか》ってみたくなってきた。

「そいで兄様、そんないいチャンスに武勇伝発揮しなかったの？」

「なんだい、その武勇伝というのは」

「あのね、援けてあげなかったのかというのよ」

「それなら勿論発揮したよ」

三十七歳の兄は十九歳の妹に完全に押された形である。

「胸のハンカチでふいちゃったよ」

「いやだ。どうしてズボンの方のでなさらなかったの？　今日出したのあれ、おじ様に頂いた大切な麻の方よ」

「ズボンの方の奴はもう鼻をかんじゃってあったからね」

「お茶じゃしみになっちゃうわ」

「すてて来たから洗わなくてもすむはずだ」

「わーッ。ますますもって武勇伝だわ。じゃ、お辞儀が後になったのね」

「そうなんだ。お茶の始末がついて、さて紹介というところで一同大笑いさ。却ってなごやかな空気になったよ」

「いいこと伺った。お友達たちに知らして上げよっと。皆お見合の時は『茶こぼし』の一手を用いるように……」

「馬鹿いうなよ」

兄は何とからかわれてもニヤつくばかりだ。

「それからどうなすったの！おすしを食べただけ？」

「いや。それからがまた変ってるんだ。木谷の奴が、『とみ子さんは大人同志で動物園へ行きたいんだが、誰もつき合ってくれないと日頃こぼしていたぜ。ここからなら散歩に歩いて行って丁度いい道のりだ。いやでなかったらついてって上げ給えよ』って、そ、その人の前でいうもんだから、断るわけにもゆかないんでね」

「で行ったの？」

「動物園の中を、大人二人で、初めはちょっとてれたよ」

盛んにてれたを用いる。

「面白かったでしょう?」

「そうそう。ラクダの前まで来た時、そ、その人、いつまでもここにいたいっていうんだ」

まさ子は、そこでまたダーッといいたいところであったが、効果がないのでよしにした。その代り、こんどは反対の手を用いることにした。

「そんなにラクダがすきなの?」

「そういう意味じゃないよ。つまり二人でいたいという意味なんだろう」

「ああ、ラクダのコブから二人きりを連想したのね」

「まさかそうでもないだろうが、結局そこの前のベンチで閉園の追いたてを食っちゃったよ」

兄はそういったかと思うと、急に口をつぐんで何か遠くを見つめ始めた。悩しい思い出にふけってしまったのであろう。

「あ、そうだわ、あたし電話を三軒と電報を二ツと速達を一通、急いでかけて打って、出してくるわね」

まさ子の声に兄は我に返ったように、

「なんだってそんなたくさん、どこへ出すんだ」

「兄様姉様皆にこの吉報を報らすのよ。大兄様のお嫁さんがめでたくきまりましたって」

「いや、まだ早い早い」

分別くさく首をふってはいるが、その唇の端のゆるみが、総てを物語って余りあるものがあった。

# 身替り結婚

## （一）

「君、今日は折入っての頼みがあってこんなところへ連れ出したんだが……」

人通りの少い小路を歩きながら、町田君は大変改って、親友村井君の顔をうかがった。重大事件のようである。

「僕の身代りとなってくれないか」

「身代り？　というと、一杯呑みに行ってくれとそうは問屋で卸さないだろうな。身代りというと大概悪いことらしい。誰かに叱られてくれというのかい」

「見合！」

町田君は一言たたきつけるようにいうと、足下の小石をひろって、いやというほど焼野原にむかって投げつけた。冗談どころか、何かいらいらしてることは確である。

が問題が問題であった。というのは、ついこの間村井君は、進まぬながら叔母さんのいいつけに随って婚約をしたばかりなのである。それを町田君が知らないはずはないのである。

二人はK大学三年に在学している無二の親友で、町田君が積極的であるに反して村井君は消極的で、却って正反対の性格が二人を互に結びつけているともいえる。村井君が茨城の豪農の一人息子なら、町田君は東京豊野自動車会社の重役の一粒種、どちらも母親のない身とこう条件が揃っていたら仲の悪かろうはずがない。村井君は東京の叔母さんの家からおとなしく学校に通い、町田君は若い義母をきらってアパートに我ままな生活を営んでいた。こういうところに二人の性格がよく現われている。村井君はつい一週間前、叔母さんのおおせに随い文化学院出の才媛春美嬢と進まぬ見合をし、意に満たぬ婚約を押しつけられるままにしてしまったのである。こういう時、村井君は断り切れないらしい。村井君の悪いところであると同時に良いところだと町田君はいいいいしていた。町田君はと見ると未だにおしだまったままである。

「見合って君、結婚予備行動のあの見合か？」

町田君はうなずいただけだ。

「君は残忍性があるね。外のことならとにかく僕にはもうその資格のないことを君は忘れたのか」

「そこを見込んでるんだ」

「どんな風に見込んだのか知らないが、よし、じゃことの次第を聞いてからにしよう」

珍らしく村井君の語気が荒い。

「ことの次第によっちゃあ引受けてくれるね」

町田君は急に元気づいたように言葉をつづける。「おとといの晩、親父がひょっこりアパートへ来てね。『ママが君のお嫁さんのことを急に心配しだしたんだよ。村井さんにお嫁さんがきまったのに、家の子にもこの夏休中になんとしてもきめなければ私の義理がすまない。一人いい人を見つけたんだけれど、私からいうとまたあの子は反対するにきまっているから、パパからすすめてくれというんだ。ママもなかなか考えたもんだよ。この苦しい食糧事情の世の中、田舎からお嫁さんを貰うに限る。そこでうってつけの人があるから、まずお見合をするように。その方法は君のよいように取り計うからというんだ。どうだい、こんどは一つママのいうことを聞いてやってくれよ。会って見ていやならそれでいいんだ』こんなわけで泣き落し戦術できたんだよ。だけど僕は絶対いやだよ。そんな食糧確保のための結婚なんて。馬鹿々々しいにもほどがあらあ。親父も、もう盲目的になってるんだ。実際なんたることだ！　僕はその場で絶対反対を宣言しようと口まで出たんだが、白髪頭の親父を見ると、ふっと可哀そうな気がしてきたんだ。こんなことって確かに僕らしくない。こりゃ君の感化があずかって力あるんだよ」

町田君は飛んでもないところで村井君に濡衣をかぶせた。村井君はこんな時口を出したら負けとでも思ったのか、むっちりして合槌さえも打たない。町田君は語をつづける。

「『じゃお父さん、こんどだけ孝行をしましょう。しかし見合の方法は僕のいう通りにして下さい。僕は有象無象と一緒に見合は真平です』というわけで引受けはしたが、この時既に僕の頭には君というものが浮び上った。君はいやいやながら見合をした体験者なんだからね。二度目は大したことないだろう。会った後の交渉は僕が万事引受けるんだから。ね君は僕の気性を知ってるだろうね？　頼む、恩に着るよ、その変りこんど君がどんな難題を持って来てもきっと引受ける。頼む、後生だ」

「で、どんな方法で会うの？」

とうとう村井君の本性を現わした。やっぱり断り切れないらしい。しめたと町田君は抜かさず語をつづける。

「こんどの日曜午後四時、西郷さんの銅像の下、君はこうもり傘と紫色の花を持つこと。相手の彼女は斎藤というのだそうだ。名前は聞いたけれど忘れたが、かぼちゃを三つずつ縄でくくって両手に持たせるんだってさ。これは親父の考え出したことで、使用後の利用価値満点だというんだ。全くあさましい限りだ。茨城から出て来るんだから上野へ着く、それで西郷さんを選んだわけだ。彼女はそれでも三輪田《みわだ》を出てるそうだから、まごつくことはないだろう。ブラブラするのも格好がつかなかったら僕のアパートを使ってくれ給え。その日僕はすまないが映画でも見ているよ。当日使う小道具とアパートの鍵はその日の朝持って来るからね」

（二）

やっと村井君を口説き落して身代りに見合もどうやらすんだ。町田君は予定の計画の通り御縁のないものと思ってくれという断り状を出し、やれ一安心したのも束の間、先方の父親から折り返し、なんとか思い直して御交際をしてくれと申込んできた。お気に入らないところはどんなにでも改めるとまで申している娘の心根何卒不憫と思召されとまで書き添えてあった。町田君は手紙を持って村井君のところへ馳せつけた。

「困ったことになったよ。また君はいやに感じを出したものらしいね。僕はどうせ断るんだから、あの時の様子なんか聞く必要もないと思って何も聞かずにいたが、こういうことになると参考のため聞いておかないと辻褄が合わなくなるからね。大体のところ、どんな風に進展したんだい」

「何の進展もないよ。ただ西郷さんの下ですぐお互にそれと知れた。彼女の持っていたかぼちゃと僕の花とを取り換えて、アパートへ着くとちょっと休んで、渋谷の彼女の親類の家まで送って行った、ただそれだけ。何かしゃべったら間違いの原と思って、何もいわず、彼女もかたらず。どうも間の悪いったらない。跋《ばつ》の悪さが溜息となって現われる」

「あッそれだ。確かにそいつが禍いしたね」

「眼と眼と会えば仕様がない笑っておくより始末がつかないじゃないか」

「ますますいけない。困ったな、だがしかし君としては、そうするより仕様がなかっただろう。やっぱりこんな不自然なことをしなければよかったんだ」

町田君は頭をかかえて思案に余ってしまった。一方村井君の方はと見ると、窓の彼方をうっとりと眺め、何か快い追憶にふけっているようである。しばらくの沈黙の後、村井君はしんみりと口を切った。

「だけどね、僕は実をいうとゆり子さんのようなああいうタイプがすきなんだ。理想だ。巧まない美しさ、女らしさが……あああ世の中って皮肉なものだなあ。僕に勇気さえあれば今の婚約を解消して、そうだ！　やっちまおう。僕は決心しよう。君、君は男だろうね」

村井君の眼が急に真にせまってきた。町田君はびっくりして顔を上げた。話もしないというのに相手の名前まで知っているとはあやしげだなと思っている途端、喧嘩でも吹きかけまじき勢にたじたじとなった。

「君は前言を取消しはしないだろうね。この前、どんな難題を持って来ても引受けるといったね。春美さんと会ってくれないか。そして僕達の婚約を解消するということをいい渡してもらいたいものだ。もともと僕達の婚約の動機も不純なものから出発してたんだ。それをだんだん感じてきたんだ。君と同じ食糧確保結婚なのだよ。『ほんとにあなたのお宅でお米からお野菜、果物まで御厄介になっていて申訳ございませんから、次男の嫁を早いところきめましょう。もうこの世の中は田舎の方に限りますわね』お袋のいい草だ。ちぇッ、馬鹿にしてやがらあ。そんなに食糧と結婚させたいなら、解消後だってそっちの方は引受けてやるよ。全くあさましいね」

(三)

お話したきことあり、金曜日午前―時服部時計店の前まで来て下さい。

やや刺を含んだ速達を受取って春美嬢はいぶかしく思いながら、とにかく銀座へ出た。今まで春美嬢の方が先へ行っているということは一度もなかった。それが今日に限って村井君の姿が見えない。何かあるなと直感した。その時背後から「春美さん」と若い男の人から声をかけられた。

「僕は村井君に頼まれて来ました。僕の話を終りまでだまって聞いて下さい。ぶらぶら歩きながらいいましょう。村井君は僕をここまで案内して来て、すぐその足で田舎へ帰りました。気持の転換を計るためでしょう」

そして二人の気持にそぐわないもののあること、婚約の動機が不純であることの二つの理由で婚約解消を申渡した。そういう話をする時の町田君は実に打ってつけで、テキパキとそれでいて相手に悪い感じをあたえず、聞いている当の本人でさえ気持よくあっさりと応じることが出来た。

「よくわかりましたわ。私も家の者を納得させることが出来たら、私の方から申し出ようとさえ思ったこともありますの。これで家の者も少し目覚めてくれるといいんですけど」

「村井君は解消後も食糧の方は引受けるといっていましたよ。ハハハハ」

「いやですわ」

ここまで神妙にしていた春美嬢の態度がガラッと変った。

「ああ苦しかった。これでお芝居はおしまい？　もう自由にしてもいいんでしょう。じゃこれから二人で鎌倉へ行って、いままでのことを海で洗い落してきましょうよ」

「しかしこんな事がスラスラ運ぼうとは思わなかった。今日初めてあなたを知ったことになっていますからね、芝居はもう少し続けなければなりますまい。じゃこういうことにしましょう。解消を申渡した時のあなたの態度が気に入って、僕がプロポーズしたということにしておきましょう」

二人の足はいつの間にか東京駅に……鎌倉行二枚の切符が無表情に二人の前に投出された。

## (四)

半ケ月の帰省の間に村井君は婚約解消の手続きをすませ、改めてゆり子嬢との婚約の契を交わした。同郷も隣村のことではあるし、スラスラと事は成立した。そして意気揚々と上京して町田君のアパートを訪れた。

「いやあ、おめでとう。こんどこそ心からおめでとうがいえるね。ところで君の上京を待ってたんだ。君からも僕におめでとうをいってもらおうと思ってね。実はあの時、あの難問題をいい渡した後の春美さんの態度が僕はすっかり気に入ったんだ。実に物にこだわらないあのさばさばした気性にすっかりほれ込んだんだ。それに僕、ちょっぴり同情も手伝ったんだね。これも君の感化だよ。それで君の帰りを待って正式にプロポーズしたいと思うんだが……」

「そりゃあおめでとう。それでもう春美さんはＯＫなんだね」

「まあね、あの帰り邦楽座《ほうがく》に廻ったりなんかしてね」

「何を見たんだい。あまり感じの出るもの二人で見たりしちゃ毒だよ」

「あの時は何だっけな。そうそ、最後の抱擁だったかな」

「ちょっと待ってくれ。ええと、そうかい。なんだそうだったのかい。そんな前から知合だったのか。邦楽座の最後の抱擁ならもう一ケ月も前だぜ。そんならそうと早くいってくれりゃ、とっくに君にゆずったものをね。苦労させたよ。いや、それにしてもおめでたい。うれしいね」

町田君はしまったと思ったがもう万事休すだ。村井君は平気で語をつづける。

「じゃ僕も話すがね。実は僕も隠してたことがあるんだ。身替り見合の日、見合の相手たるや、こともあろうに僕の幼なじみじゃないか。九年会わなかった間に十一だったゆりっぺが二十の、しかも美しい娘になっているんだからね。全くふしぎなもんだ」

十一の女の子が九年経てば、二十の娘になるのは当り前のこと、それを村井君はふしぎに思うところを見ると、大分頭に血がのぼっているらしい。

「斎藤という名字は君から聞いて知って行ったが、まさか斎藤のゆりっぺとは、お釈迦様でも、ウム気がつくめえ」

羽左《うざ》張りに首をふって、一人で脱線している。町田君は、つと口をすべらした一言に、すっかり尻尾をつかまれてしまって悄げ返っている。

「という訳で、あとは御想像にまかせるよ。こればかりは僕達二人の秘密にしておこうと思ったが、君が何もかも打明けてくれたんで僕も話よくなった」

「というと、あのおやじさんの手紙は、ありゃ君のさしがねだったんだね」

「まあそこまでいわすなよ。しかしおやじは全く関知せず。ゆりっぺの真にせまったあっぱれなるしぐさ、まえが、おやじをして筆をとらしめたと解釈すべきだね」

村井君は人ごとのようにいってのけた。

「なあるほど、いや完全にシャッポをぬいだ」

「僕は秋に式をあげるつもりだが、どうだい合同結婚といこうじゃないか」

「よかろう。十一月頃かね」

「そう、末だね。その頃はそれこそ一年中で一番食糧の豊富な時だからね。しっかり御客様にも御馳走が出来るだろう。食糧といえばほんとに僕達で引受けるよ。君のママにも、春美さんのママにも、その点は安心するようにいっといてくれ給え」

「そんなことより、愉快だなあ、君にしてやられるとは」

「全く愉快だ。うれしいね」

二人は期せずしてアハハハアハハハと笑い出したが、その笑いがなかなか止まりそうもない。その声があまり高いのと長いので、アパートの窓という窓からは、一斉にいろいろの顔がニユッニユッと現れて、何の訳かも判らずに、釣込まれてこれまた次々にアハハアハハと笑い出した。

# 盲目物語

私は小さい時、小児麻痺《まひ》を患ってから習慣になって、毎月三回は按摩をとっているが、その按摩がむつかしく、とにかくこちらの体を絶対動かさず、それでいて大概の人に負けないぐらい強く揉んでもらわないと気持が悪いので誰でも頼むわけにゆかず、いつも来る按摩にさしつかえのある時には、二日でも三日でも待って、そのかかりつけの人の手のあくのを待っては揉んでもらっていた。そもそも、いつも来る人の師匠というのが、私に贅沢な揉み方の味を覚えさせてしまったのであるが、その師匠が、私の十八の時だったかに心臓麻痺で急死してから、そこの一番弟子が跡を引受けて来るようになった。しかし初めの間はどうしても療治後がさっぱりせず、ああでもない、こうでもないと注文をつけて、やっと、師匠とほぼ同じように揉んでくれるようになったのは五六年の後だったと思う。その間に二度、ふとした出来心で女の人に来てもらったが、静かに揉むことは揉むのだけれど、やっぱり力が足りず、一層凝《こり》をつのらせてしまい、シャレではないがそれこそコリゴリしてしまってからは、新しい人は一切寄せつけず、以来二十年も一人の人にきめてしまっていた。

その人が珍らしく田舎に用足しに行って、旅先で病気になり、私の療治を十日もおくらせているので、そこの家の者が気をきかせて、兄弟弟子の人を見習いに案内させてよこした。内玄関から小走りに部屋へ入って来た女中が、

「お嬢さま先生」

と声をひそめて、さも大変だというように耳元にささやく。お嬢さま先生とは実は私のことで、私は持病があるので結婚する気になれず、降るようにあった縁談も断り、五年前に父を、続く翌年母を見送ってからは、一人居の淋しさをまぎらすために、ものを書いてみたのが、二三度雑誌に出たりした。それ以来、長年いる女中が威厳をもたせるためだと、初めは冗談のように云っていたが、いつとはなしにこんな風な呼びならわしになってし

まった。なんだか私の書くものが、お嬢さま調を脱していないということを揶揄《やゆ》されているような気がして片腹痛いものを感じるのだが、といって呼び方に注文をつけるのもおかしいのでそのままにしていた。

「さきほどお電話のありました代理の按摩さんがいらしったんでございますけど、あれ、ほんとの按摩さんでございましょうかしら。ねえ、お嬢さま先生、とってもご立派なご大家の旦那様みたいな人でございますよ。ちょっとこう六代目の若い時のような……。眼だってあれで見えないんでございましょうか。見習いさんが手を引いて来たところを見ると、やっぱり見えないんでございましょうね。『石段がございます』『敷居がございます』って、一々教えられてこわごわ歩いてるんでございますよ。あんな綺麗な眼で、ほんとに丸っきり見えないんでございましょうか。お嬢さま先生、どう遊ばしますか」

女中は、私がかねがね眼あきの按摩は肩が張っていけないといっていたので、その点を殊更に心配したためもあろうが、息をはずませんばかりにいうのである。今までの人があまり風采のあがらない、按摩らしい按摩であったから、尚更にそう感じたのかも知れない。私は十日も療治がおくれていたところへ、電話の前ぶれもあり、やれ有がたいと気をゆるしてしまったので、何としても我慢が出来そうにもなかった。それに玄関に按摩が来たらしい気配に、全身の凝が一時に頭をもたげてきて、急にしびれを覚え、吐気をさえ感じ始めたので、ともかく上ってもらうことにした。

折目の正しい羽織袴で、女中にはじかに手を引かせず、きれいにたたんだ真新しい手拭の端を引っぱってもらって案内されて来た。まず縁側で静かに膝をつき、片手をおろして軽く頭を下げ、すり膝で部屋に入ってから改めて両手をつき「お初めまして」と切り口上で挨拶をするあたり、女中ではないがほんとに旧《ふる》い芝居を思わせる物腰に、なんだか奇異の感を抱いたが、話を聞いてみると、療治に行く先が宮様のところばかりで、普通の家には行ったことがないとのことでなるほどとうなずかれた。車で送り迎えをされるため、家の近く以外は一人歩きが全然出来ず、生れながらの盲目ではないので感が鈍く、「お恥かしい」と誠に謙譲な態度に好感がもてた。「おつむり」とか「おみ足」とか「おみお手」に至ってはあまりの丁寧さに少しやり切れない気がしたが、その揉み方の上手なことといったら、子供の時分のうろ覚えではあるが、あの師匠按摩に勝るとも劣らない、いや確かにあれよりは壺壺をはずすことなく無駄手というものが一度もない。それに一揉み一揉みに熱がこもっていて、力の抜けるということがなかった。それでいて私の体はビクとも動かないのである。その上よいことに、揉んでいる間中無駄口を一つもきかないことなど、私のむつかしやを聞いていたのであろう。そして師匠が同じとはいえ、初めてあった。かねがね兄弟子から、私のむつかしやを聞いていたのであろう。そして師匠が同じとはいえ、初めての人がこんな思い通りに揉んでくれるとは思いがけないことだったので、有りがたいような嬉れしいような、もうおしまいにされるのが惜しくさえ思われるのであった。いつもの人の倍近くも揉んでもらったので、さすが石のようになっていた全身の凝りがすっかりほぐれて、ほんとに満ち足りた気持ちであった。

「大変お凝りになっておいでのようでございましたので、相当お強くお長い時間揉ませて頂きました。あるいはお揉み跡が少し動じるかも計りません。あなた様のご都合さえおよろしければ、ご全身を軽くおさすり致します程度で、お揉み跡をマッサージしておおき致しますれば、お痛みなくお楽と存じますのでございますが……」

私も別にこれという用事もなし、そうしておいてもらったら尚更気持ちがよさそうに思えたので頼むことにし、一たん起した体を、も一度横たえた。彼は首から肩へ肩から腕へと熟練した手さばきでマッサージしていたが、こんどは何かいいたそうに口ごもってはためらっているのが感じられた。いつも行く先が気づまりなところであろうから、何か世間話でもして気楽にさせてあげようと思うのであるが話の糸口が出て来ない、というよりは、マッサージの快い感触に酔い心地になっていて、話をするのがもの憂かった。こういう時、千夜一夜物語りのような話を、静かな声でしてくれるのをうつらうつら聞くことが出来たら……など思っているとき、彼はさも思い余ったというように口を切った。その声は含みのある理想的な静かな調子であった。

「あの……、あなた様は何かものをお書きになっていらっしゃいますようにうかがっておりますのでございますが。私の秘密、といっては大袈裟でございますが、告白を、何かの方法で世の中に発表して頂きたいのでございます。勿論その価値のないものなれば、お聞きずてにして頂いて結構なのでございます。と申しますのは、ある女性の方に私の気持を知って頂きたいのでございます。お手紙をさし上げたいにも、俄盲目のこととて思うように筆が持てませず、まともにお目にかかって申し上げることの出来ません事情にございますので、御女性でいらっしゃるあなた様が、少し興味をお感じ遊ばし、何かに発表して頂けますれば、きっとそのお方のお眼にとまるに違いないと、私は左様な気が致しまして、誠に無躾《ぶしつ》けなことを申し上げて、さぞご迷惑なこととは重重存じておりますのでございますが、思案に余ってお願い致します次第でございます。しかし、これからお話し致しますことに、ご興がお湧きでございませんでしたなれば、どうぞ、ラジオのスイッチでもお消し忘れになったお積りで、そのままお睡り下さいますように……」

私はなんだか魔術にでもかかったような、マッサージの快い感触に夢うつつの状態で、その上静かな声の響が却って私を現実から遠く引離し、小さい時、父がよく私を寝かしつけるためにしてくれた、おとぎばなしの調子を思い起していた。彼は彼で私の諾否を確かめるでもなく、静かに語り続けるのであった。

「私のこの眼は十六の夏までは、立派に用を足していたのでございますが、その年の夏、思いがけません瞬間の出来ごとに、ふらふらと釣込まれまして、われと我身でこの眼をつぶしてしまいましたのでございました。両親も兄妹もお医者様でさえそれを見やぶることなく、私の過失からだと思い込んでいるのでございます。

それは月のない静かな晩でございました。近所の子供達が、花火に打ち興じておりました。真の闇に花火があがりますと、あたりの状景が青や赤にくっきりと色どられ、私がこの眼で見ました最後の美しい場面なのでございます。それはそれは綺麗でございました。子供達の嬉しそうな顔が赤く浮び上り、楽しそうな様子が紫色に溶け込んで行きますあの状景は、今でも私の瞼に印象深くきざみ込まれております。そのうち隣りの男の子が、中でも一番大きな筒を取り出し、火をつけましたのでございますが、どう致しました訳かなかなか発火せず、それをその夜の楽しみにしておりました連中が、つまらなさそうに次の花火をあれこれと選んでおりました間に、私は何の考えもなく、ふらふらとその大筒を取り上げ、中をのぞき込んだのでございます。その途端！　バアーンッ！　という物凄い音響といっしょに、私はその場に人事不省になりまして倒れてしまったのでございます。お医者様初め、両親はもとより、その子供の親御達まで心配されまして、一生懸命にあらゆる手当をして頂きました甲斐がございまして、このように見にくい眼にはなりませずすみましたのでございますが、ご覧のようなあき盲目となってしまいましたのでございます。

けれど私は少しも悲しくはございませんでした。私は幸福だったのでございます。かたわとなりましたのが嬉しくて仕方がなかったのでございます。子供心の一途に、なんという無謀なことをしたものだとどなた様でも思し召すにちがいございませんが、私はこの齢になりましても少しも後悔は致しておりません。それどころかその時の幸福感が、只今でもひしひしと胸にせまって参るのでございます。

　と申しますのは、私の家の川向うに、一人娘の、それは美しい方が御両親と共にお住いになって居られました。左様でございます、丁度河原なでしこといった、ほんとに可憐な感じの方でございました。そのみどり様とお呼び申し上げておきましょう。仮にみどり様が、あの頃十三四ででもいらっしゃいましたでしょうか、何のご不自由もないお家にお生れになりながら、おみ足のお具合が悪く、松葉杖に身を託され、お庭の中を看護婦さんとご散歩されたりしておいでになるのを、私はいつも同情の眼をもって見守っておりましたのでございます。その同情が重なり重なって、只今から想いますと、淡い愛をさえ感じてしまいましたのでございましょう。お言葉をかわしたこともなく、ご挨拶さえ致したこともございませんのに、何でございますか、自分が満足な体で居りますのがたえがたく、もし自分が盲目であったなれば、私がみどり様の足となり、みどり様が私の眼となって下さり、ご一緒に暮すことがかなったら……とそんな空想をえがいたり致しましたものでございます。

　春琴抄の佐助どんのような、あれほどつきつめてはおりませんでしたけれども何かの拍子に盲目になったら……いいえ、なりたいとそんな漠然とした望みが、頭の中にひそんでおりましたのは事実でございました。と申しますのが、みどり様には月に何度かマッサージしてもらっておいでのご様子もお見受け致しまして、私はその按摩さんがねたましく、いっそこの眼をつぶしてしまいまして、その按摩さんの弟子入りを致し、三度に一度は自分が代ってご療治にうかがえないものでもないと、そんな浅はかな考えがうごめいておりましたのでございます。その頃は随分とこの眼を酷使致しましたものでございました。太陽を長い間見つめて、その後あたりが真暗になりますのに、心をときめかしてみましたり、夕闇の中で、わざと眼が痛くなるまで本を眺めておりまして、母に叱られましたのもその頃でございました。丁度そうした折も折、偶然の機会からそれこそ危険の危の字も何の躊躇《ためらい》もなく、夢遊病者のようにふらふらと、その大筒をのぞき込んでしまったのでございます。

　盲目になりますと同時に、前途の方針を変えなければなりません、父母は私に、宮城さんのように何か音楽で身を立てるように申しますのでございますけれど、私はあくまで按摩さんになりたいと申し、両親や兄妹を悲しませたのでございますが、結局望みが入れられまして、中学を中途退学致し、みどり様のおかかりつけの按摩さんの家に住み込みで、弟子入り致しますことが出来ましたのでございます。私は早く上手になりまして、お師匠さんの代理が出来ますようにと、五年というものは夢中で勉強致しました。手を休めるひまもなく、お神さんといわず、兄弟子、弟弟子の体をお借りしましては、お師匠さんの教えを願ったのでございます。お師匠さんも大変感心されまして、

『身分のおあんなさるあなたが、こんな家業に身を落され、それを苦にしなさるどころか、ほんとに自分のものになさろうとするのは、実にえらい。私の及ぶ限りおつたえするつもりです』

とお師匠さんも一生懸命で教えて下さいましたので、めきめきと上達致し、兄弟子をしのぐ腕前になりましたのでございます。けれど私の目指しておりますみどり様は、お師匠さんをお名指しでお召しになりますので、どう致しましても私のうかがうすきがございませんでした。そのうち宮様の方のお呼び出しはいつとはなし私の受持ちになりまして、いよいよその機会から遠ざかって参るように思われまして、淋しくてなりませんでございました。

もうその頃の私は、揉み療治の方はすっかり卒業致しまして、針を教えて頂いておりました。針療治でございます。このお療治はよほど精神の集中が出来ます者でございませんと、生命《いのち》にかかわります危ないお療治でございますので、お師匠さんもこの者なればと見込まれませんと、なかなかご伝授して頂けないのでございます。それを私が年上のお弟子さんを追い越しまして、一番弟子の次に教えて頂くことになりましたのでございますから、どんなに私が身も心も打ち込んで勉強致しておりましたか、お判りになって頂けると存じます。殊にみどり様も三月に一回位はこのお療治をお受けになるということを伺い、一層はげみが出ましたのでございます。

毎年暮の五日間というものは、よそ様のお宅がお忙しくなり、正月と共に私どもが多忙を極めますのが、例でございますが、その年私の二十一の暮でございます。暇の間にみっちり教え込んでおくからと、お師匠さんのお体を拝借致しまして、毎晩針の教えを受けておりました。家の者が起きている時は気が散るであろうからと、細《こまか》いお心づかいで、皆の寝静まるのを待って教えて下さるのでございました。が、そのころ、只今口に致しますのもゾッとするような事件が持ち上ったのでございます。

いつも足《しも》の方の療治になります頃は、お師匠さんも気をゆるされるのでございましょう、よい心持になって、

スヤスヤと休まれてしまわれますのございますが、その時はその寝息すらうかがわれませんほど寝入ってしまわれました。

『お療治を全部終りました。いかがでございましたでしょうか』

私の問いにもお答えなく、死んだもののようになって居られますので、おかしいなとは存じましたが、お睡りをさまたげるまでもないと存じ針をしまうため数を算えてみますと、なんと一本足りないのでございます。私はハッと思いますと同時に、もう私の手はお師匠さんの全身を手さぐっておりました。とどうしたというのでございましょう、かねがねそこは危いところだ、三分と違わないところが急所だからと注意されておりましたところ、その皮膚の下にたしかに手答えがございますではございませんか。瞬間、私は身内のしびれる思いが致しました。なんとかして抜き出さなければと気ばかりあせるのでございますが、さわればさわるほど、針は奥深く埋まって参るのでございます。はては指先に感じられなくなってしまいましたのでございます。もうこうなってしまいましたものは、切開致しませんと、取り出すことは不可能でございます。絶望と共に私の胸は早鐘のように動悸が致し、手先はブルブルとふるえ、あまつさえ指先の感覚を失いましたように、なんでございますか、冷めたくなって参るような感じでございました。いいえ、その冷めたさが、お師匠さんの体から伝わって参りますのに感づきましたのでございます。

もう私は、前後の考えもございませず、夢中で着物をお着せ致し、ふとんをかけ、いつもの習慣で無意識のうちに針道具を、元通り違い棚の上にかたづけますと、自室に逃れ去りましたのでございます。後から考えまして、よくそれだけのことがあの場合出来ましたと不思議に存じますのでございますが、どうしてあの時急を告げも致しませず、こともございましょうに逃げたりなど致しましたか、いまだにその時の気持が判りませんのでございますが、ただ恐ろしく、こわくてなりませんでございました。その夜私はまんじりとも出来ませんでございました。それに致しましても、どうしてあんなことになってしまったのでございましょう。注意に注意を重ねておりました急所へ！　不注意とか、仕損じとかではすまされません結果を招いてしまいましたのでございます。私自身、何と致しましても自分の犯しました失策に合点がゆかないのでございます。

みどり様のお呼び出しが、いつもお師匠さんお名指しでございましたので、お師匠さんさえいらっしゃいませんでしたなれば……とそんなことは思わぬでもございませんでしたが、まさか自分の手でお師匠さんをなきものになど、そんな大それましたことが出来ようはずがございませんのに、現実はそうなって現われて参りましたのでございます。一体私と申しますのが、この眼を失いました時も丁度この時に似た瞬間でございました。それほどつきつめて考えておりませんでした事を、実行に移してしまっております。一種の夢遊病者なのではございますまいか。そう思い至りますと、急に空恐しさと良心の苛責に胸をえぐられます思いで、真冬だと申しますのに、冷めたい脂汗が全身を包みまして、なんでございますか、蛇に巻きつかれましたとでも申しましょうか、そのような苦しさで一晩中をあかしてしまいましたのでございます。

　翌朝早くお神さんが発見されまして、家中が大さわぎとなりました。けれども、どなたも私を疑う者がないのでございます。お医者様は心臓麻痺と診断を降《くだ》され、お葬式《とむらい》もとどこおりなくすみまして、ほど近い菩提寺に土葬にされましたのでございます。大概のお宅では火葬になされますのでございますから、もしご遺骨の中から針が発見されましたなれば、私にお疑いのかかりますのは必定でございます故、それよりはいさぎよく自首して出ようと、存じましたのでございますが、お検《し》らべのきびしいあまり、どのようなことから、みどり様へ御迷惑がかかりませんものでもなく、私は何よりもただそれを恐れ、とつおいつ考えあぐねて、また決心をにぶらせてしまいましたのでございます。とうとう苦しみにもだえながら夕を送り、良心の苛責にさいなまれつつ朝を迎えておりました。私のもだえ苦しんでおります様子が、却って他人様からは、主人おもいの忠実な弟子よと、買被られまして参った訳でございます。

　私と致しましては、もうこの手は主人殺しという大それた罪にけがれてしまいましたのでございますから、みどり様の清いお体には決してふれまいと、それだけはかたく心にちかいました。思いますれば、我と我身で眼をつぶし、一生を丸っきり犠牲に致して参りましたことが、結局何の結果も得られませんという惨めなことになってしまいましたのでございます。

　両親兄妹はこれを機会に、実家に帰ってくれるようくどかれましたのでございますが、私は肉親も家もすて、罪ほろぼしの覚悟で、ひたすらこのお療法を誠心誠意させて頂いて参りました。先程も申し上げましたように、宮様のご用は私がおおせつかることになりましたので、自然兄弟子がみどり様のお療法をお師匠さんに代ってつとめさせて頂くことになりまして、早いものでございます、いつの間にか十五年を経過してしまいました。私はあの恐ろしい出来事以来、針は一切持ちませず、揉み療法専門でたって参りました。針を持ちますことさえこわいのでございます。それどころではございません。ハリという言葉が耳に触れますだけで、私の神経にキリキリともみ込まれて参りますような、もうじっとして聞き逃がしますことが出来ませずいつもその場をはずしましてはほっと息をつきますような苦しさを味わっておりましたのでございますが、或る日、突然のことから私が、この私のこの手が、人様をあやめておりませなんだと申すことが判りましたのでございます。

『私は大変なことをしました。お師匠さんの大切にしておられた針を一本折ってしまいました。お形見を錆びさすまいと手入れをしていて、つい粗忽をしてしまいました。せっかく揃っていたものを……』

兄弟子が意外なことを申すのでございます。その時のハリという言葉の響は、また違った意味で私の神経を呼びさましました。その場をはずすどころではございません。私は急いでこう訊《たず》ねませんではいられなかったのでございます。

『揃っていたとおっしゃいますが、お師匠さんのご生前から、ずっと一本もおなくしにならないのですか』

『飛んでもない。なくしたことなぞあるものですか』

何という意外な答えでございましたでしょう。それではあの時、私は妙な胸さわぎが致しましたので、算え方がおろそかになりましたのでございましょう。そして算えそこなっておりましたのでございます。針が一本足りないという潜在意識が、感の鈍い私の指先にございも致しません手答えとなって伝わり、錯覚を起してしまいましたものと思われますのでございます。左様思い至りますと、急に安心と申しますよりは、なんでございますか、力がぬけてしまいましたようで、ふらふらと眼まいをさえ感じてしまいました。当分の間は虚脱状態で、何を考えましてもまとまりませずぼんやりしてしまいましたような訳でございます。十五年もの長い間、悩みに悩みまして暮して参りましたのでございますから、一朝一夕でさっぱりした気分にはなり切れませんのでございました。

それからだんだん自分を取り戻して参りましたが、あの時の気持ちは今でも忘れることが出来ませんのでございます、春の夜の、ほのぼのと明けて参ります、あのすがすがしい気持ちでございました。東の空が紅霞色に染って参りますと存じますと、お日の出と共にみるみる霞が晴れ、野も山も急に活気づきまして、小鳥の喜喜としたさえずりさえも耳に響いて参りますような感じでございます。

その活気が私の心の中にもうずき始めましたのでございます。この私の手が、人様をあやめておりませなんだということがはっきりして参りますと、また頭をもたげて参りましたのは、みどり様への思慕の念でございました。みどり様のおみ足は、もう普通とお変りないぐらいになられましたのでございますが、お体が弱いため、ご両親をおなくし遊ばしましたお後もお一人でお暮しのご様子を兄弟子からうかがって参りました。私はご一緒に住みたいとか、結婚してとか、そんな齢甲斐のございません考えはなくなっておりましたのでございますが、何とか私の思いだけをおつたえ出来ましたならば、知って頂けましたなれば、私はその日に命をすてましてもさらさら悔はございませんとさえ存じておりますのでございます。しかしもうあれから五年、都合二十年近くも兄弟子がお伺い致しますよう、習慣づけられましておりますのでございますから、今更私がお伺い致します機会がございません。どう致しましたなれば、そのお方様にこの思いをお知らせ致しますことが出来ますでございましょうか、今日まで思案に暮れておりましたのでございますが、本日存じよりもございませず、あなた様に聞いて頂きますことが出来まして、私と致しましては、もうそのお方様に聞いて頂きましたのも同じような気が致しますのでございます。あなた様がこのままお聞きずてに遊ばしましょうとも、もう思い残しますことはございません。

ながながと身勝手なことをしゃべりつづけまして、さぞご迷惑なことと存じましたが、私には左様致しますより術《すべ》がございませんのでございます。丁度お治療もこれで終りましてございます。さぞ迎えの者が待ちくたびれておりますことと存じます。ではこれにてごめんをこうむります。ご機嫌よろしゅう……」

私はその声が、今この世を去って逝く人のような錯覚を起して、ハッと我にかえった。

「出来るだけ、あなたのお話を取りまとめて何かにきっとお書きしましょう」どんな風にいったのか、自分でも判らないほど私はうろたえていた。とにかくそれだけの意味のことをいったことは覚えているが、呼び鈴《りん》を押したことは記憶にない。女中が突然のように現われたのにギョッとした。

「おすみでございますか。見習いさんがさっき来られましたけれど、私がお送りするからとわざと返しました。お急ぎのご用がおありになるそうでございますよ。すぐ案内致しましょう」

さっき来たときと同じように、手拭の端を持って二人は部屋を出て行った。それからどの位の時間が経ったのか私は知らない。女中が息せき切って帰ってくるなり、

「お嬢さま先生、大変なことになりました。只今の按摩さんが、電車にふれて即死なさいました。ですから私、お家までお送りすると申しますのに、ここまで来ればもう勝手を知っているからと、どうしてもおききにならないものでございますから、あの踏み切りの手前で別れたのでございます。でも私気がかりでございましたのでふり返りふり返り後を見送っておりましたが、アッという瞬間の出来ごとでございます。ほんとにどうしたらよろしいのでございましょう」

私はもう恥も外聞もなかった。その場にわっと泣きくずれてしまった。あの時、思い切って、一言でも意思表示をしてあったならば、こんなことにはならなかったであろうものを。私は冷静に、冷静にと、無理に自分を殺していたのが悔やまれて、後から後から涙が頰をつたうのであった。

# 評論・随筆篇

# 新青年料理二種

独身者のサンドイッチ

## (一) 殿方の部

殿方が、まだ、お独り身でおありになりながら、お友達(ことに御婦人の)をお招きになって、御自分のお手料理でなどということは、多くの場合ないと思って差支えないと存じます。そこで皆様が独身者アパートの一室にあって、二日酔などで外へ食べに出るのもおっくうだし、御馳走もこの胸のやけ方ではとても。そういう時の御用意までに、——

さてそれには、皆様にもお心掛けておいて頂きたいのでございます。まずバーのドアにお手をお掛けになる時、二日酔を思い浮べられ、そのお手をローマイヤのドアに置き換えて頂きます。そこで材料を求めて頂くのでございます。鮭の燻製なり、ソーセージなり、ハムなり、お好き好きに、まだお目もたしかなうちでございますから、程よく取り混ぜて適宜にお買い求め頂きます。

ここで御注意申上げますのは、皆様お切りになる手をおはぶきになるため「切ってくれ」とおつけたし下さいませ。

次に包んでくれました紐の輪にバンドをおとおしになります。これは前後をさけて横の処がよいと思います。

これだけの御用意がととのいましたならば、後は階子《はしご》呑《のみ》なり何呑なり、お気をお許しになって大丈夫でございます。そこで一日を経過致します。

さていよいよ召上りたい時間が参りました時、前日の包みの紐をバンドより外し、紐をハサミで切り中味を取り出して頂きます。

ここでちょっと一ツおつまみになりたい処でございましょうが、なるべく我慢をして頂きたいと思います。

次に地下室の食堂から、パン半斤とバタ四半斤と、生野菜(キュウリ、セロリー、ラディシュ、など)辛《からし》(といてあるもの)この二ツは皆様のお腕次第、女給に一言何か……わけなくお手に入ります。——御自信のおありにならない方は致し方ございません。前もってお取り揃え下さいませ、――をお取り寄せになって頂きます。

さてパンを切るのでございますが、お持ち合せの小さいナイフなどではなかなか思うように切れるものではございません。そこでとくにそういう方のために最もやさしい方法を申上げます。

まずパンを左手に持ち、右手で五分《ぶ》角位の大きさにちぎり、バタ、カラシを適宜に付けそれをお口の中に入れるのでございます。ここで歯と歯をお合せにならずに、すぐハムあるいはソーセージ、お好みの物を入れて頂きますが、ここでもおかみになるのをおひかえになって頂きます。次に前同様、五分角大のパンをちぎり、バタ、カラシをおぬりになって、もう一度お口へ入れて頂きます。さてすっかりつきましたならばここで始めておかみ合せになるのでございます。

（二）御婦人方の部

別にこれといって、区別する必要もないのでございます。殿方御同様に遊ばしてもそれは結構でございますが、いかにもあれでは、何と申し上げたらよろしゅうございましょうか、どうも殺風景のように存じられるのでございます。

いつ何時御来客があっても、あわてふためいてお取りかたづけ遊ばさなくてもすみまた、お一人で召し上るにしても、良心にせめられずにすむ簡単な方法をご紹介申し上げます。

材料は殿方の部を御覧の上どのような方法ででもよろしゅうございますから、御取り揃え願います。

まずパンの底の方、最も面積の小さい方から、厚さ二分位に（硬い部分をのぞいて）二枚だけ切って頂きます。これは後にも先にも二枚だけでよろしいのでございますから、お持ち合せの小さいナイフでも結構でございましょう。ただ念を入れて綺麗に切って頂きます。次にナイフを火でちょっとあたため、バタをパンの一面に程よくぬって頂きます。カラシも適宜につけて頂きます。お出来になりましたなら、ソーセージなりハムなり、お好みのものをパンとパンの間にはさみ、手際よく巾《はば》二吋《インチ》位縦三吋位にお切りになるのでございます。そして、これをコーヒー茶碗のお皿にでも盛って頂き、生野菜でもおあしらえになればなお結構でございます。そしてこれをじっとお見つめになりながら残りの材料を殿方同様順次にお口の中におつめ込みになるので、ございます。

# 女学生読本

## 第一、学校の巻

——先生の立場から——

皆さんに硬苦しいお教訓は、もうもう耳にたこでしょうから、私は違った方面から御注意やら、御参考やら、女学生のコツといったようなお話を致してみましょうね。

この暮、バッサリ首をやられた宿無しの私はもう、先生としてお話する資格がないかわり、誰にも気兼《きがね》がいりませんから、その点ざっくばらんにお話が出来ようというものです。

さて、一九三三年の女学生たらんには……

一、朗らかな要領の好さで事にお当りなさい。

これをずるく立廻るのと混同されては困ります。さあ、何か一例を引いて見ましょう。そうそう私が高師を出てやっとこ先生に成りたて、ウェデキンドの戯曲「春のめざめ」が映画化され、そのフィルムが来たんですよ。私は子女の教育にたずさわっているという、ものものしい立場から見に行ったもんです。え？　何ですって？　ヴァレンチノかウォーレス・リードの画《え》が同時に上映されたんだろうって？　どうも手きびしいんですね。まあその辺はぼかしといて下さいよ。とにかく、その映画の一場面でメルヒヨール、モーリッツの少年時代、お授業の真最中です。お定りに二人は並び合って一番前の席に腰かけていました。頭脳明晰で先生のお覚え目出度いメルヒヨールも、いい加減長いお講義に疲れを感じたのでしょう。何の気なしに体を椅子からずらして机の向う側に足を投げ出して、ちょっとのびのびみたいな事をしてしまったんですよ。

「何です！　メルヒヨールさん！　その行儀は！　そんな処に足なんか出すものではありませんッ！」

先生の叱声に「しまった」と思ったメルヒヨール、あわてるかと思いのほか、ふと席を立って机の向うを覗き込み、とぼけながら……

「は？　先生、足ってどの足でしょう？」

そりゃあそのはずですわね。自分が立ってしまえば足なんか引っ込んでしまいますもの。先生だって微笑まざるを得ないじゃありませんか。

先生というものは、皆さんが失敗をしたからって、おなまけをしたからって、そうむきになって心からにくんだり怒ったりする事はないものなんですよ。早い話が他人ですものね。皆さんの悪戯《わるさ》やら、おなまけやらに対して怒るのは、つまり、先生としての威厳を保たせるための「しぐさ」にすぎないんですの。ですから怒られたからってグニャッとなったり、反抗心を起して突っ張ったりしては結局こじらせるばかりで御損ですよ。――これは夫婦間のコツにも適用されますが、夫婦というものはこりゃまた別で、その場限りのものらしいです。もうこれ位心得ておくこともあながち無駄ではないでしょう。――ところが先生対生徒となるとそのこじれはちっとやそっとで直るものではありませんよ。さあそうなると通告簿にさし障りが来る。これでは割が合わないでしょう。そこで朗らかな要領の好さで先生の体面をきずつけないように、その場の空気を変えてしまうに限りますね。

一、こそこそかくし事をしてはなりません。

先生というものはそりゃあ猜疑心の強いものです。これも煎じつめれば皆さんに胡麻化されていることは、体面上、威厳上大いにかかわってきますからね。先生達は鵜の目鷹の目探し廻っているんですよ。ですからよほど巧妙にかくし事をしていても、大概は知れてしまいますし、それぞれ君子連というスパイもいることですから、こそこそ仕事は禁物ですね。堂々とやっておしまいなさいませ。そうすれば君子連だって告げ口の仕様がなくなってしまいますでしょう。え？　かくし事なんてそんな事してませんって？　駄目々々。いろいろ挙っているんですもの。ちゃあんと知ってますよ。じゃその中の罪の軽そうなところを一つ発表してみましょうか。よござんすか。よく銀紙が落ちてたり、黒あめの缶が屑箱から出てきたりするんですけど……。え？　お昼のデセールに持ってらっしゃるんですか。そうですか。それとてもおゆるしが出た訳じゃないんでしょう？　じゃ、それはまあそれとして、でもね、生憎《あいにく》なことに食堂にばかり落てはいないんですよ。お教室の机のわきなんかに時々その銀紙の残骸が……。え？　ミシンの針は銀紙で包んであるんですって？　不思議ですねえ、それにしては蟻君がいっぱい集って来てるんですけど……。どうです。お授業中こそこそとお口の中に入れてらっしゃるのが立派に証明された訳ですね。

あなた方にそれ等を絶対禁じるのは、確かに可哀そうだと思います。えらい学者だって研究室へとじこもって、勉強のかたわら煙草というものをふかしていますからね。女学生の煙草だと思えばいいようなものの、学校となると相手がお菓子というくだけたものだけに、永久にゆるさるべきはずはないと思うんです。そこでこそこそが始まることにもなるんでしょうが、それほど強いて召し上りたかったら、その相手をお菓子と名付けず、お授業中でも先生のおゆるしを受けて、堂々と召し上れるような方法をお講じになったらよさそうなもんじゃありませんか。パスチイユ・ヴァルダの缶へでも同居させて、浅田あめの缶だって結構でしょう。のどのお薬に仕立てるんですよ。おやおや大変なことをお教えしてしまいましたね。元へ、元へ。

一、先生はとにもかくにも奉ってお置きなさい。

いかに世の中が開けても、浜の真砂《まさご》石と共につきそうもないものは金鎚頭の先生です。そもそも先生という職業を選ぶのからして、ちと硬い証拠ですからね。ええええ私だって御他分にもれません。老先生をうまく奉って置くことの出来なかった全く融通の効かない頭なんですよ。ですからいくらわかってそうな先生でも、先生と名のついた以上、奉って置いて間違いの起ることはありません。

よく皆さんはこんなことをなさって優越感にひたってらっしゃいますね。優越感も結構ですが、その方法を誤ってらっしゃると思います。例えば、廊下で先生とすれ違いそうになる時、先生の方では既にお辞儀の用意をしていらっしゃいます。

「あの子は私より大分背《せい》が高そうだから、普通のお辞儀をすると、私の頭の方が低くなる恐れがあると……それではちと残念であるから、こりゃ八十五度角としておきましょう。その変り、ちょっと笑を含ませて上げればその埋め合わせがつくでしょう」

という訳で、まず頬っぺたの筋肉を両耳の方へ引っ張りかけた途端、肝心のあなた方が、スカイを食わして、ツと廊下を曲がられたり、も一つ辵《しんにゅう》をかけてクルッと踵《きびす》を返してしまったりされたのでは、先生たるものこの鬱憤をどこへ持って行くでしょう。皆さんがこの場の様子を、得々とお友達方に吹聴してらっしゃる間に、成績表のお点は見る見る下っていってしまうのです。

こんな嫌な先生にお辞儀するのも癪だとお思いになったら、お辞儀をするのだと考えずに……

「いつかの水の江瀧子、兵隊さんになった時、彼女の前へ進み出て、こうしてちょっと頭をなでてから、こんなお辞儀をしたっけ」

そこでその通りやって御覧になればいいんですよ。それで結構、先生満悦の態よろしく退場ということになります。

一、好い意味で、早く先生にお覚えられなさい。

ここでくれぐれも御注意申しておきますが、閻魔帳《えんま》へ控えられるような覚えられ方は、後の祟《たた》りが恐しいですよ。実際、最初の印象ほど後になって重大な役割を演じてくれるものはありません。第一にお話したような要領で認められるのもいいでしょうし、罪のない奇問を発して、先生の脳裡深く印象付けるのも結構でしょう。あるいはまた、先生の羽織の衿の立ってるのや、袴の後から帯がのぞいてるのを直して上げるのも一手でしょう。といって皆さんの年頃で、そんな忠義ぶるのはチャンチャラおかしくってとおっしゃる方もあるでしょう。それも無理ありません。そういう方は直すべくそのあべこべをしながら……という手もあるじゃありませんか。あの手この手、いろいろあるでしょう。とにかく早く好感を持たしてしまうんですよ。これに成功すると、全く後が楽です。ちょっと位の失敗なんか消飛《けしと》ばしてくれますよ。

一、先生の弱点を物したからとて、積極的行為はおつつしみなさい。

大勢の生徒さん方の中には、ふとした拍子から先生方の弱点を握っておしまいになった方がきっとおありと思います。小さい処で、お芋を煮ころがしながら、ちょっと一つほうり込んだ処を見とどけた方もあるでしょうし、大きい処では、ランデブーの現行犯をおさえた方もおありでしょう。こういう方は実に幸運です。あなたの態度一つで、先生からは感謝され、労せずして成績の上ることと受合《うけあい》。

ではその態度――積極的態度をお用いになって、お友達方に云いふらし、大いに牛耳《ぎゅうじ》るのも一時は面白いでしょうが、相手にふてくされでもされては事面倒になりますからね。ここは消極的態度をおとりになった方がお得策ですよ。

「先生、御安心遊ばせ。私はよき理解者ですから……」という意味の、ニヤとニコの中間の笑を含ませて、三日に一遍位意味深なお辞儀をしておくんですよ。こうして時々それとなくつついておけば、永いこと御利益がありますからね。先生たるものまたつらいかなです。

私としたことが、少しレールをはずし過ぎたようですね。どうも今度は、私の就職にさし障りが来そうですから、この辺でお止めにして、終りに一般先生を代表して、皆さんへお願いを二つだけ云わして下さいませね。

一、イコページについての譚名《あだな》だけはお見逃し下さい。

先生と云っても女です。年を取っても女は女です。重々悪いところは心得すぎるほど心得ていますから、どうかそうずけずけおっしゃらないで下さいまし。そんなに辛《つ》らければ、先生なんかにならなければいいのに……って、それは無理というものです。こんなイコページなればこそ、先生にしかなれないんです。

一、教員室の前は、横目を効かせずお通り過ぎ下さい。

学校によっては、教員室の前を通る時、お辞儀を強いる処がありますが、それには深い深い訳があるのです。こうなったら総てを打ち明けてお願いすることにしましょう。先生と云っても人間です。いくら頭は金鎚でも、体まで鉄では出来ておりません。そう一日中、猫ばかり被ってもいられませんでしょう。疲れて終《しま》いますもの。そこで、教員室とはつまり私共の命をつなぐ休息所です。欠伸《あくび》をするもの、のびをする者、背中を掻くもの、禿かくしの具合を直す者、等々。こういう次第ですから、どうぞそこの処をお含み下すって、なるべく教員室への御用は御省きになって下さい。

そしてまた、教員室の前をお通りにならなければならないような時も、どうぞ真直前方のみを御覧になって、お通り過ぎ下さいまし。

——註——

私は今までお話した中で、わざと先生を女の先生に限りましたというのは、女の先生ぐらい厄介なものは無いからです。それは自分ながら、つくづく愛想が尽きています。

そこへ行くと男の先生は扱い好いですからね。殊にあなた方のことですもの。皆さん、大いに自由に大胆にお振舞遊ばせ、大いにだだもお捏《こ》ね遊ばせ。その一つ一つは彼等先生の血管をはげしく運動さす原因ともなるでしょう。

――小使の立場から――

嬢様方に何か云えとこうおっしゃるんでごぜえますかね？　このわたしに？　どうもはあ世の中も変ってきたもんでごぜえますねえ。小使風情が一講義受け持つなんざあ。へえ！　六十歳の今日が日まで、胸のときめきなんざあ味わったことのねえわたしが、こう何だか、どきどきしてめえりましたよ。そいじゃまあ、長年小使をしている者でなきゃあ出来ねえお話でもさしておもらい申しましょうかね。

わたしあね、この学校へ入ってからも早二十年がとこになりますがあね、その間の嬢様方の遷《うつ》り変りが実に面白えと云っちゃあ失礼かも知れねえが、何年からどう変ったと、はっきり云えねえ処にまた味がごぜえますよ。と云って、二昔前の嬢様方、一昔前の嬢様方、そして現在の嬢様方でははっきり比較出来る処が、ますますもって妙じゃごぜえませんか。

二昔前の嬢様方は、わたしら風情にゃ洟《はな》もひっかけては下せえませんでした。よほど御用のあんなさる時、例えばお昼のお弁当の時間等にやっとお言葉を給わります。

「小使さん、お茶を持ってきて下さい」

とこう一言、笑顔どころかさげすみの眼を持って、そのお姿をかくしてしめえなさるんでしたよ。

それが十年後になるてえと、おっそろしく変っちめえました。朝早く廊下なんかでお会いするてえと、さばけた方などは言葉をかけて下せえますのはようござんすが、

「よう、景気はどうだい」とこれでごぜえました。わたしあ考えるのに、その頃が所謂過渡期だったに違えねえと思うんで……。前のお昼の例を用いてみるてえと……。

「おやじ、お茶をたのむよ」

これじゃあ御返事にまごついちめえますよ。一層のこと二十年前のようにされりゃあされたで……、

「はい、かしこめえりましてごぜえます」

とお辞儀の一つも出来るって寸法になるんでござえますが、

「ああ、ようがす」

とも嬢様方に向って云われますめえ。それに実の処、わたしあまり好い気持はしませんでしたよ。ところが二十年後の今日になるてえと、また大変な違いでごぜえ

まさあ。つまり「洗練された好さ」が現れてめえりました。それぞれ、嬢様方の言葉を借りて云わせてもらうてえと、エヘン、レハエンされたんでござえますね。

「おじさん、おはよう」

ニコッと笑って、二本指かなんかで敬礼してくんなさる。わたしあこういう嬢様方の御用をさしてもらうんだと思うと、実際気がはればれとしてめえります。

「おじさん、お茶」

たった二つの名詞を並べたっきりだってえのに、なんてまあチャーメングな、親しみのある響でござえましょう。瞬間、わたしあ自分が小使であるということを忘れちまって、しばらくうっとりと好い気持ちになっちめえます。全く長生はしてえもんで……、家の婆さんなんざあ、運悪くその過渡期の嬢様時代がお名残なんでござえます。よく歎《なげ》えておりましたっけ。

「女もこのままだったら、世の中もお終いだねえ」って。今の嬢様方を見せてやりてえもんでござえます。

「おばさん、寒いわね」

なんてお言葉を頂こうもんなら、奴あどんなに善《よろこ》んで有難がるかわかりません。

さあて結論でござえますが、過去二十年がとこを土台にして考えてみるてえと、こういうことが云えやしねえかと思うんで。

つんとすますことも、と云ってあまりにさばけ過ぎることも、男の真似をすることも、殊更悪い言葉、好い言葉を使うことも、わたしらのような下賤者を侮ることも、もう時代おくれだてえんです。三十三年型の嬢様は、「親しみのある嬢様らしさ」その「らしさ」をたあんと表現して頂きてえと、こうまあわたしあ申してえところなんでござえますよ。

# ハガキ回答

昭和十一年度の探偵文壇に
一、貴下が最も望まれる事
二、貴下が最も嘱望される新人の名

(一) 翻訳、創作に限らず、本格、変格を問わず、とにかく肩がこって困るようなものを読まして下さい。ただし、この肩のこり方に註文があります。つまり、すばらしく面白いんで夢中になって力が入り、一ツ姿勢のまま、いっきに終りまで読んでしまうため本をふせた途端、キュウッと来るあれでなければいけないんです。

(二) 一人とっても期待してる以上の方があるんですけど、もしその方が、ひそかに、もう新人じゃないと御自分でお思いになってらっしゃったら失礼みたいですから、さし控えます。

# 世間ばなし

私の商売が商売なもんですから、たまたま探偵小説作家諸先生方のマーヂャンをなさるお姿に接しられますの。「なあんだ！　マーヂャンガールか」ですって？　ま、そうきめといて頂いてもかまいませんわ。でも私はそのガールじゃないつもりなんですの。もっとも似通ってるみたいなもんですわ。お茶をお出ししたり、ツモをなさるのに夢中になって、灰皿をおひっくり返しになった時など、雑《ぞう》きんを持って飛んでってお掃除をしたりするお役目なんですから。ところで、こともあろうにそういう私に探偵小説について随筆を書けというお達しなんですもの。とり敢えず驚いてしまいますわ。

そこでまず考えてしまいましたの。お受けしたもんだろうか。おことわりしたもんだろうか。ところがそんな呑気に構えていられない羽目に陥っているのをちょっとさっき発見して困ってしまいました。なんと三月号の予告に私の名前が出ているじゃございませんか。

とすると何も御存じございません皆様は、「ヘン生意気な、スッポカスとはキザな奴だ」なんてお思いにならないとも限らない、それでは私引き合いませんわ。かといって、「そもそも探偵小説について、トリックがどうの、すじが古くさいのと云々する前に、とにかく面白く読ませるということに、もっと眼を向けるべきである」など喚いてみたところで始まりそうもありませんし、第一私、元来そういった固苦しいお話は不得手なんですの。で思いついたのが世間ばなし、作家諸先生方の、マーヂャンをなさる時のお癖でも紹介させて頂こう。その方が皆様とお親しみが出来るというところに気がつきましたの。いかがでしょう。いいところに思いを及ぼしましたでしょう。

でも先生方からお叱りを受けるかも知れません。あ、そう、その点は大丈夫でしたわ。何故って先生方は勝伸枝が何者であるか御存じございませんでしょうから。その代り、満貫の聴牌《テンパイ》になった瞬間という景気のいいところを。……では御免遊ばせ。

大下宇陀児氏――心持左の眼の玉を右の方におよせになります。はっきり云えば、ベン・ターピンみたいな眼になりになるんです。ただしほんの僅かですから皆様どうぞ御安心下さいませ。

水谷準氏——逆効果の逆をおねらいになるのでしょう。途端に椅子から御立ち上りになり、血管を引きしめ（血管ですぞ）両腕をまくし上げ、寄らば切るぞの勢《いきおい》物凄いばかりです。が、下くちびるのゆるみが総てを物語ります。

海野十三氏——人間離れのした男性的なウナリをお発しになります。といって、狼やライオンのそれらしくもなし、凧のウナリとも少し違いますし、お名前から連想して人魚のウナリ？　ハテ人魚に男性的なのが居ましたかしら？

橋本五郎氏——冷い汗が全身を包んでしまったような表情（さてどんな表情かは推察にまかせます）で、次の打牌《だはい》にジッとお眼をすえられます。

甲賀三郎氏——よく雑誌などでお見受けする先生のお写真、その中のお頭《つむり》の部分を御思い出しになって下さいませ。あの円満なお頭のテッペンから、ユラユラと湯気が立ちのぼります。この湯気不思議なことに水分をふくんでおりません。湯気に水分がないなんて凡そ不可思議千万でございます。どうした訳でしょう。それもそのはず、湯気とは少し性質を異にしておりました。特長のあるおぐしが三すじ四すじ逆立ってゆれていたのでございました。

乾信一郎氏——皆様、こんどはまず顔の中に、何でも赤いものを一つお思い起しになって下さいませ。そんな赤さなんか足下にも及びません。その時の乾氏のお顔の赤さはかくして例えるものがないんです。そして耳のすぐ上の短い毛の部分を、しきりにお撫でになるんです。あそこはきっとお猫ちゃんの背中と同じ感じなのかも知れません。

横溝正史氏——瞬間電燈を御覧になり、まぶしいのでびっくりなさるのかどうか、手が小きざみにふるえます。あるいは心臓がお弱かったのでしょう。そういえば、只今は病気の由、ちっともお見受けしませんがくれぐれもお大切に。

延原謙氏——椅子を引きよせ大変真面目な顔におなりになります。きっとその時どんなにお可しい事が持ち上ってもお笑いにならないでしょう。そしてどこもかしこも真四角にしておしまいになります。

森下雨村氏——右の頬を右手でおさえ、次にゆっくりとその手をあごへ廻し、天上の一角をお見上げになりながら「たまあるかホウキボシ」とおうめきになります。おまじないの一種かと存じます。（ただしトランプ）

## アメリカ主婦の現実・日本主婦の夢

　編集のかたが見えて、今日のプランをうかがった時、チラと私の頭をかすめたのは、設備のととのった便利な台所を見学した後、哀れなお勝手で薪の煙にむせながら、涙をはらい水鼻をすすり上げ、ゴトゴトと炊事をするなんて凡そおかしくて……などということになったら由由しき問題だと思い、願い下げにして頂こうと口まで出かかったのだが、T記者氏の職務に対する熱意振りについフラフラと幻惑されてお引き受けしてしまった。しかし最初の心配が余計な取り越し苦労であったことを発見し、却って今の政治に対する反撥と、或る種の希望を抱いて家路につくことが出来たのは、何としても大きな収穫であったとよろこんでこの筆をとることにした。

　明るい温い家に住むということは、そこに住む人の、物の考え方まで明朗にし、かつ気力旺盛にさせるものらしい。たった僅かな時間で私の気持の持ち方がこうまで逆転するとは……。

　まず渋谷で本誌おなじみのブリストル氏、その夫人自ら運転するところのジープにひろわれ、目的のテリル少佐宅へ――。

　四百八十余世帯からなる代々木練兵場跡に建てられたワシントンハイツ。豪勢な感じはないけれど、太陽のめぐみを無駄なく利用して整然と立並ぶ瀟洒な家家家。掃き清められた芝生のアチコチには、清潔なブルーや白やピンクの軽やかな服装で、可愛らしい幼児たちが嬉嬉《きき》として戯れている。この場面だけで日本人が想像すれば、どうしても花笑い鳥歌う春うららかな時候としか思われないが、今日は冬の名残り濃い冷い日、芝生は芝生でも緑のそれではない。私の脳裏を横切るのは冬の日本の幼児遊ぶところの図であった。

　なるべくよごれ目の目立たぬ黒茶系統か、せいぜい臙《えん》脂《じ》のたぐいで、これ以上は着せられないというほど重ね着をさせられ、丸くなって炬燵にあたっているか、日だまりで遊びたいのを我慢して霜どけの路をうらめしげに眺めているか、少し勇敢なのは、身動きのならない服装のため悪路と闘ったあげく、すべってころんでお母さんに叱られアーンアーンと泣き叫んでいるそのけたたましい声まで私の耳にひびいてきた。

どうしてこうも開きがあるのであろう。その原因が家の中の設備からだということが屋内に入って判った。招じ入れられて客間に這入ると、にこやかに出迎えたマダムテリルが、クレープデシンの純白のブラウスで少しも寒寒とした感じを与えない。それもそのはず、七十度までに温められた室内には配置よくかざられた春の草花が活活と咲きほこり、白のうすい紗のカーテンはなんだか私を春霞の中にフワリ包まれたような錯覚に陥れた。どこからともなく静かな音楽が気持よく私の鼓膜を打つ。一瞬夢心地でいたが急に音楽が止ったので気がついた。マダムがかたわらのスイッチを切られたので、それが目前のラジオからであることが判った。それ位静かなやわらかい音だった。ああ、日本の民家から、店頭から聞えてくるラジオのなんと大なる音よ。

さてと、室内を打ち見廻したところ、贅沢品と覚しき物は見当らない。ただただ家庭を安楽な憩《いこい》の場所とするために気を配られた品品ばかり、スプリングの効いたソファ、分厚な絨氈、それ等は温き室内の空気を一段と落ちつかせるに役立っているのであって、決して贅沢な感じを抱かせはしない。二階は全部寝室に当て、階下は五坪の客間、四坪の食堂、たったこれだけが開放的に続いている。これが御夫婦と十七歳になる令嬢の団欒の場所ともなり、仕事部屋にも使われる。食堂の机の上には装飾を兼ねてか、半円形を画いて林立しているウイスキー、ジン、ブランデーなどの色とりどりの酒瓶が、日本人である私の眼をそばだたせた。さしずめ日本の家庭でこんなことをして置こうものなら、時を選ばずお客のランチキ騒ぎが演じられるだろう。あるものをお客に見せた以上、朝からでも出さないではいられない日本の習慣をなげかわしく思う。招待した以外にはお菓子はおろかお茶さえ出さずにすむ西洋のよい習慣は、戦前から奨励されているようだけれど実行にうつされず、日本の主婦のわずらわしい雑用の一つになっているが、瓦斯《ガス》も電気も使えない現在、この時期こそ悪習を改める絶好のチャンスだと思う。

早速今日のビジネスに取りかかる。これがまた実に要を得ていて、脇道にそれることなく変な遠慮もされず、キビキビとスムーズにはかどり、僅かな時間で一日の行程を実演して頂いた。それというのも、すべて機械化された設備で、日本のそれと比べたら三日かかることが半日で結構間に合うし、労力に至っては百分の一といっても過言ではないと思う。そこで疲労を知らぬ米夫人の面《おもて》には、いつも自然なにこやかさが表情となって親しみを現わし、鷹揚な物腰が一種の気品をただよわせる。

まあとにかく、この写真によって日米を比較してみて下さい。

蛇口をひねれば、お湯は出放題。洗濯は機械が廻ってよごれを落し、ちょっと手を添えているだけでしぼり上って出てくる。さてアイロンとなると、布の端を持っているだけで皺一ツなくパリッと仕上がる。掃除といえば塵を再び舞い上げる非衛生な方法と違い、これも電気器具を用いて塵を吸い込む合理的な方法、それ故にマスクも要らず手拭をかむる必要もなく、猛獣狩りにでも出かけるようなものものしいいでたちとことかわり、何と平和な掃除姿であろう。

三坪ほどの狭いながら、しかし整備された白ペンキ塗り台所には、電気冷蔵庫あり、天火つき瓦斯台あり、しかもその四ツの火口からは絶えず小さな火が用意されてあって、一本のマッチも使わずコンロの使用を便ならしめているという寸法。窓ぎわに何げなく置かれた桜草の一鉢は、あたかも楽しき炊事場を想わせ、余裕の程をにおわし、食器棚の壁にかけられた時計に、化学する主婦の心がしのばれる。

これでこそさっぱりと身仕舞をすませて炊事も出来ようし、洗濯なんか文字通り朝めし前、さあ買物といって着物を着替える必要はなし、化粧した顔もすすぼけることなく、マニキュアのエナメルだってはげっこない。爪も格好よく山形にととのえられるし、勿論爪の間に黒きものなど入りようがない。約束以外のお客にわずらわされることがないから、臨時の買物はアタフタと走る必要なく、随《したが》って計画を建てて日日を有意義に送り、夫におくれないよう勉強も出来る。そこでいつも新鮮なそれでいて落ちつきのある温い家庭の雰囲気がかもし出されるという訳で誠にうらやましいといいたいが、実のところねたましいといった方が当っているかも知れない。そういう感情を抱きながらも、私に或る種の希望を抱かしたのは、これら便利な器具の中に日本製なるマークを見出したからで、当局がその気になりさえしたら、こうした設備のととのった家に住むこともあながち不可能ではない、きっと実現出来ると思う。全部とはいわない。私たちも少しは人間らしい生活がしたい。とにかくこのままでは、日本婦人が、笑いを忘れたような顔で、アクセクとコセコセと働けど働けど自分の時間を持つ間もなく、向上の仕様がないじゃありませんか。従って話をしても面白くもなく、第一落ちついて団欒など及びもつかない。疲れ切った母親は子供に邪険となり、夫に対しても冷淡となる。結局不満を持つ子供は不良と化し、夫は外に女を囲うという悲劇を生む。一家はメチャメチャ、ひいては国家の損失これに過ぎるものなく、これだけのエネルギーをもっと有益に使ったならば、それだけ日本の文化国家としての復興も眼に見えるものがあると思う。精神的な損失に合せて物質的にも随分無駄なことをしているなあとつくづく考える。

煖房装置のないところから重ね着を余儀なくさせられ、薪の煙や炭のほこりでそれら沢山の衣類は容赦なくよごれる、洗濯物はまたたく間に山をなし、それを洗濯板でごしごし。垢のよごれと違ってなかなか落ちない。石鹸も悪るいためだろう。人も布もくたくたに疲れる。疲れた着物は坐るたびに（これも寒いために椅子生活に変えられない）膝がぬける。つくろってみたところでいたんだ布はすぐそばから遠慮なくやぶれ結局糸と手間の方が損。くたびれた衣類からはほこりが出やすい。その上立ったり坐ったりでほこりは舞い上がる。仕方ないので朝晩の掃除、掃除がはげしいので着物はおろか、ほうきも畳もいたみやすい。

こう書いているだけで息が切れそう。

一体私の役目は、テリル家を見学してその紹介が主だったはずのが、気力があふれ過ぎてとかく悲憤慷慨形に走り、恐縮の至りだが、まだまだ冷蔵庫のないために、思わぬ損をしていることから、瓦斯電気の使えないお勝手の経済に、それ以上の損失をもたらしている例をあげれば枚挙にいとまがないが、まあこの位で止めておこう。

大体家の中の用事をすましたので、これからＰＸに買物に出かける段取りとなった。ジープのエンジンがかけられ、私たちは車中の人となる。

「一週に何回ぐらいお買物にお出かけですか？」

「一週に？　おお、毎日、それも二回ぐらい」

テリル夫人とブリストル夫人がいぶかしげに顔を見合せた後私を見直される。やっぱり自動車を持っている人にはかなわない。桁ちがいだ。それにしてもあれだけ合理的生活を尊ぶ人が、いくら車があるとしても毎日二回とは。こんどは私がいぶかしく、重ねて問を発した。

「毎日？　二回も？　銀座まで？」

「ノウ、ノウ、ノウ」

いい終らぬうち、途端に車が止った。眼前には、このワシントンハイツの一角に占められたＰＸの建物。三人は思わず一緒に笑ってしまった。このハイツの中には劇場もあって芝居や映画も見られる由。して見るとこの区画以外一歩も出られず事足りてまことに結構なことではあるが、私はここで考えさせられた。せっかく日本に来られながら、日本を理解する機会なく過されてしまうのであろうか。うかがえばこの六月にはテリル氏一家も任期を終え米国に帰ってしまわれるそうだが、日本の特種な人情の機微がこのままではいつの日か判って頂けるかしら、私はちょっと淋しくなった。

一列横隊に並んだ主を待つハイヤー、ジープの数数。眼と鼻と思えるこんな近距離に、自動車を駆って買物に来るというのも、買った品物を手に持つという無駄な労力をはぶくために他ならない。またしても私の瞼に浮ぶのは、配給の腐りかかったお芋を、リュックに風呂敷に背負って、前こごみになってヨタヨタと歩いている日本の主婦の痛痛しい姿であった。

これで一日の行程を終ったので、今日の労を謝し、私は暇を告げて帰途についた。その途すがら、夕餉の支度であろう、路次に持ち出されたコンロの中から、あるいは縁先から、小窓から、はたまた井戸端から、モクモクと煙が立ち登っていた。私はその煙を見て、今日は何故かぐっと胸をつくものがあった。

その昔、高貴のおかたが、

たかきやに、のほりてみれは、けむりたつ、たみのかまとは、にきはひにけり

と詠まれて安心され、臣民もまた、恐懼《きょうく》感激したというが、一九四九年の現在、当局者がそういう見方で人民のかまどの煙を打ち眺め、頬かむりをきめ込もうというなら、もう、私たちは一刻も我慢が出来ない。それとも、家庭のことは後廻しだという考えなら、その認識不足を速刻改めて頂きたい。

どうです、皆さん。今日からは当局の覚醒を促すのろしの積りで、私達のかまどの煙を思い切り立ち登らせようではありませんか。

それにしても思い出されるのは、マーシャル前長官の辞職に当っての言葉に、「妻を休養させたい」というあの暖い慈愛あふれる一言！　公の言葉として用うることの出来る国！　ああ日本の男にそれだけの度量を持って言い切る人があるでしょうか。――魚心あれば水心という諺があるのにねえ。やれ鼻下長《びかちょう》だの、甘ちゃんだのと、口に出す勇気もなければ聞く度胸ももたぬ人達だからこそ、煙にいぶされあか切れだらけの手で、寒風吹きすさぶ井戸端に炊事をしている、あの彼女たちの複雑な顔の表情には気もつかない。けむい、つめたい、いたい、のを我慢している顔！　ちょっと鏡に向ってやってごらんなさい。漫画の先生にも腕をふるって画いてみて頂きましょう。ハリウッドの女優さんといえどもこれだけ複雑な表情をやりこなす人は恐らくありますまい。中には気のついている人もあるだろうが、家庭のことに気を使う

のは恥ずべきであると見ぬ振りをしているのかも知れない。その複雑なる我慢の皺は、刻一刻と深くなり、寒さを防ぐ態勢は、それでなくとも小さな体をより一層貧相なものとし、日本婦人を美の条件からもぎ取ろうとしている一大危機がせまりつつあるのですよ。

　さあ、皆さん、のろしをあげましょう！　のろしを！

　終りに、私たちは確信を持って断言し、かつ誓います。

　あれだけの設備を私たちに用意して下されば、世界一幸福な家庭を営んで見せますし、天国よりも住みよい楽しい家にしてお目にかけましょう。そして、はにかみ屋の上手もいえないような夫をして「世界一幸福者は俺だ」と声に出して、いわせてみせる自信はあるんですがねえ。ねえ奥さまがたそうざましょう。

# 中国青年

## うらぎる人

「太太《タイタイ》、少し報告しないといけませんことが出来ました」

　李学仁《リシャラン》はいつも緊張した時の癖で、唇をかみながら私の返事を待ったけれど、今日はどうした訳か私を恐れてでもいるようにあの人なつこい眼をこちらへは向けずに、自分の足もとへ落したまま、そばへ寄って来ようともしないで入口のドアのところで控えている。この四五日、身寄りのない老教師の病気を看護に行くのだといって朝も晩も星を頂いて家を出、そして帰宅するのであった。

　学校にはきちんきちんと出席しているとそこの日語派遣教師杉山先生の証明に、私は安心していたのであるが、そのことに関連して何かあるなと直感した。

私はわざと何気ない風を装って……

「『ちょっと、報告しなければならないいことが出来ました』でしょう?」

と明るくやさしく彼の日本語を訂正した。

「ハイ、そうです」

学仁はちょっと口もとをほころばせかけたが、また直ぐ唇をぎゅっとかみしめてしまった。私はこれはただごとでないなと思った。

「簡単に話せない問題……」

「ハイ」

「ではね。あたし今、この間から先生に頼まれているこの手紙を書き上げてから、すぐあなたのお部屋へ行きましょう。後三十分、それともすぐ?」

「いいえ、書いてからでいいです」

「そう。じゃ大急ぎで書き上げて行くから、待ってて頂戴」

「ハイ。先生は何時頃帰えりますか?」

「先生? そうね。今夜は日本居留民会主催の会だから、会長の先生が先へはお帰りになれないでしょう。きっと十二時過ぎよ」

机の上の時計は九時半をちょっと廻っていた。


「それなら、不要緊《ブヤオチン》。いいです」

学仁はホッとしたためか、うっかり中国語で云って、急いで「いいです」とつけたすのであった。

「先生には聞かれたくないこと?」

「いいえ、そうでもないけれど……今日の問題は少し別です。ほんとは太太にも話してはいけないことです。学生の同志と堅い約束をしました。誰にも秘密を守ること! いかに理解のある父親《フージン》にも、どんな同情のあるやさしい母親《ムージン》にも、このことは絶対秘密で行動すること! もしそれを破ったものは『裏切る人』としてもう誰からも相手にされません。けれども悠們《ニーマン》と我《ワオ》とは国が違います。肉親ならば事件後に判っても大丈夫。日本憲兵隊を恐れるだけで誤解はないです。ただ前に云うと止めさせられるから秘密にするだけです。けれどもし悠們がこのことを後から知ったら、悠們を『裏切る人』と思って我のことをきらいになるでしょう。ああ、我はそれ、一番苦しいの心です」

学仁は興奮して日本語がしどろになり、あなたたち、わたくしと字数の多い言葉を使うのももどかしげに、我、悠們とせき込んでいうのである。私はいよいよ事の重大性を察し、この報告とやらを一人で聞いていいものかどうか迷った。そしてだんだん不安のようなものが頭をもたげてきて、全身大きく脈を打つのが後頭部へずきんずきんと響いてくるのであった。私はとにかくこの不安の状態を落ちつかせるためにも、彼をひとまず自室へ引きとらせることにした。

「悠一人《ニー》で苦しまなくてもいいのよ」私は彼の苦悩の色を見て、せめて語調だけでも合せてやりたかった。

「どんなことか一緒に考えましょう。そして一番よい方法をとりましょう。我《ワオ》急いでこれを書いてすぐ行くから、先へ行ってストーブの火を強くしといて。今夜は特別寒いから……」

「ハイ」と云って学仁は素直に行きかけたがまた何か決心したように戻って来て、「しかしもう方法を考える時期は過去になりました。このこと報告するかしないか、この問題だけです。ただ我は、学生の同志にも、悠們に対しても『裏切る人』になりたくないです」

そう云いながら学仁は頬につたう涙を見せまいと、首を左右に強く振って涙をはらい、逃げるように部屋を出て行った。

学仁がいなくなると私はもう手紙を書くどころではなかった。一体憲兵隊を恐れなければならない事件とは何であろう。「裏切る人」とはどういうことなのか。学生の同志とは？……私の頭には話に聞く抗日団「紅友会《フォンユーフィ》」の三字がまざまざときざまれたのであった。いやいやあの学仁の涙が総てを物語っている。冷血な「紅友会」の同志がどうして涙など流すはずはない。私は早く気持を落ちつけようと不吉の予感を強く打ち消して考えをまとめようとするのだが、こん度は考えがとりとめのないことに走って、私達がそもそもこのT県へ来ることになったいきさつから最初に学仁が私達の眼前に現われた時のこと、それから五年間、学仁を中心にしての嬉しかった出来ごと、頼もしかった思い出、可愛かったこと少しにくらしかった事件、あるいは考えただけでもふき出したくなるような挿話の一駒一駒が、断片的に私の脳裏を去来するのであった。

## 敵を知るため

私達夫婦がこの中華民国のT県へ来ることになったのは、太平洋戦争の始まる前の年の春であった。夫はある夜、社長に呼ばれたと云って十時頃帰宅した。麻雀にしてはちと早いし、残業にしては酒の香がただよっている。しかしその面《おもて》は何か重大な問題であるらしく、蒼白く引きしまって見えた。服を着替えようともせず客間の卓の前に坐ると……

「話があるんだ。お前もここへ坐ってくれ」

と云って改めて坐り直すのである。そして夫の云うには、私達夫婦に中国の奥地へ行ってくれと社長から頼まれたこと、そこは未だ接敵地区の圏内であるため五十名足らずの邦人しかいなく、それも一攫千金を目当ての程度の悪い商人と、七八名の商売女で、家族連れは一人もなく、そこの特務機関の注文で日本人男女の見本が欲しいというのだ。従って日華親善使節をもって自負するに足る堅実かつ明朗なる現代的夫婦者という条件付きだそうだ。と一息に云って、夫はさもほこらかに私の顔をまじまじと見るのであった。

「社長は俺よりもむしろお前の社交振りを見込んだらしいね」

夫は私があまり気乗りしていないのを見てとってこうもつけたした。

「いや、こんどの話は誰でも二ツ返事どころか、もしこういう話があることを皆知ったら社長の家は忽ち『お届け物』で山をなすそうだよ」

「社長がいうんでしょう? いやだわ、そんな恩に着せるようなこと云って……。謀略よ。腹黒社長さんの云いそうなことだわ。いやよ、そんな手に乗っちゃあ……」

「じゃ、思い切って云うがね。大きな声では云えないんだが、つまりあっちの電気試験所の技術顧問となって行くんだから、一種のというよりはワイフ同伴の召集令状なんだ。兵隊に行かずにすむんだ」

この一言は私の心に電流をそそぎ込んだ。そして渡華《とか》決行の導火線となり準備は着着と進められやがて、鎌倉丸に身をゆだねたのであった。船中私達は向うへ着いてからの私達の態度について語り合った。殊に私達は日本人夫婦の見本として、初めてT県へ足跡を印すのであるから、一挙手、一投足ゆるがせには出来ないとほぞをかためるのであった。

「あたし思うの。親善親善っていうけど、キャラメルや仁丹《じんたん》で向うの方と仲よくなるんじゃつまらないわ」

「勿論だ。俺は渡華ときまってからいろいろ考えたんだが、通り一辺の、上辺だけの親善でなく、まず一人の人の心をつかむのだ。一人から始めようと思う。それも小さな子供からだ。それには子供のない我我が手に負えないといけないから、性質のよい子という条件付きで、戦禍にあった家の子を我我の子供として育て、学校にも通わせ、行く行くは日本にも留学させてという理想をえがいているのだがね……」

私も大賛成であった。早くも私の瞼にはまだ見たこともない中国服の男の子、女の子の顔があれこれと浮ぶのであった。

上海で民船に乗り変え、北へ北へとヨタリクネリ、クリークづたいにやっと目的地のT県へたどり着いた。私達がT県へ着いてまず第一に着手したことはいうまでもなく子供を探すことであった。宣撫班《せんぶはん》の開いている日語学校の先生、帝大文学士多田一等兵に私達の意向を打ち明け、性質のよい子で戦禍を受けた家の子供を物色してもらうことにした。日本語は少しは解する方が便利だが出来なくてもいいこと、男女は問わないけれど十五才以下なるべく小さいほどよいことなど注文を付した。多田一等兵も大変よろこんで早速三人の子供をともなって、その翌々日やって来た。横目を使い過ぎる十五の女の子、これはまたいかにも中国美男型の声の変りかけている十六の男の子、も一人は月琴《げっきん》とあだ名されているあどけない眼を持った十四の男の子であった。私達の眼は期せずして月琴の上にそそがれ勝ちであった。型ばかりの口答試験ということになり、まずレディファストの中国流に習って女の子から始めた。夫が、

「このコップの中の水をすてて下さい」

というと、そんなことぐらい平チャラだというように、横目を使い使いコップを持って部屋の隅にある啖壺の中に水をすてたのはいいのだが、なんでも日本人はよくお辞儀をする人種と見たらしく、コップを取っては一礼し水をすてる前に小腰をかがめ、すて終るとまた会釈して、最後に夫の前へ来てうやうやしく最敬礼してコップを返したのであった。とにかく本人は一生懸命にやっているのであるから、私達三人は笑いもならず我慢するのに一骨折らされた。次は月琴の番であった。こんどは私が、

「机の上の紙と鉛筆をとって下さい」

というと、彼は唇をかんで真剣な顔をして聞いていたが、ややあって、

「ハイ、そうです」

とゆっくりりすまして答えたものである。思いがけない返事に、私は戸まどいして多田一等兵を見かえると、先生もちょっと虚を突かれた形で、急いで中国語で通訳した。すると月琴真赤になって「お、お」と云いながらあわてて小走りに紙と鉛筆を私の前に差し出した。小鼻には汗さえにじませて……。その純真そのものの態度は好感以上のものを私達に抱かせた。最後を承った美男先生は、夫が、

「窓をしめなさい」

というのに対して

「ハイ、判りますれす」

ともっともらしい顔をしてうなずくのだが、一こうに実行に移ろうとしない。多田一等兵が気をきかして通訳すると、面子《メンツ》をこわされまいとちょっと気色ばんで、

「是的《スデイ》。他的話明白《タデイフオワミンパイ》」

と云って横を向くのであった。その言葉尻には、彼の云うことは判っているが、そんなことをする役ではないということを言外にほのめかして、その日本語の判らなかったことをカムフラージする複雑な心理であることを後から聞かされた。こういう場合中国では、ことを荒立てず、白黒をつけず、知らない振をしていわゆる「馬馬《ママ》、虎虎《フフ》」にしておいて相手の面子をきずつけないようにしなければいけないと、先生は私達にくれぐれも忠告するのであった。この最初に受けた経験は、私達のその後のT県生活、殊に社交上大いに役立った。顧問夫妻は、誠に物判りのよいおだやかな人物であると買被られたのも、実にこの経験があずかって力があったのである。

月琴はその日から私の家の一員となった。夫は顧問の仕事や、現場の視察やらで毎日あわただしく暮していたが、私と月琴とはなごやかに交換教授などしながら楽しい日日を送り迎えた。しかしこの交換教授は完全に私の敗北で、またたく間に日本語を覚えられてしまったので彼との会話は結局早いとこ用の足せる日本語が大部分をしめ、中国語は時間をきめて習う程度になってしまった。

一月過ぎ、二月経ち、いつの間にかもう三月《みつき》になろうとしている。私は見るもの聞くものみな珍らしい上に、こんな可愛い子供が出来たので内地で案じていたような淋しさは少しも感じなかったが、歓迎会も一通りすみだんだん落ちついてみるとどうも合点の行かないことがあった。それは月琴の両親はおろか、兄弟も親類の誰一人も挨拶に来ないことであった。どうにも腑に落ちかねたので多田一等兵にそのことをそっと話してみた。すると、

「やっぱりね……」

と多田先生は一人大きくうなずきながら、

「李一族はよくよく日本を恨んでいるのですよ。今の将校宿舎になっているあの幾棟《いくむね》も建並んでいる広大な一画が、李家大家族の住んでいた邸宅なんです。何しろいいとこだけで七十何人もいるんだそうですよ。それをたった二十円の代価で立ち退きを命じたんですからね。その連中は今あちらこちらとちりぢりに分散して他人の家根《やね》の下に気兼しながら住んでいるらしいんですが、さぞ不便でしょうし、恨めしいことだろうと同情されます」

戦禍を受けた家の子供とだけ聞いて、深くは追求もしなかったが、そうした種類の戦禍をこうむっていたのかと、私は李家一族に対してほんとに気の毒に思わずにい

られなかった。

「そんな仕打ちを受けながら、どうして日語学校に通ってみたり、その上こんどは日本人の家へまで来る気になったんでしょうね」

「それなんです。お宅からご依頼がありました時、早速希望者を募ったんですが、応募者はたしか二十名足らずでした。その時応募者全部に応募の理由を書かしてみたんです。すると『日本語が上手になれるから』とか『食べるために』とか『日本に留学出来るから』とかいろいろありましたが、李学仁の答案は私をギョッとさせました。こう書いてあるのです」

多田一等兵はかたわらにあった紙切れに、

「為知敵《てきをしるために》」

と書いて無言のまま私を見守るのであった。私は一瞬息が止まりそうであった。「まあ！」と云った切り後の言葉が出なかった。

## 言葉というもの

ここで私はゴツンと現実に引き戻された。敵を知るため！　さては五年間隠忍自重《いんにんじちょう》して私達を信用させ、その間に日本人を研究し、もうすっかり知りつくしたので、同志と共に叛乱を起そうとしているのか。こんな連想が頭をかけめぐると私は血の逆流する思いがした。いやいや、学仁は「裏切る人」になりたくないと涙を流していたではないか。もし叛乱などという大それたことであったら、いくら事前に私に報告してみたところで、裏切ることに変りはないはずだ。違う、違う。第一学仁に限って……私は不吉な連想に走りかけるのを振り切り振り切って、無理に心を静めようと眼を閉じた。すると瞼の裏に何か黒いものがうごめいて見えたが、だんだんはっきりしてくると、いつの間にかそれがまた多田一等兵の顔になっていた。

「『為知敵』などとそのように過激な思想を持っている子供をどうして連れて来たかと奥様はお思いになっていらっしゃるでしょう？　全く僕も一時は驚きましたが、何しろ相手は年端も行かぬ子供のことですし、心の底からそういう思想の考ならば、却ってそんなことは発表しないと思うのです。子供が大人の口調を真似たに過ぎないのじゃないか。また一方深く考えを進めて行きますと、こういう子供にこそあなたがたが必要なのだ。あなたがたの温愛で、この過激な思想をときほぐして頂き、よい日本人もいるのだということを知ってもらいたいと、本人の希望のあったのを幸、あえて候補者の中に選んだのです」

説明を聞いてみるといちいちもっともだと思えるのであった。

「よく判りました。なお一層私達は努力しなければなりませんわ。でも努力と申しましたがあの子はほんとに性質のよい子で、努力なしで自然に可愛がれますの」

「以心伝心ですね。李学仁もあなたがたのことを賞めて、『太太も先生も、有客気《ユーカチ》で很好だ《ハンコウ》』と友達に日本の風習など自慢していますから、やがては親類の者も気持がほぐれてくるのじゃないですか」

なるほど、それからしばらくすると、最初母親が小さな纏足《てんそく》をひきずりひきずり姿を現わしたのをきっかけに、親類縁者が続続と訪ねて来るようになった。何しろいとこだけで七十何人もいようという大家族なのだから、誰がどの人の何に当るのか、一度や二度聞いたのではてんで覚えられず、次次と新顔が現われるのでいよいよ私の頭はごっちゃになり、その上各自が朋友を連れて来るし、そのまた他に夫の務め関係の太太や小姐《ショウジイ》、少爺《サウイ》までが入り乱れて、千客万来のにぎやかさ。私のあやつるおぼつかなげなT県弁の田舎訛りが、一層親密の度を高めるらしく、手まねを交じえて冗談も云いあったり、麻雀に打ち興じることもしばしばであった。

月琴が最初来た時は私の耳位の背丈で、私と一緒に一つ黄包車《こうほうしゃ》にゆられ、買物などに出かけたものだが、だんだん大きくなり県立の中学校に入るようになってからは合乗りを恥ずかしがるようになった。そこで入学祝に自転車を奮発すると大よろこび、いつも影の形に添う如く、車の前後に寄り添ってペタルをふんで出かけるのであった。

夫も心から可愛いがって、口では、ぐずだとけなしながら、我が子に対する愛情とかわらぬものを持っているようであった。

そもそも夫の口をしてぐずだと云わしめる所以のものは、学仁の女性的日本語からのみではなく、彼の鷹揚極る態度で、日本人の我我から見るとむしろ緩慢にさえ見える彼の動作に原因していた。どこへ出かけるにも待たされるのはいつも私達で「ぐずぐずしないで」とせかさずにすむことはまずなかった。使いを頼めば、もう行って帰って来る時分に「行って参ります」と挨拶に来る。

「まあ！　これから行くの？　今まで一体何してたの？」

私がじれてこう問いつめると、彼はつべこべ取りつくろうことをせず……

「ハイ、ぐずしていました」

とずばりそのもので神妙に答える当り、役者は一枚も二枚も上だと私は見ていた。この一例でも判る通り、学仁はなかなか考え深く、相手の面子をこわすことなくしかも二の句の口をふさぐ奥の手を心得ていて、事に望んでずばりずばりと処理する腕前に、私は頼もしく、ほれぼれと彼を見直すことがあった。そして年以上にしっかりした意見も持ち、殊に中国の風習や礼儀については、私達をやんわり指導してくれた。続け箸はいけない、腕を延ばしたり伸び上って遠くの料理に手をつけないように、あまり大声で笑うな、走っては駄目。そうそ、こんなこともあった。

「太太、アマや車夫に対して『謝謝《シイシイ》』だの、『難為《ネヤンウイ》、難為』『辛苦《シンク》、辛苦』だの云うのは余計のことです」

「どうして? 感謝の気持や、ねぎらいの情を現わしたらどうしていけないの?」

「月給で現われています。月給は何のためですか!」

いつにないはげしい語調に私は少したじたじとなった。

「でも、それじゃその時その時の気持が出ないでしょう?」

「学問のない人は、顧問太太《フーウオンタイタイ》から一一そういう風に云われると、自分がえらくなったと思って間違えるじゃないの」

私はなんだかやり込められて、ちょっとばかりしゃくに障っている時に、学仁がこんな言葉を使うのがどうも耳ざわりであった。普段なら、却って五六才の子供のようなあどけなさを感じて、一そ可愛さが増すのであるが……

「いやだわ。じゃないのなんて。それ女の人の言葉よ。先生がね『学仁は女みたいな言葉だから少し直させなさい』っていってらしったわ。だからこれから気をつけてなるべく先生の言葉の真似をしなければだめよ。もう十九でしょう……高中三年にもなっておかしいわ」

学仁は急に赤くなって「ハイ」と素直に返事するのだ、私はちょっと拍子抜けの形であった。その夜、夫が夜食の卓でふと思い出したように、

「アマが少し生意気になったようじゃないか」

と珍らしく批評めいたことを口にした。すると学仁は我が意を得たりとばかり、すかさず私の顔をのぞき込むようにしながら……

「ほれ見ろ、俺の云うこときかんから……」

夫は途端に豆鉄砲を食ったような顔となり私は度胆を抜かれてしばし呆然。学仁は一人意気揚々という訳で、三人三様の表情は、やっと私の説明が終ると共に消え、大笑いと変ったが、上下は勿論男女の言葉の区別がある

上に、夫が妻に云う時の特別な云い方があろうとは、学仁に応用されるまで気がつかなかった迂闊さもさることながら、改めて日本語の繁雑さ不便さをかこつのであった。

このことがあって、その当座は夫婦の会話が誠によそよそしいものと変ったけれど、学仁の意見はことごとに尊重されたのは確かであった。お客を呼んだり呼ばれた時の心付けのことから、三大節句のおつけ届きの品定め、学仁はもう一ぱし私達の支配人という格であった。おかげで私達は面子も失うことなく、大人の体面をたもっているのである。このように心と心が溶け合って楽しく暮していたから五年というものはまたたく間に過ぎた。学仁もいよいよこの三月高中を卒業するので中国政府派遣日本留学生としての応募試験もすませその許可の通知を待つばかりになっていた。政府派遣となると何かとしばられそうな気がしたが、個人の資格では渡日がゆるされないのであった。私は学仁の居なくなった後を心細く思ったのだが、支配人役は学仁の母親が引き受けてくれるというし、淋しいようならまた弟を寄こすとまで云ってくれているので学仁の前途のため手離す決心をかためていた。

一方、五年の間に日本人家族連れもめっきりふえ、学仁の通っているT県立中学の日語教師がその細君と子供二人を連れて外務省から派遣されて来たのを皮切りに、日本人小学校も開校され、その校長の家族、教師夫妻、領事館警察が開署されるとその署長署員の家族という具合に、邦人も一躍三百名位になった。私はそれ等の奥さん達とつきあわないというので大分評判が悪るかったが、夫は日本人会長を無理やりに押しつけられた。きっと古株で便利だと思ったのだろう、そういう役は大きらいであったしまた不得手であったが、それこそ半命令的で何とも手のつけようがなかった。夫は用事で一層忙しくなり朝晩顔を合わすのがやっとという生活になった。

今夜も今夜とて領事館警察開署一周年記念を祝う会という名目は名目なのだが、実は各商社のモサ連が、日本人会主催というのぼりをふりかざし、袖の下をくぐらせる会なのである。主催が日本人会ということになっているのだから、夫は先に帰ることもならずきっと困っているだろう。

## ストライキ

私はふと時計に眼を転じた。あれから丁度三十分。思い出の糸をたぐり寄せている間にとうとうその糸の端に来て、私はいつの間にか現実へつれ戻されているのだった。けれどこの楽しい思い出は、私の心を落ちつかせるのに役立った。さっきの不安が余計な取越苦労のような気がし出してきた。こんなにも楽しく暮してきたのに、そんな「裏切る人」が出るの、憲兵隊がどうのというほど重大な問題が起るはずがない。きっと聞いてみれば、例の白髪三千丈式の大袈裟な話に違いない。私は非常に楽天的になっていた。そして足どり軽く、学仁の部屋へ急ぐことが出来た。

離れに通じる廊下の窓ガラスは、急におそって来た大陸的寒波のために、ミシリミシリと音を立てて水蒸気がいてついていた。

「お待ち遠《ど》うさま」

と私が入って行くと、ストーブの前には椅子がちゃんと用意されてあって、しかもその背には客間から臨時借用のクッションが二ツも置かれてあった。学仁は細かく謄写された印刷物に眼を通していたが、急いで立ち上ると

「対不起《チウイパチ》——申し訳ありません——太太」

と笑顔も見せずその椅子を進めるのであった。私はまた不安にかられてくるのであった。

「太太、このこと我《ワオ》が報告する前に、二つだけ約束して下さい。誰にも云わないこと！　そして、我の行動を止めないこと！　この二つです」

彼が腰もかけずにいるので私はまず彼を椅子に坐らせ、さて落ちついてから……

「先生にも？」とたずねた。

すると彼はしばらく考えていたが……

「先生が誰にも云わない、止めもしないと太太が信じるなら、云っても不要緊、いいです」

「そう。それでは約束しましょう」

学仁は私の決意をたしかめ得て満足したらしく「報告」に移るのであった。その語るところによると、いよいよ同志と共に、明朝四時を期し、陳校長排斥のストライキを決行するのだという。そもそもこのT県立中学校の陳校長とは、自他共にゆるす大の親日家で、殊に日本官憲すじには極めてお覚え目出度く、外務省から派遣されて来た日語教師の杉山先生とは、義兄弟の仲だと宣伝している誠に口八丁手八丁の人物である。それに学仁にとっては、日本留学に先立ち陳校長と杉山先生の特別の計らいを受けているのである。学仁は戦争のため年齢より学年が大分おくれているので、日本留学の都合上学力試験に及第したらという条件はあったが、二学年飛び越しという破格の恩恵をこうむっているその大恩ある校長

を排斥しようとしているのだ。

私はこの報告を受けて、急に全身の力がなくなってしまったような気がした。腰かけていなかったら、その場にへたへたと坐ってしまいそうだった。驚いたのでもなく恐れたのでもない。有態《ありてい》に白状すると、ホッとしたのである。脳裏に深くきざまれた「紅友会」の三字が、振り払っても振り払っても、こびりついていて私を不安におとし入れようとしていたのが、跡形なく消えうせたからである。しかしそれはほんの一瞬のことで、また違った不安が頭をもたげてきた。とにかく親日家で通っている陳校長を排斥することは、日本官憲の誤解を招きそうである。一体理由はなんであろう。私はふと机の上にある謄写刷の紙片に眼が止まった。

「あれが説明書ね？　日本語では声明書というのよ。見せてごらんなさい」

私はなるべく平常《へいぜい》と異らないように、日本語など教えて、彼の神経をやわらげることにつとめた。果してその印刷物は声明書であった。中国文は耳で聞くより眼で見る方が大体の察しはつく。それには、校長の偽善者的行為の例をあれこれと揚げ、殊に、日本官憲の同情ある計らいで、敵産の貴重なる物資を下げ渡されたのに、それ等は皆校長と腹心の一教師の私腹を肥やすのみで、学校の研究材料は何一ツ揃わず、運動場は云うに及ばず校舎も荒れるに任せ、ガラスのない窓からは寒風吹きすさび、雨は頬を洗い、講義も耳に入らず、もう我等学生は我慢が出来ない。それに会計と外交に自己の女を二人まで校内に侍らせ、学校の風紀を乱すその悪徳行為はゆるし難く、その上諸教師の一ケ月の待遇は校長の一日分の費用にも足りない。現に一老教師は栄養失調におちいり、明日をもしれぬ容態であるのにかえり見ようともしない。学生一同は、ここに義憤を感じ校長に辞職を勧告する。この希望の容れられるまで同盟休校する、という訳であった。

「学仁、あなたは校長先生にご恩になったのに『裏切る人』になってもいいの？」

「悪いことをする人にはいいです」

「じゃ杉山先生は校長先生と義兄弟だと云ってるのでしょう？　杉山先生の義兄さんを排斥するのは杉山先生に悪いでしょう？　杉山先生にもあの二学年飛び越す時大変ご恩になったわね？」

学仁はさも困ったというように考えていたが、急にキッとなって、

「今だから云うけど、その説明書の中にある腹心の一教師というのは杉山先生です」

彼の唇はかすかにふるえ、拳がぎゅっと握られた。私は脳天を何かでガーンとやられたような気がした。学仁が私の返答を期待していることは判っていたがもう何も云うことは出来なかった。

「このことは云いたくなかったのですが、仕方ないです」と彼は前置して「我《ワオ》が悠《ニー》の家に来た理由は敵を知るためでした。そして我の知り得たことは日本人にも善い人と悪い人のあることです。中国でもこのことは同じです。我は悠の家へ来てよかったと思います。我の一族を救うことが出来ました。それに悠の家へ親類が遊びに来るようになってから、もう彼等は不平を口にしなくなりました。敵を知るということは必要なことだと思いました。しかし杉山先生が来てから我は悩みました。我が日本語を知っているので杉山先生の用はみんなさせられました。大切な通訳はみな我が間に入りました。校長との悪い相談も初めの中は我が通訳したのです。我を二学年進級させたのもその口どめの積りでしょう。我はそれからなお通訳するのがいやになり『校長は少し日本語が判るようになったし、杉山先生は随分中国語が上手になりました。もう私がいなくても大丈夫でしょう。却って第三者がいない方がいいでしょう』と断りました。それから彼等は筆談や、片言の両国語でやっていたらしいです。通訳は旨く断ることが出来てやれやれとしましたが、本当を云うと二学年飛び越してから学校へ行くのが恥しくて仕方ありませんでした。前の級友達に我の心の奥を見すかされているように思うとたまらないのです。その中に同盟休校の話が持ち上った時或る一人の友達が云いました。

『悠は日本狗《ラバング》だから我們《ワオマン》の仲間入りは出来ないだろう。かあいそうに……』

とさも小気味よさそうにいうのです。日本狗とはどんな日本人にも尾をふってついている犬ということで、大変軽蔑した意味です。我はぐっと胸に来ました。

『正義のことなら、相手がどんな親日家でも、たとえ日本人でも闘って見せる。我が主謀者にだってなってやるよ』

『よし、じゃ悠が上等狗《く》か下等狗かためしてやろう。仲間に入れ』

日本へ留学出来なくなるかも知れないからやめた方がいいとそっと忠告してくれる穏健派も有りましたが、こうまで云われてどうして傍観していることが出来るでしょう。ああ、太太、どうぞ我を上等狗にさせて下さい！」

二学年進ませたことがこんなにも彼を苦しめていたの

かと思うと、私達の子供に対する思いやりの的はずれを今更後悔するのであった。そして日本人の家にいるからこそ、こんな苦労もこんな侮辱も受けているのだ。そうだ、せめて上等狗にさせてやるより他手はないと私は思うのだった。

「学仁、ごめんなさいね。あなたをこんなに苦しめていたこと、太太少しも知らなかったの。ゆるしてね。じゃね、こうしましょう。この報告は総て聞かなかったことにしましょう。でないと、こんどは私が杉山先生を『裏切る人』になるでしょう？」

「それでいいです。ただ止めなければ何でもいいです。心配かけて我こそごめんなさい」

学仁は急に元気になったようであった。

「それにしても四時だなんてどうしてそんな早くにするの？」

「もう少し知られたらしいです。今日学校の帰えり皆であるところへ集ったら、密偵がつけていたという学生もいました。それで急に極ったのです」

「風邪を引かないようにね。白金カイロを持っていらっしゃい。今夜は学仁のすきなサンドイッチをこしらえて食堂の卓の上に包んで置くからきっと食べてから行かなければ駄目よ。熱水瓶《イスイゼイ》の中の熱いお茶を沢山呑んでね」

「謝謝《シイシイ》、太太《タイタイ》」

学仁は感極まり膝まずいて礼を云うのであった、その眼には涙が光っていた。

その夜私は夫に云ったものかどうか迷った。しかしどうせ止めることが出来ないのならいっそ私の胸一つに納めておく方がよいと思ったので、そのことには一切ふれずにいた。

翌朝、予期したことではあったが、杉山教師夫人が夜も明けやらぬ中に転げ込んで来た。

「あなた奥様、まあまあ大変な事件が起りましたよ。お宅の坊ちゃんがあなた、あの親日家の校長を排斥しようとそのストライキのリッターになって……リッターですよ。ご存じございませんか？　音頭取りですよ。自分で音頭を取るなんてまあなんという裏切り者でしょう。あんなに眼をかけて前例のない便宜も計って上げているのに……。日本でよく云いますわね『猫がことする』って。全くあのおとなしそうな顔でね。宅の教え子がこんなことを仕出かしてくれて。外務省派遣教師の面目丸つぶれですよ。立つ瀬がないじゃござんせんか。宅はこの通知を受けてから、あまりの裏切られ方にあなたぶるぶるふるえておりますのよ。奥様、あなたはこれほどの事件が起ったというのにどうともお感じにならないのですか。あの子があなた方の顔に泥をひっかけたんですよ。にくらしいとは思いませんかねえ、ほんとに、それとも、このことは前からご存じだったんですね?」

私があまり冷静なので彼女は疑惑を感じたらしく、眼やにをくっつけた眼で私の顔色を読み取ろうとにじり寄ってくるのであった。

「いいえ、私今それを伺って後悔致しておりますの。指導の仕方が悪るかったのではないかと自分を責めておりますの。いつも私共がぐずだぐずだと申しておりましたので、きっとぐずでない証拠を見せようと一奮発したのではないかとふと思い当りました」

「ご冗談でしょう。小さな子供じゃあるまいし。しかしあんなになついている奥様にまで秘密にしているところを見ると、こりゃ『紅友会』の後押しがありますよ。きっとそうです。こりゃこんなとこでぐずぐずしてはいられない。早速憲兵隊に連絡して手厳しく取締ってもらいましょう」杉山夫人は、故意かあわてたのか挨拶もせずに立ち去った。

## 敗戦の日

どうせ止め立てしても彼等は自分を守るために、するだけのことをしなければ承知が出来ないであろう。それなら私は私で極力憲兵隊に検束されないよう工作をほどこしてやらねばなるまいと心を固めるのであった。

夫は寝不足の眼をこすりながら、朝っぱらからこの騒騒しさは何ごとだと起きてきた。

「うむ。お前のとったその処置でいいだろう。大したことじゃないよ。若い時はいろんなことがやってみたいものなんだよ。しかしある限界まで来たら手綱を引きしめてやらなければいかんよ。まあしばらくそうっと見ててやるんだな」

夫が思いの外落ちつき払っているので、なんだか私まで肩の荷がおりたような気がしたが、まだ不安は去らなかった。

「でも杉山夫人の様子じゃ『紅友会』が背後にあるように憲兵隊をそそのかすらしいのよ」

「検《しら》べれば判ることなんだから、いやしくも憲兵隊ともあろうものが地方人のようにそう簡単に踊らされはしないだろう。威信にかかわることだからね」

そう云われてみると私もホッとするのであった。夫はその日から一週間の予定で上海へ出張することになっていた。「もし突発事件でも起ってお前の手に負えそうもなかったら電報を打つように」と云い残してその日の午後旅に立った。

辻辻に張られた学生側のストライキ声明書は、一般県民の同情を勝ち得たらしく、町は旧正月直後のためもあったが静まり返っていた。新聞社は既に校長の悪徳行為を探知していたが、親日家の故をもってスッパ抜きもならず、批評がましきことも書けず、小さく学生のストに入ったことを報道しただけだった。ところが邦人間は蜂の巣をつついたような騒ぎとなり「日本人がなめられたのだ」「紅友会叛乱の前兆だ」とてんやわんやの恐れようであった。これは皆杉山教師夫妻の保身のための煽動に踊らされた、あわれ滑稽なる邦人の信念なき姿なのである。

その翌翌日の夕食後、私は一人所在なきまま昼間学仁が三食分も食料を取りに来たこと、消毒薬の臭が鼻をついたことなど思い合せ、こういう時でもなお老教師を看護しているのかと感心してみたり、地下にもぐるのではないかと心配したりして、見るともなく本をひもといていると、顔見知りの憲兵隊密偵がひそかにおとずれて来た。

「奥さん、大変よ、あした朝早くね、主謀者の人五六人憲兵隊につかまっちゃうよ。学仁も中にいるからね。大変よ、このことね、陳校長と杉山先生と二人で憲兵隊来てね、隊長に頼んだからつかまえることになったね。でもつかまえる理由ないね。仕方ないから今日中に学校へ出なければ『紅友会』と見て、明朝つかまえるとおどかしたよ。あの年頃おどかしたらなお反抗するよ。愛情で止めないとだめよ。学生云うことときかない。憲兵隊後へ引けないね。ほっといたら大変よ。だからこれからすぐ隊長に会いに行ってね、あしたのお昼まで待ってくれと頼みなさいよ。そしてその帰り学生の集ってる所行って、愛情でなんとか止めるのいいよ。憲兵隊の方は連絡をとって来たから、あした朝からちゃんと学校へ出なさいっていうの一番いいね」

「でも困ったわ。家の先生上海へ行ってるのよ。留守なの」

「先生より奥さん丁度いいよ。あの隊長女に甘いからね」

夫が突発事件があったら電報を打てと云い置いて行ったが、もう電報どころか一刻を争う時である。私はふと先日夫が或る限界が来たら手綱を引きしめてやれと云ったことを思い突差に隊長をたずねる決心をした。

「この時間じゃ、もう隊長は福喜街の宿舎でしょう?」

「奥さん知らないのか? 門の入口は全然反対側の通りにあるけどね、今頃は杉山先生んちの離れに姑娘《クーニャン》と居るよ。今八時でしょう? まだ寝てないよ。大丈夫」

密偵は意味ありげに笑うのであった。私は呆れている暇もなかった。とにかくなんとしてでも学仁達を助けてやらなければならないのだ。

「そんな所へ行って会ってくれるかしら」

「だから女が行くのいいよ。寝ないうち早いほどいいね」

「じゃすぐ行きましょう。反対側の通りね?」

「お宅の車夫知ってるよ『憲兵隊長別的宿舎《シンピンテウイザンベイデイソクシ》』へ、ちゃんと連れてくよ。中国人知らない者ないね。それから学生の集ってるところね。今日朝から県立病院外科病室七号にいるよ。奥さんなら誰でも皆知ってるから、すぐその部屋案内してくれるよ。それからも一つね、隊長にわしから聞いたと云ったらだめよ」

「そのことなら大丈夫。誰にも云わないわ。あなたに決して迷惑かけないわ。ほんとにいろいろありがとう」

「憲兵隊長別的宿舎」に行くと、アルコール漬けの顔をてらてらさせながら密偵の言葉の通り案外気さくに会ってくれた。

「本来ならば夫がお伺い致しますはずでございますが、生憎《あいにく》上海出張中でございまして、女だてらにさし出がましくは存じましたが、急を要しますことでございますので、夜更けまして御休息中を失礼とは存じましたがお願いに上りましたような訳でございます」私は必要以上に慇懃にこう前置きして「私共の監督不行届のため、大変お騒がせ致し申し訳ございません。けれども李学仁初め他の学生一同が『紅友会』に関係致しておりませんことは確信をもって私が保証致します。その証拠には、きっと明日正午までにこのストを中止致させてご覧に入れます。どうぞ明日正午まで検束をお待ち願うわけには参りませんでしょうか」

「わしもな、日本人の家にいる者や、若輩の学生をなるべく検束などしたくないんじゃよ。だが居留民の騒ぎが大分大きくなっとるからな。『紅友会』に関係ないことぐらいは憲兵隊でも見極めがついとるんじゃ。しかし『紅友会』ということにしとかんと憲兵隊で検束は出来んからな。会長夫人が中止さすと云うなら、とにかく正午まで待っとって見るかな」

私は隊長の無謀というよりは卑劣な言葉に日本の行末を案じないではいられなかった。

隊長が玄関わきの電話室で係りの者を呼び出し、つづいて正午まで中止せよとの命令をききとどけ、私は勇気づけられ県立病院に車を走らせた。果して皆が私の云うことをきいてくれるだろうか。なんだか私は隊長に大きな口をたたいて来たことが少し悔まれてきた。きっと止めて見せるとまで云わずに努力してみると余裕を持たせておけばよかった。いやいや大きな口をたたいて来て却ってよかったのだ。その手前でもなんとかして止めさせなければと車上私はあれこれ考えている中いつの間にか病院の前に車はとまっていた。いつか中国の知人を見舞に来て勝手を知っていたので私は受付の前を素通りして外科病棟へ通ずる長い廊下を急ぎ足に歩いていると、もう誰か注進に及んだと見え、向うから学仁他学友の二三が蒼白な顔を並べて迎えに出て来た。彼等はほんとに私が一人だけだと知ると安心したように七号室へ招じ入れるのであった。

室内には学生が六名、それにそれぞれの父か兄らしい人、顔見しりの学仁の父親もまじって一同不安気に付添っていた。

「どうして判りましたか」

学生達が異口同音にこう口を切った。私はそんなこと判り切っているというように落ちつき払って見せ、「今日お昼に学仁がお食事を三食分取りに帰ったでしょう。あの時、ぷーんとお薬の臭がしたのよ。あまり臭が強かったから多分外科の方でしょうと察しました。個人の家では迷惑がかかるから、きっと公の場所を選ぶでしょうと思ってここへ来てみたのです」

学仁が通訳すると一同「おお」と感嘆の声をもらした。私は密偵に迷惑がかかっても悪いと思ったのと一つにはまず度胆を抜いておく必要があると思ったからだ。すると果して学仁がそれにつり込まれたように、

「ああ、それで、我が三食分も、食料を取りに帰ったから、夜中ここ脱出して事件が解決するまで他県にかくれることを察したのですか」

私はギョッとしたが、さあらぬ態で……

「そうよ。けれど、あなた達は悪いことをしているのではないのでしょう？　どうして逃げたりかくれたりするのですか。そんな罪人のするようなことを決してしてはいけません。私はそれをさせないためにいろいろ運動して来ました。今も憲兵隊長にお会いし明日のお昼まで検束を待って下さるようにお願いして来ましたから、あなた達はこれからすぐ手分けして学生や先生に明日朝から普通に勉強するように連絡なさい」

学仁がまた通訳すると一同は母指をつき出し舌を打な

らして推理の名人だと感心していたが、こんどは学生達が口を揃えて自分達の主張が達成するまではとがん張るのであった。

「私はあなた達の気持はよく理解しています。それだから今まで何も云わずに見ていました。しかし、学生は勉強するのが本分でしょう？　とにかくあなた達の主張はこの三日間の行為で世論にうったえてあるはずです。ですから後は保護者の方に任して、あっさりとまた勉強に移った方が皆の同情を買うと私は思うのです。その方が学生らしく正正堂堂としていると思います」

私は学仁が忘れるといけないと思いここで息をついた。学生達は思い思いに一点を見つめて考えているだけだったが、父兄達はいかにももっともだというように深く何度もうなずいていた。

「それからよく考えて下さい。あなた達六人が首尾よく逃げることが出来たとしても、憲兵隊はきっとその変りの人を誰かつかまえて行くでしょう。私の心を一番暗くするのは、清浄なあなた達青少年をあの穢らわしい憲兵隊の留置場の中に入れたくないのです。どうぞよく考えて私の云うことをきいて下さい」

私は一生懸命で云っている中に、涙があふれてきた。学仁も涙声になり、何度か通訳出来なくなって咳払いをしては、後を続けるのであった。学仁が通訳し終え、拳で涙をふくのを見ると一同もたまりかねたように涙をぬぐう者、鼻をすすり上げる者、辺りがざわざわとしていたが、突然年かさの学生が、

「暁得了《シヨータラ》！」――判りました――

と大きな声で云ったのが始まりで、せきを切ったように、

「好《ハオ》」「好」「好」

とあちこちから賛成の声が次次とかかった。私は感激の余り、涙をぽろぽろこぼしながら学生一人一人に固い握手をして廻った。すると父兄達は急に安堵の色を面にかがやかしながら「謝謝、太太。謝謝、太太」と左右から何度も礼を云うのだった。

翌朝、街街に「解決は心ある人人の善処にゆだね、学生の本分にたちかえる」旨の声明書が張られ、真冬には珍らしい小春日和のような温い朝の日ざしに、一層白さを増して照りはえていた。そして平穏の中に開校されたのであった。私は心から満ち足りた気持で今朝の空のように晴晴と旅先の夫に向け、

「ブ　ジ　カイケツス」

とウナ電を打ったのであった。

ここで蛇足を許して頂けるなら、それから一ケ月の間に老教師の死と相前後し、陳校長が奔馬性結核に斃《たお》れ、杉山教師また外務省より急遽帰還の命令を受けたことと、望むところではあったが、夫が日本人会長を引責辞任したこと、そして私達の手許に李学仁派遣留日不許可の通告が届いたことである。

敗戦の今となって彼には却ってこれが幸であったとも思っている。またある一言居士は云う「敗戦の年の二月の出来事であるから敗戦を見越しての参加ではないか」と……しかし私は誰が何と云おうとも、もう一度李学仁に、愛する月琴に会える日のあることを信じて疑わない。私達引揚の間ぎわに彼からそっと手渡された小さな紙片を、私は今でも肌身離さず大切に持っている。それには、

離期近迫して、心また千千に砕ける
相対すれば言葉無く、涙これを以って代る。
何事にもくよくよせず、総てに達観して
また再びまみえんこと、ただ一つを神に願わん。

こういう意味の彼自作の漢詩が記るされてあるのである。

× × ×

## 若松町時代

父の死という悲しい出来ごとのため、急遽兄がフランスから丸四年ぶりで帰って来たのは、今から丁度三十一年前、大正十二年の晩春であった。國士《くにお》兄は一番上で、私は七番目であった。それで兄とは十五も年の開きがあったので、私は兄というよりは叔父のような一種のへだたりを感じていた。兄は私のことをまだおさげ髪の小娘と想像して帰って来たのが、耳隠しに結った十九才（数え年）の年頃の娘となって現れたので、戸まどったようだった。丁度私は学校を出て、ぶらぶらしている時だったのと、大家族なので出入りが多く、落ちついて仕事が出来ないという理由から、兄と私とまだ在学中の末妹との三人の生活が始った。牛込若松町の細い横丁を入った三間きりの小さい借家で、兄は生活費を得るために仏語教授の看板を掲げ、かたわら在仏中にものしたフランス

語でタイプされた『古い玩具』を一生懸命日本語に訳していた。兄はしばらく日本語を使わなかったので忘れたらしく、殊に女の言葉遣いをよく私に聞いた。それがフランス語でいって、

「こういう時なんていう？」

兄は私が相当フランス語をこなすと思っていた。というのは兄の在仏中、フランス語で文通した私の手紙を見て、兄は私を買被っているのだ。実はその手紙こそすべて私の在学中母校のフランス人のマダム（修道尼）の手になるものだった。私が判らないで困っているとは知らず、兄はじれったそうに、

「ただ賛成してるっていうだけじゃないよ。少し恥ずかしそうにいう場合だよ」

「そうね、なんていったらいいかしら、じゃ『よろこんで……』っていうのはどう？」

そうしてその場その場を切り抜けたものである。私はいつか真実を話そうと思うのだが、その勇気と機会をつかみ得なかった。そして偽手紙の重荷は、一層私の両肩にふかく食い入った。兄が仕事に身が入り出すと、フランス語の代げいこを私にさせるのである。全く世の中というものは皮肉なものだ。在学中、フランス語の落第点をとり、老いた父をして教員室にまでおもむかせたその私が、こともあろうにフランス語の先生をしなければならないとは……。初めの中《うち》は小学生だけ受け持たされたが、だんだん女学生に、中学生にまで進出した。けれど教え方は一つなのでどうやらぼろも出さずにすんだ。何しろ兄から教え方を教わって教えるので、教わらなかったことは質問を受けてもすべて「またこの次」という次第なのである。

それというのも、フランス語のけいこを休めば暮しに困るので、家政をあずかっている私としては、そのような身のほど知らずも敢えてせざるを得なかった状態にあった。米屋の支払いの云い訳やら、家賃の延期を家主に頼みに行ったのもその頃のことである。そういう真っただ中に『古い玩具』が演劇新潮に発表されたのであった。初めて活字になった自分の大作を手にして、兄はほんとに嬉しそうだった。私も嬉しかった。私はその時の苦労に生甲斐をさえ感じたものだ。兄は、「さあ、これからだ」といって、机に向う時間がぐっと多くなった。そして『チロルの秋』『紙風船』の構想を練り、一方『葡萄畑の葡萄作り』が訳されたのである。兄は単行本の出来上ってきた日、扉のところへ、

我愛する協力者克子へ

訳者たる兄より

と書入れて「メルシイ」といいながら私に手渡すのであった。

或る朝兄は突然喀血した。私は非常に驚きあわてふためいたのに違いない。却って兄から「静かに！」とたしなめられ、続いて小さな声で「濃い塩水と氷のうの用意」とうながされた。それからしばらくは文字通り絶体安静の、「ノウ」と「ウイ」だけの生活に入り、やがて茅ケ崎の転地療養時代に移ったのである。そして快癒と同時に阿佐ケ谷にこんどは二人きりの世帯を持った。そして兄嫁が来る昭和二年の秋まで続けられた。

兄と私の生活が、華やかな時代でないだけに、私は今兄の死に直面し、ひしひしと胸にせまるものがある。何がどうせまるのかいい現せない。ただ、思い出の数々が断片的に脳裏を去来するのみで考えもまとまらないまま、とにかく私が大人らしい物心がついての最初の思い出を記して、御依頼への原稿とした。

昭和二十九年三月十日

埋葬をすました夜

## 横溝正史氏の思い出

横溝正史氏の一周忌がもう来ます。そういえば延原謙の五周忌が過ぎ去りました。淋しい限りです。

新青年の初代編輯長が森下氏、二代目が横溝氏、三代目が延原、四代目が水谷氏。あの頃の思い出新たなるものがあります。社内での事は私には判りませんが、放務後、社に近かった社宅でシャグラン・クラブと名づけよくトランプ、麻雀の集りがありました。横溝氏はお体の調子のいい時は参加されました。昭和一けた時代ですから、相当くだけた先端を行っていたお仲間だったのでしょう。横溝氏といえば、まず物やわらかな方、細かい処によくお気がつく、明治生れには珍らしいという印象が濃く頭に残っております。延原はガンコな人でしたので、私は奥様が御うらやましく存じました。でもお体がお弱かったので、それだけに奥様のお気使いもお察ししておりました。奥様のおっしゃる事をよくお守りになって、御療養されておられました。

奥様お手製の健康食で、大豆のふくめ煮を三度、三度あきずによく召し上っていらっしゃいました。ほんとになごやかな思い出が浮びます。それにしても、御病弱なお体をおいといになりながら、あのようなご立派なお作品を数々お残しになったファイト、ただただ頭が下ります。

延原の葬儀には、御出にくい中をお揃いで御参加頂きました。あの時の写真が見つかりました。お酒ずきな延原でしたので、焼香でなく、献花でもなく、献盃での別れを選びました。というのも主人は日頃切り花は可哀そうだとか、少女趣味だなどと申しておりましたのと、焼香の煙は私の「ぜんそく」に悪く、一人ぎめで事を運んでしまいました。

別掲写真はその時の横溝氏ご夫妻のスナップ写真です。横溝氏のいぶかしげに盃を見つめておられる御様子、奥様の御こまりのようなてれ笑いが、その時の事情を物語って余りあるものがあります。

おかげ様であの時の乾盃葬の理由の一端を説明させて頂きました。胸のしこりが少しは取れました。まあそれはとにかく、今頃は天国で、昔おなじみの皆様といろいろお話を？……どうぞ安らかな天国での御生活をと御祈り申し上げます。

# 大トラ、小トラ

「岸田國士」は、私の長兄で明治二十三年虎年生まれ、「岸田森」の父「虎二」は、私のすぐ上の兄明治三十五年虎年生まれで、私達妹共は影で大トラ、小トラと呼んでいたのです。二人ともいざとなると、はげしい気性で、頼りになる兄でした。半面、ユーモアがあって楽しい兄でもありました。今はもうこの世の人ではありませんが、國士兄は二人の娘を、虎二兄は二人の息子を残しているのも何か虎年生まれの共通点を感じられます。亡夫の延原謙は私達の大トラ、小トラの呼び方が感に障るらしく、すぐ坐をはずし散歩に出かけたものでした。

# 編者解題

中西 裕

延原謙の仕事としては、〈シャーロック・ホームズ〉・シリーズの全訳をはじめとするミステリ翻訳者としての業績が今日ではまず挙げられる。しかし、それにとどまらず、『新青年』や『探偵小説』、戦後にあっては『雄鶏通信』各誌の編集長としての活躍も見落とせない。さらには、数はさほど多くはないけれど、創作ものしている。先に刊行された『延原謙探偵小説選』（論創社、二〇〇七）の続編として、そこに収録されなかった著作から、主として小説を集めて一書を編むこととなった。

また、本書には延原謙夫人、勝伸枝（本名・延原克子）の創作や随筆類もあわせて収めることにした。その点で特色のある巻となろう。勝については、座談会を除き、現在判明しているほぼすべての作品を収めることができたのではないかと思う。

延原謙の伝記的事実についての詳細は、拙著『ホームズ翻訳への道——延原謙評伝』（日本古書通信社、二〇〇九）、および前掲『延原謙探偵小説選』に付された横井司氏の懇切な解説に譲ることにするが、参考のために事典的に略記しておく。

延原謙は一八九二（明治二五）年九月一日に京都に生まれた。父は同志社で学んだあと札幌独立教会でキリスト教伝道師を務めた竹内《たけのうち》（旧姓・馬場）種太郎、母はのちに津山で竹内女学校を開いて教育者として活躍した竹内文《ふみ》である。謙の名は、戸籍には「ゆづる」とルビが振られているが、一般に「けん」の読みで通した。延原姓になっているのは、次男であったことから、祖母の妹まさ（本来の表記は変体仮名）の養子となったためである。これはあくまでも書類上の措置であり、延原家の人たちとともに住んだことは一度もなかった。

ついでに述べておくと、延原家は養子によって継がれていく形が連続し、延原謙も義姪である成井やさ子の次男・展《てん》を養子としたが、展も二〇〇一（平成一三）年十一月に五四歳で亡くなっている。

新聞に連載されていた黒岩涙香の小説を津山の家族がスクラップして読んでいたことに影響されて延原謙も少年時代に愛読した。津山中学校、早稲田中学校を経て、一九一五（大正四）年七月に早稲田大学理工科電気工学科を卒業、大阪市電鉄部、日立製作所設計課を経て、逓信省電気試験所に勤めた。

延原は仕事の合間に海外ミステリの翻訳を試みていた。津山中学校以来の親友である井汲清治が博文館に持ち込んだドイルの『四つの署名』の訳稿が森下雨村の眼にとまった。それが天岡虎雄名義で一九二二（大正十一）年に博文館から刊行された『古城の怪宝』である（この中に収められた他の短篇すべてが延原謙訳であるかは不明）。こうして博文館の「院外団」の一員となった延原は、主にミステリ翻訳で活躍することとなり、大正から昭和に変わる頃からは小説も書き始めた。

一九二八年には博文館に入社。いきなり『新青年』の編集を横溝正史から引き継ぎ、水谷準とともに活躍することとなった。その後『探偵小説』、『朝日』編集長も務めるが一九三二年には退社し、翻訳に専念する。

ホームズ物語を始めとして英米のミステリ作品の翻訳などに専念していた延原だが、一九三八（昭和十三）年、なぜか同仁会医療班の「事務員」として突然中国にわたって病院に勤務する。同年末には予定通り任務を解かれて一旦帰国、翌年改めて夫人とともに揚州に渡り、貿易業「福寿洋行」と映画館「南京大戯院」経営を終戦まで続けた。貿易業としては日本からの図書輸入も行ったとはいえ、本領である文業を辞めてまで中国で過ごした理由は不明ながら、英米の作品の翻訳がしづらくなってき

中国滞在中に撮影された克子夫人と役者たち

た社会事情が影を落としていることは間違いないだろう（中西裕「延原謙と同仁会医療班中国派遣」『学苑』八五三号、二〇一一年、四一～五二頁。昭和女子大学機関リポジトリで閲覧可能）。

中国では使用人を使うような暮らをしていた夫妻だが、敗戦のため、財産をすべて捨てて一九四六（昭和二十一）年四月下旬に帰国した。一時は鎌倉で釣りを楽しむような生活をしていたが、翌四七年秋から延原は、公職追放となった春山行夫の後を受けて『雄鶏通信』編集長に就任、欧米の文化的ニュースの紹介とともに、戦時中の体験を手記として掲載することに務めた。しかし、五一年には同誌が廃刊となり、延原は再びミステリ翻訳を専業とし、多数の翻訳を遺した。

これはという海外ミステリを発見する能力はすばらしく、アガサ・クリスティの作についても一九二四（大正十三）年には「ポワロの頭」の通題のもとに六つの短篇を訳しており、延原謙が日本で最初のクリスティ訳者である。その時の訳者名は河野峯子となっているが、これは延原の最初の夫人の実名を使ったものであった。

最後の九年間は寝たきりとなり、一九七七（昭和五二）年六月二十一日、急性肺炎のため死去。享年八四。鎌倉の極楽寺に墓がある。

勝伸枝は延原謙夫人克子の筆名である。克子のカツと延原のノブから作られたことは言うまでもない。克子は一九〇五（明治三八）年九月六日、父・岸田庄蔵、母・クス（楠子）との三女として生まれた。四男四女の七番目で、長兄・岸田國士の妹に当たる。父は鎌田栄吉の弟子として文章家をもって任じていた。克子は妹・朝子が学校の作文の宿題に「摘んで栄えある蓮華草」云々などといった新体詩を庄蔵に作ってもらっている場面を記憶している。母も和歌を「かりける調でやったりして」いたという。庄蔵は克子に実践女学校を受けさせようとしたが、「天神様みたいな制服を着るのを厭うて」悶々としていたのを察した國士が父を説き伏せてくれたおかげで雙葉学園に進むことができた。卒業してぶらぶらしていたところ、國士が牛込若松町で妹朝子を交えた三人での生活を始めてくれた（「座談会　若き日の岸田國士」での延原克子発言。『新劇』一九五四年六月号、一巻三号）。

延原謙と克子の出会いについては今となっては明確なことはわからない。親族の多くが健在だった頃に訊き合わせたところ、成井やさ子さんが中心となって手掛かりを探ってくださったが、ひとりとして記憶している方がなかった。延原の親友の井汲清治が引き合わせたとか、実際の仲人は菊池寛だったとかの推測の情報だけがもたらされたにとどまった。同棲を始めたのは一九二八年頃になるようである。

延原謙と克子夫人

法的手続きはずっとあと、延原が同仁会医療班の一員として中国に派遣されることになった際に入籍したものと見られる。入籍の日は一九三八（昭和一三）年五月十日となっている。夫妻は翌年になって改めて一緒に中国に渡り、江蘇省江都県揚州福寿庭九号で福寿洋行と南京大戯院を始めた。克子は当時、李香蘭によく似ていると評判だった。

勝伸枝の著作は一九二九（昭和四）年から一九五二（昭和二七）年までに少しずつ書かれており、戦後にはわずか三篇のみの少なさである。夫に仕え、ジャーナリズムに顔を出すのも延原夫人としての姿である。延原が高血圧で倒れて寝たきりとなった最後の九年もの間、克子は看病を続けた。自分が病の床にあったときに看病してくれたお礼をしただけだとは、克子夫人から直接聞いたことばである。夫人の友人たちは、なんという節婦かと感心したという。克子夫人は自分が巳年だったために、ヘビをモチーフにしたアクセサリーを好んで着けていらした。このことは周囲ではよく知られていたと見え、そのことに触れたエッセイを読んだ記憶がある。

延原謙は夫人の作品をどう見ていたのか。面と向かっては何の評もしなかった。しかし、延原が遺した雑誌を見たら、夫人の作のところにしおりが入れてあって、読んでくれていたことを初めて知ったと、延原謙の墓参をご一緒したときに克子夫人が極楽寺で語っていた。実は延原謙は秘かにライヴァルと見ていたのではないかとすら思える。克子夫人は比較的早く、七〇歳代半ばに、妹の朝子とともに流山の老人ホームに入った。二〇〇二（平成一四）年九月一四日逝去。享年九七だった。

なお、克子夫人は岸田國士の妹であるから、岸田衿子、岸田今日子、岸田森（父は岸田虎二）の叔母に当たる。岸田森については、武井崇の労作『岸田森　夭逝の天才俳優・全記録』（洋泉社、二〇一七）、および小幡貴一・田辺友貴編『不死蝶　岸田森』（ワイズ出版、二〇一六）に詳しい。

以下、延原謙作品集と勝伸枝作品集についての解題を記す。なるべく結末には触れないように努めたが、作品の内容に踏み込まざるを得なかった場合もあるため、未読の方は注意されたい。

【延原謙作品集】

「狼」『女性』一九二七年一月号（十一巻一号）

一九二七年、延原は『女性』誌に四篇の創作を四カ月連続で書いた。本篇はその最初の作。映画女優になりたがっている娘と、採用しようとする映画監督を登場人物として、当時の社会風俗を軽やかに描いている。最後のオチが鮮やかである。

「カフエ・タイガーの捕物」『女性』一九二七年二月号（十一巻二号）

『女性』誌に載せた四篇はいずれも現在で言うショートショートに当たる分量だが、それでも二ページにわたっている「狼」に対し、それ以外の三篇はいずれも一ページに収まってしまう分量で書かれている。限られた枚数でまとまった話にしなければならない点、作者の苦心の跡が見える。この時代のカフェというモダンな場所での出来事をさりげなく見せているのも女性読者を意識してのことであろう。

「断片」『探偵趣味』一九二七年二月号（十六輯＝三年二号）

二篇構成としているが、どちらも持込原稿の読み役による採否判断に関わる話題である。ブラウン老人なる人物を登場させて、アメリカの話だと断っていることから、海外小説の紹介の翻訳である可能性が高い。

「幸福」『令女界』一九二七年三月号（六巻三号）

女学生であるせい子に縁談を勧める校長の真意とは……。「探偵小説」の角書が付されているが、結婚をめぐるこの物語に探偵小説的要素はまったくなく、後味が良い作とも言えない。

「**尾行**」『女性』一九二七年三月号（十一巻三号）
新橋で電車を降りたY夫人の後を追う職人風の男。なぜY夫人が尾行されたのか、最後にいちおうは納得できる形で説明される。
物語の途中、唐突に「トリニティ教会」の名を出している点が奇異に感じられる。

「**銀座冒険**」『女性』一九二七年四月号（十一巻四号）
青年作家によるちょっとしたいたずらを描いたコントである。文中に出てくる「ラ・メデタ派」は「デタラメ派」から作られた言葉。当時延原と親しかった渡辺温がそう呼ばれていた。主役の本田準は、博文館編集部の同僚だった本位田準一から名前を借りたものだろうか。

「**人命救助未遂**」『新青年』一九二七年七月号（八巻八号）
「こんな話を御存知でしょうか」の中の一篇。道頓堀近くで夕食をすませた「私」は入水を目撃するが……。現実とフィクションのあわいを描いた怪談である。延原はここでも「大阪時代の私は上本町車庫のチヤージであつた」と記している。大阪市電鉄部で働いた経験を反映したものであろう。

「**幽霊怪盗**」『向上之青年』一九二九年七月号〜九月号（六巻七号〜九号）

二十面相ばりの怪盗が「幹元」宝石店を襲い、店主の娘の友人である男爵令嬢を誘拐する……。延原にしては珍しい作である。

「長篇探偵小説」の角書を付した三回連載作だが、事件の根本的な謎は解かれることもなく、令嬢の行方も不明のまま放置される。続きを書くつもりがあったところを急に中止したようにも見える。あるいは先に同誌に連載された横溝正史の「紫の道化師」（一九二八）や水谷準の「龍変化」（一九二九）が全三回で完結していることからすると、延原の作品も全三回完結を強制されたものか。それならば当初からそのように構成しなければならなかったはずだが、いずれにしても奇異な感は拭えない。

大学医科の教授ながら、何が専門なのかがわからないという探偵役の呉健作をさらに魅力的にし、怪盗のキャラクターも明確に打ち出したら……とは望蜀の嘆だが、もっと思う存分に筆を振るってほしかった。

なお、『向上之青年』は一九三一年九月号から『向上之婦人』と合併し、『向上之友』に改題されている。

「自殺」『日曜報知』一九三二年九月六日号（六十七号）

銀行の金を使い込んで自らを抹殺し、他人になりすまそうとした顚末を描いたミステリである。掲載紙の『日曜報知』は『報知新聞』の無料附録紙として出されていた。延原はそこに前後四篇の創作を載せており、本作はその二作目に当たる。

「誌上探偵入学試験」『探偵小説』一九三二年六月号（二巻六号）

全五問の犯人当て懸賞問題集。解答は八月号（二巻八号）に掲載。「第一問　倫敦の医者殺害事件」。この一問目からもうかがわれるが、イタリアが舞台の二問目を除き、すべてイギリスを舞台としている点、おそらくイギリスの作らしい外国作品に材を求めていると考えられるが出典不明である。

現在の読者にとってもなかなかの難問揃いだが、のちに点数の高い二十名の合格が発表された。

「コンクリの汚点」『週刊朝日』一九三二年八月七日号（二十二巻七号）

延原はこの頃もっとも創作活動に力を入れていた。「氷を砕く」「レビウガール殺し」などと同じ年の発表である（いずれも前掲『延原謙探偵小説選』収録）。本作は盛夏に発表されたためか、凄惨な題材は鶴屋南北ばりの怪談話の趣であると同時にポーの作を思わせるところもある。なお、初出時からの伏字は単行本未収録作品のため、本書でも復元はかなわなかった。

「富さんの蟇口《がまぐち》」『文藝倶楽部』一九三二年九月号（三十八巻九号）

銀行で働く富松の、もらったばかりの給料入り蟇口が紛失して、警察の厳しい取り調べが行われる。富松はそれを自分で見つけ出すが、騒ぎになったあとではそれと言い出せない。

「滑稽小説」の角書が付いたユーモア短篇だが、人間心理を衝いていて、笑ってばかりはいられない。

「カフエ為我井《ためがい》の客」『新青年』一九三三年七月号（十四巻八号）

銀座でカフェを営む為我井武介はその立場を離れると客にもなる。店主の立場と客の立場を厳格に区別して人に接する姿から起きる小さな事件をしゃれた筆致で描いている。

数年前に書かれた『女性』掲載作の作風を思い起こさ

せるが、本作は五ページを使って思う存分筆を振るっている。延原が明るいユーモラスな味わいの作も書けることが知られる。

なお、本作は「オカシナ実話」として四篇掲載のうちの四番目のもの。他は「日本男子」（名賀京助）、「P夫人の試演会」（吉本明光）、「さらば月給」（如月敏）」。「実話」としているが、もちろんフィクションである。もっとも、大学の電気科で学んでいたころの為我井が冒頭で紹介され、「大阪のある官庁」に就職したとの設定は、延原自身の学歴および大阪市電鉄部に勤めた職歴を反映している。

「**親愛悲曲**」『令女界』一九三六年十一月号（十二巻十二号）

目次にのみ「現代小説」の角書を付す。娘が亡くなり、その墓の近くで浮浪者の遺体が発見され、さらには娘の父が急逝する。事の真相を探る内容からすれば探偵小説と称するべきだろうが、延原の筆は抒情的な方向に向かいがちのようである。

「**毒盃**」『キング』一九三七年十二月号（十三巻十四号）

これ以下の三作品は延原謙の創作ではなく、外国の作の翻訳、あるいはダイジェスト紹介の類である。創作を原則とする本書の編集方針からは逸れることになるが、それぞれ特徴があり、あえて収録することとした。

フランコ将軍麾下のスペイン革命軍と政府軍との戦いの中で単身敵陣に忍び込む中尉の活躍を描いている。スペイン内戦は一九三六年から三九年の事件である。背景を信じれば、原作発表後間もない翻訳だと考えたくなる。ところが、この原作はそれを遡ること三十余年の、コナン・ドイル作『ジェラールの冒険』中の第二作「ジェラールがサラゴーサを占領した話」である。ナポレオン時代からフランコ時代に移し替えたのは延原謙の企みであった。ジェラールの名が「マッセナ中尉」に変えられているのをはじめ、多くの人名の変更が行われている。原作でのマッセナは同じ作に名のみ出てくる元帥から借りている。延原にしても翻訳と創作との境を超えた変改を行っている一例である。

「**片耳将軍**」『講談倶楽部』一九三八年九月号（二十八巻十三号）

「戦争綺譚」の角書を付す。これもまた原作はドイルが書いた『ジェラールの冒険』の第一話「ジェラールが耳をなくした話」である。それを五頁にも満たない分量に抄訳している。長さだけから見ればむしろあらすじというべきものかもしれないが、延原は会話も入れて一つの作品に仕立てている。ここでもまたジェラールを主人公とする連作の一篇であることを隠す意図があったものか。

**「少年漂流奇談」**『中学生の友』一九四九年六月号（二十六巻三号）別冊附録

タイトルから想像されるように、ジュール・ヴェルヌの『二年間の休暇（『十五少年漂流記』）』の抄訳である。大胆な抄訳であるとともに、さまざまな改変が加えられている。原作では一八六〇年からの出来事であるに対して、誤訳なのか誤植なのか一八六九年の事件と記されていることもその一つであるが、登場人物にも変更が加えられ、無人島に流れ着くのは十一人の男子生徒と三人の女生徒、それに少年水夫一人である。読者に女生徒を想定しての措置であろうか。難破する船名も「スルーギ号」ではなく、「アロウ号」である。大部な原作を、四段組みとは言え、僅か二六ページに圧縮しているのだから設定もかなり変えざるを得ない。延原謙の工夫を見るべきである。

## 【勝伸枝作品集】

《創作篇》

**「墓場の接吻」**『新青年』一九三〇年四月号（十一巻五号）

夫を亡くした妻が土を掘って墓場を訪ねる。鬼気迫る作だが、本文中にポーの作にヒントを得たことがほのめかされている。

**「嘘」**『新青年』一九三一年七月号（十二巻九号）

嘘をついて相手を混乱させる性癖のある女性の物語。気がおかしくなるほどに相手を裸の王様のように追い込む罪深い女性を、むしろ淡々と描いているのが不気味である。作中の「はい原」は日本橋の和紙店「榛原」のこと。

**「チラの原因」**『新青年』一九三二年三月号（十三巻四号）

F女学校の歴史教師「ヒネッチリ」ことSが授業中にY子の方をチラチラ見る。周りの同級生たちがSをとっちめようといたずらする。ことの真相は？　いつの世にもありそうな男女の関係を明るく描いている。

「これでいいのかい」『新青年』一九三二年十月号（十三巻十二号）

同僚のポケットを探ったら生きているものがある。おまけにその男は婦人トイレのあたりをうろうろする奇行も……。不可解な日常の謎が最後にすっきりと解かれる。

八人の作者・作品を読者に懸賞付きで競わせる企画として掲載された中の一篇。延原謙の「金・金・金」（前掲『延原謙探偵小説選』）も含まれており、夫婦競作となった。他の作家は葛山二郎、甲賀三郎、夢野久作、大阪圭吉、渡辺啓助、海野十三。当該号の目次を見ると、「創作読者懸賞採点探偵小説・8」として、冒頭に「塙侯爵一家　横溝正史」、最後に「武州公秘話　谷崎潤一郎」、計十篇が並んでいる。しかし、本文を見ると、「金・金・金」の次のページに「本篇以下・読者採点！」と記してあり、「塙侯爵一家」は次の号までの連載であるし、「武州公秘話」も言うまでもなく連載であるから、懸賞の対象は両者を除いた八篇である。翌々月の発表によると、五千数百通の投票があった中で一位は海野十三の「爬虫館事件」で、平均点九十点。延原夫妻は最下位を争う結果となり、延原が七位の平均七十八点、勝が八位で平均七十七点とり、かろうじて延原が面目を保った。

「奥様と旦那様（午後六時）」『新青年』一九二九年八月号（十巻九号）

「モダン大学　Twenty Four Hours」として掲げられた五篇の中で勝伸枝の作は四番目として掲載された。「Twenty Four Hours」は目次のみにあり、本文には「Modern University」が付加されている。本書には他の四作も含めた全体を収録した。池田忠雄は脚本家、野村胡堂は銭形平次の生みの親であり、「あらえびす」の名で音楽関係の著作も多いことは周知のとおりである。如月敏は「沓掛時次郎」などを書いた脚本家、内田岐三雄は映画研究者である。

一日のうちの時刻に関連したそれぞれのテーマでの講義を文章にしたという建前で掲げられている。胡堂の音楽についての、そして如月の映画についての文章などはまさに講座の趣がある。勝の作は午後六時の時刻が示すように、ユーモアを込めた料理に関するコント。

「ヨンニヤン」『新青年』一九三五年六月号（十六巻七号）

ヨシコのことを兄は数種の愛称で呼びかける。何か魂胆があってする呼びかけが「ヨンニャン」。なんの魂胆があるのかわからずにヨンニャンと呼ばれて戸惑うヨシコ。最後に謎がすっきりと明るく解かれる。

「甘き者よ、汝の名は」『新青年』一九三五年十月号（十六巻十二号）
電車の中で足を踏んだ機縁で結ばれた二人。さて、その背景に隠された真実とは……。
初出誌では生沢朗の挿絵がユーモアを一層強調していた（左図参照）。

「参つてゐる」『ユーモアクラブ』一九三八年新年特別号（二巻一号）
堅物の兄が見合をしたことから始まるユーモラスな一篇。
見合をする兄が長兄で三七歳まで独身、弟妹が七人、との設定は岸田國士および勝の境遇を反映している。しかし、反映しているのはその境遇だけのようである。この年の後半に延原謙は同仁会医療班の一員として中国にあり、翌年には夫妻ともに中国に渡って、かの地で貿易業と映画館を営む。そのため、両者そろって創作や翻訳の文業がとだえることとなる。

「身替り結婚」『探偵雑誌　LOCK』一九四七年新年号（七号）
婚約したばかりの青年が親友から見合の代役を頼まれて……という喜劇。戦前からこのテーマで書くことが多かったが、戦後もその路線を引き継いでいることが知られる。

「盲目物語」『新青年』一九五〇年二月号（三十一巻二号）
谷崎純一郎の「春琴抄」に影響を受けて書かれたこと

が本文からも知られる。鍼の師匠の死因は果たしてどうだったのか。勝の作の中でも芸術味が濃いものである。

《評論・随筆篇》

「新青年料理二種」『新青年』一九三一年四月号（十二巻五号）

編集後記に当たる「戸崎町風土記」で「J・M」＝水谷準が次のように書いている。

◇昨年彼［解説者注・一年前に事故死した渡辺温］と計画して成らなかった四月馬鹿の頁は、一年後になって御らんの通りの形となって現はれた。日本の代表的な諸雑誌を、甚だ失礼な所業ながらカリカチュライズして見た。うまく行って居りましたら拍手御喝采。そして、大いに御好きな雑誌を買って上げて下さい。

「四月馬鹿」のページには一四篇が並べられているが、料理法を語るようでいてそれを裏切る勝の洒脱な文章は、例えば現代のクラフト・エヴィング商会あたりを想起させる。「ローマイヤ」はハム・ソーセージなどを製する食品会社。

「女学生読本」『新青年』一九三三年新年特大号（十四巻一号）

誌面では、勝の文章の前に次の惹句が掲げられている。

さあ、お嬢さんマドモアゼル、フロイラン、セニョリタ、みんなストーヴの周りに集って下さい。一九三三年のスバラシイ女学生たらんには、……この勝先生の秘伝を会得せずして何かあらむ。

勝が講師として講話をするかのように見せながら、教師の実状を語るというユーモアにあふれた文章。著者が女学校の教師との設定自体がフィクションである。

「ハガキ回答」『探偵文学』一九三六年新年号（一巻十号）

アンケートには二十二名が回答した。江戸川乱歩、角田喜久雄、夢野久作、木々高太郎、海野十三といった錚々たる名前が並ぶ中に勝伸枝も含まれている。ここで勝が「とっても期待している以上の方がある」と書いているが、誰のことだろう。夫である延原の可能性はないだろうか。その延原も回答を寄せている。

「世間ばなし」『探偵文学』一九三六年四月号（二巻四号）
探偵作家の面々が麻雀に興じる姿をユーモラスに書いている。「先生方は勝伸枝が何者であるか御存じございませんでしょうから」叱られないだろうと書いているが、延原家に出入りして競技していた当時の作家たちがこの文章の著者に気が付かないはずはない。延原夫妻の姪である成井やさ子さんも麻雀の最下等の賞品であるキャラメルを買いに行かされ、一箱を空にしたいたずらを延原謙が面白がったことを記憶している。

「アメリカ主婦の現実・日本主婦の夢」『旬刊ニュース』一九四九年三月二五日号（四巻四号、通巻五三号）
副題に「代々木ワシントンハイツに一日住み込んだ筆者の寄せるアメリカ主婦の家庭生活報告記」とある。代々木練兵場跡に建てられたワシントンハイツに住むテリル少佐宅を勝が訪問してのレポート。すでに敗戦から三年余が経過しているとはいえ、「瓦斯も電気も使えない」で、コンロで煮炊きをしていた当時の日本人にテリル夫人は電化製品の実演をして見せる。

『旬刊ニュース』は東西出版社から一九四六年一月に創刊され、この文章が載った二か月後の五五号をもって刊行を終えた。アメリカ文化の紹介を主とする路線にのっとった勝の文章である。

本誌は次第に娯楽・風俗的な色彩が強くなっていき、この号にも橘外男の連載小説「青白き裸女群像」が掲載されている。勝の起用も探偵小説の世界での活躍に起因するものであろう。

なお、この報告記には九葉の写真が収められ、そのうちの二葉に勝伸枝かとも見える日本人らしき女性が写っているが、当人であることは確認できなかった。

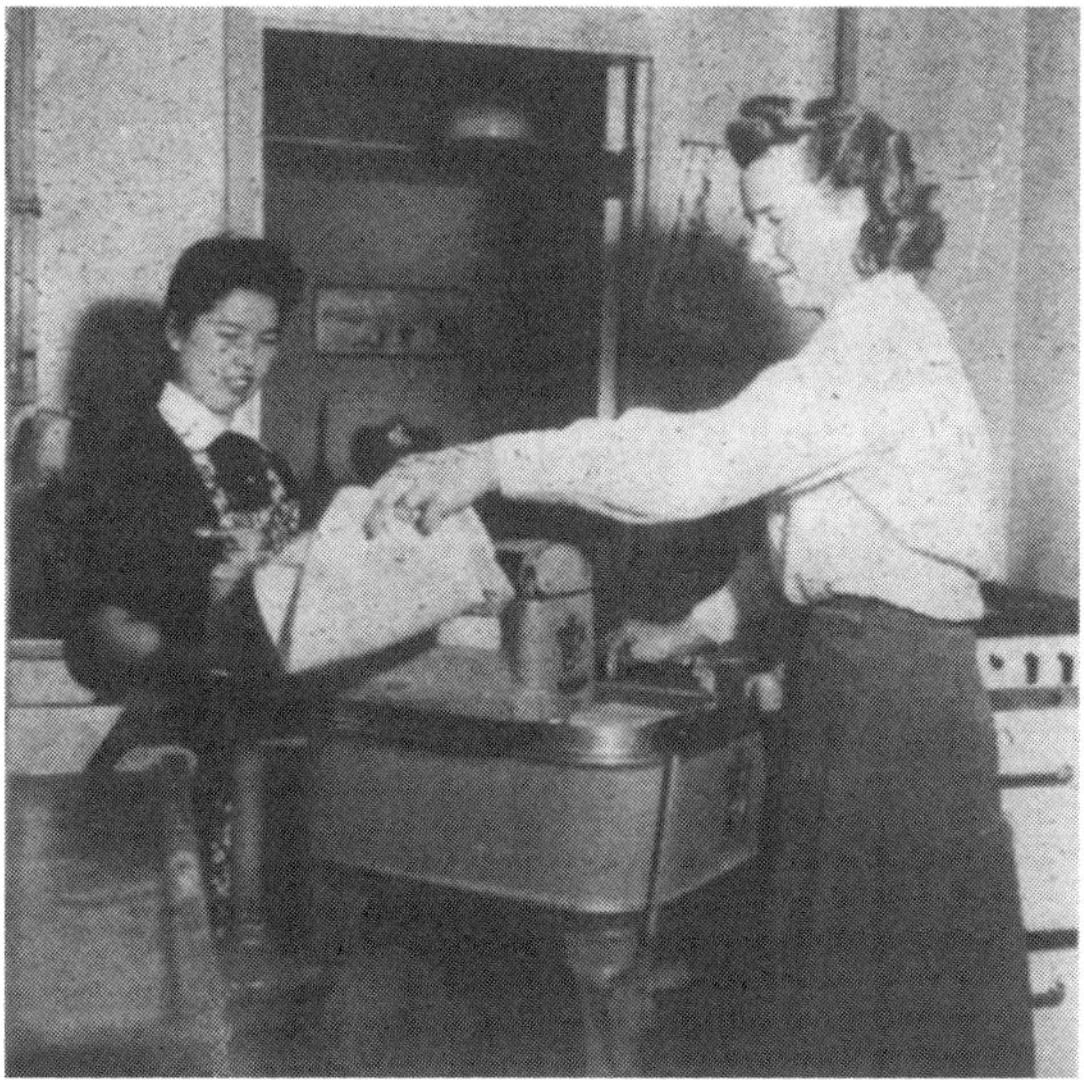

「中国青年」『探偵倶楽部』一九五二年十月号（三巻九号）

最初に、「この一篇の手記ほど、胸うつ文章は少いであろう。これは人種と国境を超えた、人間の物語である」と書かれている。手記であるとすればノンフィクションである。

中華民国のT県に在留の日本人夫婦の家に中国人青年李学仁が雇われてくる。二十名弱の応募者の中には日本に留学できるからとの理由を書く者もいた中で、学仁は「敵を知るため」と書いていた。しかし、働きだすと、学仁も日本人に親しみを持つようになり、一族も近づいてくる。ところが、同志が校長排斥運動を起こし、学仁は排斥を主導する同志も夫妻も裏切りたくない……。

延原謙は当時十六、七歳の少年楊承治《ヤンツァンズ》を養子のように引き取っていた。このことについては加島祥造が「単に子供がなかったからという理由からではなかったのでしょう。中国と日本との本当の友好にはこういう根本からの実践が大切だと延原さんは考えたのだと思います。延原さんはこういう大切な基本を黙って実行する人でした」と『ミステリ・マガジン』一九八〇年五月号に載せた回想で書いている。成井やさ子さんも、楊は揚州の資産家の息子で、すらりと背が高く、丸顔の品の良い子だった。丁寧な日本語を話し、礼儀正しかった、と回想している。夫妻が戦後帰国する際に、楊は自分も連れて行ってほしいと懇願したが、身一つで帰国する夫妻は楊を置いてくることしかできなかった事実がある。

姓名や延原の仕事内容を変更している点からも、この作のすべてが事実ではないことがうかがえるが、真実が含まれていることは疑えない。先述したように延原は貿易業と映画館を営んだのだが、この作の中では、「電気試験所の技術顧問」として赴任するとされている。

なお、延原謙はあわせて在留邦人会会長もかの地で務めていた。

「若松町時代」『新劇』一九五四年五月号（一巻二号）『近代作家追悼文集成』第三六巻』（ゆまに書房、一九九七年）に再録されている。

長兄である岸田國士への追悼文として本名・延原克子名で書かれた。末妹とは三歳下の朝子。文中に、兄嫁が来たのが「昭和二年」とある。前述したように、克子が延原謙と入籍したのは戸籍上では一九三八（昭和十三）年五月十日だが、実際には十年程さかのぼるとは親族の証言である。延原が前夫人・河野峯子と離婚したのが一九二八（昭和三）年十月二十日であり、同棲は一九二八年末から二九年にかけてのどこかで始まったものと考えられる。

「横溝正史氏の思い出」『横溝正史追憶集』（水谷準・編、非売品）一九八二年十二月発行

横溝正史の一周忌に発行された非売品の追憶文集へ延原克子名での寄稿。

横溝と交流があった作家、画家、出版人の他、佐野英《ひで》（海野十三夫人）「追憶」、高木むつ（高木彬光夫人）「優しかった横溝先生」、平井隆太郎（江戸川乱歩嫡子）「横溝さんを偲んで」、森下時男（森下雨村嫡子）「父への手紙」といった具合に、生前の横溝と親しかった作家の親族も寄稿している。

別掲写真とは巻頭に収録されているスナップ写真の一枚を指すが、勝が撮影した写真なのか葬儀に参列したカメラマンが撮影した写真なのか判断できず掲載を見送った。諒とされたい。

推理小説研究家の浜田知明氏によれば、同書は横溝正史の葬儀参列者への香典返しとして配布された、いわゆる饅頭本であるとの事。

以下、参考までに同書の書誌データを記す。

昭和五十七年十一月二十日　印刷
昭和五十七年十二月十日　発行
編者　水谷準
制作　東京美術　木下子龍
発行者　横溝孝子
印刷　東京美術制作センター
製本　関川製本

「大トラ、小トラ」『日本推理作家協会会報』一九八六年一月号（四四五号）

干支にまつわる特集「丙寅随想」の一編として延原克子名で書かれた。

妹の視点から二人の兄について書かれており、夫の延原謙は義兄が「大トラ」「小トラ」と呼ばれていることを快く思っていなかったというエピソードは興味深い。

初出時は無題だったが、本書では著作権者了解のうえ「大トラ、小トラ」と題を付した。

延原謙に関する情報については、これまでも新井清司、植田弘隆、故中原英一、横井司各氏の協力を得てきた。

本書に関しては、担当編集者でもある黒田明氏から

「少年漂流奇談」ほか数篇の提供を受けるなど格段の配慮をいただいた。以上の方々にお礼を申し上げます。

# 延原謙著作目録稿

中西　裕・作成

本書誌は拙著『ホームズ翻訳への道――延原謙評伝』（日本古書通信社、平成21年）収録の「延原謙著作目録」より、創作小説、エッセイ、アンケート回答を抽出・増補し、再編集したものである。エッセイ（「編集後記」などの小文も含む）・アンケート回答は◎、『延原謙探偵小説選』収録作品は▲、『延原謙探偵小説選Ⅱ』収録作品は○として分類した。

無題で掲載されたもののタイトルなどは［　］で補い、その他の注記は＊で記した。

遺漏や誤謬が見つかった場合は、論創社編集部宛てにご一報いただきたい。

## 大正6（1917）

［無題］（「葉書集」）◎　『早稲田電気工学会会報』大正6年度版　刊行年月不明

## 大正10（1921）

一筆啓上仕候◎　『早稲田電気工学会会報』大正10年7月号　大正10.7.10

## 大正11（1922）

高圧送電用変圧器接続法　『現代之電機』8巻3-5号　大正11.3.1-5.1

無線電話の時代来る◎　『新青年』3巻12号　大正11.10.1

## 大正12（1923）

電気と人生◎　『新青年』4巻3号　大正12.2.1

（科学新話）騎手を乗せない競馬◎（大井六一）『新青年』4巻6号　大正12.5.1

飛行機による人工的降雨法　最近の発明界◎（大井六一）『新青年』4巻8

号　大正 12.7.1

科学者達の夢＝もしこれが実現されたなら？◎（大井六一）『新青年』4 巻 11 号　大正 12.9.1

## 大正 13（1924）

［無題］（「はがきだより」）◎ 『早稲田電気工学会会報』大正 13 年 7 号　大正 13.4.1

（科学新話）三千万円の隕石◎（大井六一）『新青年』5 巻 5 号　大正 13.4.1

（科学新話）爪の伸びる速さ◎（大井六一）『新青年』5 巻 6 号　大正 13.5.1

（いよいよ）実現される無線電話◎ 『新青年』5 巻 7 号　大正 13.6.1

（科学新話）無線電話の話◎（大井六一）『新青年』5 巻 9 号　大正 13.8.1

（科学新話）原子の神秘－万有還金は可能か？－◎（大井六一）『新青年』5 巻 13 号　大正 13.11.1

## 大正 14（1925）

仲瀬教授に（大井六一）◎ 『新青年』6 巻 3 号　大正 14.2.1　＊仲瀬善太郎「『原子の神秘』に就て」と同時掲載

銀の小函▲ 『女学世界』25 巻 4-5 号　大正 14.4.1-大正 14.5.1

ラヂオと犯罪◎ 『太陽』32 巻 5 号　大正 14.5.1

（科学新話）人類滅亡の時期（大井六一）◎ 『新青年』6 巻 8 号　大正 14.7.1

漫読夜話　其 1 『茶服の男』（英）アガサ・クリステイ作▲ 『新青年』6 巻 8 号　大正 14.7.1

漫読夜話 『ヒウイット探偵』（英）アーサー・モリソン作▲ 『新青年』6 巻 9 号　大正 14.8.1

心憎きクリスティ（「私の好きな作家と作品」のうち）▲ 『新青年』6 巻 10 号　大正 14.8.1

探偵小説と洋書　古本漁り新本漁り雑誌漁り◎（XYZ）『新青年』6 巻 10 号　大正 14.8.1

ある大都市の秘密 （英）ヰリアム・ルキウ（「近頃読んだもの」のうち）▲ 『新青年』6 巻 11 号（9 月号）大正 14.9.1

探偵問答（アンケート）▲　『探偵趣味』第1輯　大正14.9.20
ビーストンの短篇集（「近頃読んだもの」のうち）▲　『新青年』6巻13号　大正14.11.1
雑感（「マイクロ・フォン」のうち）▲　『新青年』6巻13号　大正14.11.1

大正15（1926）

好々爺ポワロ▲　（延原謙代筆）『新青年』7巻3号　大正15.2.10
欧米探偵作家著作目録（延原謙調査）◎　『新青年』7巻3号　大正15.2.10
わが本願▲　『新青年』7巻5号　大正15.4.1
儲かる術◎　『探偵趣味』2年4号（第7輯）　大正15.4.1　＊執筆者名なし、編集担当が延原なので延原執筆か
編輯後記◎（「延原」名義）『探偵趣味』2年4号（第7輯）大正15.4.1
附記◎　『新青年』7巻6号　大正15.5.1　＊「近頃読んだもの　『正義の四人』の続篇について」（磯崎生）に付けた附記
当選作所感▲　『新青年』7巻7号　大正15.6.1
→　『夢野久作の世界』（西原和海編）　沖積舎　平成2.11.29に再録
読後感想◎　『新青年』7巻7号　大正15.6.1
探偵小説合評会◎　『探偵趣味』2巻6号　大正15.6.1
涙香の手沢本▲　『探偵趣味』2年10号　大正15.11.1　＊目次見出し共に「手訳本」だが「手沢本」の誤植。『探偵趣味』2年11号「編輯後記」に「十一月号の涙香随筆中延原謙氏の「涙香の手訳本」とあるは『手沢本』の誤りにつき訂正。」の記事あり。
［アンケート回答］（「大正十五年度探偵小説壇の総決算」）◎　『新青年』7巻14号　大正15.12.1
クローズ・アップ［アンケート］▲　『探偵趣味』2年11号　大正15.12.1

昭和2（1927）

狼○　『女性』11巻1号　大16.1.1
（科学小説）心霊写真▲　『科学画報』8巻1号　大正16.1.1
カフエ・タイガーの捕物○　『女性』11巻2号　昭和2.2.1
断片▲　『探偵趣味』3年2号　昭和2.2.1

幸福○　『令女界』6巻3号　昭和2.3.1
尾行○　『女性』11巻3号　昭和2.3.1
銀座冒険○　『女性』11巻4号　昭和2.4.1
創作四篇▲　『新青年』7巻6号　昭和2.5.1
（六号並木路）クローズ・アップ［アンケート回答］▲　『探偵趣味』3巻5号　昭和2.5.1
れえむつま▲　『新青年』8巻7号　昭和2.6.1
人命救助未遂○　『新青年』8巻8号　昭2.7.1
西洋笑話◎（小日向逸蝶）『新青年』8巻12号　昭和2.10.1
訳者から◎　『探偵趣味』3巻11号　昭和2.11.1　＊エドガア・ウオレス「すべてを知れる」への訳者付記
唄ふ楠田匡介　『新青年』8巻14号　昭和2.12.1
→　探偵小説趣味の会編『創作探偵小説選集　第3輯（1927年版）』春陽堂　昭和3.1.1に再録
西洋笑話◎（小日向逸蝶）『新青年』8巻14号　昭和2.12.1

## 昭和3（1928）

西洋笑話◎（小日向逸蝶）『新青年』9巻1号　昭和3.1.1
翻訳座談会◎（延原謙ほか）『探偵趣味』4年2巻　昭和3.2.1　＊他の出席者：田中早苗、浅野玄府、吉田甲子太郎、横溝正史、甲賀三郎、水谷準
ヴエテランの退場▲　『探偵趣味』4年5号　昭和3.5.1
編輯局より◎（延原生）『新青年』9巻12号　昭和3.10.1
編輯局より◎（延原生）『新青年』9巻13号　昭和3.11.1
編輯局より◎（延原生）『新青年』9巻14号　昭和3.12.1

## 昭和4（1929）

戸崎町だより◎（延原生）『新青年』10巻1号　昭和4.1.1
戸崎町だより◎（延原生）『新青年』10巻2号　昭和4.2.1
戸崎町だより◎（延原生）『新青年』10巻3号　昭和4.2.10
感激の場面◎（小日向逸蝶）『新青年』10巻4号　昭和4.3.1
戸崎町だより◎（一記者）『新青年』10巻4号　昭和4.3.1　＊延原か水谷

か確定できないが、内容からおそらく延原。

早慶対抗野球座談会◎　『新青年』10 巻 6 号　昭和 4.5.1　＊水谷準とともに司会

『アッシャー家の末裔』合評座談会◎　『新青年』10 巻 6 号　昭和 4.5.1　＊他の出席者：森下雨村、江戸川乱歩、甲賀三郎、横溝正史、大下宇陀児、水谷準

エドガア・ウオレスに就いて◎　『探偵小説全集』月報　第 2 回配本付録　昭和 4.7. ?

マツカリとランドン◎　『世界探偵小説全集　22　マッカリ集』（坂本義雄訳）博文館　昭和 4.7.25　附ランドン集

（長篇探偵小説）幽霊怪盗○　『向上之青年』6 巻 7-9 号　昭和 4.7-9

探偵小説集など▲　『新青年』10 巻 10 号　昭和 4.8.15

## 昭和 5（1930）

コーナン・ドイルの逸話▲　『週刊朝日』18 巻 4 号　昭和 5.7.20

強剛ホウムズ▲　『新青年』11 巻 11 号　昭和 5.8.5

箱根細工の函▲　『日曜報知』通巻 25 号　昭和 5.12.14

## 昭和 6（1931）

死体の始末（「探偵作家と殺人　諸氏解答」のうち）▲　『探偵』1 巻 5 号　昭和 6.9.1

自殺○　『日曜報知』67 号　昭和 6.9.6

幸蔵叔父さん▲　『新青年』12 巻 16 号　昭和 6.12.1

## 昭和 7（1932）

旅客機墜落事件（連作探偵「諏訪未亡人」第一話）」『新青年』13 巻 2 号　昭和 7.2.1

→　川本三郎編『犯罪都市』（モダン都市文学　7）平凡社　平成 2.9.20 に再録

御挨拶◎　『探偵小説』2 巻 2 号　昭和 7.2.1

踏止つた忠太▲　『日曜報知』89 号　昭和 7.2.7

氷を砕く▲　『新青年』13巻7号　昭和7.6.1
→　ミステリー文学資料館編『幻の探偵雑誌10　「新青年」傑作選』光文社　平成14.2.20に再録
誌上探偵入学試験○　『探偵小説』2巻6号　昭和7.6.1
レビウガール殺し▲　『新青年』13巻8号　昭和7.7.1
悪運を背負ふ男▲　『新青年』13巻9号　昭和7.8.1
短篇集二三——夏よ若人に▲　『新青年』13巻9号　昭和7.8.1
コンクリの汚点○　『週刊朝日』22巻7号　昭和7.8.7
水谷準氏の作品に就て▲　『探偵クラブ』4号　昭和7.8.25
探偵小説の翻訳と海外作家▲　『探偵クラブ』4号、6号　昭和7.8.25、11.24
海外探偵小説手引草▲　『新青年』13巻10号　昭和7.8.5
N崎の殺人▲　『新青年』13巻11号　昭和7.9.1
科学戦の驚異　隠しインキローマンス◎　『科学画報』19巻3号　昭和7.9.1
富子の墓口○　『文藝倶楽部』38巻9号　昭和7.9.1
金・金・金▲　『新青年』13巻12号　昭和7.10.1
黄金魔神▲　『日曜報知』124号　昭和7.10.9
三ケ月の日記▲　『新青年』13巻13号　昭和7.11.1
ドンドの淵事件▲　『新青年』13巻14号　昭和7.12. 1
原作者に就て◎　『世界ユーモア全集月報』7号　改造社　昭和7.12.31

昭和8（1933）
伯父の遺書▲　『新青年』14巻5号　昭和8.4.1
［無題］（ぷろふいるに寄する言葉（一））▲　『ぷろふいる』1巻1号　昭和8.5.1
ものいふ死体▲　『新青年』14巻7号　昭和8.6.1
カフエー為我井の客○　『新青年』14巻8号　昭和8.7.1
探偵小説問答［アンケート回答］▲　『新青年』14巻10号　昭和8.8.5
延原謙出題（漫画家困らせ）◎　『新青年』14巻12号　昭和8.10.1　＊漫答：横井福次郎
金と色気は（「気にかかる犯罪」のうち）◎　『話』1巻8号　昭和8.11.1
冒険小説研究◎　『日本文学講座』第14巻（大衆文学篇）　改造社　昭和

8.11.14

## 昭和9（1934）

五千円の卵（連載ユーモア小説「五本の手紙」第二回）」『新青年』15巻2号　昭和9.2.1

翻訳のスタイル▲　『新青年』15巻10号　昭和9.8.5

腐屍▲　『新青年』15巻14号　昭和9.12. 1

→ 『妖奇』4巻1号　昭和25.1.1　再録

## 昭和10（1935）

探偵小説図書館設立私案▲　『ぷろふいる』3巻1号　昭和10.1.1

十八年後の勝利▲　『文藝』（改造社）3巻6号　昭和10.6.1

犬　正しい飼ひ方と病気の手当◎　『読売新聞』昭和10.8.3

［ハガキ回答］（推薦の書と三面記事）▲　『ぷろふいる』3巻12号　昭和10.12.1

番犬の飼ひ方と訓練の仕方の座談会◎　『主婦之友』19巻12号　昭和10.12.1

奇縁のポワロ▲　『クルー』3輯　昭和10.12.30（柳香書院世界探偵名作全集付録）

降誕祭の贈物　『冨士』8巻1号（臨時増刊）昭和10　＊現物未見。翻訳か？

## 昭和11（1936）

［はがき回答］▲　『探偵文学』2巻1号　昭和11.1.1

批評家待望▲　『月刊探偵』2巻2号　昭和11.2.1

作家画家カメラ訪問 コメント◎　『雄弁』昭和11.2

悪戯▲　『探偵文学』2巻4号　昭和11.4.1

“近頃読んだもの”あちら種二三▲　『ぷろふいる』4巻7号　昭和11.7.1

外国作家素描▲　『探偵春秋』1巻1号　昭和11.10.1

親愛秘曲○　『キング』12巻12号　昭和11.11.1

聖林の邦人女優殺害事件　美貌の第二世を繞《めぐ》るヤンキー男の愛慾葛藤　『話』4巻11号　昭和11.11.1

銀狐の眼▲　「モダン日本」7巻12号　昭和11.10

昭和12（1937）

全米を震撼せしめた新ギャング王美男強盗フロイド物語◎　『キング』13巻2号　昭和12.2.1

海外探偵小説十傑［アンケート回答］◎　『新青年』18巻3号　昭和12.2.5

ペンギンブック　◎　『学鐙』41年4号　昭和12.4.20

女秘書▲　『雄弁』28巻5号　昭和12.5.1

お問合せ［アンケート回答］▲　『シュピオ』3巻5号　昭和12.6.1

用意周到◎　『エスエス』昭和12.6.1

昭和13（1938）

ハガキ回答▲　『シュピオ』4巻1号　昭和13.1.1

いはでもの弁▲　『シュピオ』4巻2号　昭和13.2.1

スランプ脱出法◎　『新青年』19巻4号　昭和13.3.5

昭和14（1939）

探偵作家四方山座談会◎　『新青年』20巻7号　＊他の出席者：大下宇陀児、渡辺啓助、海野十三、久生十蘭、城昌幸、荒木十三郎、松野一夫、水谷準（記者）。延原謙の発言は末尾部分だけ。誌上参加か。
→『久生十蘭』（叢書『新青年』）博文館新社　平成4.7.7に再録

昭和21（1946）

ホームズ解説▲　『DSニュース』1号　昭和21.8

昭和22（1947）

John Rhode作品目録◎　『探偵作家クラブ会報』2号　昭和22.7　＊発行日記載なし

編輯室から◎　『雄鶏通信』3巻10号　昭和22.11.1 p.32

## 昭和23（1948）

シャーロック・ホルムズと推理力▲　『少年読売』3巻4号　昭和23.4

アガサ・クリスチーと「そしてみんないなくなつたとさ◎　『アメリカ映画』16　昭和23.5.20

秘められた暗号▲　『少年読売別冊』巻号不詳　昭和23.7.15

## 昭和24（1949）

風見鶏の眼◎　『雄鶏通信』5巻1号　昭和24.1.1　＊無記名ながら編集人は延原謙であり、内容から、まちがいなく延原の文である

一九四九年度の「雄鶏通信」（わが出版界の輝ける年のはじめに）◎　『出版ニュース』79/80合併号（1月中・下旬合併号）　昭和24.1.21

断片――翻訳誌の思出▲　『マスコット』3号　昭和24.3

（冒険小説）少年漂流奇談○　『中学生の友』26巻3号（6月号）付録　昭和24.6.1

編輯後記◎　『雄鶏通信　特選記録文学』雄鶏社　昭和24.8.1　＊無署名だが、「編集人：延原謙」であり延原と思われる

座談会記録文学について◎　『週刊朝日』記録文学特集号　昭和24.9.15　＊他の出席者：池島信平、今日出海、高木俊朗、常安田鶴子、丹羽文雄、藤原てい

編輯後記◎　『雄鶏通信臨時増刊　特選記録文学』第2輯　昭和24.10.10

## 昭和25（1950）

訳者紹介◎　『僧正殺人事件』（S.S.ヴァン ダイン　武田晃訳）新樹社　昭和25.3.25（ぶらっく選書2）

翻訳楽屋話◎（N生）『雄鶏通信』6巻9号　昭和25.10.1

## 昭和26（1951）

探偵小説ABC　附クラブ賞私見◎　『雄鶏通信』7巻5号（通巻66号）　昭和26.6.1

探偵小説DEF◎『雄鶏通信』7巻6号（通巻67号）　昭和26.7.1

［アンケート回答］◎　『宝石』6巻11号　昭和26.10.10

昭和 27（1952）

アンケート◎　『宝石』7 巻 1 号　昭和 27.1.1

保篠君のルパン◎　『ルパン通信』17 号　日本出版協同　昭和 27.8.15

探偵小説あれこれ◎　『机』3 巻 10 号　昭和 27.10.15

昭和 28（1953）

ドイルの作品▲　『別冊宝石』6 巻 3 号　昭和 28.5.15

回顧五十年▲　『探偵作家クラブ会報』77 号　昭和 28.10.19

通信◎　『探偵作家クラブ会報』79 号　昭和 28.12.18

昭和 30（1955）

アガサ・クリスティ―その作品と生い立ち―◎　『出版ニュース』303 号（昭和 30.4 中旬号）　昭和 30.4.11

訳者附記▲　『偶然は裁く』（A. バークリ　延原謙訳『「宝石」10 巻 13 号　昭和 30.9.1

乱歩讃◎　『江戸川乱歩全集』11 付録「探偵通信 11」　春陽堂　昭和 30.6.30 ？

延原謙氏は語る◎　『探偵作家クラブ会報』98 号　昭和 30.7.30

探偵小説ベスト 3（アンケート）◎　『出版ニュース』325 号（昭和 30.11 下旬号）　昭和 30.11.21

昭和 31（1956）

誤訳・悪訳・珍訳の一掃を：ミステリー・クラブ誕生◎　『東京新聞』昭和 31.1.30

ミステリー・クラブ誕生◎　『日本探偵作家クラブ会報』105 号　昭和 31.2.1

オール寄つかかり族◎　『文藝春秋』34 巻 4 号　昭和 31.4.1

シャーロキアン▲　『毎日新聞』昭和 31 年 9 月 7 日夕刊

ホームズと卅五年▲　『東京新聞』昭和 31.12.21 夕刊

昭和 32（1957）

［無題］◎　「木々会長還暦祝賀特集号」『日本探偵作家クラブ会報』124 号

昭和 32.11.30

「新青年」歴代編集長座談会－横溝正史大いに語る－◎　『宝石』12 巻 16 号　昭和 32.12.1　＊出席者：森下雨村、横溝正史、延原謙、水谷準、松野一夫、城昌幸、本位田準一、江戸川乱歩

→『創元推理』13 号　東京創元社　平成 8.6.28　pp.132-155 に再録

## 昭和 33（1958）

ホームズ庵老残記▲　『宝石』13 巻 13 号　昭和 33.10.1

## 昭和 34（1959）

食事◎　『宝石』14 巻 4 号　昭和 34.4.1

［無題］◎　「コナン・ドイル生誕百年に当つて」『日本探偵作家クラブ会報』142 号　昭和 34.7.1

ホームズ庵毒舌録▲　『宝石』14 巻 10 号　昭和 34.9.1

ホームズ庵毒舌録２▲　『宝石』14 巻 11 号　昭和 34.10.1

思い出の一端▲　『日本探偵作家クラブ会報』147 号　1959.12.1

## 昭和 35（1960）

シャーロック・ホームズ◎　『世界名著大事典』5 巻　平凡社　昭和 35.2.29

ホームズ庵毒舌録▲　『宝石』15 巻 5 号　昭和 35.3.25

## 昭和 37（1962）

妹尾君をいたむ▲　『日本探偵作家クラブ会報』177 号　昭和 37.6.1

→　中島河太郎、山村正夫編『日本推理作家協会三十年史』（推理小説研究 15 号）日本推理作家協会　昭和 55.6.30 に再録

妹尾君を悼む▲　『宝石』17 巻 7 号　昭和 37.6.1

［無題］（ハガキ随想）▲　『日本探偵作家クラブ会報』183 号　昭和 37.12.1

## 昭和 41（1966）

あぶながくし◎　『温泉』39 巻 2 号　昭和 41.2.1

昭和 51（1976）

　ホームズとの出会い▲　『劇場』7　パルコ出版　昭和 51.2

昭和 52（1977）

　［無題］◎　『日本推理作家協会会報』346 号　昭和 52.7.1　＊遺稿

# 勝伸枝著作目録稿

中西　裕・作成

本書誌は拙著「勝伸枝著作書誌」（中西裕編著『中西裕書誌選集――延原謙・青山霞村・書誌年鑑』金沢文圃閣、2014所収）をもとに、横井司氏よりご提供いただいたデータを補ったものである。無題で掲載された作は［　］で題を補い、エッセイ・読物・アンケート回答は☆で区別した。

遺漏や誤謬が見つかった場合は、論創社編集部宛てにご一報いただきたい。

## 1929（昭和4）年

奥様と旦那様　――午後六時　『新青年』10巻9号　昭和4.8.1　＊連作「モダン大学」の一篇

## 1930（昭和5）年

墓場の接吻　『新青年』11巻5号　昭和5.4.1

## 1931（昭和6）年

新青年料理二種☆　『新青年』12巻5号　昭和6.4.1　＊特集記事「四月馬鹿（はるははな うまをしかとなす）」の内。掲載誌本文では「新青年料理三種」と表記

嘘　『新青年』12巻9号　昭和6.7.1

→　ミステリー文学資料館編『幻の探偵雑誌10 「新青年」傑作選』光文社　平成14.2.20（光文社文庫）に採録

## 1932（昭和7）年

チラの原因　『新青年』13巻4号　昭和7.3.1

これでいいのかい　『新青年』13巻12号　昭和7.10.1

1933（昭和 8 年）

女学生読本☆ 『新青年』14 巻 1 号　昭和 8.1.1

1935（昭和 10）年

ヨンニヤン 『新青年』16 巻 7 号　昭和 10.6.1

甘き者よ、汝の名は 『新青年』16 巻 12 号　昭和 10.10.1

1936（昭和 11）年

［ハガキ回答］☆ 『探偵文学』12 巻 1 号　昭和 11.1.1

世間ばなし☆ 『探偵文学』2 巻 4 号　昭和 11.4.1

1938（昭和 13）年

参つてゐる 『ユーモアクラブ』2 巻 1 号　昭和 13.1.1

1947（昭和 22）年

身替り結婚 『ロック』4 巻 1 号　昭和 22.1.1

1949（昭和 24）年

アメリカ主婦の現実・日本主婦の夢☆ 『旬刊ニュース』通巻 53 号（3 月 25 日発行号） 昭和 24.3.25

1950（昭和 25）年

盲目物語 『新青年』31 巻 2 号　昭和 25.2.1

1952（昭和 27）年

中国青年☆ 『探偵倶楽部』3 巻 9 号　昭和 27.10.1

1954（昭和 29）年

若松町時代（延原克子）☆ 『新劇』1 巻 2 号　昭和 29.5.1

→ 『近代作家追悼文集成　第 36 巻』ゆまに書房　平成 9.2 に再録

### 昭和 57（1982）

横溝正史氏の思い出（延原克子）☆　水谷準編『横溝正史追憶集』　非売品　昭和 57.12.10

### 昭和 61（1986）

［丙寅随想］大トラ、小トラ（延原克子）☆　『日本推理作家協会会報』445 号　昭和 61.1.1　＊初出時は無題

［著者］**延原 謙**（のぶはら・けん）
1892年、京都府生まれ。本名・謙（ゆずる）。早稲田大学理工科卒業後、逓信省電気試験所に勤務。1928年に博文館へ入社、『新青年』三代目編集長となり、以降、『探偵小説』や『朝日』の編集長を歴任。戦時中は揚州へ渡り、貿易業と映画館経営に従事した。終戦直後に帰国し、47年から51年まで『雄鶏通信』編集長として活躍、同誌が廃刊してからは翻訳業に専心し、52年に〈シャーロック・ホームズ〉シリーズの個人全訳を完成させた。77年、急性肺炎により死去。

［著者］**勝 伸枝**（かつ・のぶえ）
1905年、愛知県名古屋市生れ。本名・延原克子。雙葉高等女学校卒。詳しい経歴は不明だが、1930年代に勝伸枝名義で創作探偵小説を精力的に発表した。延原謙の妻であり、岸田國士の妹。2002年死去。

［編者］**中西 裕**（なかにし・ゆたか）
1950年、東京都生まれ。早稲田大学第一文学部日本史専修卒。早稲田大学図書館司書、昭和女子大学短期大学部助教授を経て、同大人間社会学部教授となる。2015年に退任し、現在は昭和女子大学や早稲田大学の非常勤講師として教鞭を執る。主編著に『主題書誌索引』など。主要論文に「青山霞村の系譜・出自に関する一考察」など。2009年、日本古書通信社より延原謙に関する研究をまとめた『ホームズ翻訳への道　延原謙評伝』を刊行。

延原謙探偵小説選《のぶはらけんたんていしょうせつせん》Ⅱ　〔論創ミステリ叢書121〕

2019年9月20日　初版第1刷印刷
2019年9月30日　初版第1刷発行

著　者　延原　謙・勝　伸枝
編　者　中西　裕
装　訂　栗原裕孝
発行人　森下紀夫
発行所　論　創　社
〒101-0051　東京都千代田区神田神保町2-23　北井ビル
電話　03-3264-5254　振替口座　00160-1-155266
http://www.ronso.co.jp/

印刷・製本　中央精版印刷
組版　フレックスアート


ISBN978-4-8460-1739-2